La TRÈS TRÈS Mauvaise Journée de Bobbie Faye

ÉTAT DE LOUISIANE
(ARCHIVES DE LA COMPAGNIE D'ASSURANCE)
Catastrophes concernant
BOBBIE FAYE SUMRALL
Région du Sud-Est
MISSISSIPPI RIVER DELTA AND WETLANDS
Carencro
Déraillement d'un train
Destruction partielle de la centrale électrique
Baton Rouge
12
Incendie du lycée (Labo de sciences)
Plaquemine
Sulphur
Lake Charles
Crowley
Lafayette
Destruction de la flotte automobile du gouverneur (aucun décès à déplorer)
10
Panique chez les bêtes à cornes (4 heures de rodéo)
Orange
Atchafalya
LOUISIANA
Lake Arthur
New Iberia
Abbeville
Blocage du pont levant durant 9 semaines
Sabine National Forest
Calcasieu Lake
Napoleonville
Grand Lake
Avery Island
Pierre Part
Contamination de la récolte de piments rouges
Destruction du château d'eau
Thibodoux
Morgan City
Cameron
Houma
Vermillion Bay
West Cote Blanche Bay
Effondrement d'un immeuble à la suite d'une bagarre à propos d'une « inconnue »
Pecan Island
Obstruction du canal après le naufrage d'un langoustier
Gulf of Mexico

Toni McGee Causey

La TRÈS TRÈS Mauvaise Journée de Bobbie Faye

Traduit de l'américain par Armelle Santamans

•MARABOUT•

Publié pour la première fois aux États-Unis en 2007 sous le titre
Bobbie Faye's Very (Very Very, Very) Bad Day par St Matin's Press,
175 Fifth Avenue, New York, N.Y. 10010.

Ce livre est une œuvre de fiction. Les noms, personnages, lieux et événements sont le pur produit de l'imagination de l'auteur. Toute ressemblance avec un événement, un lieu, une personne, vivante ou morte, serait une pure coïncidence.

Pour Carl *et*
Luke et Jane

Ceux qui prétendent ne rien pouvoir faire feraient bien de débarrasser le terrain pour laisser agir ceux qui ont bien l'intention de s'y coller.

— Autocollant vu sur une voiture
au lac Charles, en Louisiane.

Chapitre un

Vous savez comme moi que certaines personnes sont faites pour la gloire, n'est-ce pas ? Eh bien, en se réveillant un matin, Bobbie Faye a décoché une droite à la gloire, avant de lui lancer un généreux coup de genou dans les testicules, puis de la prendre en otage. Depuis, la gloire crie grâce.

— Un ancien maire de Louisiane, après que la voiture de Bobbie Faye eut accidentellement atterri dans ses bureaux, répandant ainsi, dans les rues alentour, d'innombrables documents étayant ses malversations et conduisant à terme à son emprisonnement.

Un truc mouillé et visqueux venait de s'abattre sur le visage de Bobbie Faye et elle se réveilla en sursaut en battant l'air de ses bras.

— Bon sang, Roy, si tu me balances encore une fois une sardine, je vais…

Whoaaa. L'obscurité régnait dans sa minuscule caravane. Pas de sardine et pas de petit frère Roy criant son innocence. Tout cela devait, bien sûr, être le fruit d'un rêve puisque Roy avait aujourd'hui vingt-six ans, et non dix. C'était toujours un abruti patenté, cela dit.

Elle essuya les traces humides et froides sur son visage.

— Qu'est-ce que ça pouvait bien être ? murmura-t-elle pour elle-même.

— T'as une p'scine à l'intérieur.

Dans la semi-obscurité, Bobbie Faye plissa les yeux pour se concentrer sur Stacey, sa nièce de cinq ans, dont les nattes blondes s'auréolaient d'une faible lueur bleutée émanant de la fenêtre. Puis ses yeux se portèrent sur la batte de base-ball que Stacey avait laissée sur le sol.

Incroyable. Cette batte *flottait* à cinq bons centimètres au-dessus de la moquette vert pâle.

— Merde !

Bobbie Faye se leva et frissonna quand ses chevilles touchèrent l'eau glacée.

— Putain de merde. Putain de merde à la con !

— Maman dit que tu ne devrais pas zurer autant.

— Ah ouais ? Ta mère devrait aussi cesser de boire, ma chérie, mais ça ne risque pas d'arriver non plus.

Merde. C'était méchant. Elle observa la réaction de Stacey, mais la petite était plus préoccupée par sa batte et semblait ne rien avoir entendu. Dieu merci. Elle n'avait pas cherché à blesser la gamine. Et puis, merde, comment aurait-elle pu songer à faire preuve de gentillesse à 4 heures du matin ? Et, d'ailleurs, qui donc aurait pu attendre d'elle une quelconque aménité ? Cette frappadingue de Lori-Ann, bien sûr. Lori-Ann, sa petite sœur accro aux pilules et à la bouteille dont le sourire figé, façon Grace Kelly, pouvait simuler l'efficacité et la sérénité même quand elle s'affalait sur son postérieur après s'être pris un mur.

Bobbie Faye n'avait jamais eu besoin de paraître sereine.

Putain. Et en plus, c'était aujourd'hui que les services sociaux devaient passer. À 16 heures 30 précisément. Afin de déterminer si Bobbie pouvait offrir à Stacey un foyer stable et sûr. Bobbie Faye fut parcourue d'un frisson quand l'eau glacée lui lécha les mollets. Il fallait qu'elle trouve un moyen pour remédier à… ce bordel… avant d'aller présider la cérémonie d'ouverture du Festival des Journées de la Contrebande et rentrer avant 16 heures 30 pour prouver ses qualités de mère de substitution, pendant qu'au

Centre Troy Lori-Ann purgeait la cure de désintoxication de quatre mois que lui avait imposée le tribunal.

Super-extra-génial.

L'eau éclaboussa ses genoux et elle baissa les yeux vers les frêles chevilles de la mouflette qui se dirigeait vers l'entrée de la caravane.

— Tes hippotames nazent, remarqua Stacey dans un éclat de rire en pointant du doigt les hippopotames fluorescents qui dansaient sur le pyjama de coton que portait Bobbie Faye.

Puis le petit monstre prit son élan avant de sauter dans l'eau qui cette fois atteignit les coudes de sa tante.

— Pour l'amour du ciel, Stacey, si tu refais ça encore une fois, je te transforme en grenouille.

Stacey continua à s'agiter, mais, au moins, elle arrêta de sauter.

Bobbie Faye s'avança jusqu'au placard exigu et sombre qui lui servait de buanderie et posa les yeux sur la coupable : sa machine à laver, manifestement possédée par le démon. Des geysers jaillissaient de l'arrière du tas de ferraille en transe. Si elle avait eu un revolver, elle s'en serait servi. À plusieurs reprises. Et avec joie. Elle tourna les boutons, appuya sur les touches défoncées depuis déjà belle lurette et dont aucun symbole ne permettait plus d'identifier la fonction.

Elle aurait voulu crier ou grogner que tout cela n'était qu'un rêve, mais elle était désormais suffisamment réveillée pour se montrer un peu plus mature en présence de Stacey. Elle en était parfaitement capable. Elle avait vingt-huit ans, elle était l'aînée et l'unique personne vers laquelle les deux autres se tournaient quand ils avaient – encore – merdé. Pour sûr qu'elle pouvait simuler la maturité. Et résoudre les problèmes. C'était même la championne de la résolution de problème, et elle abattit son poing sur la machine en espérant ainsi remettre en place la cause de tout ce foutoir. L'engin hoqueta, les geysers s'amplifièrent et, à ce moment précis, la notion de maturité fut envoyée se faire voir chez les Grecs. Bobbie Faye délogea le lave-linge de son recoin et le bourra de coups de pied, avant d'étouffer un juron et de se plier en deux car, généralement, les orteils gelés supportent assez mal un contact violent avec du métal.

Bobbie Faye ferma les yeux en sautillant sur son pied indemne et se mordit la lèvre pour s'empêcher de cracher une nouvelle bordée d'obscénités. *C'est ça, continue à faire fonctionner tes cellules grises, abrutie.* Vu les sautillements de sa tante, Stacey recommença de plus belle à s'ébattre dans l'eau, trempant tout ce qui se trouvait à sa portée, avec l'enthousiasme d'une enfant de cinq ans dopée au chocolat, un lundi de Pâques.

Est-ce bien la même gamine qui me fait un raffut de tous les diables quand j'ai, ne serait-ce que l'air, de vouloir lui donner un bain ?

Bobbie Faye était certaine de deux choses. Premièrement, une journée sans catastrophe était une journée vécue par un autre. Deuxièmement, elle allait étriper son frère Roy pour n'avoir pas réparé la machine à laver comme il l'avait promis.

Elle traversa la cuisine en pataugeant jusqu'à la porte de derrière et l'ouvrit dans l'espoir que le flot s'échapperait rapidement par là, mais seul un mince filet d'eau voulut bien emprunter cette sortie. Le sol avait déjà eu le temps de salement s'incurver et son antique maison sur roues ressemblait désormais à un bol.

Génial. La baignoire fuit, mais pas la caravane.

Bobbie Faye succomba un instant au vague à l'âme et résista tant bien que mal à une envie puissante de se taper la tête contre l'encadrement de la porte d'entrée. C'était son seul jour de congé. Toute la semaine, elle avait bossé comme une dingue dans le seul but de s'accorder cette unique matinée de repos et de se préparer aux cérémonies d'ouverture du festival. Elle pensait pourtant que rien ne pourrait surpasser l'ouragan qui avait marqué les journées d'ouverture de l'année précédente et fait s'abattre un arbre précisément sur sa toute première voiture, une Nissan 300 ZX très légèrement cabossée. Bien sûr, c'était une seconde main, avec un fort kilométrage au compteur, et sa direction tirait gravement vers la gauche, mais elle était rutilante hormis deux uniques points de rouille. Si l'arbre était tombé dans n'importe quelle autre direction, il n'aurait causé aucun dommage. Mais ça, ça faisait partie de la vie des autres. Et quand le même jour elle avait appris qu'elle venait de recevoir un avis de résiliation de la part de sa compagnie d'assurances, ça n'avait pas arrangé les choses. (Personne – pas même ses amis – n'avait pu croire qu'elle n'avait vraiment pas vu ce camion de pompiers débouler au carrefour, tous gyrophares allumés et sirènes hurlantes. Elle considérait que le pompier était en tort, même si elle avait été sincèrement embêtée quand, pour éviter de la percuter, il avait foncé dans un lampadaire, lequel s'était abattu sur le toit de l'épicerie du coin.) Sa compagnie d'assurances avait couvert l'intégralité des dégâts, puis l'avait rayée de la liste de ses assurés.

Les salauds.

Mais cette année ! Tout devait être différent. Elle avait prévu de passer une journée agréable et calme, dût-elle amocher ou refroidir quelqu'un. Il n'y avait pas d'ouragan, la prime d'assurance de la guimbarde branlante qu'elle avait achetée pour remplacer son magnifique coupé sport – une Honda Civic – était payée, elle comptait bien prendre tout le temps nécessaire pour se préparer et éviter les embouteillages, et elle avait lavé ses fringues la veille afin de n'avoir plus qu'à les coller dans le sèche-linge...

En conséquence de quoi, comme de bien entendu, elle pataugeait présentement dans cinq centimètres d'eau *à l'intérieur* de sa caravane.

Hors de question qu'elle se farcisse ça toute seule. Roy allait devoir pointer sa face de rat et lui donner un coup de main. Elle se dirigea vers le téléphone pour l'appeler, alluma la lampe du salon et s'arrêta net. Des vaguelettes couraient sur ce qui avait été le plancher. L'onde termina sa course au pied du canapé miteux, plus-criard-que-chic, et remplit le boîtier du magnétoscope hors d'âge placé sur une étagère basse, sous la télévision. Juste à côté du canapé, sur la moquette, elle avait laissé l'album photos des Journées de la Contrebande ayant appartenu à sa mère. Noyé.

Bobbie Faye retint un flot de larmes jusqu'à en avoir le visage endolori. Sa mère avait conservé cet album durant plus de vingt ans, et quand Bobbie Faye avait atteint l'âge de sept ans elle lui avait laissé coller sur la couverture un bandeau de pirate inspiré de l'histoire du festival. Bon, sa mère avait un peu bu et n'avait remarqué le bandeau et ses paillettes qu'après plusieurs jours, mais elle avait néanmoins permis à Bobbie Faye de les laisser en place et les avait montrés avec fierté à ses amis – ce qui était au moins aussi jubilatoire, d'autant que, cette même année, elle lui avait confectionné un bandeau de pirate à l'occasion du concours de déguisements.

Comme d'autres enfants apprennent leur catéchisme, Bobbie Faye avait appris que les pirates avaient mis à profit la multitude des bayous et marécages du sud de la Louisiane pour transporter leurs butins et autres fruits de contrebande vers les terres qui se peuplaient. Ces gars de la flibuste s'étaient installés en ces lieux pour la même raison que les Cajuns fuyant la Nouvelle-Écosse : c'était un sanctuaire. Qui que vous fussiez, c'était l'endroit rêvé : un cocon, presque un foyer, où le fait de surveiller les arrières de ses voisins était tout aussi naturel que la nette conscience qu'ils pouvaient être par ailleurs complètement dingos. Ce qui ne soulevait pas plus de problème.

Après avoir creusé pendant des années la moitié de la surface de la paroisse de Calcasieu, dans le vain espoir d'y trouver un trésor enfoui, les locaux avaient fini par baisser les bras, avec réticence. Enfin, pas complètement. Bobbie Faye se souvenait que, lorsqu'elle était encore enfant, elle avait entendu parler d'un endroit dénommé « le bayou de la Contrebande » où, disait-on, quelques pirates avaient élu domicile et caché de l'or et des bijoux, loin, vers l'orée du bayou. Quand leur père emmenait Roy et Lori-Ann pêcher, elle les suivait parce qu'ils devaient traverser le fameux bayou ; Bobbie Faye était alors certaine que, s'il la laissait s'éloigner un peu, elle trouverait ce trésor. De tous ses efforts, elle n'avait cependant retiré que de sérieuses brûlures causées par du sumac vénéneux et un bon coup d'œil à une série de trous profondément creusés. Fin de l'aventure.

Au fil du temps, l'histoire se transforma en mythe, lequel évolua insensiblement en fête : ainsi naquit le Festival des Journées de la Contrebande. C'était chaque fois une manifestation extrêmement joyeuse et totalement déjantée où tout le monde se déguisait en pirate durant douze jours, entre la fin du mois d'avril et le début du mois de mai, pour faire la fête, écouter de la musique, danser et participer à toutes sortes d'événements. Des concours de tracteurs ! des courses ! des parades ! des boucaniers ! Chaque année le festival organisait un concours de beauté « officiel », mais la mère de Bobbie Faye (et, avant elle, la mère de celle-ci, et ainsi de suite) en était la « reine » officieuse (la naissance de ce titre remontait si loin dans le temps que personne ne se souvenait vraiment comment il avait été transmis de génération en génération). La mère de Bobbie Faye avait mis en album tous ses souvenirs de la Contrebande… et elle le lui avait donné juste avant de mourir, en même temps que son sceptre de reine.

Bobbie Faye sortit l'album de l'eau et son cœur se serra quand elle en tourna lentement la première page dégoulinante. L'encre des pattes de mouche s'estompait en de multiples toiles d'araignée diluées dans un halo humide, effaçant la plupart des mots. L'eau avait aussi abîmé les vieilles photos jusqu'à les rendre troubles, et les légendes n'étaient plus qu'un galimatias illisible. Les pétales séchés d'une rose que sa mère avait portée lors de sa dernière parade se délitaient au moindre contact de la main.

Un sentiment de fureur fit monter d'un cran son niveau d'adrénaline. Sa nuque menaçait d'éclater à tout moment, surtout avec cette eau glacée qui remontait le long de son pyjama. Cet album était tout ce qui restait à Bobbie Faye d'un îlot fragile, l'« avant », comme elle aimait à y penser. Avant que sa mère s'affuble de ce grand chapeau informe pour dissimuler une chevelure qui se clairsemait inexplicablement de jour en jour, avant qu'elle se mette à porter ce curieux mélange de fringues et que l'omelette de son petit déjeuner commence à sentir le rhum plus que les œufs. Bobbie Faye s'était déjà rendu compte que sa mère était un brin trop guillerette la plupart du temps, surtout quand elle gesticulait sur la table basse, avant d'apprendre la signification du mot *cancer.* Ses yeux revinrent à l'album en lambeaux qu'elle avait entre les mains. Si Roy s'était pointé comme il l'avait promis et avait réparé ce fichu lave-linge, tout cela ne serait pas arrivé. Bobbie Faye regarda par la fenêtre, au-delà du chemin de terre, en imaginant un bref instant qu'elle avait le pouvoir de localiser Roy avec un laser qui le carboniserait.

Impossible de deviner où il pouvait se trouver. Quant à l'avoir au bout du fil, autant compter sur un miracle. Mieux ! Autant tabler sur une bienveillante Barbie de taille humaine. Il pouvait être n'importe où : au sud du terrain où se trouvait la caravane de Bobbie, à son camp de pêche, au beau milieu de centaines de minuscules bayous et de marécages (autant de possibilités de fuite, comme il aimait à le formuler), ou bien au nord, affalé dans un bar minable, quelque part dans la cité industrielle boueuse de Lake Charles, endroit que Bobbie Faye considérait comme l'exemple par excellence du trou sudiste hostile et indépendant qui ne s'était jamais vraiment soucié de son image. (Bon, en présence de quelqu'un qui l'aurait gratifié de « havre de boit-sans-soif qui font passer les fêtards du mardi gras pour des chochottes », il n'était pas impossible que les locaux eussent haussé un sourcil et tiré une salve respectueuse.) Connaissant Roy, elle l'imaginait très loin de son propre appartement situé dans le centre-ville. Mon Dieu, encore une de ces stupides parties de poker, sans doute, dans le taudis de l'une de ses innombrables petites amies ! *Il peut bien fuir*, pensa-t-elle, *mais il ne peut pas se cacher.*

Pourtant, se cacher était précisément l'obsession de Roy à cet instant précis. Il venait d'enfiler précipitamment son jean et tentait de tasser son mètre quatre-vingt-cinq dans un compartiment étroit, sous la banquette située devant la baie vitrée de la maison de sa petite amie – mariée – Dora. Il se tortilla en silence dans une vaine tentative pour améliorer sa posture, mais les crampes commençaient déjà à endolorir ses orteils. La couche de poussière sous la banquette lui agaçait les narines et il dut se pincer le nez pour éviter d'éternuer. Il jeta un coup d'œil au travers de la grille décorative qui masquait sa cache et vit débouler dans la pièce deux malabars parfaitement anabolisés et tout à fait persuasifs. Afin de parfaire sa cachette, Dora, sa petite amie très bronzée, très « poitrinaire » (que Jimmy soit remercié d'avoir investi autant dans la chirurgie plastique dont rêvait son épouse !) et très blonde, qui était assise juste au-dessus de lui, fit glisser ses jambes de façon à dissimuler la grille.

— Où est Roy ? demanda le plus petit Monsieur muscles à Dora.

— J'ai pas vu Roy depuis qu'il a quitté le bar. Par ailleurs, je suis mariée. Qu'est-ce que Roy pourrait bien foutre ici ?

— La même chose que ce qu'il fait depuis que ton Jimmy est parti sur sa plate-forme pétrolière, répliqua l'homme avec sarcasme.

Il parcourut la pièce des yeux et s'autorisa un bref tremblement :

— Tu t'es fait agresser, ou quoi ? Un vrai film d'horreur. Pas étonnant que Jimmy soit toujours barré loin d'ici.

Roy savait sans avoir besoin de le voir que Dora venait de gonfler sa lèvre inférieure maxi-siliconée en une moue suggestive.

— Jolis boutons de portes, tout de même, ponctua le type le plus imposant.

Roy fit la grimace. S'il avait été dans un bar et vraiment saoul, il n'aurait pas hésité à s'attaquer à un mec de cette carrure pour avoir fait une telle allusion aux seins de Dora. Ce n'était pas parce qu'il cocufiait un pauvre gars qu'il n'avait pas de savoir-vivre.

— Je sais rien sur Roy, insista Dora.

— Tu sais où il est, dit le plus petit des Musclés. Roy a un truc qui nous intéresse et on sait qu'il est venu ici.

— Ouais, enchaîna l'autre. Il vient *toujours* ici. Pas vrai, Eddie ?

Il se mit à ricaner, et, bien que ce colosse fît près du double de l'autre type, Roy imagina qu'il était plus jeune et peut-être un peu simplet. Même s'il perdait au poker tous les vendredis, Roy se considérait comme un assez fin juge de caractère. Qui que ces deux-là puissent être, il était impossible qu'ils soient venus pour ses dettes de jeu parce qu'il était presque – enfin plus ou moins – à jour de ses remboursements et que les trois personnes à qui il devait encore du pognon n'envoyaient généralement pas leurs sbires avant que l'impayé excède deux mois (il avait encore huit jours). Par ailleurs, il était quasi certain que le mec qui lui avait acheté le bateau ne s'était pas rendu compte que lui-même n'en était pas le propriétaire. Non, ces zigues devaient être là pour un truc personnel. Rien qu'il ne puisse gérer en discutant. Et Dieu sait s'il en avait l'habitude.

Roy vit le mollet de Dora se contracter tandis qu'elle inspirait rapidement. Au-delà de cette jambe très fine, Roy réussit à distinguer que le dénommé Eddie pointait un revolver sur elle.

La banquette craqua quand Dora changea de position au-dessus de lui et un peu de poussière lui atterrit sur le nez (lequel le démangeait depuis quelque temps déjà) juste au moment où son téléphone, dont il avait fixé le volume au maximum pour l'entendre quand il était au bar, commença à vibrer dans la poche de son jean en claironnant le chant de guerre de l'équipe de football de l'université de Louisiane. Son cœur passa à trois milliards de battements par minute en moins d'un dixième de seconde, tandis qu'il cherchait frénétiquement à éteindre son portable.

Et comme il ne parvint qu'à l'*allumer*, tout le monde dans la pièce put entendre Bobbie Faye vociférer, ses hurlements n'étant qu'à peine étouffés par le tissu du jean.

— Roy, espèce d'enfoiré ! Tu avais promis de réparer la machine à laver et je t'ai même *payé* pour ça ! Maintenant, tu vas ramener ton cul…

Il éteignit brutalement l'appareil et resta immobile, faisant comme si rien de tout cela n'était arrivé et que personne n'avait rien entendu.

La lumière de la chambre pénétra dans le compartiment exigu quand la grille s'ouvrit ; Eddie se pencha vers lui, exhibant, à quelques centimètres, un sourire narquois au milieu d'un visage horriblement défiguré. Roy tressaillit devant ce masque grotesque sur lequel le nez ondulait, tant il avait subi de fractures, et dont le côté droit, légèrement incurvé, pendait plus bas que le gauche.

— S'lut Roy. J'connais quelqu'un qui veut t'voir.

— Ah, eh bien, euh, merci. Mais, tu vois, c'était ma grande sœur au téléphone et il faut que j'aille la voir pour lui réparer ce truc ou elle va me botter le cul, dit Roy en s'extirpant du dessous de la banquette, simulant la nonchalance, alors qu'Eddie braquait son revolver sur sa poitrine.

— Vraiment les gars, elle va me tuer.

— S'il reste encore quelque chose quand on en aura fini avec toi, ajouta Eddie. On payera pour te voir.

Il enfonça l'arme dans les côtes de Roy qui se tourna vers Dora avec des yeux implorants.

— Bébé ? Tu pourrais appeler Bobbie Faye pour lui dire que je vais peut-être avoir un peu de retard ?

— Aucun appel, lui commanda Eddie. Tu restes tranquille et on n'a pas besoin de revenir. Compris ?

Dora hocha la tête, en resserrant son peignoir autour d'elle, pendant qu'il poussait Roy hors de la pièce.

— Mais mec, faut que j'l'appelle, insista Roy en poussant son sourire le plus charmeur au maximum de sa puissance. T'as pas idée comme elle est dingue.

— Ça, c'est le cadet de tes soucis, dit Eddie.

— Hum, souffla Dora en les suivant vers la sortie, on voit que vous ne la connaissez pas.

Vers 5 heures du matin, alors qu'elle plaquait une clé à mollette contre la valve de son lave-linge, Bobbie Faye commençait à se prendre pour la madone des Démolisseurs en Colère. Elle avait éloigné la machine de la cloison afin d'atteindre le tuyau. Non seulement l'eau *n'*avait *pas* cessé de couler, mais elle jaillissait à un rythme qui aurait ravi plus d'un pompier. Ce flot cadençait d'ailleurs fort harmonieusement les nouvelles bordées de jurons que Bobbie Faye lâchait entre ses dents.

Il y eut un *squiiitch* un peu étouffé derrière elle, puis, comme un écho, le bruit de vagues venant heurter les parois de la caravane. Bobbie Faye se tourna juste à temps pour contempler Stacey en pleine séance de rafting sur sa bouée canard, ses petites fesses trempant dans l'eau tandis qu'elle surfait vers la sortie.

— Stace. Pour-La-Dernière-Fois, tu n'es pas à la piscine. Va me chercher ton seau de plage comme je te l'ai demandé et écope l'eau par la porte d'entrée.

— C'est quoi « écope » ? Maman dit qu'oncle Roy écope souvent de prison.

Voiiilà. C'était officiel : ils l'avaient ruinée avant même ses cinq ans. Un record. Même pour la famille Sumrall.

— Disons, mon lapin, que c'est à peu près la même chose que de remplir ton seau d'eau et de jeter cette eau par la porte. Ça évite des ennuis à quelqu'un et tatie Bobbie Faye finit sur la paille avant la fin de la journée.

Quand elle eut installé Stacey avec son seau au pied de la porte d'entrée, Bobbie Faye eut la nette impression que tout ce qui se trouvait à la périphérie de la pièce convergeait vers son centre. Elle s'avança au milieu de l'habitacle et put constater physiquement que l'eau était effectivement plus profonde à cet endroit : près de dix centimètres, alors qu'il n'y en avait que cinq environ près de la porte. Ce petit intermède domestique appartenait décidément à la catégorie des Putains d'Emmerdes Majeures.

Elle décida de ne pas céder à la panique. Certainement pas. On ne verrait pas cette marque de faiblesse dans la maison Sumrall. Ce fut à cet instant qu'elle nota que la caravane commençait à émettre des craquements et des gémissements assez peu favorables à la décision de zénitude qu'elle venait de prendre solennellement.

Quand les lueurs de l'aube s'intensifièrent en une vraie clarté, Bobbie Faye s'aventura dehors pour voir s'il existait un autre moyen de couper l'eau. Elle fut alors frappée par l'aspect boursouflé de sa caravane et par la façon dont son plancher s'incurvait dangereusement autour des quatre ridicules piliers qui la soutenaient : on aurait dit une femme boudinée par son cycle menstruel, contrainte de porter des talons aiguilles.

Pas un signe de vie de Roy. Aucune idée quant à la manière de fermer cette stupide valve. Pas le choix.

Elle allait devoir appeler les urgences de la Compagnie des eaux. Ce qui impliquait de parler à Susannah, laquelle lui en voulait encore d'avoir inconséquemment oublié de raccrocher le téléphone dans le bureau du doyen où elle accomplissait un bref stage étudiant, permettant ainsi à toute l'université de Louisiane d'entendre Susannah perdre sa virginité dans les bras de l'assistant dudit doyen. (Qui aurait bien pu penser que les comptables pouvaient crier aussi fort ?)

Et le fait que les parents de Susannah faisaient partie du corps enseignant et avaient entendu en *live* les ébats de leur fille n'avait rien arrangé.

Mais il s'agissait là d'une véritable urgence, et il faudrait bien que Susannah lui envoie quelqu'un.

Le plus imposant des malabars – que Roy avait *in petto* surnommé La Montagne – lui attacha les mains derrière le dos avec de l'adhésif, puis le poussa sur la banquette arrière d'une berline de couleur noire. Ils n'avaient pas atteint la nationale, vers l'est, que les bras de Roy le faisaient déjà souffrir, que son nez le chatouillait et que le turlupinait la pensée que ces gars-là pouvaient être éventuellement bien pires que Bobbie Faye.

Il se pencha un peu plus en avant pour observer Eddie qui conduisait et, sur le siège du passager, La Montagne dont l'estomac gargouillait.

— Ça a un rapport avec Dora ?

Aucun de ses ravisseurs ne lui répondit.

Peu vraisemblable. Jimmy était un voyou, mais il était plutôt carré et, s'il avait soupçonné Roy de sauter Dora, il n'aurait pas gaspillé d'argent dans des hommes de main. Il se serait contenté de lui casser la gueule.

— Euh, avec Ellen ?

Pas de réponse.

— Vickie, alors ? ou Thelma ?

Toujours rien.

Cela avait peut-être trait aux 1 000 dollars que Roy devait à Alex après s'être excusé lors de la dernière partie de poker. Mais… même si Alex se serait fait une joie de le refroidir, Roy savait qu'il préférait ne plus avoir affaire à Bobbie Faye. Plus jamais. Et comme ceux qui s'en prenaient à Roy devaient toujours rendre énormément de comptes à Bobbie Faye… D'ailleurs, les autres types à la table de poker lui avaient fait promettre de ne plus mentionner le nom de sa sœur parce que, à chaque fois, Alex sursautait. Or personne ne voulait d'un porte-flingue trop agité.

Tandis qu'Eddie et sa Montagne l'emmenaient vers Baton Rouge, Roy passait en revue la liste, toujours plus longue, de ses ex-petites amies et de leurs maris qui auraient apprécié qu'il soit en fâcheuse posture (voire un tout petit peu mort) s'ils avaient pu lui mettre le grappin dessus. Mais il ne parvenait pas à en identifier un seul qui se serait donné autant de peine, quand un bon fusil et un bateau auraient suffi à le couler au fond d'un bayou peu fréquenté.

Bobbie Faye empoigna son téléphone sans fil et composa le numéro d'urgence de la Compagnie des eaux.

Quand Susannah entendit sa voix, elle raccrocha.

Un quart d'heure plus tard, Bobbie Faye réussit pourtant à la contraindre à rester en ligne et à écouter son problème.

Susannah éclata de rire.

Puis elle appela la station de radio locale.

Quand elle finit par reprendre la ligne, on pouvait entendre l'animateur diffuser leur conversation à trois concernant la toute dernière catastrophe ayant frappé Bobbie Faye, et celle-ci comprit rapidement que Susannah se délectait de cette revanche. Et pour que ce soit encore plus drôle, voilà que le conseil génial de Susannah consistait à couper l'eau au niveau de la valve.

— Écoute, pour arrêter ça, j'ai à peu près tout fait, hormis sacrifier un poulet. Si Dieu lui-même essayait de faire pivoter cette valve, je pense qu'il en concevrait un complexe d'infériorité.

— Soit, dit Susannah d'un ton un peu trop enjoué, je vais envoyer quelqu'un. Il sera là entre midi et 15 heures.

— Mais je ne peux pas *attendre* 15 heures. Tu as déjà vu *Titanic* ? C'est rien, *rien* comparé à ce qui m'arrive, Susannah ! Et je ne peux pas non plus tourner la valve principale : elle est cadenassée, et le gérant du terrain de caravanes est parti pour le w…

Clic.

Elle en était à considérer le combiné téléphonique désormais muet, puis le socle du téléphone perché sur le bras de son canapé plus-criard-que-chic, quand elle s'aperçut que la lampe du salon s'était éteinte. De même que celle de l'entrée. Elle pataugea jusqu'à Stacey qui non seulement avait cessé d'écoper, mais avait trouvé non pas une, mais bien deux grenouilles qu'elle avait installées à l'intérieur pour une séance de natation. Elle la dépassa.

Dehors, sur le flanc de la caravane, quelque chose cognait et cliquetait.

Elle fendit l'eau qui emplissait le séjour jusqu'à la porte d'entrée, en tâchant de décoller son pyjama trempé et désormais moulant, consciente qu'elle était maintenant plus sale qu'un ragondin tout juste sorti de son trou. Mais s'il s'agissait bien de ce qu'elle suspectait, elle n'avait pas de temps à perdre en pomponnage. Bien sûr ! Là, sur l'allée en terre battue, l'avant orienté vers la sortie avec le moteur allumé pour faciliter une fuite rapide, se trouvait un camion de la compagnie d'électricité Gulf South.

Elle se hâta de descendre les marches, puis se dirigea d'un pas saccadé vers son compteur électrique. Le technicien la vit au moment où il ajustait le fil rouge sur la boîte en métal, interdisant ainsi à son titulaire de rebidouiller le compteur après son départ. En la voyant fondre sur lui, il eut un mouvement de recul, usant de son bloc-notes pour protéger son visage, puis ses parties (puis son visage et encore ses parties ; il se décida finalement pour ces dernières).

— Excellent choix. Mais ça ne devrait pas beaucoup vous aider à sortir de cette – d'un geste du bras, elle engloba le terrain – zone… indemne, s'entend… si vous ne rebranchez pas mon électricité immédiatement.

Avant même qu'elle ait eu le temps d'engager une véritable attaque, le technicien leva les yeux vers elle en rougissant violemment, depuis la pomme d'Adam qu'il avait surdimensionnée, jusqu'à la pointe de ses grandes oreilles, maintenant écarlates. Puis, prenant bien soin de ne pas la regarder dans les yeux, il lui tendit une lettre.

— Je suis désolé, Mlle Bobbie Faye, mais votre chèque nous a été retourné.

Elle ouvrit l'enveloppe, lut, et de la fumée commença à sortir de ses narines.

— Mais bon sang, comment pourrais-je vous filer une foutue caution de 250 dollars quand, manifestement, je suis déjà dans l'incapacité de pondre les putains de 87 dollars de la facture ?

À chacune des paroles qu'elle venait de prononcer, il avait reculé d'un pas, le regard toujours fuyant.

— Je suis vraiment désolé. Pour rien au monde je ne vous aurais fait un truc pareil, à vous qui êtes la reine des Journées de la Contrebande, et tout… Mais, vous comprenez, c'est mon job. Ils me vireraient, sinon…

— Eh bien tu travailles pour des têtes de nœud, tu le sais, ça ? Je ne peux pas me procurer cet argent sur-le-champ, mais j'ai besoin d'électricité pour emprunter l'aspirateur à eau de Nina et faire disparaître le putain de lac que j'ai là-dedans, vociféra-t-elle en indiquant la caravane, pendant que son interlocuteur ébahi observait le mince filet d'eau qui s'écoulait par la porte d'entrée. Tu vois ça ? Il va falloir me faire une faveur, là. Je suis censée me rendre à la cérémonie d'ouverture du festival dans à peine deux heures !

— Je… je ne peux pas. Je suis vraiment désolé !

Il pivota et prit ses jambes à son cou pour grimper dans son camion avant que Bobbie Faye ait eu le temps de l'empoigner.

— Lâche ! hurla-t-elle tandis qu'il démarrait en trombe. Reviens ici et bats-toi comme un *homme* !

Elle examina la facture qu'il lui avait remise et fit mentalement la liste des objets qu'elle pourrait gager pour la payer. Mais elle se souvint qu'elle les avait déjà mis au clou pour aider sa sœur à payer sa « cure de sobriété rematernalisante » (Lori-Ann était une adepte indéfectible de la pensée positive) dans un centre de désintoxication correct.

Bobbie Faye resta ainsi quelques instants immobile, pendant que l'eau continuait à s'écouler par la porte. Dans toute cette mouscaille, il y avait au moins une bonne nouvelle : ça ne pouvait pas aller plus mal.

L'estomac de Roy se contracta légèrement lorsque la berline prit la direction du centre industriel de Baton Rouge, là où les eaux noires du canal croisaient le flot puissant du Mississippi. Ils se garèrent derrière un bâtiment massif de briques rouges, à peu près aussi racoleur qu'une bonne gagneuse de terrain vague, terne et lézardé, ignoré de la plupart des citadins passant par là. Quelques bureaux et fauteuils défoncés, datant au moins des années 1960, avaient été jetés en piles hasardeuses et emplissaient le hall qui avait plus l'air d'un entrepôt des surplus de l'administration que d'un centre d'affaires. Une odeur âcre de transpiration mêlée à des effluves de tabac froid adhérait aux parois tachées de l'antique ascenseur.

Ils en sortirent au niveau du dixième étage pour déboucher sur une sorte d'espace d'attente délimité par des chaises métalliques disposées sur plusieurs rangées. Eddie ne se donna pas la peine d'appuyer sur la sonnette agrémentant la porte dont la peinture verte écaillée semblait avoir contracté la lèpre. Au lieu de cela, il se baissa pour atteindre une sorte de levier placé sous le siège branlant installé à l'extrémité de la rangée. Un panneau secret, dissimulé par un ficus en plastique couvert de poussière, s'ouvrit. Roy se dit que cette large auréole sombre sous la plante pouvait tout à fait être du sang, mais il préféra ne pas poser de question. Ses testicules se rétractèrent un peu (*juste* un peu) quand ils franchirent la porte lépreuse, et son taux d'adrénaline grimpa en flèche, contrairement à son sens de l'équilibre, comme s'il venait de passer sous un porche monumental. Une mince ligne de transpiration s'était formée juste au-dessus de son col et l'air glacial qui lui emplissait la poitrine semblait ne pas avoir la moindre idée de la façon dont il pourrait retrouver le chemin de la sortie.

Il se pourrait bien que je ne puisse pas me tirer de cette embrouille en tchatchant.

Le hall d'entrée était orné d'une moquette d'importation très impressionnante, riche en tons de miel, or et rouge brique. Quelques sculptures avaient été juchées sur des colonnes en granit éclairées chacune par un spot. Il y avait aussi des toiles de prix accrochées au mur et Roy commença à se demander qui, parmi celles qu'il avait pu baiser, pouvait bien avoir un père appartenant à la Mafia. L'endroit suait le pognon et il y avait peu de chance que cette manne ait jamais été déclarée au fisc.

Ils traversèrent le hall jusqu'à un bureau encore plus somptueux. Une solide bâche bleue recouvrait une autre moquette, également sublime. Roy mit un terme à sa contemplation pour regarder Eddie.

— S'il te plaît, dis-moi que c'est parce que vous avez un problème de fuite sur le toit.

La Montagne lui décocha un direct dans la tempe qui l'envoya valser par terre, et le choc avec le sol lui broya les épaules, tandis que la douleur irradiait jusque dans son dos et ses orteils. Pour combattre la nausée qui le gagnait, il se redressa, mais La Montagne le remit sur pied brutalement avant de lui flanquer son poing dans la figure. Cette fois-ci, quand Roy s'effondra sur la moquette (enfin, une fois que les taches noires qui s'agitaient devant ses yeux voulurent bien disparaître), il vit le bout de mocassins luxueux à quelques centimètres de son visage.

— Attachez-le au fauteuil, les gars, ronronna une voix de baryton quelque part au-dessus des mocassins. Il faut qu'on passe un coup de fil.

Il se pencha vers Roy qui n'aperçut qu'un visage menaçant un peu flou :

— Tu ferais bien de prier pour que ta sœur soit chez elle, mon garçon.

Roy ne se rappelait pas s'être évanoui, mais son réveil fut bien plus éprouvant que tout ce qu'il avait connu jusqu'alors après une bonne cuite. La quasi-totalité de son flanc droit était engourdie et comme insensible.

Il était ligoté à un fauteuil placé au milieu de la bâche bleue. Ses liens lui cisaillaient les chairs.

Quelque chose… non, quelqu'un lui demanda quelque chose. Lentement, le bruit fit son chemin. Ils voulaient un truc que détenait Bobbie Faye.

— Je… euh… Pourquoi vous le demandez pas à Bobbie Faye ? marmonna-t-il en plissant un œil (l'autre étant tuméfié et donc clos) jusqu'à ce qu'il parvienne à distinguer le visage anguleux d'un homme élégant.

Roy se dit qu'il devait avoir quarante-cinq ans peut-être et qu'il semblait bizarrement guilleret. Il portait un costume en soie impeccable et parfaitement coupé qui réussissait presque à lui donner l'apparence d'un homme stable et sain d'esprit.

Il se présenta comme étant Vincent.

— Tu vois, mon garçon, nous préférons ne pas kidnapper une reine des Journées de la Contrebande. Cela susciterait beaucoup, beaucoup trop de questions, surtout au vu de ses liens avec la police. Et ta nièce, me diras-tu ? Si cette adorable tête blonde de cinq ans venait à donner lieu à une alerte « Disparition d'enfant », tout le pays serait en émoi. Alors, est-ce notre dernier recours ? *Oui.* Cela dit, pourquoi *toi* ? questionna Vincent en se penchant jusqu'à obstruer le panorama trouble de Roy. Toi, tu n'es pas indispensable. Tu disparais constamment pour fuir une petite amie quelconque. Personne ne pourra imaginer avant très longtemps que tu as été trucidé, et alors tout cela n'aura plus d'importance pour nous.

Roy releva le ton enjoué, le sourire chaleureux, et commença à réfléchir à la façon dont il pourrait charmer Vincent. Tout dans cet homme lui évoquait le terme « pointu » : un menton aiguisé comme un rasoir, des yeux taillés à la serpe, un nez pincé, une bouche mince comme un fil et des coudes aussi aigus que des cintres. Curieusement, le fait de se dire que Vincent ne savait probablement pas se servir d'une pelleteuse John Deere ne mit pas Roy en joie comme d'habitude. Il était fort possible que ce type soit un sérieux morceau.

Bobbie Faye rejoignit les marches qui menaient à sa porte d'entrée au moment même où Stacey s'en approchait en traînant derrière elle quelque chose qui se situait bien au-dessous du niveau de l'eau.

— Ton sac à main sonne.

— Stacey, pour l'amour du ciel !

Bobbie Faye gravit les marches précipitamment, plongea la main dans le sac dégoulinant à la recherche de son téléphone et déchiffra, à travers les gouttes de condensation, le numéro des derniers appels sur son petit écran. Le nom de Roy et son numéro apparurent et Bobbie Faye dut résister à une violente envie de transférer sur son portable la colère que lui inspirait son frère, en le réduisant en miettes. Au lieu de cela, elle reporta ses yeux sur sa nièce, trempée jusqu'aux os, qui riait en battant l'eau des mains, dans l'encadrement de la porte.

— Stacey, mon chou, va chercher quelque chose de sec que tu pourras mettre pour aller à l'école et rapporte-le-moi.

Pendant que Stacey trottinait vers sa chambre, Bobbie Faye appuya sur la fonction « Rappel » de son téléphone, mais n'obtint que la messagerie de Roy.

— Bordel, Roy, on dirait que le Mississippi a choisi de faire sa dernière crue chez moi. Tu ferais mieux de me rappeler dare-dare ou je vais te dévisser la tête. C'est compris ?

Elle referma violemment le portable et continua à fulminer. Il lui semblait qu'il était humainement impossible d'être plus furieuse jusqu'à ce que, baissant les yeux, elle fasse une découverte incroyable : ce ridicule pyjama fluorescent qu'elle s'était offert juste pour rigoler un brin devenait transparent quand il était mouillé. Elle revit alors le fard qu'avait piqué le type de l'électricité et prit subitement conscience de ce qu'elle lui avait montré. Intégralement. Elle n'était désormais plus très sûre de ce qui était le plus dramatique : avoir déambulé à poil ou l'avoir fait avec des hippopotames roses et jaunes sautillant sur ses seins. Elle n'était pas loin de supplier qu'un éclair vienne la délivrer de sa misérable vie, mais, vu sa chance ces derniers temps, il était tout à fait possible qu'elle s'en sorte, estropiée à vie et le cheveu irrémédiablement pauvre.

Son portable sonna une nouvelle fois et elle l'ouvrit d'un geste brusque.

— Roy. Espèce d'enfoiré. Je me fiche de savoir avec quelle blondasse ou rouquine tu te trouves. Si tu n'es pas ici dans cinq minutes…

— Bah, je suis un peu ligoté en ce moment, dit Roy d'une voix rauque et comme étouffée.

Bobbie Faye écarta le téléphone de son oreille pour l'examiner un bref instant, puis elle le referma d'un coup sec de peur d'entendre ce qu'elle avait à lui dire. Après tout ce qu'elle avait fait pour le sortir de taule, pour le cacher de ses petites amies, pour le protéger des maris desdites gourdasses, en général armés et quelque peu irrités ! Non. Attends. Ce qu'elle allait faire, c'est publier dans le journal un encart avec la liste de ses copines et le regarder détaler. Il était même possible qu'à cette occasion Carmen se relance à ses trousses avec un couteau de boucher, mais, après tout, cet abruti le méritait bien. En fait, elle pourrait se contenter d'organiser une surprise-partie pour Roy en laissant à chacune de ses petites amies le choix de ses armes quand elle arriverait à la fête. Elle en était à dresser la liste des invitées qu'elle pourrait contacter quand le portable se remit à sonner.

— URGENCE !! Ne raccroche pas !! hurla Roy.

— Tu te fiches de moi, je pense ? dit-elle en se retournant vers sa caravane qui produisait maintenant divers grincements et grognements.

— Je ne blague pas, Bobbie Faye, ils vont me tuer.

— Mouais, comme si j'allais une fois de plus avaler ça.

— Je te jure que c'est vrai.

— C'est ça. Demande-leur s'ils veulent un coup de main.

Comme l'œil qui lui restait était salement amoché, Roy avait du mal à distinguer Eddie et La Montagne dans la pénombre de la pièce où ils se relaxaient, installés dans des fauteuils de cuir apparemment fort confortables. La Montagne ronflait. Une portion du cerveau de Roy (celle qui lui intimait généralement de renfiler son pantalon fissa et de déguerpir par la fenêtre) lui envoyait des signaux alarmants. Pour être aussi décontractés, ces deux gros bras étaient sans doute capables d'une violence bien supérieure à ce qu'il avait initialement soupçonné. Potentiellement, des ennuis très sérieux. Mieux valait ne pas y penser. Il essaya donc de se concentrer sur Vincent, lequel maintenait en ce moment même le téléphone de Roy contre l'oreille sanguinolente de son propriétaire, en se tenant suffisamment près pour entendre les récriminations de Bobbie Faye.

— Toi, vociférait Bobbie Faye, toi, Roy Ellington Sumrall, tu es l'être humain le plus pourri de la terre. Alors n'essaie surtout pas de m'entuber.

Vincent le regarda vaguement hausser les épaules et dire : « C'est vrai que j'ai un tout petit peu fait le coup de la "question de vie ou de mort" une ou deux fois, dans le passé. »

— Une ou deux fois !! hurla Bobbie Faye, croyant que la remarque lui était destinée. Tu veux dire une *demi-douzaine* de « une ou deux fois », ouais ! Contente-toi de te pointer ici pour m'aider. *Maintenant* !!

La ligne fut coupée une nouvelle fois et Vincent éloigna le portable de l'oreille de Roy, en agitant le doigt comme il l'aurait fait à l'intention d'un enfant surpris la main dans un pot de confiture.

— Eh bien, mon garçon, voici un bel exemple d'amour fraternel, dit-il d'un ton narquois qui fit frissonner Roy. Je ferais peut-être bien de me débarrasser de toi et de trouver quelqu'un qui lui inspire des sentiments plus profonds.

— Non, vraiment, elle m'adore. Je vous jure. C'est une excellente sœur. Enfin, bon… quand elle n'est pas aussi « véner ». Laissez-moi la rappeler. Je vais la convaincre. Vraiment.

Vincent l'observa pendant un instant. Roy en profita pour afficher son visage le plus sincère, en espérant que ses lèvres tuméfiées et ses yeux pochés n'affectaient pas trop son opération de charme à destination de son ravisseur. Celui-ci éclata de rire et hocha la tête. Sur quoi, Eddie se leva en sortant du plus long fourreau que Roy ait jamais vu, le plus grand surin sur lequel ses yeux se soient jamais posés.

— Je pense, mon garçon, que tu essaies de gagner du temps. Sincèrement, j'admire ton sang-froid, Roy. Encore quelques années et tu parviendras à l'élever au niveau d'un art.

Vincent fit un signe à Eddie qui se rapprocha de Roy en faisant pivoter sa lame de façon que la lumière s'y réfléchisse et aveugle le prisonnier.

— En réalité, continua Vincent, j'aime moi aussi à me considérer comme un artiste. Il faut un véritable don pour escroquer les escrocs quand on évolue sur le marché noir et qu'on joue avec des œuvres d'art volées. Mais, bien que j'admire ton audace, mon cher Roy, et que, dans d'autres circonstances, j'eusse même pu envisager de te prendre sous mon aile pour te former, pour l'heure, j'ai investi beaucoup trop d'argent dans cette affaire pour me permettre de perdre du temps.

Eddie s'avança encore un peu plus près et Roy se contracta pour tenter d'éloigner de ses ravisseurs, en sautillant, le fauteuil sur lequel il était assis, mais l'épaisseur de la moquette sur laquelle était posée la bâche l'en empêcha.

Eddie ricana :

— Tu as une hernie ou quoi ?

— Je vous jure, implora Roy à l'intention de Vincent, elle m'aime beaucoup. Elle vous le donnera. Sans blague. J'ai toujours pu compter sur Bobbie Faye, même si elle est barge.

Roy grinça des dents pour tenter de continuer à afficher son sourire « charmeur ». Vincent l'étudia avant de reporter ses yeux sur le bureau, puis sur la toile accrochée au mur et enfin sur la statue perchée sur sa colonnade de granit. Il finit par arrêter son regard sur ce qui semblait être un journal intime manuscrit, aux pages jaunies et tachées d'eau, qui était ouvert à l'intérieur d'une boîte transparente posée sur le bureau. Finalement, lentement, il se tourna vers Roy.

— Dernière chance, dit-il en appuyant sur la fonction « Rappel » du portable qu'il tendit à Roy. Aucune excuse.

Dès que Bobbie Faye décrocha, Roy demanda :

— Est-ce que tu as un journal près de toi ?

— Jésus Marie Gilbert et tous les saints, Roy, tu m'avais promis de ne plus jamais boire avant midi.

— Sur la tombe de maman, Bobbie Faye, je te le jure, je n'ai pas bu. J'ai besoin de ton aide. Je t'en supplie... Est-ce que tu as un journal ?

Sur la tombe de maman ? Mieux valait pour lui que ce ne soit pas un mensonge. Bobbie Faye – qui venait d'enfiler un peignoir entre les deux derniers appels – jeta un coup d'œil dehors et vit, sur les marches de la caravane du vieux Collier, un journal encore ceint de son emballage. Elle se rua dessus.

— Ouais, ça y est, j'en ai un, dit-elle en saisissant le quotidien.

— Regarde à la page A-5. La photo en haut, à droite.

Sans perdre Stacey de vue, Bobbie Faye coinça le portable entre son oreille et son épaule tout en retournant vers sa caravane qui émit quelques grognements inquiétants. Elle ouvrit le journal à la bonne page, puis écarta le téléphone de son oreille et cria : « Stacey, mon chou ? Sors de là pour que je puisse voir ce que tu fais, OK ? »

À l'endroit indiqué, il y avait une photo montrant une bâche bleue jetée sur un cadavre. À en juger par l'emplacement des mains et des pieds qui dépassaient de ce simplissime linceul, le corps avait été démembré.

Bobbie Faye eut un mouvement de recul et lâcha le journal.

— Qu'est-ce que c'est que cette histoire ? Et pourquoi veux-tu que je voie ça ? T'es dingue ou quoi ?

— Ce n'est pas *ça* qui compte Bobbie Faye, mais *à qui* ça il appartient.

Elle perçut dans sa voix une inflexion qu'elle n'avait pas encore remarquée : la peur. Une peur réelle qu'il tentait de surmonter, sans grand succès.

— Tu te souviens du cousin Alphonse ? demanda-t-il.

— Celui qui se déguisait en poulet au restau Pluck & Fry[1] ou celui qui gagnait sa vie en faisant pousser de la mousse ?

— Non, pas ceux-là, celui qui est en taule.

— Mais, Roy, ils sont tous en taule.

— Je sais. Je parle du fils de Letta. C'est à lui que je pense.

— Impossible.

— Parfaitement possible. Il est sorti plus tôt.

— C'est des conneries, Roy, ça pourrait être n'importe qui. Je n'ai pas de temps à perdre avec tes petits jeux…

— Mais je suis très sérieux ! Tu te rappelles quand il a essayé de libérer les alligators du zoo ?

— Oooooh… Il lui manquait la moitié du…

Elle baissa précipitamment les yeux vers la photo du journal, en se concentrant sur les bras et les jambes qui dépassaient de la bâche et dont un pied n'était plus qu'un moignon. Ses genoux vacillèrent, comme s'ils étaient en coton, et elle s'affala sur les marches.

— Roy ! Il est mort ! Oh, mon Dieu ! souffla-t-elle, tandis que son estomac jouait au yo-yo. Qu'est-ce que tu as à voir avec ça ?

— Il est sorti il y a un mois. Et ces… euh… personnes, ici… Bobbie Faye, ils voulaient quelque chose qu'il avait dit pouvoir leur obtenir. Mais, comme il a échoué, eh bien… Tu vois le truc ?

Bobbie Faye s'aida de la paroi de sa caravane gémissante pour se relever, en tâchant de respirer régulièrement et de trouver un lien entre cette belle matinée, la flotte qui venait de transformer son salon en lac artificiel et, maintenant, ce meurtre. Rien ne semblait coller. C'était comme si quelqu'un avait combiné des centaines de puzzles entre eux, avant de lui tendre cinq pièces et de lui demander de terminer le boulot.

— Bon sang, Roy, je suis vraiment raide comme un passe-lacet, murmura-t-elle.

— Il ne s'agit pas d'argent, Bobbie Faye. Ils veulent…

Son estomac se noua en entendant l'hésitation de son frère.

---

1. En anglais, *Pluck & Fry* pourrait se traduire par « Vous le plumez, vous le grillez » (NdT).

— Ils veulent le diadème de maman.

Bobbie Faye resta parfaitement immobile tandis que ces mots résonnaient à l'intérieur de sa tête. Les bruits matinaux ordinaires – les oiseaux, la sonnerie du réveil des voisins, le crissement des pneus d'un camion gravissant le chemin – devinrent soudain autant d'agressions qui la désorientaient. Puis l'angoisse céda la place à la colère et elle se demanda de nouveau si elle n'était pas encore en train de se faire avoir.

— Tout cela, dit-elle d'un ton posé, ferait bien d'être une blague. C'est à moi que maman l'a donné. C'est la seule chose qui me reste d'elle.

— Je t'en fais le serment, Bobbie Faye. Je te le jure. Je ne sais pas pourquoi, mais ils le veulent. Vraiment.

— Roy, la dernière fois que tu m'as enfumée à propos de ce diadème, c'était pour pouvoir le porter lors d'une stupide parade de mardi gras, et tu as bien failli l'oublier dans un bar du quartier français !

— Mais pas cette fois !!

Sa voix était devenue plus aiguë, comme s'il souffrait, et sa respiration s'était accélérée. La caravane émettait maintenant de curieux grondements. Tout en parlant, Bobbie Faye se hâta vers l'entrée pour voir Stacey qui était en train de nouer ses lacets trempés, assise sur le seuil.

— Et ils savent que ce diadème ne vaut pas un clou ?

— J'en sais rien. Je sais seulement qu'ils le veulent.

— Mais ce n'est qu'un vieux truc sans intérêt qui appartenait à maman. Elle le mettait pour rire, durant la parade des Journées de la Contrebande. *Moi*, je l'utilise lors de la parade. N'importe qui aurait pu le prendre durant la parade. Pourquoi se réveiller maintenant ? Sans compter qu'il ne vaut même pas le prix du coffre-fort où il se trouve. Putain, souffla-t-elle en s'éloignant de la caravane avec Stacey calée contre sa hanche. Si Lori-Ann ne s'était pas remise à boire et à voler tout ce qui touche à la Contrebande pour le vendre sur eBay, je me serais contentée de le laisser dans la caravane.

Le front de Stacey se plissa, tandis qu'elle intégrait l'insulte dont sa mère venait de faire l'objet.

— Désolée, ma chérie, dit Bobbie Faye en lui caressant les cheveux.

Entendant dans son dos des bruits de frottements métalliques, Bobbie Faye se retourna juste à temps pour voir la moitié du plancher de son logis céder sous le poids de l'eau. La caravane s'éventra et les piliers de soutènement transpercèrent la paroi inférieure, de sorte qu'une partie de l'habitacle vint s'affaisser sur la terre où il s'installa comme un pachyderme agonisant. Le flot puissant qui s'écoulait l'agita encore quelques instants de légers soubresauts. Puis, au ralenti, le plancher s'effondra complètement dans une cacophonie de grincements et de couinements. Des torrents accompagnèrent les derniers instants du géant désormais terrassé.

Bobbie Faye lâcha le téléphone sous le choc, oubliant l'espace d'un instant son interlocuteur. La seule chose que son cerveau pouvait appréhender se résumait à « Ohmondieumacaravane, ohmondieumacaravane. Merde. Putain de merde ».

— Bobbie Faye ?! hurla Roy dont la voix était soudain devenue très lointaine.

— Ma caravane. Mon Dieu, Roy... Elle est... elle s'est...

— Bobbie Faye ? Il faut que tu te concentres, ma vieille !

— Que je me concentre ?

Elle tenait le portable éloigné d'elle en le considérant comme s'il s'agissait d'un objet étrange. Puis, reprenant ses esprits, elle le replaça contre son oreille.

— Bobbie Faye ?? Tu es là ?

— Ouais.

— T'as l'air bizarre.

— Oh, ne fais pas attention à moi. Je viens de faire une rupture d'anévrisme.

— Ah. OK. Bien. Alors tu vas apporter le diadème ?

Le diadème. Ce mot la ramena instantanément à la réalité.

— D'accord, Roy. Je vais aller le chercher.

— Il ne faut pas que tu contactes la police, ni que tu en parles à qui que ce soit.

— Comme si quelqu'un pourrait me croire !

— Ils ont dit qu'ils te surveillaient. Ils sauront si tu as appelé quelqu'un. Et ils veulent que tu fasses preuve de discrétion.

Bobbie Faye fronça les sourcils à la vue de sa caravane éventrée.

— Oh, dans l'immédiat, je suis l'archétype même de la discrétion, Roy…

— Dès que tu l'auras, poursuivit Roy d'une voix toujours saccadée, mais qui trahissait son soulagement, il faudra que tu m'appelles sur mon portable, OK ? À ce moment-là, ils te diront où tu dois l'apporter.

— Aller chercher le diadème, faire preuve de discrétion, t'appeler après. Voilà.

La ligne fut coupée et Bobbie Faye examina son portable, puis feu sa caravane et enfin sa nièce qu'elle tenait toujours sur sa hanche.

— Est-ce qu'oncle Roy va bien ? demanda Stacey.

Sa tante lui fit un gros câlin. Roy était la seule approximation de présence paternelle dont la gamine ait jamais bénéficié.

— Je suis sûre que oui, ma belle.

— Maman dit que tu peux réparer n'importe quoi.

Mouais… Bobbie Faye devinait que Lori-Ann avait dû dire ça d'un ton plutôt sarcastique, mais la lueur d'espoir qu'elle discernait dans les yeux de Stacey lui serra le cœur et elle se demanda comment elle pourrait bien se montrer à la hauteur d'une telle confiance. Des inconnus avaient pris son frère en otage et menaçaient de le refroidir, mais elle n'avait pas la moindre idée de l'endroit où il pouvait se trouver.

C'est à ce moment précis qu'elle le ressentit : ce feu dans son ventre, cette boule de détermination qui lui venait de son statut de grande sœur et qui avait bien failli la faire tuer plus d'une fois. Il y avait des inconnus… Ils menaçaient d'éliminer son frère…

Et ça, ça lui filait vraiment les nerfs.

— Tu vas réparer oncle Roy ?

Elle resserra ses bras autour de sa nièce.

— En tout cas, je vais faire tout ce qu'il faut pour ça.

Chapitre deux

Bobbie Faye est *la théorie du chaos.*

— Un ancien professeur de karaté dont le nez se remet doucement d'une intervention de chirurgie plastique, après qu'il a demandé à Bobbie Faye de « se lâcher ».

Bobbie Faye enrôla de force quelques voisins pour l'aider à sauver tout ce qu'elle pouvait de sa caravane. Les autres, qui savaient apprécier une bonne catastrophe quand ils avaient la chance d'en voir une, installaient déjà les barbecues et sortaient des glacières débordantes de bières. Quelques soiffards patentés débattaient de l'intérêt de parier sur la possibilité que leur voisine dessoude quelqu'un avant la fin de la journée.

— Mais c'est comme si on pariait qu'un canard va s'envoler, protestait l'un d'eux. Parions sur autre chose.

Elle s'éloigna pour ne plus les entendre. Ils en étaient à confectionner un tableau de paris – comme ceux qu'on voyait à l'occasion des matchs de football – au moyen d'une grille dont la ligne supérieure listait l'ensemble des cataclysmes envisageables et la première colonne les différentes heures de la journée. Bobbie Faye les avait en effet entendus expliquer que, dans la mesure où elle accumulait les désastres, il fallait, pour gagner, que les parieurs devinent également l'heure à laquelle le drame allait arriver.

Et il n'était même pas encore 7 heures du matin.

La banque n'ouvrirait pas avant 9 heures. Elle ne voyait effectivement pas comment éviter de tuer quelqu'un ou de l'amocher avant cette heure fatidique. Après tout, il était fort possible que tous ces boit-sans-soif se constituent une petite fortune.

Bobbie Faye se fraya tant bien que mal un chemin pour sortir de la caravane avec la plus précieuse de ses possessions : le pêle-mêle de ses photos de famille. Stacey la regarda en se dandinant pendant qu'elle essuyait la buée qui s'était formée à l'intérieur de la vitre et qu'elle remettait en place chaque photo, en essayant de préserver le miteux cadre de bois. Il ne s'agissait que de simples clichés en couleur : l'un datait du jour où elle avait perdu sa première dent ; un autre de sa graduation ; un autre encore de la période durant laquelle elle avait eu le bras plâtré. Il y avait aussi une photo d'elle à dix ans, avec Roy, huit ans, et leur toute jeune sœur de quatre ans, Lori-Ann, tous assis sur un vieux tourniquet de square surmonté d'un dôme en ferronnerie, orné d'étoiles et de demi-lunes. Ces photos représentaient les quelques souvenirs heureux de son enfance.

Elle venait d'en finir avec son pêle-mêle lorsque sa meilleure amie, Nina, arriva, pimpante comme un mannequin de défilé, sur des talons aiguilles roses et dans une blouse vaporeuse transparente d'un rose si proche de sa carnation que Bobbie Faye dut s'y reprendre à deux fois pour vérifier qu'elle n'était pas nue. Les mâles du voisinage semblaient avoir la même hésitation, car deux types dégringolèrent des marches de la caravane du vieux Collier en se tordant le cou pour reluquer Nina.

Bobbie Faye fit la grimace devant les rares fringues à peu près sèches qu'elle avait pu sauver de son placard complètement noyé : un jean taille basse un poil trop petit et un tee-shirt blanc moulant plutôt suggestif qui ordonnait *Gobe-moi, suce-moi, mange-moi toute crue* (avec pour sous-titre : *Les huîtres de Louisiane*) que sa sœur lui avait offert pour rigoler, lors d'un récent Noël. Ses vieilles bottes de cow-boy éculées complétaient le tableau.

Elle soupira. Bien entendu, elle était parfaitement habituée à la beauté altière de Nina. La plupart du temps, elle pouvait à peine passer un peigne dans sa tignasse, tandis que Nina aurait pu mettre à genoux un pays du tiers-monde rien qu'en agitant imperceptiblement son joli carré blond. Elles étaient amies depuis la maternelle et avaient été surnommées « Le Feu et la Glace » à l'adolescence. Nina était l'une des rares personnes auxquelles Bobbie Faye aurait confié toutes ses richesses matérielles. Elle jeta un coup d'œil au paon en plastique vert piqué au beau milieu du parterre pitoyable qu'elle avait eu un jour l'intention de transformer en parc floral et songea qu'elle ferait peut-être mieux d'éliminer le mot « richesses » de son vocabulaire personnel.

Nina décocha à Bobbie Faye un sourire impitoyable en la regardant par-dessus sa paire de Ray-Ban.

— B, tu es la première personne que je rencontre qui ait jamais réussi à noyer une caravane.

— Va te faire voir.

Les yeux de Stacey, ronds comme des billes, passaient de sa tante à Nina qui la prit dans ses bras pour lui faire un gros câlin.

— Ne t'en fais pas, Stace, toi aussi tu serais à cran si tu venais de détruire ta propre maison.

Puis, se tournant vers Bobbie Faye, elle ajouta :

— J'ai eu ton message à propos de l'aspirateur d'eau, mais mon petit doigt me dit que le problème a largement évolué.

Elle fit une courte pause afin de laisser passer le coup d'œil furibard de son amie et demanda en souriant :

— Qu'est-ce que je peux faire ? Tu veux que je dépose Stace à l'école ?

— Hum, non, pas exactement.

Bobbie Faye n'avait jamais eu de secret pour Nina. Il lui était éventuellement arrivé de retarder de quelques heures une révélation, mais jamais plus d'une journée entière, et elle espérait bien qu'en cet instant Nina comprendrait d'elle-même.

— Je vais le faire. Je dois aller faire une course.

— Je peux la faire à ta place. De quoi tu as besoin ?

— Non, merci. C'est pour un truc que je dois signer.

Comme elle s'y attendait, Nina la regarda par-dessus ses lunettes de soleil avec une expression qui disait approximativement : « Et tu penses berner qui, au juste ? »

— J'ai besoin que tu restes ici pour surveiller mes affaires.

Leurs yeux se portèrent simultanément sur l'alignement de barbecues et la bonne vingtaine de voisins installés sur leurs sièges pliants, dans le cliquètement des canettes de bière qu'on décapsulait.

— J'ai déjà vu certains de ces types déménager un étalage de vide-greniers en quinze secondes chrono, et pourtant rien de ce qui était exposé ne leur plaisait.

— Et comment suis-je censée les tenir à distance ?

Bobbie Faye empoigna une pince à glaçons et la colla entre les mains de Nina :

— Sois sans pitié.

Nina considéra l'avidité brute qui se lisait sur le visage des spectateurs, puis la pince en plastique.

— S'il te plaît, mon Dieu, dis-moi qu'en réalité, cela est un Taser.

Bobbie Faye boucla son sac à main avant de faire passer Stacey de la hanche de Nina à la sienne. Quelques instants plus tard, elle sortait avec la petite du camp de caravanes, dans la Honda Civic jaune, rouillée et rafistolée au Scotch, qui pétaradait sec en crachant une fumée noire.

Roy observa Vincent qui s'installait dans un fauteuil de cuir, derrière un bureau en châtaignier massif au vernis étincelant. Vincent feuilleta les photos qui se trouvaient dans le portefeuille de Roy, soit, principalement, des clichés suggestifs de ses diverses ex. Soudain, il s'arrêta sur l'un d'eux avec un mauvais sourire sur le visage.

— Jolie photo de famille, dit-il presque en ronronnant.

Les cheveux sur la nuque de Roy se mirent au garde-à-vous. Vincent était en train d'examiner la photo de Roy, Bobbie Faye et leur plus jeune sœur, Lori-Ann, qui portait Stacey, alors âgée de trois ans.

— Tout à fait… fascinant. Surtout Bobbie Faye.

— Comment savez-vous laquelle est Bobbie Faye ?

— Mon cher garçon, *tout le monde* connaît la reine des Journées de la Contrebande. De plus, elle détient ce que je veux. Et puis, savoir, c'est mon métier, expliqua-t-il tandis que ses lèvres se crispaient en une sorte de rictus. Je parie qu'une fois ligotée, elle se serait montrée beaucoup plus agréable que toi, mon cher garçon. Je crois que j'ai hâte de la rencontrer.

Une pulsion protectrice traversa Roy, mais celle-ci céda rapidement la place au découragement, quand il tenta de s'extirper des liens qui le maintenaient sur sa chaise. Bien qu'il estimât Bobbie Faye parfaitement capable de s'en sortir toute seule, l'idée qu'elle pût un jour être exposée à l'expression lascive du visage de Vincent lui soulevait le cœur.

— Oh, il est probable que vous la détesteriez. Le dernier type avec lequel elle est sortie a voulu la tuer, essaya-t-il avant de se rendre compte subitement que Vincent pourrait interpréter ses paroles comme une suggestion.

Il ajouta donc précipitamment :

— Bon, vous n'iriez sans doute pas jusque-là. Je veux dire, avoir envie de la tuer. D'ailleurs, le précédent est devenu prêtre. (Non, ça n'arrangeait rien...) Elle est du genre épuisant.

— Tu veux dire fougueuse, hein ? J'aime les femmes de tempérament, pourvu qu'elles ne gênent pas mes plans.

— Oh, elle ne ferait jamais ça. Je vous jure. Elle va aller chercher le diadème et l'apporter à l'endroit exact que vous lui aurez indiqué.

— Tu ferais mieux de prier pour que ce soit le cas, Roy. Ce serait vraiment dommage de devoir te torturer *et* te tuer.

Le visage de Vincent s'éclaira d'un large sourire et Eddie et La Montagne se mirent à ricaner comme s'il s'agissait d'une excellente blague. Manifestement, ils passaient un sacré bon moment. Roy serra les dents en essayant de cacher son angoisse. Tout allait pour le mieux : Bobbie Faye ne faisait que rarement ce qu'on lui disait de faire et semblait se ficher royalement de ce que les autres pouvaient bien penser d'elle... Tout cela faisait d'elle quelqu'un de radicalement différent des filles que Roy avait été capable d'emballer. Parfois, il en venait à se demander si c'était vraiment une fille du Sud. Voire, si elle était américaine. Comme dans la chanson du chanteur de charme, Jo Dee Messina, la fonction « ça me gêne » de Bobbie Faye était en panne. Et voilà que sa vie à lui dépendait de la façon dont elle suivrait des instructions.

Il était cuit.

Son estomac fit un looping avant de plonger en piqué. De la sueur commença à perler à des endroits où il ignorait même avoir des glandes sudoripares.

La pauvre voiture de Bobbie Faye parvint en crachotant jusqu'à l'entrée de l'école élémentaire de Goutreaux qui se résumait à une suite de petits bâtiments en brique peu élevés et entassés comme s'ils s'attendaient en permanence à subir un ouragan. Sur le trottoir, une myriade de gamins se mettaient en rang avant que sonne la première cloche de la journée. L'antique Honda Civic crachait tant de fumée noire que les enfants s'écartèrent en bloc et retinrent leur respiration dès qu'ils l'entendirent approcher. Stacey sauta du véhicule et courut jusqu'à un petit groupe de filles qui l'embrassèrent, chacune à son tour, avant de l'intégrer à leur cercle. Les autres enfants reprirent leur position à l'unisson et cessèrent à nouveau de respirer quand Bobbie Faye s'éloigna en arrachant à son bolide des couinements de protestation contre cette accélération trop brutale.

Son instinct lui hurlait de filer à la banque, directement et à toute allure, quitte à transgresser l'ensemble des règles du code de la route. Mais les ravisseurs de Roy avaient exigé de la *discrétion*, ce qui impliquait qu'elle trouve une excuse pour se présenter à la banque puisqu'elle était censée ne retirer le diadème de son coffre-fort que pour la grande parade finale. Sans compter que le terme *filer* n'appartenait pas au lexique relatif à sa voiture, contrairement à celui d'*humiliation* : un adolescent perché sur un tracteur John Deere venait de la dépasser en secouant la tête devant l'engin pathétique qui lui tenait lieu de véhicule.

Celui-ci hoqueta quand Bobbie Faye coupa le contact devant l'endroit où elle travaillait, Au Bazar Cajun - Grand Magasin Feng Shui de Ce Ce. Le panneau peint à la main qui avait été fixé sur la vieille maison de style acadien (reconvertie en commerce, il y avait des années de cela) avait vu des jours meilleurs, et les dénominations des précédentes entreprises commerciales de Ce Ce étaient encore visibles sous la couche de peinture. Les inscriptions à demi effacées indiquaient que l'endroit avait été, à un moment donné, le lieu du Bazar et Grand Magasin Pet Rock, démontrant s'il en était besoin que Ce Ce ne reculait devant aucun défi.

Bobbie Faye était quasi certaine que Ce Ce n'avait pas la moindre idée de ce que pouvait être le feng shui. Quand elle ouvrit la porte principale, elle commença par glousser. Ce Ce avait apparemment reçu une nouvelle livraison de cristaux, et si l'un d'eux devait aider qui que ce soit à atteindre l'équilibre et la sagesse, Ce Ce en avait manifestement conclu qu'une centaine le conduirait tout droit au nirvana. En tout cas, elle ne serait pas prise au dépourvu au cas où chaque citoyen de Louisiane lui en commanderait plusieurs milliers. Les cristaux étaient entreposés dans tous les recoins imaginables et d'autres se balançaient au plafond. Dès qu'elle franchit le seuil, Bobbie Faye eut sous les yeux quatorze milliards de réflexions de sa propre image.

Aussi étrange que cela puisse paraître, ce panorama collait à l'idée un peu fantasmagorique qu'elle s'était faite des lieux et qu'elle avait adorée, à l'instant précis où elle y avait pénétré, à l'âge de seize ans. L'antique maison acadienne avait fait l'objet de plusieurs extensions au fil des ans. Certaines pièces débouchaient sur des vérandas improbables et, parfois, il fallait emprunter un placard pour accéder à une autre pièce. Le précédent propriétaire avait commencé par vendre des grillons et des appâts aux pêcheurs en partance pour les lacs ou les marécages d'Atchafalaya. Il y avait peu à peu ajouté des cannes à pêche et d'autres articles complémentaires, du matériel de chasse et tous les accessoires de camouflage nécessaires, des équipements de camping et des réchauds Coleman, des lanternes, des diffuseurs d'odeur censés attirer les poissons ou les biches, des biscuits pour le petit déjeuner, la meilleure *gravy*[1] du monde et toutes sortes de bricoles pour quiconque envisageait de camper au bord du fleuve ou dans les marécages. Quand Ce Ce avait repris le magasin, le nombre de ces accessoires avait augmenté de façon exponentielle et sa boutique était devenue l'endroit où l'on pouvait trouver ce fameux truc dont on avait entendu parler et qui pouvait peut-être améliorer un record de pêche, de chasse, voire favoriser une liaison amoureuse, et, surtout, qui n'existait nulle part ailleurs. Pour corser le tout, Ce Ce était également la prêtresse vaudoue absolument incontournable si l'on souhaitait obtenir un philtre d'amour, jeter un sort ou tout simplement augmenter son taux de chance. Le champ de ses compétences était sans limite.

Bobbie Faye dépassa les gondoles surchargées dans la lumière tamisée que diffusaient des suspensions antédiluviennes et qui donnaient à ce lieu une atmosphère intime et chaleureuse (tout en dissimulant les couches de poussière). Une odeur de biscuits tout juste sortis du four réveilla son estomac. Elle se hâta de traverser le département du magasin dont elle s'occupait (armes à feu et couteaux) et salua d'un geste de la main Alicia et Allison (des jumelles que personne n'avait jamais réussi à différencier) qui géraient la section « Appâts vivants ». Elle afficha sur son visage une expression signifiant à peu près « Tout va bien, passez votre chemin » et fonça vers le bureau de Ce Ce.

Celle-ci était au téléphone. En fait, elle était presque constamment au téléphone, à résoudre les problèmes de quelqu'un, tout en accrochant des trucs à ses dreadlocks comme d'autres griffonnent sur un bout de papier. Aujourd'hui, c'étaient des perles multicolores. Son corps trapu comme un tonneau avait bien du mal à se glisser entre son bureau et le mur, et Bobbie Faye rit intérieurement quand elle vit que Ce Ce avait disposé ses sachets de perles sur son énorme poitrine, s'en servant comme d'une étagère. Elle ne s'était pas doutée du besoin qu'elle avait du sourire

1. La *gravy* est une sauce à base de jus de viande (NdT).

réconfortant de Ce Ce avant de le voir s'élargir sur le visage de sa patronne.

— C'est ça, mon chou, disait-elle. Une vie sexuelle plus intense, oui. Combien faut-il que je te réserve de cristaux ?

Ce Ce continua d'écouter son interlocuteur pendant que Bobbie Faye la considérait avec suspicion, puis elle ajouta : « Tout un carton ? Tu es sûre, mon chou ? Tu veux que ton mari survive à l'expérience, n'est-ce pas ? » Puis elle éclata de rire, inscrivit la quantité demandée en face du nom de sa cliente et raccrocha.

— Ne me dis pas que tu vends ces cristaux en guise d'aphrodisiaques ? s'indigna Bobbie Faye en tâchant de se frayer un chemin entre les caisses d'articles hétéroclites, dans ce désordre généralisé.

Elle parvint à atteindre un fauteuil en face de Ce Ce et s'y affala.

— Bien sûr que si, mon chou. La confiance engendre la confiance. Tu ne sais pas ça ?

Bobbie Faye se contenta de secouer la tête et de rire.

— Bon, qu'est-ce que tu veux, mon chou ? demanda Ce Ce en calant ses grosses joues contre son poing. Parce que tu as un regard qui ne trompe pas.

Bobbie Faye n'avait pas encore prononcé les mots « J'ai besoin d'une avance » que Ce Ce en était déjà à signer le chèque.

— Je ne comprends vraiment pas. Pourquoi tu t'entêtes à payer de l'électricité quand le truc à l'autre bout est mort ? Tu ferais mieux de l'achever, de l'enterrer et de te trouver un homme.

— À la seule condition qu'on me laisse l'achever et l'enterrer si lui aussi devient inutile.

— Pas étonnant que tu sois encore célibataire, ironisa Ce Ce en lui remettant le chèque. Ça ne te ressemble pas de miser du bon argent sur une cause perdue, à moins que… merde. C'est Roy, c'est ça ? demanda Ce Ce, avec cet air de tout savoir sur tout qui mettait toujours Bobbie Faye mal à l'aise. C'est quoi le problème ?

— Je te l'ai dit. Il faut que je fasse rebrancher l'électricité pour aspirer toute l'eau du truc, répondit Bobbie Faye en avalant sa salive et en se demandant si Ce Ce avait perçu le léger tremblement dans sa voix. Enfin, quand je l'aurai remis en état, quoi.

La seule façon qu'elle avait pu imaginer d'être discrète quand elle irait à la banque était d'y faire quelque chose de normal, comme de venir déposer un chèque. Ce Ce ne devait pas lui verser de salaire avant la semaine suivante, mais elle comptait s'en sortir en lui demandant une avance, plutôt que de lui révéler la vérité. Le problème, c'était que Ce Ce était la personne la plus fine qu'elle connaissait, et aussi l'une des plus généreuses. Et s'il existait quelqu'un capable de trouver une solution pour aider Roy, ce ne pouvait être qu'elle. Mais Bobbie Faye se souvint de la photo de son cousin démembré et frissonna : il était hors de question qu'elle fasse courir un risque à Ce Ce.

— Ce n'est vraiment pas grave, Ce Ce. Il faut que j'y aille.

Ce Ce prit Bobbie Faye dans ses gros bras :

— Tu m'appelles si tu as besoin de quoi que ce soit, ma chérie. C'est bien compris ?

Bobbie Faye hocha la tête et s'empressa de quitter le bureau. Elle accepta un biscuit d'Alicia (à moins que ce ne fût Allison) avant de rejoindre sa voiture. Elle vérifia l'heure sur son téléphone portable : encore un quart d'heure avant 9 heures et la banque était juste au coin de la rue. Elle allait retirer le diadème, le donner aux fous furieux qui détenaient Roy et il serait sain et sauf.

La Honda Civic hoqueta. Et refusa de démarrer. Le starter n'ayant pas résolu la situation, Bobbie Faye posa sa tête contre le volant en essayant de ne pas hurler. Puis elle ouvrit calmement la boîte à gants et en extirpa un petit marteau. Elle sortit de la voiture et se dirigea vers le capot qu'elle souleva avant de taper de toutes ses forces sur diverses pièces du moteur, au hasard.

— Toi, scanda-t-elle entre ses dents serrées à chaque fois que le marteau percutait le métal, espèce – *bam* – de sale – *bam* – bagnole. Tu vas finir – *bam* – en boîtes de conserve – *bam* – si tu ne te grouilles pas de *démarrer.*

Vlan. Elle se réinstalla derrière le volant et tourna la clé de contact. La voiture émit un faible mugissement, mais le starter fut de nouveau impuissant.

— Je te promets que tu vas finir en grille-pain !

Elle enfonça la pédale d'accélérateur et la guimbarde ressuscita dans un rugissement.

Bobbie Faye se dégagea de sa place de parking et se dirigea vers la rue principale qui traversait la ville. Sa voiture bondissait, puis s'arrêtait, tressautait à nouveau, puis s'immobilisait encore, tout en émettant une fumée beaucoup plus noire et plus âcre que ne le toléraient les garagistes. La situation empira quand elle passa le feu rouge en cahotant et tourna vers la banque. Mais la seule chose qui préoccupait Bobbie Faye était la façon dont elle allait pouvoir apporter le diadème à ceux qui retenaient Roy, si elle n'avait plus de moyen de locomotion. La ville de Lake Charles n'était pas très riche en taxis. Quant à en trouver un qui serait prêt à ne pas lui facturer la course...

Si elle libérait Nina de son tour de garde, elle risquait de ne plus rien retrouver chez elle quand elle rentrerait, et la voiture de Lori-Ann lui avait été confisquée le mois précédent puisqu'elle avait bu la totalité des mensualités consacrées à son paiement. Celle de Ce Ce se trouvait au magasin, et le dernier petit ami en date de Bobbie Faye venait de décider que sa vie serait beaucoup plus paisible en Irak. Il avait donc vendu l'intégralité de ses biens, dont un déambulateur en parfait état qui, au point où elle en était, lui aurait été d'un certain secours. Mais, non, Môssieur avait subitement ressenti le besoin d'aider son prochain en zone occupée. Il avait dit que, désormais, depuis qu'il était sorti avec elle, il comprenait les besoins de ces opprimés. Il semblait pourtant impossible que son départ à l'étranger fût attribuable au fait que en rentrant de son travail un peu plus tôt que prévu, elle l'avait trouvé chez elle, comatant et cuvant auprès d'une radasse prépubère levée on ne savait où et qu'il avait ramenée dans la caravane de Bobbie Faye au lieu de la sienne. Elle se demandait si ses cheveux avaient déjà repoussé aux endroits où elle les lui avait rasés, alors qu'il ronflait, et s'il avait fini par réussir à effacer l'encre qu'elle avait utilisée pour écrire « petite queue » sur son front.

La voiture toussota jusqu'à la banque et elle s'engagea tant bien que mal sur le parking, anciennement occupé par une station

Texaco. Elle empoigna le volant en sifflant entre ses dents serrées tous les jurons qu'elle connaissait, voire en en inventant de nouveaux. Un bruit sourd sortit de sous le capot et une fumée noire vraiment épaisse s'éleva, faisant passer les précédentes émissions de CO_2 pour de pathétiques bouts d'essais d'amateurs qui laissaient maintenant la place aux vrais pros.

Le véhicule rendit enfin son dernier soupir. Définitivement raide.

Il avait rendu l'âme à deux mètres d'une place de parking, sans même avoir l'obligeance de se traîner jusque-là, bloquant ainsi l'entrée de la banque. Bobbie Faye mit la voiture au point mort et employa toutes ses forces à la pousser sur les derniers centimètres, avant de s'apercevoir – trop tard – qu'elle s'était mise en travers et bloquait le passage d'une autre voiture. À ce stade, elle claqua la portière… qui dégringola de ses gonds.

— Espèce de putain de tas de merde !

Derrière elle, les trois bonnes sœurs et les quatre clients qui s'étaient regroupés devant l'entrée de la banque émirent un « oooh » de désapprobation parfaitement perceptible. Bobbie Faye redressa les épaules, tira sur l'étroit tee-shirt (*Gobe-moi, suce-moi…*) qui moulait sa poitrine généreuse, saisit son sac à main trempé et rejoignit la file d'attente qui s'était formée devant la banque, comme si tout cela était absolument normal. Elle prétendit même ne rien remarquer quand les gens s'écartèrent légèrement sur son passage.

Parmi les quatre clients (autres que les trois bonnes sœurs), il y avait deux boutonneux coincés d'une vingtaine d'années qui hochaient spasmodiquement la tête avec des écouteurs vissés dans les oreilles, un homme plus âgé aux traits marqués qui portait un casque de soudeur et un gringalet dont le dos semblait irrémédiablement bloqué en point d'interrogation. Bobbie Faye se mordit la lèvre pour s'empêcher de tous les dépasser. D'autres clients arrivèrent et s'installèrent dans la file, pas trop près d'elle, chacun donnant l'air de savoir jouer des coudes à l'occasion pour être le premier, mais répugnant à apparaître comme le genre de personnes capables de bousculer une bonne sœur.

Chapitre trois

Attention : passage de Bobbie Faye sauvage.

— Panneau de signalisation artisanal installé par les voisins de Bobbie Faye.

Quand la banque ouvrit ses portes, les bonnes sœurs furent les premières à y entrer. La ville étant fortement catholique, Bobbie Faye soupçonnait que l'éventualité d'un éclair divin et néanmoins vengeur avait incité chacun à rester derrière elles. Mais cela n'empêcha personne de passer devant les autres clients, Bobbie Faye se retrouvant ainsi à une place beaucoup plus éloignée qu'initialement. En temps normal, elle aurait dégommé quiconque se serait comporté ainsi, mais Roy avait insisté sur le mot *discrétion*. Elle allait par conséquent se montrer discrète, quitte à en tomber mortellement malade.

Elle examina donc le chèque que Ce Ce lui avait remis en espérant que cette attitude lui donnerait l'air de quelqu'un de normal – quoi que ce mot puisse signifier. À vrai dire, elle n'était pas très sûre d'avoir jamais approché quelque chose de *normal*. Comme la file d'attente ne bougeait pas, Bobbie Faye se pencha pour voir qui était au guichet et soupira en constatant qu'il s'agissait de la petite Avantee Miller, laquelle, à dix-neuf ans à peine, semblait déjà profondément blasée de la vie.

Le gringalet à lunettes attendait son tour, immédiatement derrière Bobbie Faye. Alors qu'elle se balançait d'un pied sur l'autre et se trémoussait en observant Avantee qui lambinait devant la première bonne sœur, il sursauta, puis tressaillit en la regardant avec des yeux ronds, comme si elle débarquait d'une autre planète. Elle pensait pouvoir le rassurer par un petit calembour amical (c'était bien ce que les gens normaux faisaient, n'est-ce pas ?).

— Si on plante un tuteur près d'elle, on saura peut-être si Avantee a bougé, offrit-elle, s'attendant – au minimum – à récolter un vague sourire de la part de son voisin.

Rien, hormis un regard vitreux.

— Pour comparer par rapport à un point fixe. Vous voyez ce que je veux dire ? Pour voir la différence ?

Il fut parcouru d'une sorte de tremblement, grimaça un vague signe de compréhension et s'employa à éviter le regard de Bobbie Faye, au point qu'elle en vint à se demander si elle n'avait pas oublié de se brosser les cheveux.

Voilà, maintenant, c'était officiel : elle effrayait aussi les locaux.

Puis, elle remarqua une petite flaque à ses pieds, formée par les gouttes qui tombaient de son sac à main. Elle tâcha de mimer la parfaite innocence, mais fut soulagée de pouvoir avancer d'un pas quand la première bonne sœur s'éloigna du guichet.

Quinze minutes plus tard, Avantee en était encore à la troisième bonne sœur. Bobbie Faye songea que c'était une chance qu'elle porte de vieux vêtements ; ainsi, même si elle s'embrasait spontanément, Lori-Ann pourrait encore utiliser certaines de ses plus belles fringues ou les vendre. Bobbie Faye se surprit une fois de plus à taper du pied au rythme des ronflements qui émanaient du vieux Harold, le gardien octogénaire de la banque, et son impatience n'améliora pas les tressaillements nerveux de la demi-portion qui patientait derrière elle.

Elle vit Melba, l'abeille bourdonnante qui dirigeait l'agence bancaire, foncer vers un guichet et, elle qui venait en une unique matinée d'épuiser son quota de patience hebdomadaire, elle lui lança :

— J'espère que tu proposes de bons plans de retraite complémentaire, Melba, parce que avec le temps que je viens de passer ici, je devrais pouvoir en souscrire un.

Melba poussa un long soupir, comme quelqu'un qui porte sur ses épaules tout le poids du monde, mais sans émouvoir une seconde Bobbie Faye. Melba était ainsi depuis la maternelle. D'ailleurs, elle soupira une fois encore avant de lui demander : « Que puis-je faire pour toi, Bobbie Faye ? » d'un ton impliquant qu'elle avait déjà aidé un nombre incalculable de gens depuis sa naissance.

Bobbie Faye se précipita vers son guichet et lui tendit le chèque de Ce Ce.

— Il faut que j'encaisse ça, dit-elle en essayant de parler normalement et non comme si la vie de son frère en dépendait.

Et avant que les mots *tu dois faire la queue* puissent se former dans le cerveau laborieux de Melba, elle ajouta :

— Et j'ai besoin de... hum... – elle jeta un bref coup d'œil autour d'elle, puis baissa la voix – ... vérifier mon coffre.

Melba haussa si haut son sourcil dessiné au crayon qu'il finit par se confondre avec la racine de ses cheveux. De son côté, Bobbie Faye s'efforça de rester impassible.

— Tu as ta clé, bien sûr ? demanda Melba.

Merde. La clé.

Bobbie Faye fourragea dans son sac dégoulinant en tâchant de se persuader que cette clé ne pouvait pas se trouver ailleurs, que ce sac était le dernier endroit où elle l'avait déposée et que – je vous en prie, mon Dieu – elle n'aurait pas besoin de retourner chez elle pour tenter de retrouver une *clé* à l'intérieur d'une caravane qui reposait sur le flanc, au beau milieu d'une pelouse où s'étalaient la quasi-totalité de ses possessions. Elle vida les reliques de son sac à main et, finalement, tout au fond, mit la main sur une boîte remplie de pinces à cheveux et autres objets précieux... où se trouvait la clé. Melba se racla la gorge et Bobbie Faye la regarda. Le guichet était entièrement recouvert des épaves exhumées du sac. La plupart d'entre elles étaient trempées et avaient laissé des marques humides sur le sous-main de cuir qui faisait la fierté de Melba.

— Oooh, désolée, Melba, s'excusa-t-elle en remettant le tout dans son sac et en ignorant l'expression aigre de la banquière.

Les coffres-forts étaient installés dans l'ancienne fosse à vidange qui sentait encore la boue et l'huile, plusieurs dizaines d'années après avoir été reconvertie. Bobbie Faye s'installa devant l'un des bureaux d'écoliers qu'utilisait la banque en guise de tables et fixa les yeux sur la boîte, les mains tremblantes. Melba fit tourner sa clé dans la serrure et attendit que sa cliente y place la sienne.

Quand ce fut fait, Melba dit :

— Je vais aller encaisser ça pendant que tu inspectes ton coffre.

Elle pivota prestement vers la porte avant de se raviser :

— Ta maman aurait été fière du soin que tu prends de ce diadème. Je m'étais pourtant toujours dit que tu allais le perdre.

Bobbie Faye grimaça derrière le dos de Melba qui passait la porte. Elle fit tourner la boîte, puis, retenant son souffle, l'ouvrit. Elle ôta le tissu qui recouvrait le diadème et le plaça devant elle. Sur la partie supérieure, le métal qui le constituait avait été fondu puis forgé en quatre demi-lunes, deux de chaque côté qui se faisaient face, et une étoile avait été fixée en son centre, plus grande que les demi-lunes. Aucune pierre, diamant ou autre, pas une once de métal précieux, juste du fer. Légèrement rouillé, éraflé, tout simple. Bobbie Faye l'observait, stupéfaite que quelqu'un puisse accorder autant de prix à quelque chose que son arrière-arrière-arrière-grand-père avait confectionné pour que sa fille joue avec. Cette chose n'avait pas plus de valeur qu'un vieux fer à cheval. C'était juste une vieillerie.

Elle le tint contre sa poitrine pendant un moment, juste assez longtemps pour tacher son tee-shirt de quelques points de rouille. Elle ferma les yeux, laissant son pouce souligner la première moitié de l'inscription qui y figurait, la seule qui fût encore visible : TON TRÉSOR EST TROUVÉ [1]. Les mots suivants étaient tellement usés qu'il n'en restait que de vagues vestiges. Sa mère avait organisé une petite cérémonie de « passation de flambeau » quand elle avait pour la première fois placé le diadème sur la tête de sa fille. Pour ce jour particulier, elle avait voulu qu'elles portent des fleurs dans leur chevelure, des perles et aussi des déguisements ridicules. Sa mère en lisant l'inscription, avait dit « Mon petit trésor », et Bobbie Faye s'était imaginé que c'était exactement les mots que son arrière-arrière-arrière-grand-père avait prononcés quand il avait couronné sa propre fille.

C'était le seul bien que sa famille lui avait transmis, à part les gènes qui faisaient d'eux des ratés, et à ses yeux le diadème était beaucoup plus précieux que l'or. Elle se rappelait encore sa première parade en tant que reine des Journées de la Contrebande, quand elle avait succédé à sa mère. Elle se sentait alors mal à l'aise, déplacée. C'était à ce moment-là qu'elle avait été obligée d'admettre que le cancer allait gagner et que sa maman ne serait pas toujours à ses côtés. Puis, se souvenant de la joie de sa mère en cette occasion, elle chassa ses larmes d'un clignement d'œil.

Je suis désolée, maman. Elle tourna son visage vers le plafond. *Roy est en danger et j'ai besoin de ça.*

— Et après, je lui collerai une sacrée raclée, ajouta-t-elle à haute voix avant de se ressaisir en regardant de nouveau le plafond et de s'amender. Je veux dire... je l'aiderai à remonter la pente.

Quand Bobbie Faye regagna la salle principale, Melba se tenait immobile derrière son guichet. D'une main elle tenait l'argent correspondant au chèque de Bobbie Faye, et de l'autre un combiné téléphonique qu'elle gardait à distance de son oreille.

— Au revoir, Melba, souffla Bobbie Faye en prenant le liquide qu'elle enfourna dans un sac en plastique où se trouvait déjà le diadème.

1. En français dans le texte (NdT).

Elle refermait le sac tout en se hâtant vers la sortie, les yeux baissés sur sa tâche, quand elle se heurta au petit nerveux qui se trouvait maintenant en tête de file, manifestement à cran.

Bobbie Faye jeta un coup d'œil vers Avantee qui tenait une liasse de billets destinés au maigrichon. Elle avait le bras en l'air comme si les synapses qui régulaient sa motricité venaient de subir un court-circuit. Bobbie Faye roula des yeux, puis arracha le paquet d'argent de la main d'Avantee :

— Pour l'amour du ciel, c'est si difficile que ça de lui donner ? lui lança-t-elle.

Elle pivota alors vers le type pour lui remettre le liquide.

Celui-ci tenait un revolver. Braqué sur Avantee.

— Merci, lui dit-il.

Puis, l'arme désormais dirigée vers Bobbie Faye, il empoigna son sac en plastique, en ajoutant :

— Je suis tout à fait désolé. Je vais aussi avoir besoin de ça.

— Oh, alors j'imagine que c'est une blague.

Il lui montra sa poitrine à l'endroit où, sous un mince coupe-vent, avaient été scotchés des pains de TNT.

— C'est donc la première fois, dit-elle.

Il rougit.

— Je ne savais pas s'il valait mieux utiliser un revolver ou de la dynamite.

— Alors la prochaine fois que tu décides de peindre tes rouleaux de Sopalin, tâche de faire en sorte qu'on ne puisse pas lire la marque dessus.

Quand il baissa les yeux pour regarder si elle disait vrai, elle se précipita sur son sac en plastique, mais ce qu'elle avait pris pour un faux revolver tira une balle – dans le plafond – pendant que Harold, le garde, poursuivait son roupillon sonore.

Du plâtre tomba sur la tête de Bobbie Faye, recouvrant son crâne de poussière blanche. Elle regarda, bouche bée, le voleur de banque.

— Ce n'est pas ma faute, s'excusa-t-il en indiquant ses cheveux.

— Ça va. Rend-moi mon dia… Euh, *déjeuner*. Grouille-toi.

— Hé, professeur Fred, dit l'un des deux boutonneux, depuis la porte d'entrée. Je crois que j'entends des sirènes. Faut qu'on se casse !

Fred pivota pour détaler juste au moment où Bobbie Faye se penchait pour reprendre son diadème. Il lui sembla que la scène qui s'ensuivit durait un million d'années.

Le soudeur se rapprocha…

Fred glissa dans la flaque qui s'était formée sous le sac à main de Bobbie Faye…

En tombant, il lança le sac contenant le diadème et le liquide à ses deux acolytes qui s'excitaient à la porte de la banque, juste à côté d'un Harold toujours endormi. Le diadème s'éleva haut dans les airs, beaucoup plus haut que la main de Bobbie Faye qui bondit…

Elle trébucha sur le corps du professeur, au moment même où le soudeur fondait sur lui pour lui arracher son revolver…

Le revolver glissa sur le sol de béton tandis que Bobbie Faye s'affalait dans la direction opposée. Elle rampa par-dessus Fred et le soudeur, saisit le revolver et se précipita dehors assez rapidement pour apercevoir les deux coincés grimper dans une Saab blanche. Ils décampèrent si vite qu'elle n'eut pas le temps de noter le numéro de leur plaque d'immatriculation. Désespérée, elle se mit à tourner en rond sur le parking, tandis que son cerveau répétait *noon noon noon.*

À quelques pâtés de maisons de là, on pouvait entendre des sirènes, de plus en plus proches. Sa voiture était là, mais elle était morte, sans espoir de résurrection et encore moins de course-poursuite. Il y avait bien les autres véhicules garés sur le parking : un vieux break dans lequel étaient tapis un père effrayé et ses quatre moutards ; la Coccinelle du libraire ; une Ford métallisée conduite par un blondinet pimpant ; quelques camionnettes d'artisans dont, selon toute probabilité, celle du soudeur ; un pick-up Ford rouge, briqué de frais, qui étincelait dans le soleil du matin et dont le conducteur s'était recroquevillé derrière son volant ; et, pour finir, une Porsche bleue dont le propriétaire n'était pas en vue.

Bobbie Faye fit donc le choix le plus logique et évident. Pour elle, s'entend. Elle se précipita vers le siège passager du pick-up rutilant, sachant que son conducteur serait forcément un adolescent dégingandé et boutonneux, débordant de testostérone, pour qui la virilité dépendait de la capacité à soulever un engin motorisé posé sur des pneus surdimensionnés. Apparemment, le môme avait un *ego* vacillant car les énormes roues faisaient au moins trois fois la taille habituelle. Généralement, ce genre de gamin se laissait assez facilement persuader par une paire de seins, mais au cas où les siens n'auraient pas fait l'affaire, Bobbie Faye braqua le revolver de Fred sur lui.

À vrai dire, il ne s'agissait pas à proprement parler d'un adolescent. Le type avait plutôt la trentaine bien sonnée et était salement buriné, grand et musclé. Tous ces attributs de séduction réveillèrent ses hormones déjà fort agitées. Plus spécialement ces superbes biceps qui, malheureusement, conduisaient à une main qui, c'était incontestable, pointait un pistolet sur *elle*. Un bref coup d'œil à son visage étouffa instantanément tout élan hormonal, car Bobbie Faye comprit immédiatement que l'individu avait le caractère d'un mauvais pitbull, du genre ex-militaire, ex-flic ou ex-mari, et que sa case patience était réduite à sa plus simple expression.

Merde. Pourquoi n'était-elle pas tombée sur une mauviette ?

— J'ai besoin de votre pick-up, dit-elle en continuant à pointer son revolver sur lui. Il faut que je poursuive cette Saab.

— T'as surtout besoin d'un examen psychiatrique.

Puis, voyant que la canette de Jolt Coca qu'il venait d'ouvrir s'était répandue sur son jean :

— Putain de merde ! Regarde ce que tu m'as fait faire !

— Vous buvez ça ? Ce truc vous tuera.

Il hocha la tête en direction des deux armes avec un air de défi.

— Je n'ai pas le temps d'en discuter.

Elle déplaça à peine le canon de son revolver et tira dans la tôle, juste au-dessus de sa tête, occasionnant un petit trou fumant à quelques centimètres de lui, puis dirigea à nouveau l'arme vers son visage.

— T'as tiré sur ma bagnole ?! J'arrive pas à y croire !

— De toute façon, il te faudrait un pick-up pour adulte. Alors, comment tu vois les choses ?

— T'es cinglée !!

— Ouais, comme si c'était une nouvelle. J'ai besoin que tu poursuives cette Saab.

Elle grimpa dans le pick-up en maintenant le revolver braqué sur lui.

Les sirènes étaient toutes proches maintenant.

Le regard de l'homme glissa sur elle pour observer quelque chose sur le parking et son visage s'assombrit, bien qu'elle eût cru cela impossible.

— Chère petite madame, lui dit son otage qui bouillonnait et avait manifestement du mal à ne pas utiliser son Glock, à moins que vous ne vouliez faire un trou de balle dans cet adorable tee-shirt, vous feriez mieux de descendre. J'ai mes propres urgences.

— Et tu crois qu'en disant que mon tee-shirt est adorable, je vais me mettre à battre des cils en rougissant et quitter ce pick-up ? Tu t'es manifestement fourvoyé auprès du mauvais genre de bonnes femmes.

Puis, pointant son revolver vers le bloc GPS/lecteur DVD/lecteur CD flambant neuf :

— Soit tu suis cette Saab, soit le DVD morfle.

— Mais qu'est-ce qu'il y a de si important dans cette Saab, au fait ?

— Ils m'ont volé... quelque chose.

Elle suivit son regard braqué sur la Saab qui s'éloignait à toute allure, à plusieurs pâtés de maisons de là.

— Je te dédommagerai si tu m'aides à récupérer mon truc.

Il remisa son arme dans son étui :

— D'accord. *Arrête juste de tirer dans la bagnole.* Ça m'a pris trois ans pour la mettre en état.

— Si tu commences à me raconter ta vie privée, c'est sur *toi* que je vais devoir tirer.

— Des promesses, encore des promesses.

Il s'élança aux trousses de la Saab, coupant la route à la Taurus métallisée qui quittait le parking.

Wow, facile. Vraiment facile. Trop. Qu'est-ce qui clochait ?

— Quel genre de dédommagement ?

Mouais, elle se disait bien… Elle n'avait pas le premier sou devant elle. Et plus rien à mettre au clou. Et la Saab semblait déjà si loin. Si ce type s'arrêtait maintenant… Elle jeta un coup d'œil dans sa direction et le surprit en train de déchiffrer le texte sur son tee-shirt. Et de sourire en coin. Combien avait-il payé Satan pour avoir un tel sourire ?

— Je ne fais pas partie du dédommagement, dit-elle en agitant le revolver sous son nez. Ce sera une vraie récompense. Je trouverai bien.

— Si je dois risquer la prison, chère madame, mieux vaudrait que ça en vaille le coup.

Sacré nom d'une pipe, qu'allait-elle bien pouvoir donner à un type aussi macho qui semblait ne vénérer que les bagnoles à gros pneus et les armes et… oh… Mais oui.

— Je sais où trouver une Indian Scout de 1929 que tu pourrais emporter.

Il lui jeta un coup d'œil méfiant. Elle ne pouvait pas l'en blâmer.

— Presque entièrement restaurée. Elle appartenait à mon frère.

— Appartenait ?

— Si tu m'aides à récupérer ce truc qu'ils m'ont volé, il signera ce qu'il faut pour que tu en deviennes propriétaire.

— Et pourquoi me refilerait-il une moto de collection qui vaut autant de pognon ?

— Est-ce que je te fais l'effet d'être une grande sœur qui accepte qu'on lui refuse quelque chose ?

— Tu me fais l'effet d'une folle furieuse, mais je présume que ça joue en ta faveur.

Chapitre quatre

Si je devais avoir Bobbie Faye pour cliente, je démissionnerais.

— Diane Patterson, ancienne conseillère d'orientation du lycée.

Bobbie Faye bouscula son chauffeur au moment où ils passaient le carrefour où s'étendait l'épicerie d'Eva, cent vingt mètres carrés au sol, pas moins, avec deux pompes à essence et trois indigènes sur le parking qui vendaient tout et n'importe quoi, depuis les crevettes jusqu'aux melons d'eau, à l'arrière de leurs camionnettes. Elle suivait des yeux la Saab qui filait sur une route parallèle et se pencha pour avoir une meilleure vue, bouchant ainsi celle de son conducteur. Il donna un violent coup de volant vers la gauche qui envoya Bobbie Faye valdinguer contre la portière passager.

— Tu l'as fait exprès !

— Ouais, ça s'appelle conduire et je croyais que c'était exactement ce que tu voulais que je fasse.

Le téléphone portable de Bobbie Faye se mit à sonner : Nina. Elle l'ouvrit sans quitter des yeux la Saab devant eux qui venait de tourner à droite.

— C'est pas le bon moment, dit-elle en guise d'introduction.

— Je n'en doute pas une seconde, B. Je me disais juste que tu pourrais avoir envie de décider si oui ou non ta caravane devait se faire gruter.

— Gruter ? C'est quoi ce bordel ? T'étais censée protéger mes affaires, non ?

Bobbie Faye entendit le claquement d'un fouet et elle plongea son visage dans la main qui ne tenait pas le téléphone.

— Oh, mon Dieu, je vous en prie, dites-moi que ce n'était pas un fouet.

— Un fouet ? s'étonna le dur à cuire mâtiné pitbull.

Elle l'ignora.

— OK, ce n'était pas un fouet.

— Bon sang, Nina, il n'est même pas 10 heures du matin. Tu ne crois pas que c'est un peu tôt ?

— Parce qu'il y a une heure adéquate pour le fouet ? s'enquit son otage.

— Ce n'est pas *mon* fouet, cracha Bobbie Faye, alors efface ce sourire optimiste de ton visage.

— Oooooh. Tu es avec un homme qui s'intéresse à mon fouet ?

— Non. Ce n'est pas un *homme.*

— À ce que j'entends, ça m'a tout l'air d'en être un. Et sa voix est sexy.

— N'y pense même pas. Il n'appartient pas à la catégorie des types envisageables. C'est mon *otage.*

— Oh, Bobbie Faye. Pas encore.

— Chère petite madame, je ne suis *pas* votre otage. Outre le fait que vous avez mentionné l'existence d'une récompense – détail mineur –, je vous *tolère* dans mon pick-up parce que vous aviez l'air en pleine détresse.

Nina éclata de rire.

— Ah bon, tu sais comment jouer la « pleine détresse » ? Est-ce que ça veut dire la même chose que « folie meurtrière » ?

— À peu de chose près, oui, répliqua Bobbie Faye d'un ton pincé en regardant son chauffeur qui n'avait pas pu ne pas entendre les propos de Nina. J'ai tiré dans son pick-up.

— Et il est chouette, ce pick-up ?

— Non, c'est un truc de tapette, en plus gros.

— Je me disais, aussi… Cela dit, il avait l'air intéressé par mon fouet. Ça prouve un certain potentiel.

— Non. Ça ne l'intéresse absolument pas. Ni le fouet, ni aucun des autres… hum… articles que tu pourrais avoir entreposés dans le coffre de ta voiture.

Bobbie Faye adressa un regard interrogatif au conducteur dont le sourire narquois lui donnait envie de l'étouffer. Mais immédiatement, en pensée, elle se colla une claque car il était évident qu'elle se contrefichait éperdument de ce qui pouvait émoustiller ce type, quelle que puisse être la splendeur de ses biceps.

— Quel dommage… soupira Nina, que Bobbie Faye entendit une nouvelle fois faire claquer son fouet avant de percevoir distinctement un gémissement masculin. Et tu as l'intention de me dire ce qui se passe ?

— Plus tard, peut-être. Il faut d'abord que je reprenne un truc.

— Tes esprits, peut-être ?

— Comment se fait-il que tu sois encore ma meilleure amie ?

— Je suis le membre équilibré du couple.

— C'est ça, ouais. Toi et ton fouet.

— Tu sais, miaula Nina – et Bobbie Faye pouvait sentir la satisfaction toute féline qu'elle tirait de son petit jeu avec les mâles alentour –, ce fouet constitue une protection beaucoup plus efficace que ta pince à glaçons. Mais, quoi qu'il en soit, pour l'instant, c'est toi qui dois prendre la décision. Soit je protège ta caravane, soit je protège tes affaires.

— Comment ça « protéger ma caravane » ?

— Les frères LeBlanc viennent d'arriver et ils ont tous les deux un treuil sur leur camion. Ils ont l'air convaincus de pouvoir remettre ta caravane sur pieds, mais je préfère t'informer que tes voisins ont parié deux contre un qu'ils allaient royalement se planter.

— Putain de merde.

— Si ça peut te consoler, la bassine où ils jettent les mises vient de déborder, même s'il y a eu une sacrée bagarre quant à l'endroit où tu allais nécessairement occire quelqu'un.

— Si Claude grute ma caravane, c'est sûr qu'il va y avoir un gagnant, et vite. Passe-le-moi.

La Saab prit à gauche et ils la suivirent. Ils gagnaient du terrain.

Bobbie Faye entendit Nina qui appelait Claude, un gamin de dix-neuf ans. Celui-ci montra apparemment quelques réticences car elle perçut aussi un claquement de fouet qui la fit sursauter. Le pitbull propriétaire du pick-up continuait la course-poursuite dans les faubourgs industriels de Lake Charles quand Claude finit par prendre le téléphone.

— On essaie juste d'aider, gémit-il.

Bobbie Faye imaginait parfaitement son expression de candeur penaude, de celles qu'elle associait instantanément à la mine contrite d'un bon gros chiot qui, vraiment, vraiment, n'avait pas eu l'intention de pisser sur le tapis. Une fois de plus.

— Claude, je jure devant Dieu que si Jemy et toi vous essayez de gruter ma caravane, je dirai à tout le monde que tu as embrassé ta cousine et que c'est pour ça que la mère supérieure est tombée dans les pommes quand elle vous a surpris.

— Ça date de quand ça ? se renseigna son conducteur. Sa classe de cinquième ?

Elle chuchota à son intention : « L'an dernier. »

— Mais c'était juste pour m'entraîner ! se justifia Claude. J'étais sur un gros coup ! Comment est-ce que j'aurais pu apprendre autrement ?! C'est pas toi qui m'aurais montré.

— Claude, on a déjà discuté de ça.

— Et comment est-ce que je quitte l'équipe des poussins si j'ai pas d'entraîneur ?

— Il y a des règles, Claude. Désolée.

Bobbie Faye l'entendit repasser le téléphone à Nina.

— Oh, B, voilà qu'il boude, maintenant. Il est vraiment trognon.

— Nina, c'est un gosse !

— T'es tellement *pas* drôle.

— Et, s'il le faut, va t'asseoir sur cette fichue caravane. Tu ne pourrais pas regrouper mes affaires de façon à pouvoir protéger le tout avec ton fouet ?

— Je vais voir ce que je peux faire, dit Nina avant de raccrocher.

Bobbie Faye regarda son voisin d'un air renfrogné et réprima une puissante envie de décocher un direct sur son sourire ironique.

— La ferme.

— Mais j'ai rien dit !

— Il n'y a rien à dire.

— T'as toujours été aussi *tarée* ?

— Écoute, mon pote. Je suis tout ce qu'il y a de plus normal. Crois-moi, tu ne veux pas savoir comment c'est quand je suis *tarée.*

— Moi, c'est Trevor. Comme ça, tu sauras quoi dire quand je serai mort et qu'on te demandera qui tu as kidnappé.

— Eh bien, Trevor, t'es un champion de la pensée positive, dis-moi.

— C'est un petit truc que j'ai développé auprès des folles furieuses qui ont croisé mon chemin. Un peu comme toi.

— Je *ne* suis *pas* une folle furieuse.

— Bah, jusqu'à présent, tu m'as enlevé en me menaçant d'une arme à feu, tu comptes parmi tes copines ce qui m'a tout l'air d'être une dangereuse psychopathe dotée d'un fouet fétiche des plus suspects, qui fait des trucs aux mecs que je n'ose même pas imaginer, et tu menaces de tous les feux de l'enfer un pauvre gars qui semblait juste vouloir te filer un coup de main. Il me paraît évident que ce n'est pas exactement ce qu'on appelle un comportement « normal ».

— Oh, va te faire voir ! Où sont les deux coinços ?

— J'ai quand même bien envie d'en savoir un peu plus sur ce fouet…

— J'ai quand même bien envie de refaire un trou dans ta caisse… Alors, les deux rigolos ?

— Devant, là.

— Merci. C'était si dur que ça ?

— Oh, chère madame, vous n'imaginez même pas.

— Moi, c'est Bobbie Faye.

Elle tendit le cou pour apercevoir la Saab blanche en se penchant vers le volant. Il la repoussa vers son siège au moment où son portable se remettait à sonner. Bobbie Faye pâlit en reconnaissant le numéro de l'appelant et répondit.

— Roy, je te jure que j'essaie de mettre la main dessus. Vraiment.

— Mais t'es où ? Attends un peu, qu'est-ce que tu entends par « j'essaie » ?

— Eh bien, il y a eu une attaque à main armée à la banque, souffla-t-elle en donnant une claque sur le bras de Trevor pour qu'il accélère. Ils ont le machin et je tente de le récupérer. Ça devrait être aux infos à l'heure qu'il est.

Elle jeta un coup d'œil à la Saab qui reprenait du terrain et agita son revolver en direction du tableau de bord avant de demander à Trevor :

— Est-ce qu'*au moins* tu sais où se trouve la pédale d'accélérateur ?

Trevor grommela quelque chose sur le fait qu'il aurait dû la refroidir tout de suite et plaider la légitime défense, parce que à cette heure il serait déjà attablé devant son déjeuner. Pour le principe, elle aurait certes dû tirer dans le tableau de bord, mais elle aurait alors probablement atteint le moteur et risqué de les transformer tous les deux en steaks carbonisés. Elle entendit Roy qui marmonnait quelque chose sur un reportage télévisé et elle se reconcentra sur son frère.

Roy vit Vincent appuyer sur une télécommande et un panneau en bois d'ébène coulissa le long du mur, dévoilant un poste de télévision dernier cri et un système de réception satellite. L'une des chaînes avait interrompu son programme pour diffuser un reportage montrant une vue aérienne du parking de la banque, envahie par les policiers et les journalistes.

Ces images furent remplacées par une jeune journaliste paradoxalement enthousiaste qui gesticulait en direction de la banque située derrière elle, comme si elle se croyait encore à une audition de pom-pom girls. D'ailleurs, Roy n'aurait pas été totalement surpris de la voir brandir des pompons en guise de conclusion du reportage.

— Nous avons avec nous des témoins oculaires, pérora la journaliste en tendant si brusquement son micro vers Avantee Miller que celle-ci le prit sur le nez. De combien de personnes se composait le gang qui vous a attaqués ? demanda-t-elle alors, sans montrer aucune compassion pour ce que la guichetière venait de traverser.

— Au moins six, pleurnicha Avantee. Avec des gros pistolets.

— Avez-vous craint pour votre vie ?

— Oh, oui ! Ils tiraient dans tous les sens en nous menaçant. Et cette Bobbie Faye, je peux vous dire qu'elle fait vraiment peur quand elle est en colère.

— Vous venez de l'entendre, chers auditeurs, hurla la reporter tandis qu'Avantee essayait tant bien que mal d'éviter les coups de micro, ce gang brutal et malveillant, *apparemment* mené par une vendeuse, travaillant en ville, du nom de Bobbie Faye Sumrall, est véritablement devenu fou.

Roy se pencha en avant quand le visage de la journaliste céda la place à des images tournées par les caméras de surveillance de la banque.

— Dis donc, ta sœur à l'air énervée, dit Eddie qui semblait commencer à s'amuser – il avait même reposé son magazine de décoration.

Malgré sa qualité médiocre, le film en noir et blanc ne laissait aucun doute : Bobbie Faye s'avançant, arrachant la liasse de billets des mains d'Avantee et la tendant à un petit mec nerveux qui tenait un revolver ; quelques mots échangés entre eux (mais on ne les entendait pas), puis, soudain, ils détalaient tous les deux – avant de trébucher – et Bobbie Faye saisissait l'arme qui glissait sur le sol ; enfin, elle sortait de la banque.

Roy cria :

— Mais, putain de merde, Bobbie Faye, t'as braqué la banque !!

Chapitre cinq

La poisse : 10381 / Bobbie Faye : 0

— Graffiti aperçu sous un pont autoroutier.

— Je n'ai *pas* braqué la banque, hurla Bobbie Faye en retour, elle aussi penchée en avant comme si cela pouvait inciter Trevor à appuyer sur le champignon. Il se peut que j'aie *accidentellement* volé la banque, ce qui n'est pas du tout la même chose.

— T'as volé la banque ? dit Trevor en frappant le volant de sa large paume. Mais où avais-je la tête ? Bien sûr que tu l'as braquée, tu avais le flingue. Et j'ai cru à ton mélo à la noix.

— Je ne t'ai pas raconté un mélo à la noix, espèce d'abruti, j'ai tiré dans ton pick-up. Quant à toi, continua-t-elle à l'intention de Roy, tu pourrais faire preuve d'un peu plus de jugeote. Les braqueurs, ce sont les autres. Si c'était moi, j'aurais l'argent et le... euh... truc, martela-t-elle en regardant vers Trevor, consciente qu'il ne perdait pas un mot de sa conversation. Et maintenant, nous sommes à sa poursuite.

— Nous ? s'étonna Roy.

— Aucune importance.

— Mais, bon sang, c'est quoi ce truc qu'ils ont raflé ? demanda Trevor qui se fit envoyer paître d'un geste de la main.

À cet instant, une voix veloutée de baryton se fit entendre au téléphone.

— Bobbie Faye, fit la voix dont la douceur laissait néanmoins passer quelques notes de franche impatience, je veux le diadème. Maintenant.

— J'y travaille !

— Eh bien, travaillez plus vite, dit-il, ou je vais commencer à vous renvoyer votre frère par morceaux.

Et il raccrocha.

— Attendez !!

Mais, elle ne fut pas exaucée et s'affaissa sur son siège, impuissante.

— Qu'est-ce qui se passe ? demanda Trevor.

Sa question n'était pas déraisonnable, elle le savait, mais elle ne pouvait pas prendre le risque de lui expliquer le fin mot de l'affaire. Il était là pour la récompense. La dernière chose dont elle avait besoin, à cet instant, c'était qu'il commence à se poser des questions et qu'il décide de la lâcher.

— Rien d'autre que ma vie qui se désintègre de manière plutôt spectaculaire, souffla-t-elle en regardant la voiture qui les précédait.

— Donc, ces types ont pris un truc important ? insista-t-il.

Elle roula des yeux. Peut-être n'était-il finalement pas aussi intelligent qu'elle l'avait cru.

— Et tu es sûre que c'est bien eux les coupables, hein ? Qu'on pourchasse les bons gars ?

— Tu crois vraiment que je ne sais pas qui sont les connards qui m'ont volé le machin dont j'ai besoin ?

Il se rangea sur le bas-côté, arrêta la voiture, se pencha pour lui ouvrir la portière en ignorant l'arme qu'elle tenait, et lui indiqua la sortie en disant :

— Premier étage. Les chocolats sont sur votre gauche et les électrochocs sur votre droite. Attention à la marche et, la prochaine fois, appelez un taxi.

— Mais… mais… et la récompense ?

— Complicité de vol à main armée. En général, ça laisse assez peu de temps libre pour chevaucher une moto. Dehors.

Il ne cessait de jeter des coups d'œil derrière lui et Bobbie Faye se demanda si la police n'était pas en train de la filer.

— Je n'ai pas d'argent pour un taxi, dit-elle.

— Chère madame, je vous rappelle que vous venez de *braquer* la banque.

— Je n'ai pas *braqué* la banque !! Est-ce que tu vas arrêter de dire ça ? Enfin, bon sang de bonsoir, est-ce que j'ai l'*air* de quelqu'un qui...

Elle stoppa net après avoir suivi son regard jusqu'à l'endroit où son tee-shirt clamait *Gobe-moi, suce-moi*, juste au-dessus du revolver dans sa main...

— C'est bon ! Inutile de répondre à cette question. Bon, voilà l'histoire : je dois récupérer un truc. Si je n'y parviens pas...

— Ouais, encore une question de vie ou de mort, c'est ça ? ironisa-t-il en l'interrompant avant qu'elle puisse enclencher la fonction charme, brevetée Sumrall.

Il se mit à tapoter le boîtier du GPS installé dans le pick-up, comme si l'appareil l'intéressait beaucoup plus qu'elle ; Bobbie Faye grinça des dents derrière son plus beau sourire « charmeur » en réprimant une violente envie de bousiller tout le tableau de bord, juste pour le plaisir.

— Je ne marche pas, chère madame, continua-t-il. Tu es un aimant à catastrophes et chacune des minutes que tu passes dans cette voiture est pour moi du temps perdu. Tu es sans aucun doute mignonne et tout...

— Je te payerai, le coupa-t-elle. Pour que tu m'aides, ajouta-t-elle promptement quand elle vit son sourire.

Elle n'aimait pas du tout ce sourire-là. Un sourire très dangereux. Avec une telle arme, il pouvait sans peine convaincre qui que ce fût de sauter d'une falaise. Elle n'aimait pas non plus ces boucles brunes, ni la cicatrice près de son œil et encore moins le contraste entre ses yeux bleus et son teint hâlé. Les yeux bruns étaient – de loin – beaucoup plus fiables. Elle devait trouver un moyen de reprendre la main et, manifestement, son revolver n'allait pas l'y aider, à moins qu'elle veuille effectivement le descendre. Or, même si cette solution restait envisageable, elle avait déjà assez d'ennuis comme ça.

Bobbie Faye jeta un coup d'œil vers la Saab qui se trouvait encore sur la même voie, ralentie à chaque croisement par un trafic très dense, et apparemment soucieuse de ne pas griller un feu. Elle tenta de battre des cils à l'attention de Trevor, en espérant qu'elle s'était, à un moment donné, peut-être, brossé les cheveux et qu'il n'y avait rien de coincé entre ses dents qui pût ruiner le sourire « tu-veux-bien-m'aider » – breveté, lui aussi – qu'elle s'apprêtait à décocher.

Il secoua la tête.

— Et comment comptes-tu me payer ? Tu ne peux même pas t'offrir un taxi, je te rappelle. Je n'ai pas besoin de cet argent. Sors de là. Dis aux flics que tu étais en pleine dépression nerveuse à la banque parce que ton… c'est bien de ton frère que tu as parlé, hein ? Et ils ne te chargeront pas trop.

— Je ne fais pas une dépression nerveuse, et si tu me fiches dehors, je dirai que le braquage, c'était ton idée. Et personne – ni toi, ni Dieu lui-même – ne m'empêchera de porter secours à mon frère. Maintenant, *démarre.*

L'expression sur le visage de Trevor passa de « non » à « certainement pas ». Ne jamais tenter d'enfumer un type qui maîtrise si bien l'art du « non » qu'il dispose de tout un répertoire d'expressions correspondantes. Elle devait pourtant faire quelque chose, trouver le moyen de fendre cette armure, parce qu'elle n'était pas sûre de pouvoir rattraper les deux boutonneux une fois qu'ils auraient tourné dans le labyrinthe des rues du centre-ville.

Elle décida de laisser tomber le masque, prête, s'il le fallait, à lui tirer dessus pour en finir.

— Tu as des frères et sœurs ?

— Tu songes à les kidnapper, eux aussi ?

— Si ça pouvait m'aider, oui. Alors ?

— Trois frangines pourries gâtées sorties tout droit de l'enfer.

— Pas étonnant, avec un frère comme toi.

— S'il te plaît, dis-moi qu'une urne tourne quelque part avec ta photo dessus, et qu'on y collecte des fonds pour ta thérapie.

Il regarda une fois encore dans son rétroviseur et fit la grimace.

— Il faut que je récupère le truc qu'ils m'ont piqué ou les gens qui le veulent feront du mal à mon frère.

— C'est la raison pour laquelle on a inventé le concept de meurtre gratuit, murmura-t-il en observant quelque chose avec attention dans son rétroviseur.

— Ne me donne pas de mauvaises idées. Allez. On va perdre la Saab.

Elle brandit son arme dans sa direction, tandis qu'il continuait à fixer le miroir d'un air beaucoup plus ennuyé que celui qu'il avait eu lorsqu'elle l'avait menacé de son revolver, la première fois. Elle lança un coup d'œil furtif par la vitre arrière et vit une Taurus métallisée garée sur le bas-côté, à quelques mètres derrière eux. Un type du genre BCBG, dans un costume qui tombait parfaitement sur ses larges épaules, descendit par la portière conducteur et vint se planter devant une vitrine de magasin. Il lui rappelait quelqu'un, mais elle ne savait pas pourquoi. En plissant les yeux, elle se rendit compte que la vitrine était vide et que le type, qui semblait y prendre un peu trop d'intérêt leur tournait légèrement le dos.

— Hé, demanda-t-elle, est-ce que ce type… nous épie ? Grâce au reflet de la vitrine ?

— Est-ce que ce mec a quelque chose à voir avec ceux qui ont piqué ton truc ?

— Non. Enfin, pas que je sache. Pourquoi ?

Au même moment, ils aperçurent un hélicoptère qui venait de surgir juste au-dessus d'eux. Bobbie Faye vit la grimace que faisait Trevor.

— Putain, chère madame, tu vas me le payer. Cher.

Il démarra en trombe et Bobbie Faye vint percuter le tableau de bord du pick-up. Ce faisant, son poignet heurta l'habitacle et un coup de feu partit accidentellement, faisant un trou dans le plancher. Aussitôt, avant même qu'elle ait pu se redresser, des balles ricochèrent sur le coffre, tirées depuis un endroit situé derrière eux.

— Pas sur le pick-up !! Enfoirés. Cette histoire est en train de devenir une affaire personnelle.

C'est alors que Trevor fit quelque chose qui fit prendre conscience à Bobbie Faye que le fait de monter dans ce véhicule n'était pas l'idée la plus brillante qu'elle eût jamais eue : il se mit à tirer lui aussi en direction du BCBG qui leur courait après.

— Arrête ça tout de suite !! Tu vas finir par blesser quelqu'un !

— C'est *toi* qui m'as tiré dessus, lui rappela-t-il.

— Certainement pas. J'ai tiré sur ton *pick-up*.

Elle préféra ignorer le regard qu'il lui lança. Il aurait sans doute adoré mettre à exécution sa menace de la jeter dehors, mais il filait pour le moment à toute allure vers les petites rues adjacentes et approximativement dans la même direction que celle qu'avait prise la Saab. Les bannières du Festival des Journées de la Contrebande avaient été accrochées dans les rues, entre les réverbères. Il y avait déjà une foule de festivaliers, en costume de pirate, avec de faux sabres et un verre à la main. Bobbie Faye réprima un cri quand Trevor, au détour d'un virage, faillit foncer dans un groupe d'écoliers qui traversaient la rue.

Il vira alors brutalement vers la droite et elle vint s'affaler contre lui. (Mais, quoi, les mecs ne sont pourtant pas censés sentir bon au beau milieu d'une course effrénée pour leur survie ?) Avant qu'elle ait pu se rasseoir sur son siège et examiner où ils se trouvaient, son biceps heurta violemment sa joue. Il faillit presque l'occire d'un coup de coude en tentant d'éviter quelque chose qu'elle ne put voir tant il accélérait de nouveau. Elle suffoqua en regardant par le pare-brise, alors que le pick-up se cabrait et que Trevor enfonçait le Klaxon pour disperser les piétons.

L'engin finit par retrouver le plancher des vaches. Brutalement. À l'intérieur d'un truc rouge. C'était l'un des chars de la parade qui attendaient dans la zone réservée aux coulisses.

— On vient d'atterrir dans une écrevisse, dis donc, releva-t-elle pour détendre l'atmosphère.

— Merci. J'avais remarqué.

Il ne semblait pas spécialement bien disposé.

Deux voitures de flics les dépassèrent et en examinant les énormes pinces rouges qui les encerclaient, elle se dit qu'elles offraient un appréciable camouflage. Mais ça ne dura pas car une horde de Cajuns en colère émergea des autres chars parqués dans la zone, dont celui qu'ils venaient d'embrocher. Ils cherchaient un coupable à qui botter le cul. Au-delà de ce chaos, Bobbie Faye aperçut les flics et les apprentis pirates fous furieux, courant vers un endroit situé après le barrage créé par l'embouteillage des premiers chars qui avaient déjà commencé leur défilé sur la rue destinée à la parade.

C'est alors qu'elle la vit : la Saab. Celle-ci tentait de se frayer un chemin hors de ce bazar, à quelques pâtés de maisons de leur propre véhicule.

— Bordel, les voilà. Il faut qu'on se grouille.

Trevor la considéra avec des yeux ronds, ne pouvant imaginer qu'elle fût sérieuse. Et comme il ne bougeait pas, elle plaça le levier de vitesses en position « marche » et écrasa du pied l'accélérateur.

Le pick-up s'enfonça encore un peu plus dans le char et, comme il retrouva un peu d'adhérence, Trevor dut agripper le volant pour en reprendre le contrôle tout en maintenant le Klaxon enfoncé, afin de prévenir les badauds qui se tenaient sur le trottoir qu'ils feraient bien de déguerpir. Le véhicule émergea du char comme un boulet, emportant avec lui une bonne portion d'écrevisse qu'il traîna sur plusieurs dizaines de mètres et causant une sacrée panique parmi la foule.

Mais pas chez les flics... Ceux-ci tentèrent de faire demi-tour pour les rejoindre, mais furent gênés par les chars qui s'écartaient tant bien que mal du chemin de la demi-écrevisse géante. Bobbie Faye empoigna le volant quand Trevor fit le geste de s'éloigner de la Saab. Il parvint néanmoins à reprendre les commandes et la pointa du doigt en sifflant :

— Toi. Tu restes à ta place.

— Mais tu ne sais pas ce que tu fais !

Compte tenu de la fureur qu'il dégageait, elle décida que sa demande n'était finalement pas si déraisonnable.

Il lui jeta un coup d'œil en murmurant :

— Une bonne balle dans la tête, c'est ça qu'il fallait faire.

Elle fit comme si elle n'avait rien entendu et regarda par la vitre arrière. Elle faillit avoir une syncope en constatant le nombre de flics qui essayaient de se frayer un chemin à leur poursuite, dans les rues bondées.

Chapitre six

Pas seulement « Non ! », plutôt « Certainement pas ! ». On a déjà eu la bataille de Fort Alamo. Il est hors de question qu'on se charge de Bobbie Faye.

— Le gouverneur du Texas à celui de Louisiane.

À l'intérieur de la voiture de police qui menait la danse, l'inspecteur Cameron Moreau fit hurler ses sirènes à l'intention des abrutis qui se trouvaient dans le pick-up rouge, se fiant à ses réflexes sportifs pour slalomer entre les autres véhicules qui lui barraient la route et surveiller le terrain dans l'hypothèse où la Ford rouge tenterait une sortie. L'espace d'une seconde, il eut une vue dégagée de sa cible et de la femme assise sur le siège passager. Quand elle le regarda, son cœur fit un piqué vers son 45 fillette.

Il empoigna son émetteur radio pour contacter la centrale.

— Jason, ordonna-t-il, envoie-moi des renforts. Bobbie Faye se trouve dans ce fichu pick-up qui est en train de mettre en pièces la parade.

— *Notre* Bobbie Faye ?

— J'en veux certainement pas parmi les nôtres.

— Vas-y, Cam, répondit Jason qui peinait à étouffer son rire. Tu lui en veux depuis l'école primaire, depuis qu'elle a vendu de la limonade faite avec de l'eau bénite et qu'elle a dit au curé que c'était ton idée.

Enfoiré. Pourquoi fallait-il qu'il bosse dans ce bled où tout le monde était au courant du moindre pet qu'avait pu un jour lâcher son voisin ? Et pourquoi fallait-il que ce fût Bobbie Faye dans ce putain de pick-up ? Il entendait d'ici Jason se bidonner, bien qu'il fût à des lieues de là.

Il pressa une nouvelle fois sur le bouton de son émetteur :

— Contente-toi de fermer ta gueule et de m'envoyer des renforts.

— Va au moins te falloir l'armée. Ouais, c'est ça qu'il te faudrait.

Cette fois, Jason ne tenta même pas de dissimuler sa liesse ; Cam reposa son émetteur avec une telle violence qu'il en cassa le boîtier. Il appuya sur l'accélérateur pour essayer de garder le pick-up en vue tout en évitant de faucher les badauds un peu trop curieux.

Sa radio crachota encore. Maintenant, Jason semblait plus inquiet que rigolard.

— Cam ? T'es encore à la poursuite de Bobbie Faye ?

— Oh non, je me disais que j'allais faire une pause café. Mais qu'est-ce que tu crois que je fous en ce moment ?

— Eh bien... elle a braqué la banque.

— Tu te fiches de moi.

— Non, ils l'ont chopée sur les caméras de surveillance. On dirait bien qu'elle a dévalisé la banque Moss Point First National. Elle et plusieurs lycéens ou gamins dans le genre.

— Je ne savais même pas que Moss Point s'était modernisée au point de recourir à des caméras de surveillance.

— J'imagine qu'ils se sont doutés que Harold allait poursuivre sa sieste jusqu'à la fin des temps, alors, autant réagir... D'ailleurs, qu'est-ce qui les autorise à appeler cette banque « First National », hein ? Ça ne te paraît pas un peu...

Cam l'interrompit :

— Jason, tu philosopheras plus tard. Dis-moi seulement qui est à ses trousses et d'où ils vont arriver.

— Je me renseigne et je te rappelle.

La radio cessa d'émettre.

Génial. Absolument génial. Ça ne pouvait être que Bobbie Faye. Salope.

Cam chassa toutes ses pensées, surtout celles qui lui disaient qu'il n'était pas réellement étonné que Bobbie Faye soit impliquée dans un truc aussi grave qu'une attaque de banque, ou qu'il savait bien qu'il serait heureux de lui passer les menottes. Il choisit plutôt de se concentrer sur la meilleure façon d'éviter les piétons pendant qu'il zigzaguait au milieu de la foule pour coller aux roues du pick-up. Levant les yeux vers le ciel, il vit l'hélicoptère de la télévision et comprit qu'il n'était pas le seul à poursuivre le bolide rouge. Il reprit son émetteur.

— Jason ? Contacte le service Infos de la Chaîne 2 et mets-moi en relation avec leur hélicoptère.

— Ça marche, répondit Jason désormais sobre et efficace, révélant ainsi à Cam tout ce qu'il voulait savoir : le capitaine – et Dieu savait qui d'autre – était à l'écoute pour déterminer exactement la suite des opérations.

Super. Vu qu'ils avaient affaire à Bobbie Faye, il pouvait dire adieu à sa promotion.

Bobbie Faye aperçut la Saab qui prenait une rue sur la gauche. Quand elle vit que Trevor ne semblait pas vouloir tourner lui aussi, elle abattit son point sur le tableau de bord en hurlant :

— À gauche !! Gauche !! C'est contre ta religion de tourner à gauche ou quoi ?!

— Tu veux que je te vire ? Parce que si tu continues à cogner sur ma bagnole, c'est ce que je vais faire.

— Mais c'est quoi ton problème, exactement ? C'est juste un pick-up.

Il freina brutalement et tourna vers elle un visage écarlate.

— Non-ce-n'est-pas *juste* un pick-up, prononça-t-il d'une voix posée.

Il se retourna vers le volant, prit une profonde inspiration et enfonça la pédale d'accélérateur avec une telle puissance que le véhicule fit un bond en avant et que Bobbie Faye fut plaquée contre son siège.

— Très bien, dit-elle en tremblant. C'est beaucoup mieux.

En jetant un coup d'œil vers l'arrière, elle fut sidérée par la horde infinie de leurs poursuivants, tous gyrophares dehors et sirènes à plein régime. Merde. Est-ce que c'était Cam qui conduisait la voiture de tête ? Nooooon. Oh non, non, non. S'il vous plaît, mon Dieu, n'importe qui sauf son ex.

Trevor braqua violemment le volant, ce qui envoya une nouvelle fois Bobbie Faye s'écraser contre lui, lui coupant le souffle pour quelques instants. Il le faisait exprès, c'est sûr. Ce sadique prenait son pied, hein. Même s'il mettait son bras devant elle pour la maintenir contre son siège. Et, bon sang, ce bras-là était comme une barre d'acier. Impressionnant. Pendant qu'il l'aidait à se redresser, elle oublia Cam ou, plutôt, elle préféra l'ignorer parce qu'il était tout bonnement impossible d'avoir aussi peu de chance.

Quand Bobbie Faye vint s'écraser contre la portière passager du pick-up, Cam résista à l'envie de s'identifier au conducteur.

L'émetteur crachota, signalant un appel de Jason.

— J'ai le pilote en ligne pour toi.

Cam saisit son émetteur et demanda :

— C'est qui, là-haut ?

— Allen, répondit le pilote.

— T'as une bonne vue sur le pick-up ?

— Yep, dit-il.

Une réponse qui tenait en un unique mot : ce n'était manifestement pas un gars du Sud.

— Et tu pourrais m'en dire un peu plus ? insista Cam en tournant violemment son volant afin d'éviter une petite grand-mère dans une Volvo qui semblait déterminée à couper la file des voitures de police. J'ai rien qui ressemble à un périscope dans cette caisse.

— OK, répondit Allen. Bah, on dirait que le pick-up rouge file vers... Attends un peu. Il y a une voiture blanche... une Saab, peut-être ? Je ne suis pas sûr, mais elle roule à toute allure. Je crois qu'elle cherche à se sortir des embouteillages.

— Décris-moi le conducteur de la Saab.

— La vingtaine. Des lunettes. À ce que je vois, il ne cesse de jeter des coups d'œil au pick-up rouge.

À cet instant, le pick-up braqua brutalement et Cam vit Bobbie Faye heurter avec violence le tableau de bord. C'était tout Bobbie Faye, ça : pas de ceinture de sécurité. Combien de fois avait-il fallu qu'il le lui rappelle ? Foutue foldingue.

Le conducteur semblait hurler quelque chose à Bobbie Faye en indiquant avec insistance le siège passager. Cam resta bouche bée en la voyant se réinstaller tant bien que mal et, chose incroyable, boucler sa ceinture de sécurité.

Bon sang. Il commençait à apprécier ce type.

Ou à le haïr.

Il verrait plus tard.

— Hé, intervint le pilote de l'hélicoptère, la Saab vient de se dégager de la foule. Et le pick-up s'engouffre dans la trouée. J'ai bien l'impression qu'il est à la poursuite de la Saab.

Cam se concentra sur la foule paniquée et s'engagea dans la brèche, à la suite du pick-up, tout en slalomant pour éviter d'empiler sur son capot les passants furieux. Des chars détruits avaient répandu leurs fleurs et leur papier crépon sur la route, dans un chaos de couleurs. Quelques-uns des policiers qui le suivaient allaient rester pour gérer ce merdier. Il aurait presque voulu échanger sa place avec l'un d'eux pour éviter d'avoir à se charger de la catastrophe ambulante que représentait Bobbie Faye.

Dans ces moments-là, il regrettait vraiment de ne pas avoir accepté ce poste, à Austin. Une ville charmante, des gens charmants et pas de Bobbie Faye. Au lieu de cela, il était revenu chez lui, après une belle carrière de footballeur, en héros local, content d'être de retour dans sa ville natale, heureux de retrouver ses spécialités culinaires épicées et ses citoyens sympathiques aux coutumes si particulières.

Sauf que certains matins, il se réveillait avec un poids sur la poitrine qu'il ne savait pas à quoi attribuer. Pourtant, la plupart de ces matins-là coïncidaient avec une catastrophe associée à Bobbie Faye qui, soit dit en passant, lui avait déjà coûté deux promotions.

Il ne voulait *surtout* pas développer un sixième sens qui lui permettrait de prédire les désastres liés à Bobbie Faye. Il ne voulait rien avoir à faire avec cette femme, surtout depuis que leur relation avait si mal fini, et de façon aussi spectaculaire. Ce n'est pas que ça le préoccupait. Il n'y pensait (presque) jamais. Elle ne représentait pas plus qu'une forme de cataclysme à laquelle il devait se préparer, comme à tout autre événement dévastateur. Il allait donc se comporter en professionnel. Avec du recul.

— Ils tournent, dit le pilote de l'hélicoptère, l'interrompant dans ses pensées. McCaffrey Road. Je vais les perdre quand ils passeront sous les arbres.

Cam comprit aussitôt : McCaffrey Road était une route sinueuse qui serpentait entre des douzaines de chênes centenaires dont les branches s'entrelaçaient pour former une voûte de feuilles impénétrable. Les arbres suivaient la rive tortueuse du lac Prien et la route zigzaguait parfois en virages très serrés. Il avait couvert sur cette seule route plus d'accidents qu'il ne pouvait se rappeler. À cet endroit, l'hélicoptère ne serait d'aucune utilité.

Il y avait quand même une bonne nouvelle : le fouillis des arbres s'arrêtait juste avant que la route passe le pont pour finir sur le port de plaisance. Bobbie Faye ne pouvait donc lui échapper.

— Je pars devant pour le pont, dit le pilote de l'hélicoptère que Cam entendit opérer un virage et s'éloigner. On les attendra à l'autre bout quand ils sortiront.

Cam continua à suivre le pick-up, inquiet de la manière dont son conducteur ne cessait d'accélérer dans les virages (et impressionné que le véhicule ne quitte pas la route au beau milieu d'un des lacets). Mais dans quel merdier avait donc *encore* pu se fourrer Bobbie Faye ?

La Saab roulait à une vitesse folle sur le long serpentin, avec près d'un kilomètre d'avance, abordant les virages à toute allure mais de façon beaucoup moins experte et mordant parfois sur le bas-côté pour ne pas quitter la chaussée. Cam grimaça. L'angoisse lui tordait les boyaux. Le môme qui conduisait semblait oublier que d'autres voitures pouvaient surgir en sens opposé. Cam avait laissé autant de distance qu'il le pouvait entre lui et ceux qu'il suivait afin de ne pas leur imposer une pression qui aurait pu les amener à accélérer jusqu'à perdre le contrôle de leur véhicule. Même le conducteur du pick-up avait légèrement ralenti. D'ailleurs, à ce qu'il pouvait en voir à cette distance, Bobbie Faye semblait penchée en avant, les deux mains sur le tableau de bord, comme si elle espérait ainsi faire avancer la Ford rouge un peu plus vite.

Bobbie Faye entendit le grondement devant eux bien avant qu'ils aient atteint la sortie du virage, et elle eut aussitôt la certitude qu'il ne prédisait rien de bon. L'air résonnait du mugissement saccadé d'un 35 tonnes recourant à son frein moteur. Ce bruit n'avait rien de rassurant.

Comme ils débouchaient du tournant, l'horreur de la situation la paralysa et la partie animale de son cerveau lui envoya une décharge d'adrénaline qui lui hurlait de déguerpir au plus vite. Le 35 tonnes, qui transportait un énorme tuyau de forage pétrolier, s'était déporté sur le côté gauche de la route, afin de prévenir une collision avec la Saab qui se trouvait sur sa voie… et le chauffeur du camion venait de contrebraquer pour éviter un chêne… coupant ainsi, dans la précipitation, la double ligne jaune peinte sur le bitume et fonçant désormais sur eux.

Elle pouvait voir le visage du camionneur, sa terreur absolue et sa colère crue, tandis qu'il tentait de louvoyer pour ne pas les percuter. Trevor prit à droite sur le bas-côté, mais la marge de manœuvre des deux véhicules était extrêmement limitée compte tenu des chênes qui bordaient la route. C'est à ce moment que le monde de Bobbie Faye passa en mode ralenti :

La Saab passant à deux doigts de l'extrémité de la remorque du 35 tonnes…

Le 35 tonnes commençant à se cabrer avec sa remorque qui se rapprochait dangereusement de leur propre véhicule…

Le tuyau métallique, aussi gros que le pick-up de Trevor, brisant les fixations qui le retenaient au 35 tonnes et dévalant de la remorque en roulant…

Le tuyau sembla rester une éternité en suspension dans l'air, avant de heurter l'asphalte avec violence. L'instinct de Bobbie Faye lui disait que si Trevor ne changeait pas de direction, ils allaient se faire écraser par l'énorme conduit, mais s'il le faisait c'était sous la cabine du 35 tonnes qu'ils allaient finir. Et s'il tentait de passer par la droite, le tuyau les aplatirait contre les chênes.

Bobbie Faye comprit que leur heure était venue.

Elle ne pourrait donc pas récupérer le diadème. Ni Roy.

Et soudain elle se rendit compte que le type qu'elle avait pris en otage était un fou dangereux puisqu'il était en train de foncer sur le tube de métal toujours incontrôlable. Plus exactement vers son embouchure.

N'avait-elle pas entendu un cri ?

Elle songea qu'elle en était peut-être même l'auteur, mais elle était incapable de se contrôler. Ils s'engouffrèrent donc dans le tuyau, continuant à foncer sur quelques mètres jusqu'à ce que le métal rencontre le métal et que le véhicule soit brutalement stoppé, avec un brusque coup du lapin à la clef. Et puis, *woosh*… Tout se mit à tourbillonner alors que le pick-up se voyait emporté par le roulement du conduit. À l'intérieur, ils étaient ballottés dans tous les sens, uniquement accrochés par leurs ceintures de sécurité, la tête à l'envers, puis de nouveau à l'endroit, à gauche, à droite, dessous, dessus et… *wham*. Ils percutèrent quelque chose.

Avant de poursuivre leurs loopings.

Oh, ce devait être les arbres. On vient de raser ces magnifiques chênes, pensa Bobbie Faye, consciente du fait qu'elle venait d'avoir une pensée calme, analytique, de celles qui annoncent la fin. Comme c'était étrange…

Le tube métallique continua à dévaler la pente et à prendre de la vitesse. Puis, l'espace d'une seconde, le pick-up et son étui semblèrent avoir échappé à la loi de la gravité. Comme en apesanteur.

Et alors, *plouf.* Il y eut un bruit de succion assourdissant quand l'eau du lac se mit à pénétrer par les deux bouts du tuyau. Elle attrapa son revolver sur le plancher tandis que l'eau commençait à envahir l'habitacle en gargouillant par le trou que son tir avait occasionné. Leurs chaussures étaient déjà recouvertes. *Mais qui donc avait pu avoir l'idée stupide de tirer dans ce pick-up ?* Elle se redressa pour mieux voir le niveau de l'eau qui augmentait très rapidement à l'extérieur du véhicule, engloutissant d'abord le capot, puis venant lécher le pare-brise. Des geysers jaillissaient maintenant du tableau de bord. Il était impossible d'ouvrir les portes qui se trouvaient coincées par les parois du tuyau.

Trevor serra sa main. Il lui disait quelque chose… Elle voyait ses lèvres qui bougeaient, mais il y avait ce fichu boucan… Si ça continuait, elle allait devoir *tuer quelqu'un très prochainement.* Il serra plus fort en articulant encore quelque chose. Mais pourquoi ne se contentait-il pas de *parler plus fort*, bon sang. Puis, il la gifla et chacune des cellules de son corps se concentra instantanément sur la rage qu'il lui inspirait.

Elle prit alors conscience que le bruit assourdissant avait cessé.

Il lui adressa un sourire en coin, beaucoup trop suffisant, et elle se dit qu'elle ferait aussi bien de lui trouer le caisson tout de suite puisque, de toute façon, elle allait probablement se noyer.

Chapitre sept

Nous répartissons notre clientèle masculine en quatre catégories : célibataires, divorcés, veufs et individus ayant survécu à Bobbie Faye. Habituellement, les représentants de ce dernier groupe sont tellement traumatisés que nous ne les admettons dans notre agence qu'une fois qu'ils ont rencontré un conseiller qui les aide à reformer des phrases complètes.

— Christina Donatelli, propriétaire de l'agence de rencontres Bayou, Lake Charles, Louisiane.

Bobbie Faye avait à peine eu le temps de se tourner vers lui que Trevor saisit son revolver, si rapidement qu'en fait, elle ne comprit son geste qu'une fois qu'il eut agité l'arme sous son nez.

— Tu décideras plus tard si tu dois ou non me tirer dessus.

— Facile de faire des promesses que tu n'auras pas à tenir vu que je vais me noyer, dit-elle en se contrôlant pour ignorer son sarcasme et paraître calme malgré les torrents de flotte qui s'engouffraient dans le pick-up et atteignaient maintenant ses mollets.

Elle *était* calme, bordel. Bien sûr qu'elle l'était. Elle l'était tellement qu'une fois morte, on l'appellerait sainte Bobbie Faye, Patronne des Gens Calmes. Bon, cela présentait un sacré inconvénient, parce que les gens calmes n'ont jamais vraiment besoin d'aide. Seuls les piqués la harcèleraient dans l'au-delà. Merde.

Trevor claqua des doigts devant son visage et elle lui décocha une œillade acérée.

— Je t'interromps dans un truc important, peut-être ? demanda-t-il en se penchant au-dessus d'elle pour attraper sa lampe de poche dans la boîte à gants.

— Oh pas vraiment. Je suis en train de travailler à mon plan de charge *post mortem*, merci beaucoup.

— Excuse le dérangement.

Il fit un geste en direction de l'arrière de la voiture :

— Maintenant, je vais compter jusqu'à trois et tirer dans la vitre arrière.

— Mais le pare-brise est plus large. Pourquoi ne pas passer par là ?

— Je viens de te l'*expliquer*. C'est une vitre blindée. Est-ce que tu pourras retenir ta respiration suffisamment longtemps pour nager jusqu'à la surface ?

Son expression dubitative l'irritait au plus haut point. Elle redressa les épaules dans un geste de défi.

— Mais bien sûr que je peux le faire. J'ai fait de l'EPS. Je suis sportive, quand je veux.

— Mouais... Quelque chose me dit que les Jeux olympiques n'ont pas grand-chose à craindre de toi, soupira-t-il en ignorant le regard furibond qu'elle lui lançait. À « deux », prends une profonde inspiration. L'eau va s'engouffrer très rapidement.

Il commença à compter : un doigt en l'air, puis deux (ils inspirèrent profondément), et enfin trois. *Bam, bam, bam, bam.* Quatre coups de feu en direction de la vitre arrière. Le fracas de l'explosion dans l'habitacle surprit Bobbie Faye qui en oublia presque de retenir son souffle. L'eau entra par torrents.

Pendant qu'elle faisait passer la bandoulière de son sac par-dessus sa tête, Trevor usa de sa lampe de poche pour briser le reste de la vitre et enlever les morceaux de verre restés accrochés au cadre. Il passa le premier. Quand elle vit ses pieds disparaître dans l'obscurité du tuyau de forage et des eaux boueuses du lac, la panique l'envahit et un goût métallique d'adrénaline emplit sa bouche. Elle eut du mal à admettre le soulagement qu'elle ressentit quand elle distingua qu'il s'agrippait au coffre du pick-up, afin de pouvoir l'aider à sortir par l'encadrement de la vitre. Ils se dégagèrent du conduit et se mirent à nager vers ce que Bobbie Faye espérait être la rive du lac opposée à celle où devaient, sans aucun doute, attendre une multitude de flics.

Tout en se débattant dans les profondeurs froides et sombres du lac Prien, elle songea que le chemin jusqu'à la surface était horriblement long et elle se demanda si Trevor ne l'avait pas choisi tout exprès pour l'embêter. Il lui sembla qu'elle venait de frôler un énorme brochet géant tapi dans la vase, puis, un peu plus haut vers la surface, une brème, une perche et un saumon s'écartèrent vivement de sa trajectoire. Au-dessus de sa tête, l'eau semblait un peu plus claire, la lumière du jour ne pénétrant qu'avec peine dans cet élément glauque. Bobbie Faye serrait les dents pour retenir sa respiration.

Comment en était-elle arrivée là, d'ailleurs ? Quand elle s'était réveillée, ce matin, elle s'attendait à une journée ordinaire. Du moins, elle se voyait couper le ruban de l'inauguration du Festival des Journées de la Contrebande, agiter la main et se prêter à des photos avec un milliard de bébés, en serrant les doigts poisseux de petits pirates en herbe, toujours si excités par la perspective du festival le plus chouette de la planète.

Ses poumons lui faisaient mal. Une crampe étrange lui barrait la poitrine et elle devait se forcer à ne pas respirer pour combattre cette douloureuse sensation. Dans la pénombre, elle ne voyait plus vraiment Trevor. Et s'ils avaient pris la mauvaise direction ?

Il lui fallait de l'oxygène. Il fallait qu'elle respire. Elle se sentait oppressée par l'eau qui lui imposait cette couverture froide et sombre. Elle suivait Trevor, mais perdait du terrain. Un peu étourdie. Cotonneuse. Comment le monde était-il devenu aussi confus ? Et qu'était-elle censée faire avec les bras, déjà ?

Une onde vint la heurter lorsque Trevor ralentit sa progression et tira violemment sur sa main pour lui commander de se hâter sur les derniers mètres de leur prison aquatique. Ils firent surface derrière l'un des nombreux troncs pourris qui gisaient sur la rive. Celui-ci les cachait de la berge opposée.

Bobbie Faye aspira l'air à grandes goulées, suffoquant et toussant. Trevor l'aida à se maintenir à la surface jusqu'à ce qu'elle respire de nouveau normalement, ce qui la surprit et l'irrita parce que en cet instant il n'avait aucune raison d'être gentil, vu que son pick-up gisait au fond du lac. Ça l'inquiétait toujours, lorsque quelqu'un se montrait inopinément gentil avec elle. Elle le regarda en coin, se demandant si son aide n'avait pas pour seul but de la livrer à la police.

Quand elle jeta un coup d'œil à travers les branches de l'arbre mort, elle vit effectivement des flics et des badauds, mais aussi des journalistes, alignés sur la berge opposée. Elle repéra Cam parmi eux. Sa longue silhouette, sa tignasse sombre aux cheveux raides coupés trop court à son goût, sa démarche fluide et chaloupée d'athlète étaient reconnaissables entre mille. Son cœur se serra. Le salaud était beaucoup trop fort dans son job. Si l'on y ajoutait le fait, ô combien réjouissant, qu'ils se haïssaient plus ou moins mutuellement et qu'il devait donc jubiler à l'idée de la coffrer, la journée ne pouvait pas se présenter plus mal.

Elle dégoulinait de flotte. C'était la seconde fois aujourd'hui.

— Parfait, tout bonnement parfait, murmura-t-elle en extirpant une algue qui s'était glissée entre ses seins.

Elle jeta un regard furieux à Trevor qui observait sans vergogne la scène :

— Tu t'amuses vraiment, hein ?

— Oh, ouais. J'apprécie toujours ces journées où je me fais prendre en otage, où mon pick-up – que j'adore, soit dit en passant – se fait truffer de pruneaux et où je dois l'abandonner au fond d'un lac, juste pour rester en vie.

— Je trouve que ton attachement pour cet engin est tout à fait malsain. Je veux dire, sérieusement, c'est juste un pick-up. Pas étonnant que tu sois divorcé.

Il était en train de patauger vers la rive, derrière le tronc, occupé à repérer un endroit où ils pourraient sortir de l'eau sans être vus depuis l'autre côté du lac. Il s'arrêta un long moment pour la considérer, la mâchoire serrée.

— Ce divorce a été le meilleur moment de mon mariage. Et, crois-moi, après la matinée que je viens de passer, mon opinion sur les femmes s'est salement dégradée.

— Je ne vois pas comment quiconque pourrait remarquer la différence.

Il se retourna pour continuer à chercher un endroit où quitter le lac.

— Tu aurais pu me virer plus tôt, poursuivit-elle.

Ce changement de sujet le surprit. Comme il ne répondait pas, elle lui lança un coup d'œil suspicieux :

— Pourquoi tu ne l'as pas fait ?

— Égarement temporaire. Curiosité. Ça doit être un truc sacrément précieux qu'ils t'ont piqué.

— Pas du tout. Du moins, ça n'a aucune valeur marchande. Mais c'est important.

Ils passèrent en barbotant entre des roseaux coupants et au travers d'un parterre de nénuphars qui flottaient à la surface, se frayant un chemin vers une crique exiguë qui leur fournirait un abri jusqu'à ce qu'ils puissent remonter sur la rive boueuse, en direction de la forêt.

— Ils veulent un truc sans valeur, mais ils menacent de faire du mal à ton frère ? Tu cherches à décrocher la médaille de la folie pure ou quoi ?

— Hé, j'ai une idée. Pourquoi ne continuerais-tu pas à marmonner et moi à t'ignorer ?

Puis, alors qu'il lui indiquait un endroit plus à l'abri dans les bois, elle remarqua ses mains vides :

— Attends ! Où est le flingue ?

— Au fond du lac.

— T'es dingue ou quoi ? On pourrait en avoir besoin !

— Tu veux vraiment garder sur toi l'arme qui a servi à braquer la banque ? lui demanda-t-il en haussant un sourcil.

Elle tenta de trouver un argument percutant, puis, baissant les bras, elle répondit :

— OK. Si tu tiens absolument à figurer parmi ces raseurs qui ne peuvent pas s'empêcher d'être logiques…

— Attends, laisse-moi deviner : à l'école, tu faisais partie des mômes qui avaient une chaise attitrée en salle de colle.

— Absolument pas. Ils ont enlevé ma chaise quand elle a *accidentellement* pris feu. Il y a une plaque commémorative là-bas, maintenant.

Il sourit :

— Allez, Bonnie Parker.

Et ils s'enfoncèrent dans la forêt.

Cam se tenait sur l'asphalte brûlant. Des vagues de chaleur l'assaillaient, tandis qu'il constatait les dégâts. Il affichait un professionnalisme irréprochable. Il s'y connaissait en catastrophes, quand il s'agissait de Bobbie Faye. D'habitude, la demoiselle attendait dans les parages, avec un regard innocent, candide et désolé, bien qu'il fût à peu près certain que, depuis le jour de sa naissance, elle n'avait jamais connu l'innocence. En fait, durant toutes ces années où ils s'étaient fréquentés – d'abord en qualité d'amis, puis d'amants et enfin d'ennemis –, il ne l'avait jamais vue ne serait-ce que tutoyer ce concept. Mais au moins, en ce temps-là, elle se tenait généralement à portée de main (pour une strangulation), ce qui signifiait que le cataclysme était passé (ou presque)

Pour l'heure, il n'avait pas la moindre idée de l'endroit où elle pouvait être et ça, ça sentait potentiellement très mauvais.

L'équipe du SAMU venait de désincarcérer de sa cabine défoncée le camionneur inanimé, sidérée que celui-ci s'en sorte quasi indemne à part son évanouissement. Les officiers de patrouille qui fouillaient le camion n'avaient pas encore trouvé les papiers indiquant ce qu'il transportait. À en juger par les fixations brisées, son chargement avait dû être gros car il avait fauché plusieurs chênes sur les bords du lac. Mais rien de tout cela ne pouvait expliquer l'absence de marques de pneus provenant du pick-up, ni indiquer l'endroit où il pouvait se trouver maintenant.

L'équipage de l'hélicoptère avait juré à Cam que le pick-up rouge n'avait jamais débouché à l'autre bout de la route, vers le port de plaisance, et il savait qu'il n'avait pas fait demi-tour. Bon sang, il était bien incapable d'imaginer ce qui avait pu se passer. Il était gagné par la désagréable impression que, quel qu'il fût, le chargement du camion les avait entraînés avec lui dans le lac. D'ailleurs, il avait déjà fait appel aux plongeurs pour inspecter les lieux.

Soudain, il entendit que le ton des policiers qui s'affairaient derrière lui changeait. Il regarda dans leur direction. Plus haut, près de la cabine du 35 tonnes, il aperçut ce qu'il sut instantanément être un flic fédéral, sans même avoir besoin de voir son accréditation. Blond, petit (mais il est vrai que la plupart des hommes semblaient petits auprès de Cam et de son mètre quatre-vingt-dix), mince, il avait une façon de porter son titre comme un droit, qui l'agaça immédiatement. Le fédéral venait de sortir d'une Taurus métallisée que le gouvernement avait sans doute mise à sa disposition. Il était vêtu d'un costume malgré la chaleur (déjà 30 degrés et on n'était qu'en avril). Le type avait la pâleur lunaire d'un comptable qui aurait passé un peu trop de temps derrière sa calculatrice. Cam rit intérieurement en voyant ses mocassins et la sueur qui s'accumulait déjà autour de son col immaculé. Il remercia une fois encore ceux qui lui avaient accordé sa dernière promotion (obtenue malgré une autre catastrophe initiée par Bobbie Faye) : en tant qu'inspecteur, le fait de porter un jean, des bottes et une chemise décontractée relevait plus de la nécessité que du plaisir (il fallait bien qu'il puisse se fondre dans la masse). Et puis, il était clair que ce genre de vêtements facilitait grandement les courses-poursuites dans les marais, après un voyou quelconque. Contrairement aux mocassins. L'un des officiers de patrouille venait d'indiquer au flic fédéral où se trouvait Cam, lequel avait lâché un juron entre ses dents. Il ne manquait plus que ça.

— Agent spécial Zeke Kay, lui annonça l'homme en agitant son badge du FBI en guise de présentation, quand il arriva à sa hauteur.

Cam se présenta également en lui serrant brièvement la main.

— On avait à l'œil cette Bobbie Faye Sumrall, commença Zeke.

— Ah ouais ? Et vous savez où elle se trouve actuellement ? demanda Cam en réprimant un sourire.

Zeke balaya les alentours du regard et, non, il n'en avait pas la moindre idée.

— On dirait qu'elle a disparu.

— Beau boulot, alors, dit Cam.

— Nous pensons qu'elle court un grand danger, poursuivit Zeke en regardant Cam droit dans les yeux dans l'espoir de les lui faire baisser.

— Bobbie Faye court toujours un grand danger. Il va falloir être un peu plus précis.

— Je suis là pour vous rendre service.

— Eh bien, j'espère que vous avez une prime de risque, répliqua Cam qui nota la manière dont son interlocuteur avait botté en touche, sans la relever… pour le moment.

— Ce n'est qu'une femme, dit Zeke.

Comme si ce genre de remarques pouvait s'appliquer à Bobbie Faye.

À cet instant, Cam fut presque pris de pitié pour l'agent spécial Zeke Kay.

— J'étais dans le même lycée que Bobbie Faye. En moins d'un mois, elle a mis le feu à l'école pendant le cours d'arts ménagers, puis, pendant la classe d'agriculture, à cause d'elle, un troupeau de vaches s'est rué sur la voiture du principal ; c'est elle aussi qui a aidé à préparer le dîner – du poisson – avant le championnat de football de l'État, qui s'est traduit par un empoisonnement alimentaire… de toute l'équipe. Et là, je vous parle du bon temps.

— Peu importe.

Zeke balaya des yeux la rive opposée du lac, choisissant d'ignorer les informations que Cam aurait pu lui transmettre sur la situation à laquelle ils allaient devoir faire face.

Cam se contenta de hausser les épaules. Certaines personnes ont besoin d'apprendre à la dure.

Chapitre huit

Vous savez, quand Bobbie Faye prend la mouche, à côté, un lynx avec une rage de dents passe pour un chaton nouveau-né.

— Jessica Cole, sœur de l'un des ex-petits amis de Bobbie Faye.

Des décharges de peur remontaient le long de la colonne vertébrale de Roy, tandis qu'il attendait, toujours attaché au fauteuil qui avait été placé au centre de la bâche bleue, dans le bureau de Vincent. Il regardait la télé, tout comme Vincent, Eddie et La Montagne : un reportage aérien sur le carambolage.

— Nous ne connaissons toujours pas les circonstances de la fuite du pick-up rouge, expliquait une autre journaliste un peu plus âgée. Il semble que celui-ci soit conduit par un homme non identifié que Bobbie Faye Sumrall aurait, d'après plusieurs témoins oculaires, rejoint dans la banque au moment du braquage.

Le présentateur de la chaîne locale l'interrompit :

— Dana, qu'en est-il des spéculations selon lesquelles le pick-up se trouve peut-être actuellement au fond du lac ?

— Oui, Robert, c'est en effet ce qui se dit en ce moment, mais je n'ai pu en obtenir la confirmation. Jusqu'à présent, nous n'avons encore vu personne refaire surface.

Roy ouvrait de grands yeux devant le téléviseur. Il n'entendait rien, hormis le sang qui battait à l'intérieur de ses oreilles. Le bruit était si fort qu'il étouffait ce qu'Eddie était en train de dire (à Vincent ? Roy n'en était pas certain).

Roy ne pouvait pas croire que Bobbie Faye ait disparu. Ce n'était tout simplement pas possible. Elle s'était montrée si indestructible depuis tellement longtemps que la perspective qu'elle pût un jour rater la marche ne lui était jamais venue à l'esprit. Il dut secouer la tête pour entendre à nouveau le son de la télévision et son volume le surprit. Le poste était-il allumé durant tout ce temps ? Il prit un air dégagé en regardant Vincent dont le doigt le menaçait à nouveau et dont l'expression prédatrice s'était muée en une autre grimace beaucoup – beaucoup – plus terrible. Roy n'imaginait pas qu'une telle chose fût possible et, quand il la vit, son estomac chercha frénétiquement à fuir son corps par tous les moyens.

— Quel dommage, mon cher Roy, dit Vincent. Nous n'avons plus vraiment besoin d'un otage si Bobbie Faye n'est plus là pour m'apporter le diadème.

Roy avala sa salive. Il ne voulait pas s'autoriser à regarder Eddie. Au lieu de cela, il avait aperçu, dans la vitre de la fenêtre, l'éclair de lumière qu'avait projeté la lame qu'il venait de ressortir de son étui et cet éclat ne cessait de danser sur le mur derrière Vincent.

Puis La Montagne grommela :

— Huh ? C'est qui ça ?

Vincent s'assit avec un immense calme, le corps imperceptiblement tendu tandis que la caméra de l'un des hélicoptères de la chaîne de télévision zoomait sur une aire fortement boisée, à proximité du lac, afin de se concentrer sur un couple qui s'y trouvait. Plus exactement, il y avait là un homme qui tentait de ramener une femme vers les bois, pendant que celle-ci gesticulait sauvagement en direction du pont bondé qui surplombait le lac et menait à la marina de Lake Charles.

Roy laissa retomber sa tête et souffla.

— Mais t'es cinglée ou quoi ? siffla Trevor entre ses dents, tout près de l'oreille de Bobbie Faye, alors qu'il la traînait à couvert sous les arbres. Mais bien sûr que t'es cinglée, pourquoi je pose la question ?

Son visage exhalait autant de chaleur qu'un fil de fer barbelé.

— C'est quoi ton problème, maintenant ?

— Ils – t'ont – repérée, explosa-t-il en agitant les doigts en direction de la foule immense massée sur l'autre rive du lac.

— J'ai vu la Saab. Il faut que je la rattrape. Qu'est-ce que ça peut te faire ?

Elle savait bien qu'elle avait commis une erreur en se mettant à découvert. Elle avait aperçu le visage de Cam de l'autre côté, les mains sur les hanches avec son désormais classique regard promettant « Putain, je vais t'étrangler ». C'était stupide et elle n'avait surtout pas besoin que Trevor le lui confirme.

— J'en ai quelque chose à faire, répliqua-t-il en marchant à ses côtés, parce qu'on avait la possibilité de prendre une longueur d'avance. Ils ne savaient pas où on était. Mais là, c'est à peu près comme si tu avais sorti un gros néon annonçant « Je suis là, attrapez-moi » ! Et moi, je ne peux me sortir de ce merdier que si nous te sortons de ce merdier. Or, tu viens de multiplier par cinquante nos chances de ne pas réussir.

— Je suis désolée ! Je ne voulais *vraiment* pas qu'ils nous localisent, mais j'ai vu la Saab et j'ai oublié où j'étais l'espace d'une minute.

— Typique !! grogna-t-il, et elle pivota brutalement pour lui faire face.

— Je te demande pardon ? Qu'est-ce qu'il y a de « typique » là-dedans ?

— Mais ce truc de ne jamais rien anticiper ! Des nanas comme toi...

— Whoa. Nous y voilà, coupa-t-elle en faisant un pas vers lui et en le regardant avec hargne, les joues en feu. Depuis ce matin, j'ai déjà perdu mon domicile, appris que mon frère s'était fait enlever, bousillé ma voiture, je me suis fait dévaliser, j'ai cherché à récupérer la chose qui pourrait sauver la vie de mon frère, tout ça pour me retrouver presque écrabouillée, puis noyée, et tu prétends que j'aurais dû trouver le moyen d'*anticiper* ?! Ça doit être chouette de vivre dans ton univers, là où les gens sont apparemment capables de perception extrasensorielle, mais, pour le moment, c'est plutôt le bordel dans le mien et je n'ai rien vu venir.

Sa voix devint de moins en moins tonitruante :

— Je suis fatiguée. Je suis trempée. Et je porte un putain de tee-shirt où il est écrit *Gobe-moi, suce-moi, mange-moi toute crue* qui, je te le garantis – parce que ma chance va jusque-là –, finira aux infos nationales de 17 heures pour le restant de mes putains de jours, avec en plus une coiffure de merde et, malgré tout, je m'arrange pour ne pas succomber à une folie meurtrière. Pas *encore*. C'est à peu près aussi loin que je puisse voir. Alors, ne pousse pas le bouchon trop loin.

Elle pivota et s'élança vers le pont. Trevor concentra toute son attention sur elle. Elle l'ignora et continua sa marche forcée jusqu'à ce qu'il la saisisse par l'encolure de son tee-shirt et la tire si brutalement en arrière qu'elle vint s'écraser contre lui.

— Mais tu te prends pour qui ?!

Il l'observa un long moment, comme s'il s'apprêtait à prendre une décision, puis, finalement, dit :

— Où vas-tu ?

— Pfff, ironisa-t-elle, au port de plaisance.

— Tu ne pourras pas atteindre la marina maintenant que la police et les hélicoptères savent où tu te trouves. Je parie qu'ils ont vu que tu pointais le doigt dans cette direction. Alors, maintenant, ils soupçonnent que c'est là que tu te diriges. De toute façon, ils auront déjà barré toutes les routes.

— Ah oui ? Mais si les deux boutonneux sautent dans un bateau avant que j'aie pu voir quelle direction ils prenaient, je ne pourrai jamais plus les retrouver.

Il hocha la tête pour marquer son accord.

— Je connais un type qui bosse à la marina. Il saura quel bateau a pris le large et sans doute dans quelle direction. Il faut qu'on trouve un autre bateau et qu'on le contacte.

— Nous ? Alors c'est « nous » maintenant ?

— Ma carte grise est dans le pick-up. Je suis un complice jusqu'à ce qu'on récupère ton frère sain et sauf et qu'on puisse prouver ton histoire. Je sais où trouver un bateau qu'on pourrait emprunter. On y arrivera peut-être avant que les flics comprennent qu'on ne se dirige pas vers le pont.

Sans attendre la réponse, il s'élança à 45 degrés de leur destination initiale. Bobbie Faye s'apprêtait à protester, juste par principe, parce qu'elle voulait être celle qui avait un plan, bordel. Nina avait toujours un plan et ça marchait à chaque fois. Ce Ce avait toujours un plan et ça marchait à chaque fois. Elle aussi pouvait élaborer des plans. Et puis, elle se souvint qu'elle avait eu un plan et considéra sa situation. Alors, pour une fois dans sa vie – et Dieu sait qu'elle eut du mal –, elle ne broncha pas et suivit Trevor qui s'enfonçait dans les bois, là où la forêt était si dense que la lumière du jour n'atteignait le sol que par endroits.

Ils étaient en train de s'éloigner du port de plaisance. Elle détestait devoir placer autant de confiance dans un inconnu aussi mal embouché qu'elle avait pris en otage quatre heures auparavant. Mais le bruit au-dessus de sa tête du rotor des hélicoptères (qui s'amenuisait à mesure qu'ils s'écartaient du pont) lui disait qu'à ce stade elle n'avait pas vraiment l'embarras du choix. Si ce Trevor avait *effectivement* son nom sur une carte grise restée dans ce pick-up (ce qui semblait évident, vu sa vénération pour cette foutue caisse), alors il n'avait peut-être pas entièrement tort. Elle savait que Cam ferait une courte enquête sur lui et comprendrait vite, sans aucun doute possible, que son « otage » aurait pu l'expulser de son véhicule à n'importe quel moment, et que donc, selon toute probabilité, il l'aidait de son plein gré. Ce qui faisait de lui un complice.

Disait-il la vérité ? Ou usait-il de cette histoire comme d'une couverture pour découvrir ce après quoi elle courait ? Il l'avait effectivement interrogée sur la chose « précieuse » que les coinçés avaient piquée. Manifestement il savait se servir d'un revolver, et aussi improviser des solutions, chose que la plupart des criminels avérés maîtrisaient à merveille. Et puis, il y avait également son petit air militaire – 50 % de confiance en soi, 50 % de système D,

50 % de « J'ai déjà refroidi des mecs, alors me gonfle pas ou tu seras le prochain ». Et la voilà qui s'enfonçait dans la forêt avec un type qui pouvait très bien l'aider à récupérer son diadème, mais qui pouvait tout aussi bien monter un coup au débotté pour le lui subtiliser.

Putain. C'était du grand n'importe quoi. Mais elle n'avait pas le choix.

Trevor avançait d'un pas vif. Bobbie Faye tâchait de tenir le rythme, attentive à marcher le plus possible dans ses traces, ce qui n'était pas chose facile. Mais elle était parfaitement consciente de la toile d'araignée gigantesque qui se déroulait au-delà des bois et des araignées géantes, plus grandes que la paume de sa main, qui s'agitaient au cœur de cette toile. Il y avait partout autour d'elle des insectes, des coléoptères et des animaux plus gros qu'un coffre à pain. Elle estimait donc sage de rester aussi proche que possible de cet homme étrange et énervé. Au moins, s'ils croisaient la route d'une créature affamée, peut-être serait-il le premier à être mangé.

Cam n'avait pu mettre un nom sur le type qui accompagnait Bobbie Faye, mais il sentait bien, au sourire satisfait de Zeke, que *lui* avait réussi à le faire. Cam avait demandé à l'hélicoptère de la chaîne d'infos WFKD de rester au-dessus du pont au cas où les fuyards surgiraient dans ces parages. Il tendit l'oreille quand Zeke sortit l'un de ses téléphones portables pour ordonner à son propre hélicoptère du FBI de venir le chercher.

— Oui, dit Zeke en s'écartant de Cam. Dumasse, sans aucun doute. Contente-toi de venir jusqu'ici. On ne peut pas se permettre de lui laisser trop d'avance.

Zeke referma son téléphone et jeta un coup d'œil vers Cam qui attendait, bras croisés, de voir si le fédé allait lui sortir son couplet de merde sur les responsabilités territoriales. Au lieu de cela, Zeke extirpa de sa poche de poitrine une feuille pliée en quatre.

— Il a été agent.

— A été ? s'étonna Cam en dépliant le papier que Zeke lui avait tendu.

Sur le papier, il y avait deux photos d'un homme dénommé « Trevor Dumasse » : sur l'une d'elles, il apparaissait en agent du FBI tiré à quatre épingles, et sur l'autre – un cliché de caméra de surveillance plus récent –, il semblait incroyablement plus minable et pouilleux. Plus dangereux aussi. Il saisissait ce qui semblait être une grosse enveloppe de billets entre les mains de types qui avaient l'air, si tant est que ce fût possible, encore moins recommandables. Dumasse avait un regard froid comme l'acier qui devait agacer pas mal de gens. L'homme qui avait traîné Bobbie Faye vers les bois était un peu plus présentable que sur cette photo, mais Cam était sûr qu'il s'agissait de la même personne. Sous les clichés, on pouvait lire une liste de crimes, et Cam se disait que ce Trevor n'en avait pas laissé beaucoup de côté : meurtre, fraude, vol avec violence, kidnapping, contrebande… Cam leva les yeux vers Zeke pour connaître la suite de l'histoire.

— Ça nous a pris plusieurs années pour comprendre qu'il touchait des pots-de-vin, expliqua Zeke. Il tuyautait les types qu'on recherchait et ceux-ci parvenaient toujours à s'enfuir, juste avant qu'on les arrête. Avec un butin toujours plus gros que ce que leur escroquerie, leur blanchiment ou leur vol aurait dû leur rapporter. Quand il a compris qu'on était sur son dos, il a disparu. Aujourd'hui, il loue ses services pour des honoraires plutôt rondelets. Il y a quelques semaines, on a entendu des rumeurs mentionnant le nom de votre Mlle Sumrall…

— Ce n'est certainement pas *ma* Mlle Sumrall, l'interrompit Cam, presque à voix basse.

— … et une sorte d'escroquerie pouvant rapporter gros.

— Bobbie Faye ? Rapporter gros ?

Cam secoua la tête en réprimant l'éclat de rire qu'engendrait cette simple pensée.

— Bah, soit elle n'est qu'un quidam innocent qui s'est fait prendre d'une manière ou d'une autre dans les filets de Dumasse, soit elle l'aide. Et, croyez-moi, il est bon. Il est capable d'analyser les gens très finement et il sait comment les manipuler.

— Vous ne connaissez pas Bobbie Faye. La manipuler, c'est un peu comme de manipuler une grenade dégoupillée. Dans le noir. On ne manipule pas Bobbie Faye.

— Vous ne connaissez pas Dumasse comme je le connais. Non seulement c'est un caméléon, mais je l'ai vu arnaquer les moins arnaquables. Si elle se trouve avec lui, c'est qu'il veut bien qu'elle le soit, et vivante. Et avant qu'il en ait fini avec elle, elle lui aura offert sur un plateau ce qu'il voulait, et avec joie.

Cam examina la photo de Trevor ; lorsqu'il releva la tête, Zeke le fixait d'un regard d'acier.

— Je vais coincer Dumasse. J'ai un mandat en bonne et due forme à cet effet. S'il résiste – et je peux vous assurer que ce sera le cas –, je dois le stopper. Point barre. Si elle se trouve dans les parages…

Zeke laissa la fin de sa phrase en suspens.

— Connaissant Bobbie Faye, elle n'est qu'un quidam, dit Cam, incapable néanmoins d'y ajouter le terme « innocent ».

— Eh bien, votre quidam est en train de réduire drastiquement son espérance de vie, parce que Dumasse l'éliminera quand elle cessera de lui être utile.

Chapitre neuf

Bobbie Faye serait une force de la nature, si elle n'en était pas si éloignée.

— Lucy Swimmer, responsable Catastrophes – Région Sud pour la Croix-Rouge.

Tout en crapahutant dans les bois, Bobbie Faye fit un petit inventaire silencieux : elle était trempée, contrariée, crasseuse, à cran, furieuse, à bout de nerfs, excédée et, pour faire bonne mesure, mettons-y aussi en mauvaise passe. Elle pouvait désormais y ajouter chamboulée et désorientée par l'omniprésence des différents verts du feuillage des arbres qui les surplombaient. Le soleil tachetait et marbrait les feuilles qui dansaient dans une ondulation hypnotique et irritante. Toutes ces tonalités changeantes qui s'insinuaient dans son esprit, juste après l'obscurité du lac, l'étourdissaient un peu. Elle gardait les yeux baissés ou fixés sur le dos de Trevor afin de rester concentrée sur chacun de ses pas, en essayant d'éviter les buissons épineux qui arrivaient à hauteur de ses épaules. Peut-être était-ce l'adrénaline qui la rendait aussi sensible à la lumière dans les arbres, au bleu pervenche qui se laissait deviner par-delà l'entrecroisement des branches formant comme un auvent, à l'odeur puissante de terre humide et de jeunes pousses, à cette sorte de mousse qui dégoulinait des arbres comme de la cire grisâtre le long d'un cierge. Peut-être l'adrénaline lui inspirait-elle toutes ces pensées qui s'entrechoquaient et tourbillonnaient de façon si hasardeuse que plus rien n'avait de sens.

Venait-elle bien de s'extirper d'un pick-up prisonnier d'un tuyau au fond d'un lac ?

Elle préféra reporter les yeux sur le dos de Trevor, tâchant de rassembler ses esprits, de revenir à la réalité. Mais, tout ce qu'elle parvint à faire fut de remarquer ses muscles joliment hâlés, le dessin de ses triceps lorsqu'il levait les bras pour écarter une branche, la confiance qui irradiait de chacun de ses mouvements. Tout cela transpirait la sensualité et, pourtant, elle avait pour l'heure aussi peu besoin de flasher sur un mec que d'un troisième sein, quoique… elle ne pouvait plus se permettre de cracher sur le fric que pourrait lui rapporter sa participation à un petit musée des horreurs.

Bon sang. Concentre-toi.

De toute façon, c'était un abruti, pensa-t-elle, avec des motivations tout à fait suspectes. Bon, mais elle avait pris cet abruti en otage et elle avait flingué son pick-up (hum, plusieurs fois) avant de le détruire… et, OK, il avait peut-être quelques minuscules raisons d'être de mauvaise humeur. Peu importait. De toute façon, elle s'était fixé comme objectif de ne plus avoir de nouveaux petits amis. Enfin, bon, de ne plus avoir de mecs, parce qu'elle pouvait difficilement appeler « petits amis » les idiots avec lesquels elle était sortie après son histoire avec Cam, même si c'était ce qu'elle aurait souhaité.

Elle nota une sorte de récurrence dans les aspects, disons, « logistiques », de sa vie.

Non, Cam avait été un fiasco amoureux majeur. Ceux qui lui avaient succédé n'avaient formé qu'une farandole de *losers* et, objectivement, elle avait eu son lot de connards. Plus que son lot. Alors, finis les mecs jusqu'à ce que sa vie reprenne un cours plus ordinaire.

À ce rythme, il lui faudrait peut-être attendre la maison de retraite pour se sentir à nouveau capable de sortir avec un homme.

Elle décida de cesser de regarder le dos de Trevor et opta pour ses pieds. En conséquence, elle ne s'aperçut pas qu'il s'apprêtait à s'arrêter et, quand il le fit, elle vint le percuter.

Il la rembarra pour la troisième fois.

— Ne me dis pas que tu as aussi échoué en classe de « queue leu leu » quand tu étais à la maternelle ?

— Bah, au moins, j'ai réussi dans celle de « jeu d'équipe ».

— Juste parce que tu n'avais pas encore compris comment tous les dégommer.

— Je n'ai rien dégommé, protesta-t-elle, avant de préciser : du moins, pas récemment.

Il grommela quelque chose qu'elle n'entendit pas, ce qui valait sans doute mieux.

Elle se remit à suivre Trevor qui se hâtait entre les arbres, les flaques de boue et les passages marécageux. Elle devait serrer ses bras nus contre son corps pour éviter le bord tranchant des épaisses feuilles de palmiers qui poussaient en massifs et lui arrivaient aux épaules. Trevor se servait d'un grand bâton pour détruire les toiles d'araignées et vérifier la stabilité du terrain qui, parfois paraissait dur, mais pouvait cacher un trou profond et boueux sous une fine croûte de terre. Bien sûr, ni l'un ni l'autre n'avait eu l'idée de le faire *avant* que la botte de Bobbie Faye transperce l'une de ces minces pellicules et qu'elle se retrouve dans la boue jusqu'aux genoux.

Pendant qu'elle se débattait pour sortir de cette bauge, elle avait lâché une telle bordée de jurons que Trevor avait éclaté de rire en se tenant les côtes.

— Quoi ? grogna-t-elle.

— Je viens de voir trois mamans écureuils boucher les oreilles de leurs petits tellement ta prestation les a choquées.

— Les écureuils peuvent aller se faire voir. Ils peuvent grimper, eux, répliqua-t-elle en continuant à gesticuler, maculant son jean de boue.

— Tu as bientôt fini ton *Lac des cygnes* ?

— Je ne sais pas ce qui me fiche le plus la trouille… que tu blagues ou que tu connaisses *Le Lac des cygnes*.

Il gloussa à nouveau et elle sentit que l'énergie de sa bonne humeur la gagnait. Wow. C'était la première fois qu'elle avait l'occasion de vraiment l'observer (en ne se contentant pas de noter ses différents attributs de séduction). Elle aimait bien ces ridules autour de ses yeux, ce visage qui n'était pas parfait avec son sourire en coin, ce calme qui émanait de lui. Ce type aurait vraiment dû sourire plus souvent. Elle réprima l'envie physique qu'elle avait de toucher la cicatrice, sous son œil.

Ils restèrent ainsi quelques minutes, puis reprirent de concert leur progression dans la forêt, d'un pas rapide, slalomant entre les touffes de bruyère, évitant les buissons de mûres et leurs épines, ralentissant avec précaution pour contourner les amas rocheux dont les crevasses pouvaient abriter des serpents. Elle aperçut les traces d'un cerf, puis, quelques minutes plus tard, une surface herbeuse aplatie qui avait dû accueillir plusieurs biches la nuit précédente. Au-dessus de sa tête, les fougères avaient déroulé leurs frondes après la récente pluie, recouvrant ainsi les larges branches courbées des chênes. Elles s'agitaient dans la brise légère comme autant de frises décoratives. Leurs couleurs et leur parfum apaisèrent Bobbie Faye et ce calme nouveau lui redonna espoir.

Trevor fit une pause au pied d'un pin, la tête légèrement penchée pour écouter le bourdonnement d'un hélicoptère... Rien que ça, des hélicoptères. Il y en avait au moins deux. Pour l'espoir, on oubliait. Elle examina son visage et eut l'impression angoissante que non seulement il savait très exactement combien il y en avait, mais qu'il aurait également pu lui dire de quels modèles il s'agissait, quelle charge ils pouvaient supporter et combien de personnes étaient à leur bord. Simplement en se fondant sur le bruit qu'ils émettaient. Cette sensation la ramena à ses conjectures : pourquoi s'était-il laissé embobiner dans ce merdier, d'autant qu'elle savait, maintenant mieux que jamais, qu'il n'était pas du genre à se laisser *embobiner*. Cette pensée l'inquiéta.

Au moment où elle allait lui poser la question, Bobbie Faye vit quelque chose bouger quelque part dans son champ de vision. Elle saisit son bras.

— Bouge pas, dit-elle brusquement.

Il s'immobilisa.

Elle regarda autour d'elle avec attention, sans faire un geste. Elle n'était pas bien sûre de ce qu'elle avait vu, mais quoi que ce fût, cela avait réveillé son instinct animal, celui qui en principe se consacre à la survie. À sa grande surprise, Trevor se contenta de l'observer en attendant.

Puis elle le vit.

— Serpent, murmura-t-elle à l'intention de Trevor qui restait immobile.

Le reptile était enroulé à la base du pin le plus proche, les mâchoires grandes ouvertes, se préparant à attaquer. Un frisson la parcourut, lui donnant instantanément la chair de poule, et son corps se tendit sans faire pour autant le moindre mouvement. Les bois qui entouraient le lac et les marais regorgeaient de toutes sortes de serpents. Celui-là était un mocassin d'eau à la morsure mortelle qu'ils n'avaient pas remarqué dans leur hâte.

— Distance ? demanda-t-il à voix basse. Il peut nous atteindre ?

Elle acquiesça. Mais il y avait une nouvelle plus mauvaise encore : contrairement aux autres serpents qui, s'ils en ont la possibilité, choisissent de fuir l'homme, le mocassin d'eau ne craint pas de poursuivre les intrus, même lorsqu'ils cherchent à quitter son territoire. Dans ces conditions, la fuite n'était pas la solution la plus indiquée. Elle ne savait pas vraiment quoi faire dans la mesure où le reptile se trouvait derrière Trevor, à environ un mètre vingt de lui, avec la capacité de se détendre presque sur toute sa longueur. Il pourrait donc aisément atteindre Trevor si celui-ci tentait de bouger. Il pourrait aussi l'atteindre, elle, si Trevor détalait suffisamment vite.

C'est alors qu'elle aperçut du coin de l'œil ce dont elle avait besoin : le couteau accroché à la hanche de Trevor. Un Ka-Bar.

Ce Ce en vendait. C'était en général celui que les militaires – en service ou retraités – préféraient. À elle seule, la lame faisait dix-huit centimètres et, avec le manche gainé de cuir, l'arme atteignait près de trente centimètres. Elle avança la main droite vers son flanc et ouvrit le fourreau.

— Putain, qu'est-ce que tu fous ? souffla-t-il.

— Reste tranquille, murmura-t-elle sans quitter des yeux le serpent.

Doucement, elle tira sur le couteau, contente que la hanche droite de Trevor soit dissimulée à la vue du reptile, et elle le soupesa dans sa paume. Trevor s'apprêtait à protester, mais quelque chose l'en empêcha. Elle perçut son étonnement et savait qu'il était dû à la façon dont elle maniait son couteau. Bah, qu'ils aillent tous se faire voir, de toute façon, ça les surprenait toujours.

Elle évalua le mouvement du serpent, se força au calme, puis, avec la vitesse de l'éclair, lança le couteau d'un geste assuré. *Ssshhtkk.* Elle le vit clouer la tête de l'animal au tronc du pin.

— Ooooh, beurk, dit-elle en plaquant sa paume sur sa bouche et en tressaillant.

Elle se retourna vivement et dut lutter pour ne pas vomir et se recroqueviller par terre en position fœtale.

— J'y crois pas, dit Trevor ébahi, ses yeux allant de Bobbie Faye au serpent. Tu lances comme… un mec, mais…

— … je vais vomir tripes et boyaux si tu ne vas pas chercher ce couteau et éloigner ce machin, l'interrompit-elle en tremblant de plus belle.

Elle l'entendit reprendre son arme, mais elle ne se retourna pas avant qu'il soit de retour à ses côtés. Elle savait qu'il l'observait et elle ravala la bile qui montait dans sa gorge. Il fallait que cette nausée cesse, vu tout ce qui lui restait à faire pour récupérer Roy.

— Poursuivons notre chemin. En faisant attention à ce genre de trucs, dit-elle en agitant la main vers l'endroit où devait se trouver le serpent mort. Je ne peux pas passer mon temps à sauver ta peau.

— T'es un sacré morceau, souffla-t-il, plus pour lui-même qu'à l'intention de Bobbie Faye.

— Ouais, je sais. On me fait souvent cette réflexion, répondit-elle.

Cam regarda Zeke qui trottinait vers l'hélicoptère du FBI lequel, venait d'atterrir sur la route, à peine nettoyée des décombres du 35 tonnes. Un autre agent du FBI émergea de l'appareil et tendit à Zeke une combinaison légère impeccablement repassée et pliée. Cam gloussa en apercevant les bottes militaires luisantes qui n'avaient sans doute jamais été portées. Ce type pouvait se préparer à quelques ampoules.

Les agents du FBI s'entretinrent tandis que Zeke se changeait au beau milieu de la route et que son collègue dépliait une carte avant d'y tracer des trajectoires. Cam n'avait pas vraiment l'impression qu'ils avaient une idée très claire de l'endroit où Bobbie Faye et ce Dumasse avaient pu aller, ni des raisons pour lesquelles elle était avec ce type.

L'inspecteur Benoit, un Cajun noiraud et sec, rejoignit Cam et resta à ses côtés quelques minutes, en observant les agents du FBI qui se préparaient à Dieu savait quoi.

—Je présume que tu ne passes pas une journée fabuleuse, remarqua Benoit avec une pointe d'ironie que Cam choisit d'ignorer. Ils t'ont dit quelque chose ?

— Sûrement la moitié de ce qu'ils auraient dû me dire, répondit Cam, les bras croisés et les doigts tapotant ses avant-bras.

Voyant que Benoit regardait ses mains, il cessa aussitôt.

— Ils sont surtout après le type, dit Cam avant d'exposer à son collègue le peu qu'il savait de Trevor.

— Ah, *mon ami*[1], finit par soupirer Benoit en forçant un peu son accent cajun. Tu sais que tu le payeras très cher si tu laisses la reine des Journées de la Contrebande se faire refroidir.

1. En français dans le texte (NdT).

— Putain, m'en parle pas.

— Si je me souviens bien, la dernière fois, tu t'es fait agresser par des paroissiennes et des enfants de chœur, et pourtant elle était à l'hôpital pour une simple commotion.

— Ta gueule, Benoit.

— Et te rappelles-tu ce curé qui essayait de te faire réciter des *Je vous salue Marie* ?

— *Ta gueule*, Benoit.

— Et l'enfant de chœur qui menaçait de te réduire en purée quand il serait grand, si elle ne se réveillait pas ?

Cam lança un regard mauvais à son ami qui semblait s'offrir un sacré bon moment. Ça n'avait pas été beaucoup plus facile *en dehors* du soi-disant sanctuaire de l'église. Il n'était pas réellement pratiquant, mais, avec tout ce qu'il voyait durant la semaine, ça faisait parfois du bien de se retrouver dans un lieu de bonté. Eh bien, Bobbie Faye avait même réussi à envahir ce havre de paix.

— T'es sur le braquage ? demanda Cam.

— Ouais, j'suis dessus.

— Qui assure en coulisse ?

— Crowley et Fordoche.

— Préviens-moi quand t'auras trouvé l'erreur.

— Comment sais-tu qu'il y aura une erreur ?

— Cette affaire concerne Bobbie Faye.

Benoit pouffa, puis demanda :

— Tu es de la partie ?

Cam hocha la tête.

— Et tu portes un gilet pare-balles ?

Cam le regarda, étonné.

— Hé, c'est pas ma faute si t'es sorti avec une nana qui vise mieux que toi.

— Putain, rentre donc au poste, siffla Cam à Benoit qui retournait vers sa voiture en se tordant de rire.

Cam regarda l'hélicoptère du FBI qui décollait, puis se tourna vers l'un des policiers affectés au carambolage.

— Dis à Kelvin qu'il peut amener les chiens, lui dit-il.

L'officier acquiesça et se mit à parler dans sa radio.

Cam avait déjà réquisitionné l'hélicoptère de sa circonscription. Il faudrait coordonner son action avec celle des chiens. Il avait aussi demandé qu'un bateau transporte les chiens sur la rive opposée du lac. Quel dommage que les fédés aient décollé avant de lui demander s'il avait un moyen de traquer Bobbie Faye.

Les chiens arrivèrent quelques minutes plus tard dans des cages alignées à l'arrière d'un pick-up. La meute était composée de bergers Catahoulas et de chiens de chasse Redbones que Cam considérait comme les meilleurs pisteurs de Louisiane. Il salua leur maître, Kelvin, un type trapu aux cheveux clairs, plutôt décontracté, ayant dépassé de quelques années les trente-deux ans de Cam.

— Tu as un truc à leur faire renifler ? s'enquit Kelvin en remettant sa casquette de base-ball sans cesser de mâchouiller un cure-dents.

Cam hocha la tête et se dirigea vers le coffre de sa voiture.

Il voulait la jeter. Ça tombait bien qu'il ne l'ait pas fait, parce qu'il n'avait vraiment pas le temps d'aller jusqu'à la caravane de Bobbie Faye pour y prendre un vêtement. Il ouvrit son coffre et fouilla dans un sac. Kelvin parut un peu surpris lorsque Cam en sortit une chemise d'homme en pilou, impeccablement pliée.

— Ne songe même pas à poser de questions, prévint Cam.

L'autre éclata de rire et prit la chemise.

Cam suivit des yeux Kelvin qui regagnait son camion, afin de rejoindre le bateau qui l'amènerait, lui et ses chiens, de l'autre côté du lac. Kelvin attendrait d'être là-bas pour leur faire sentir la chemise afin qu'ils fixent l'odeur qu'ils devaient chercher. Pendant ce temps, Cam devait passer un coup de fil, s'il ne voulait pas faire l'objet d'une malédiction vaudoue. Ce n'était pas qu'il craignît ce genre de trucs, il n'y croyait pas. Absolument pas. Il n'était même pas sûr que Ce Ce y accorde un quelconque crédit et qu'elle soit autre chose qu'une commerçante rusée. De toute façon, il fallait qu'il passe ce coup de fil. C'était déjà assez dur d'avoir Bobbie Faye sur le dos, alors autant éviter d'y ajouter Ce Ce.

Chapitre dix

On demande à Bobbie Faye d'assister au match en qualité d'ambassadrice de l'équipe adverse. Elle s'assoit de leur côté du terrain. Et on reste invaincus pendant quatre ans.

— Jake Daniels, entraîneur au lycée Collins.

Ce Ce avait collé le combiné téléphonique à son oreille et regardait la télé.

— Elle a braqué quoi ? demanda Nina qui continuait à jouer du fouet, et Ce Ce, qui regardait son petit écran, entendit le claquement et son écho, pendant que quelques pilleurs amateurs s'écartaient en hâte des affaires de Bobbie Faye.

— Une banque, mon chou. C'est ce qu'ils racontent aux infos. Et elle est en fuite. Ils disent aussi qu'elle est avec un type que personne ne parvient à identifier.

— Merde. Elle a mentionné quelque chose à propos d'une prise d'otage, mais j'ai pensé que c'était juste un truc d'otages normal.

— Mon chou, le fait que tu peux penser qu'il existe des « trucs d'otages » *normaux* signifie que tu mènes ta petite entreprise depuis un peu trop longtemps.

Elle préférait faire preuve d'une rafraîchissante naïveté en ce qui concernait les activités exactes de Nina au sein de sa société S&M Models, Inc.

— Mais, bonté divine, elle a pris un otage ?

— C'est ce qu'elle a dit. Il ne semblait pas vraiment traumatisé, cela dit.

— Tu pourrais peut-être passer quelques coups de fil ? Certains de tes... clients... pourraient avoir entendu des bruits sur ce qui se passe. Je n'obtiens rien de précis de la part des flics et je pourrai l'aider plus efficacement si je sais où on en est.

— Je vais voir ce que je peux faire, Ce, dit Nina en refaisant claquer son fouet avant de raccrocher.

Ce Ce resta quelques instants sans bouger dans la petite salle à manger improvisée. L'endroit était chaleureux et invitait au calme. Les sportifs matinaux y faisaient en général une pause avec des biscuits et de la confiture ou des saucisses et des boulettes de boudin, une mixture cajun à base de riz et de foies mise en boules et frite. Son magasin de fournitures était le lieu où les lève-tôt aimaient à s'informer de la météo et des nouvelles avant de disparaître dans l'Atchafalaya ou les bois qui s'étendaient à l'ouest. Pourtant, aujourd'hui, tous les chasseurs ou pêcheurs qui s'étaient présentés durant l'heure précédente étaient encore debout, devant sa télévision, à regarder les développements de la dernière catastrophe de Bobbie Faye. Debout, parce que les trois banquettes branlantes en Formica rouge qu'elle avait fabriquées des siècles auparavant couinaient déjà sous le poids des premiers arrivés, et qu'il n'était désormais plus possible de s'asseoir dans le magasin. Quelques clients se contentaient de discuter, mais Ce Ce ignora ostensiblement le groupe de ceux qui, au fond de la pièce, pariaient tranquillement sur les dommages potentiels ou, pire, sur la survie de Bobbie Faye. Elle choisit également d'oublier le téléphone qui ne cessait de sonner, pour se concentrer sur l'écran de la télévision.

Ce Ce vit le reportage aérien sur le désastre de ce qui avait été le domicile de Bobbie Faye. La caravane gisait sur le flanc, entourée d'un impressionnant bric-à-brac éparpillé sur la pelouse. Une foule d'ahuris se pressait devant ces décombres, tenue à distance par Nina qui brandissait son fouet. Ce Ce se mit à rire. Que Nina soit louée ! Si quelqu'un d'autre avait été à sa place, Ce Ce lui aurait envoyé des renforts mais, connaissant Nina, non seulement elle savait qu'elle n'avait pas besoin d'aide, mais qu'en plus un tel soutien n'aurait fait que la gêner.

Puis elle revint à la réalité.

Bobbie Faye était en fuite pour sauver sa peau.

Ce Ce ne savait même pas pourquoi. Cette fille était une vraie forteresse qui ne laissait jamais entrer personne et qui ne demandait jamais d'aide. Ce Ce en était réduite à attendre sur la touche, à espérer et à prier, en essayant de recourir au peu de magie qu'elle connaissait.

Elle ferma les yeux et se frotta la nuque entre ses grosses dreadlocks. C'était dans de tels moments qu'elle parvenait à se souvenir des choses en détail – des détails si précis qu'ils lui collaient à la peau comme une épaisse couche d'argile. Elle revoyait encore Bobbie Faye dans sa seizième année, squelettique, épuisée, cassée, affamée, debout devant elle, peu avant la fermeture du magasin, ayant patienté jusqu'à ce qu'il n'y ait plus un seul client pour lui demander une faveur en privé.

— Ah, pour sûr, sa mère était une sacrée jolie reine des Journées de la Contrebande, dit Monique, interrompant le flot de souvenirs de Ce Ce. Enfin, avant que le cancer l'anéantisse, bien sûr.

Ce Ce ouvrit les yeux et vit son amie, avec ses cheveux roux indomptables, et la myriade de taches de rousseur qui parsemaient son visage rond. Monique, la quarantaine, mère replète de quatre enfants, offrait une telle apparence de bienveillance et de gentillesse que de parfaits étrangers n'hésitaient pas à lui confier leur progéniture quand elle faisait la queue à l'épicerie et qu'ils devaient retourner chercher « juste un » article qui leur manquait.

— Dommage qu'elle ait hérité du caractère de sa mère.

— Naaan, mon chou, ça ne vient pas de sa mère. Necia était folle, mais tout en douceur, un peu à la masse. Il lui arrivait même de ne plus se souvenir où elle avait laissé ses affaires.

— Comme ses mômes, par exemple ?

— T'es aussi au courant de celle-là ?

— Mais tout le monde connaît cette histoire ! Elle les a laissés à l'épicerie. Ayant complètement oublié qu'elle les avait emmenés avec elle, elle n'a même pas remarqué qu'ils n'étaient pas à la maison jusqu'à ce que le shérif l'appelle.

— Eh oui, mon chou. C'était tout Necia, ça. Dans son monde. Rien à voir avec le genre de folie dont souffre Bobbie Faye.

Le téléphone sonna à nouveau. Il n'avait pas cessé de toute la matinée et Ce Ce n'y avait pas répondu depuis que le rodéo avait commencé. Les médias l'appelaient toujours la première pour tenter de lui soutirer un commentaire officiel et, comme d'habitude, elle n'était pas disponible. Si Bobbie Faye avait besoin de la joindre, elle utiliserait la ligne privée. Tous les autres pouvaient aller se faire voir. Et puis, l'une des jumelles (Jésus-Marie-Joseph, il allait vraiment falloir qu'elle persuade l'une d'elles de se faire décolorer ou couper les cheveux pour qu'elle puisse les distinguer) lui apporta le téléphone. En y regardant de plus près, Ce Ce vit qu'il s'agissait de la ligne normale et elle commença par enguirlander la jeune femme qui lui tint pourtant tête en disant :

— Je crois que tu vas vouloir prendre celui-là. C'est Cam. Il a l'air plutôt énervé.

Ce Ce empoigna le combiné et aboya :

— Tu sais que je n'ai pas l'intention de te raconter le moindre truc.

— Tu ferais pourtant bien de le faire, répondit Cam qui tenait sa fureur sous contrôle. Obstruction à la justice, Ce Ce. Ça va chercher dans les…

— Oh, silence, Cam, mon chou. Tu serais bien incapable de me coller de l'obstruction sur le dos, quand bien même ta propre mère l'emballerait dans du papier-cadeau et te l'adresserait directement par la poste. De toute façon, je ne sais rien.

— Tu en es sûre ? Parce que les chiens sont de sortie, Ce Ce. J'ai prévu de les lâcher à ses trousses.

— Je t'interdis bien de lancer tes chiens à la poursuite de ma petite Bobbie Faye, Cam.

— Tu préfères que le FBI l'arrête en premier et, peut-être même, la tue ? demanda-t-il.

Ce Ce eut l'impression d'avoir été transformée en statue de glace. Elle l'écouta lui exposer la version abrégée de cette histoire d'inconnu aperçu aux côtés de Bobbie Faye. Elle savait bien qu'il ne lui disait pas tout, mais il lui en disait tout de même plus qu'il aurait dû parce qu'il savait qu'elle n'en répéterait pas un mot. Elle se doutait également qu'il espérait ainsi l'amadouer afin de lui soutirer une info utile.

— Mon chou, dit-elle, je ne sais rien. Sauf... – Elle hésita une seconde. – Sauf qu'elle avait l'air plutôt effrayée quand elle est passée ici ce matin. Or, je ne crois pas avoir jamais vu cette fille vraiment *effrayée* avant ça. Tu comprends ce que je veux dire ?

— Oh, meeerde.

Elle voyait très bien ce à quoi il pensait : Bobbie Faye était un ange lorsqu'elle était calme et rationnelle (enfin, selon sa version à elle du terme « rationnel »), mais Dieu seul pouvait prévoir le chaos qu'elle était capable de déchaîner quand elle commençait à prendre peur.

— Tu me tiens au courant, commanda Ce Ce, et Cam raccrocha sans en dire plus.

Quand elle eut reposé le téléphone, elle fit un signe à Monique pour qu'elle aille dans la réserve afin d'en rapporter des ingrédients supplémentaires. Même un plein saladier de magie pourrait à peine faire l'affaire.

Roy regarda Vincent baisser le volume du son de la télévision et allumer la stéréo. « Luck Be A Lady » s'en échappa : une chanson de Frank Sinatra, l'un des Rat Pack, que sa mère adorait. Il se souvenait de l'avoir vue danser avec Bobbie Faye dans leur salon, tandis que lui-même tentait de se dissimuler derrière une BD, déjà trop « mâle » pour se trémousser sur une musique aussi ambiguë. Eddie leva les yeux et gloussa.

— Excellent choix, chef.

Vincent se mit à rire en se dirigeant vers le meuble-bar très ouvragé situé à l'autre bout de la pièce, puis il s'immobilisa avant d'esquisser quelques pas de danse dignes de Fred Astaire, qu'il ponctua d'un remarquable pas chassé juste devant le bar. Roy n'aurait jamais pu réussir une telle chorégraphie impromptue, bien qu'il fût pour sa part un excellent partenaire de two-step, là-bas en ville, chez Cat Balou, tous les jeudis soir. Les filles adoraient qu'on les balance en l'air et ça permettait de maintenir la conversation à un niveau minimal. Il fut donc impressionné par les aptitudes de Vincent, voire un peu envieux, ce qui lui confirma que cet homme pouvait lui en apprendre beaucoup sur le charme et la finesse.

Pendant que Vincent se versait un verre de Glenlivet, Roy l'entendit prendre un appel téléphonique sur son portable et négocier la vente d'un objet quelconque, volé à ce qu'il comprenait, pour la modique somme de 7,5 millions. Vincent se montrait dur en affaires, tout en dansant d'un pas léger pour regagner son bureau. Il s'arrêta un instant derrière celui-ci pour considérer le manuscrit ancien qu'il conservait sous verre.

— Ah, ronronna-t-il dans le combiné, Renee, vous me sous-estimez, comme toujours. Le prix que je demande augmentera dans une heure, lorsque j'appellerai notre ami irakien. Je sais qu'il paiera plus, même si, ces temps derniers, les négociations avec lui sont épuisantes. Alors je suis prêt à lui préférer une transaction rapide, mais à mon prix. Non ? Ah, quel dommage ! Il aurait été du plus bel effet dans votre collection.

Il raccrocha, mais Roy n'eut pas l'impression que cette déconvenue, qui lui coûtait somme toute 7,5 millions (on lui en proposait 7,2 millions !), le perturbait le moins du monde.

Mais qui donc étaient ces types ?

C'était sans doute la pire des embrouilles à laquelle Roy avait jamais été mêlé.

Son affaire avec Carmen et son couteau de boucher était en train de passer à la seconde place de son top-ten des fiascos, et c'est Bobbie Faye qui l'avait sauvé de celui-là aussi. Il n'était jamais venu à l'esprit de Roy qu'une femme pût se mettre en colère parce que les paroles sucrées qu'il lui avait susurrées un jour n'étaient pas totalement vraies. Bien sûr qu'il pensait ce qu'il lui avait dit. À chaque fois. Mais les gens peuvent changer d'avis, non ? Il s'était toujours dit que les couples qui finissaient par s'installer étaient ceux qui ne voyaient pas quoi faire d'autre ou ceux qui n'avaient pas eu de chance (bébé, dettes, etc.). La pensée qu'une femme pût, réellement et sincèrement, vouloir passer une vie entière et étouffante avec lui le dépassait. Pas autant que celle de Carmen brandissant son surin, pourtant, parce qu'il n'aurait jamais pu imaginer qu'une nana puisse songer à employer une arme. Il se souvenait d'avoir été véritablement sidéré que Bobbie Faye ait su prévoir qu'il était dans la merde à ce moment-là, et qu'elle soit arrivée juste à temps pour lancer une couverture sur Carmen et la désorienter suffisamment longtemps pour l'enfermer dans un placard, en attendant que la police débarque.

— Mais à quoi pensais-tu, lui avait demandé Bobbie Faye après coup. Tu n'as pas noté que son père était *boucher* ? Et que personne n'a jamais plus revu son ex, comment s'appelait-il déjà... Joe Thibodeaux, après que Carmen l'eut surpris en train de compter fleurette à cette blondasse, au salon de coiffure ?

Bah non, il n'avait pas noté. Il n'aurait jamais cru que ça pouvait avoir une importance quelconque. Il pensait que tout le monde savait qu'il n'était pas du genre « pour la vie ».

Mais la situation à laquelle il faisait face maintenant l'angoissait beaucoup plus. Eddie et La Montagne paraissaient s'ennuyer en attendant que Bobbie Faye veuille bien refaire surface à l'écran ou appeler. Eddie avait déjà passé en revue l'intégralité des magazines de décoration qui s'empilaient sur les tables basses raffinées du bureau. (Il n'avait cessé de s'extasier sur des machins appelés *toile* et *jabots*[1] et Roy priait le ciel pour que ce ne fût pas des sabres décoratifs Ninja.) La Montagne avait terminé sa sieste matinale et faisait craquer ses phalanges – ce bruit horrible résonnait dans la pièce, évoquant subtilement le son d'un os qui cassait.

Vincent se pencha, le menton (pointu) reposant sur ses doigts (d'acier).

1. En français dans le texte (NdT).

— Dis-m'en plus sur Bobbie Faye, Roy. Elle m'intrigue.

Roy se raidit sur son siège.

— Pourquoi voulez-vous que je vous parle d'elle ?

— Pour le plaisir, mon garçon. À moins que tu ne préfères qu'Eddie s'ennuie.

Celui-ci ramassa son couteau et testa du doigt le tranchant de sa lame.

— Oh, non, j'aimerais autant qu'Eddie ne s'ennuie pas.

— Bien. Alors, parle-moi de Bobbie Faye.

Le sifflement des pales d'hélicoptère qui fendaient l'air s'intensifia. Le bruit semblait encore assez éloigné de l'endroit où se trouvaient Bobbie Faye et Trevor, même si l'un des appareils au moins commençait à sérieusement se rapprocher, en faisant des cercles toujours plus grands.

— Bande d'idiots ! On dirait qu'il y a un milliard d'hélicoptères là-haut, souffla Bobbie Faye. À croire qu'on est Bonnie and Clyde. Pourquoi ont-ils jugé nécessaire d'en faire sortir autant ? Ils vont finir par se rentrer dedans et ils diront que c'est ma faute.

— Il n'y en a que trois pour le moment, remarqua Trevor qui continuait à marcher d'un pas vif devant elle, en évitant les clairières et les chemins qui n'étaient pas à couvert du feuillage. Il y a un Bell JetRanger, généralement utilisé par les médias. Le Bell 47, là-bas, est celui de la police locale, et il semble qu'il y ait aussi un Huey. Sans doute le FBI.

— Eh bien, voilà qui me réchauffe le cœur. Est-ce que Hallmark sait que tu existes ?

— Pas de quoi.

— Et tu sais tout ça… juste en écoutant ?

— Ben oui.

Bobbie Faye s'immobilisa. Ses soupçons venaient de se confirmer. Aucun type normal ne savait ce genre de trucs. Elle connaissait des gars qui pouvaient deviner le modèle exact d'une carabine, simplement sur la base de la détonation qu'elle avait produite à des kilomètres de là. Elle connaissait aussi des gars qui, rien qu'en écoutant le bruit d'un camion sur l'autoroute, pouvaient dire le genre de pot d'échappement dont il était muni, voire l'année de sa fabrication. Elle était même sortie avec un mec suffisamment barge pour être capable de déterminer l'usine dans laquelle une moto Harley-Davidson avait été assemblée, juste en écoutant le bruit de son moteur.

Ce qui signifiait… qu'il était bien plus que le bon péquenaud qu'il lui avait semblé être de prime abord.

— Mais qui *es*-tu, putain ?

Trevor lui jeta un coup d'œil par-dessus son épaule et, voyant qu'elle s'était arrêtée, revint vers elle.

— Théoriquement, je suis ton otage.

Ça ne la fit pas sourire. Elle ne faisait plus confiance à la patte-d'oie qui prolongeait ces fichus yeux-là. Le visage de Trevor redevint sérieux.

— Je suis le mec qui essaie de t'aider. Il se trouve simplement que je sais deux ou trois choses sur les hélicos.

— Et pourquoi ?

— Le pourquoi n'a pas d'importance.

— Moi, je crois que ça en a.

— Qu'est-ce que ça changera de le savoir ?

— La vie de mon frère est en jeu. Je ne sais pas ce que ça changera, mais il faut que je le sache. Je suis en train de courir dans tous les sens et je te fais confiance pour me dégoter un bateau, mais je viens de me rendre compte que je ne sais rien de toi. Je mets sa vie… Oh, mon Dieu, que va-t-il se passer si le type qui le retient pense que je ne vais pas venir ? Je n'ai pas appelé !! Et je n'ai pas le… le truc !! Merde !!

Elle voulait se mettre à courir, mais elle n'avait pas la moindre idée de l'endroit vers lequel ils se dirigeaient exactement, et elle se mit à tourner en rond tandis que la panique explosait dans sa poitrine. Elle continua ainsi, cherchant désespérément une réponse, jusqu'à ce qu'il la saisisse par le bras.

— Si ce type est aussi rusé qu'il en a l'air, alors, il regarde la télévision. Tu te rappelles l'hélicoptère de la chaîne TV, hein ? Il sait donc que tu es en vie et toujours dans le coin. Et, quel que soit le foutu machin en question, il sait que tu es à sa poursuite.

— Tu as raison. Oui. C'est bien.

Et si ça ne l'était pas ?

Elle avait du mal à respirer.

Trevor se remit en marche sur le chemin accidenté. Les minutes s'égrenaient et les aiguilles de cette horloge virtuelle transperçaient le cœur de Bobbie Faye.

Ils étaient silencieux depuis quelques instants lorsqu'il demanda :

— Tu as dit que ce truc était sans valeur ?

— Exact.

— Mais il faut bien que ça ait un peu de valeur. D'une manière ou d'une autre. Y a-t-il quelqu'un que tu pourrais contacter pour enquêter sur ce point ?

— Pourquoi ?

— Avoir un argument de négociation, peut-être. Je ne sais pas. Peut-être que le fait d'en savoir plus pourrait t'aider d'une manière ou d'une autre.

— Pas besoin d'appeler quelqu'un, répondit-elle. C'est juste une sorte de vieux truc de famille, un machin sans valeur, vraiment. C'est mon arrière-arrière-arrière-grand-père qui l'a fabriqué.

— Un truc sans valeur ?

Elle haussa les épaules.

Manifestement, ce diadème représentait quelque chose. Mais dire *quoi* n'était pas en son pouvoir. Elle l'avait eu entre les mains des milliers de fois au moins. Elle en avait touché les moindres aspérités, recoins, éraflures. Il n'avait pour elle d'autre valeur que sentimentale. L'idée qu'il pût représenter autre chose allait si franchement à l'encontre de cette impression qu'elle en devenait confuse. Son apparence était ordinaire. Tellement simple qu'elle aurait pu être la création d'un enfant. Il n'y avait rien de précieux dans le métal dont il était fait : du fer-blanc de chez un forgeron. Celui-ci était-il connu ? Si c'était le cas, sa célébrité devait être très confidentielle, vu qu'elle n'avait jamais eu vent de bons points comportant sa photo. Elle devait retrouver ce diadème...

Et puis quoi ? Elle le leur remettrait tout simplement ? Qu'est-ce qui pourrait inciter les ravisseurs à garder Roy en vie ? Trevor avait-il raison ? Est-ce que le fait d'en connaître la valeur leur donnerait un argument de nature à sauver la vie de Roy ? Au moins, l'attention des médias lui donnait probablement un peu de temps.

Une pensée vint la percuter : le reportage télévisé qui, elle l'espérait, préservait les chances de survie de Roy, avait en revanche sans doute détruit tout espoir de conserver la garde de Stacey. Elle n'avait pas les moyens de s'offrir un avocat et elle se demandait le genre de peine de prison qu'elle encourrait si elle emmenait Stacey dans un endroit sûr, jusqu'à ce que Lori-Ann soit jugée suffisamment apte pour la reprendre. Bien sûr, avec Lori-Ann, il était possible que ça n'arrive jamais. Bobbie Faye ne savait pas ce qu'elle allait faire, mais il était hors de question que cette gamine soit confiée à des étrangers.

Elle était tellement absorbée par cette angoisse qu'elle ne vit pas une racine et trébucha en s'écorchant le bras sur l'écorce de l'arbre. Elle se serait étalée complètement si Trevor ne l'avait pas retenue juste à temps. Il ouvrit la bouche, vraisemblablement pour balancer une connerie de plus, à en juger par son rictus goguenard. Puis son expression changea pour quelque chose de plus doux et il se contenta de l'aider à se redresser avant de continuer sa route. Elle ne prit conscience des larmes qui lui zébraient les joues qu'une centaine de mètres plus loin.

Ils atteignirent une large clairière et la contournèrent plutôt que de la traverser. Elle s'immobilisa en entendant les aboiements des chiens.

— Enfoiré, siffla-t-elle, prise de désespoir. Salaud de Cam.

Si elle avait encore des doutes, ceux-ci venaient de s'évaporer. Il la haïssait donc à ce point-là. Elle aurait voulu hurler sa colère.

— Qui c'est, Cam ? demanda Trevor qui s'était arrêté à quelques pas d'elle.

— Tu ne peux pas le savoir, répondit-elle en tâchant de réprimer un sentiment de panique (expirer, inspirer…). Mais ces chiens sont les meilleurs que tu puisses trouver. Et tout cela doit probablement le faire jubiler un maximum. Bon sang, je te jure que je pourrais le tuer.

Trevor orienta l'oreille vers l'endroit d'où venaient les aboiements, comme s'il pouvait évaluer leur distance seulement en les écoutant.

— Tu vas peut-être pouvoir saisir ta chance.

Chapitre onze

Attends... voyons si j'ai bien compris. Tu me demandes de donner à Bobbie Faye Sumrall des bâtons enflammés pour le spectacle de la colo ? Mais je ne veux pas mourir si jeune !

— Tamar Bihari, animateur de la colonie de vacances de Wemawacki (classe de CM2).

Ils détalèrent.

Les chiens continuèrent à aboyer pendant que les branches giflaient Bobbie Faye. Trevor fonçait dans les toiles d'araignées, emportant à sa suite de longs fils argentés comme une queue de comète. Bobbie Faye ne savait pas trop où étaient passées leurs propriétaires et elle espérait sincèrement ne pas le découvrir. Elle devait retenir ses longs cheveux d'une main et les soulever afin qu'ils ne se prennent pas dans les branches.

Elle ruisselait de sueur et ses bottes s'enfonçaient dans le sol spongieux avec un bruit de succion. Elle avait mal. Son estomac gargouillait. Elle aurait bien voulu lui expliquer que ce n'était pas le moment, mais il lui renvoya un puissant grognement pour lui signifier qu'il s'en fichait pas mal. Il n'avait rien eu depuis le biscuit de chez Ce Ce et, la veille au soir, elle s'était mis en tête de faire un petit régime et n'avait mangé qu'une minuscule salade, parce qu'elle voulait pouvoir dévorer tout son saoul au festival, aujourd'hui.

Swisshhh. Une branche de plus venait de lui revenir en pleine figure, ce qui la ramena au moment présent. Elle essayait tant bien que mal de penser à autre chose, mais cela ne faisait pas cesser les aboiements des chiens qui résonnaient dans la forêt. Encore plus proches. Toujours plus proches.

L'heure n'était plus à la prudence. Ils traversaient les bois à toute allure, dépassant serpents, lézards, écureuils, ratons laveurs et Dieu sait quoi d'autre. Il lui revint brusquement à l'esprit qu'il existait des panthères dans certaines régions de Louisiane, et aussi des ours bruns. Bon sang, il fallait qu'elle trouve le bouton « retour rapide » de son cerveau pour revenir au temps où elle ignorait tout des habitants de la forêt.

Les aboiements se rapprochaient, saturant ses sens.

Bobbie Faye pria pour que, si Cam se trouvait avec les chiens, il soit loin, loin derrière. Si possible en train de trébucher, de tomber et de s'assommer sur n'importe quoi. (Bah, elle pouvait toujours rêver.)

Elle se donna une gifle mentale. Il ne fallait pas qu'elle pense aux chiens, ni, par extension, aux hommes qui les accompagnaient. Il y avait des choses plus graves auxquelles réfléchir. Elle était en train de fuir pour sa survie et d'essayer de parvenir à un bateau qui pourrait l'amener jusqu'au diadème, lequel sauverait la vie de Roy. Après, elle pourrait lui botter le cul, depuis la Louisiane jusqu'au Texas, pour avoir été débile au point de les avoir entraînés dans ce merdier. (Elle ne s'énervait pas, elle *listait.* Rien à voir.)

Elle était à bout de souffle et tout son corps lui faisait mal, mais elle pouvait encore se concentrer. Bien sûr qu'elle en était capable. Parce qu'elle n'allait pas se laisser aller à des pensées aléatoires et saugrenues. Par exemple, elle n'était pas du genre à songer que les soutiens-gorge en dentelle à armature de chez Victoria's Secret n'étaient pas du tout appropriés en cas de fuite désespérée à travers la forêt. Ou sur tout autre type de terrain, d'ailleurs. Surtout lorsqu'il s'agissait de bonnets C.

Et le fait que son sac était suspendu en travers de sa poitrine n'arrangeait rien : il pendait dans son dos, rebondissant à chaque pas, tandis que la bandoulière lui lacérait l'épaule, accentuant la douleur. Malgré sa détermination à ne pas y penser, elle percevait, à l'intérieur de son crâne, une litanie inconsciente rythmait sa course : « Mal aux seins, mal aux seins, mal aux seins » (Dieu, s'il vous plaît, faites que cette litanie ne soit qu'intérieure).

À cet instant, Bobbie Faye ressentit une haine intense pour toutes les héroïnes de cinéma qui avaient jamais fui à toutes jambes un gros méchant sur des talons Jimmy Choo, tout en restant impeccablement coiffées, prêtes pour un thé postprandial. C'était n'importe quoi. Quand la douleur devint insupportable, elle abandonna toute fierté très, très loin derrière elle, et plaqua son bras disponible contre sa poitrine afin de réduire un peu la valse de ses seins. Malheureusement, ce geste l'empêchait désormais de se protéger des branches et des tiges qui lui cinglaient le visage. Refusant d'admettre sa défaite, Bobbie Faye plaça son avant-bras sur ses seins tout en tordant le poignet, de manière que sa main puisse vaguement écarter la végétation. L'autre main continua bien entendu à maintenir ses cheveux. Elle n'avait pas encore réussi à bien coordonner tous ses membres quand Trevor lui jeta un coup d'œil par-dessus son épaule. Comme il se retournait, elle entendit distinctement quelques mots qui ressemblaient fortement à « pingouin boiteux spasmophile ».

— Connard, murmura-t-elle en espérant qu'il allait se choper une invasion de morpions dans le calbute.

Seul point positif auquel elle pouvait se raccrocher (enfin, bon...) : toute cette course avait permis à ses fringues de sécher un peu (du moins si l'on parvenait à faire fi de l'odeur âcre qu'elles exhalaient). Elle n'aurait jamais cru qu'elle pût un jour atteindre un tel degré de crasse, mais force était de constater qu'elle venait d'établir un nouveau record personnel de « fond du trou ». À ce stade, elle devait être plus repoussante qu'un animal écrasé sur le bord de la route. Bah, au moins, quand elle allait se pointer avec le diadème, elle parviendrait peut-être à foudroyer de peur les ravisseurs de son frère et Roy s'en sortirait indemne.

La joie toute relative que lui avaient apportée ces considérations vestimentaires disparut instantanément quand elle entendit l'aboiement rauque des chiens, désormais tout près et enragés. Ces putains de clébards gagnaient du terrain.

Cam et son foutu perfectionnisme. C'était un truc qu'elle avait à la fois admiré et détesté chez lui. Qu'il s'agît de remporter un trophée de football, de traquer un criminel ou de bousiller une relation avec tant de hargne que quatorze années d'amitié pouvaient se voir réduites en fumée, il ne faisait rien à moitié. Rien. Elle frissonna et vacilla un instant à la pensée de toutes les autres choses qu'il ne faisait pas à moitié, mais ce temps-là était bien révolu. Et c'était sans doute mieux comme ça, parce qu'il était toujours si sûr d'avoir raison et leurs scènes prenaient toujours un tour si épique qu'elle aurait probablement fini par le tuer durant son sommeil, un jour ou l'autre. Et la combinaison orange de la prison ne lui allait vraiment pas au teint.

Trevor accéléra le pas. Elle commençait à souffler comme un bœuf quand ils émergèrent des fourrés, devant un petit bayou d'environ six mètres de large.

Encore cette putain de flotte.

C'était comme si elle avait écrasé le pied de Dieu sous la table et que celui-ci s'acharnât à l'humilier. Encore et encore. Pourquoi ne se contentait-il pas de la changer en statue de sel ? Ç'aurait été beaucoup plus supportable en termes de châtiment.

Elle jeta un coup d'œil à Trevor qui scrutait le bayou et notait, comme elle venait de le faire, que ses berges étaient trop éloignées l'une de l'autre pour pouvoir l'enjamber.

— Non, s'écria-t-elle (il était même possible qu'elle eût tapé du pied en le disant).

— T'es une mémère à toutous, alors ? lui demanda-t-il avec (elle aurait pu le jurer) l'ébauche d'un sourire narquois au-dessous de ses yeux bleus démoniaques.

— Rappelle-moi un peu plus tard de te dire combien je te hais.

— Aucun problème, fit-il en examinant l'aval du bayou. On va aller vers l'amont. Ça nous rapprochera de l'endroit où je sais pouvoir trouver un bateau et, si on a vraiment de la chance, ils croiront que, dans notre débâcle, on s'est précipités vers l'aval parce que c'est ce qu'il y a de plus logique quand on veut retrouver la route.

— Mais ils verront nos traces de pas.

— Pas si on est au milieu du bayou.

Elle l'observa durant quelques secondes, tandis que la perspective d'encore un peu plus d'eau s'inscrivait dans son futur immédiat.

— Que je te hais vraiment, *vraiment.*

— Message reçu.

Et il dégaina son couteau.

Chapitre douze

Tous les matins, tu prendras l'hélicoptère de la météo pour survoler le camp des caravanes. Tu localiseras sa voiture et, quand Bobbie Faye arrivera à son boulot, tu donneras le feu vert.

— Instructions données à Jerry Gill, nouvelle recrue de la brigade de circulation routière.

— Whooo, s'exclama Bobbie Faye en reculant d'un pas alors que son rythme cardiaque venait d'entrer en zone rouge. En fait, il s'agit plutôt d'un léger mécontentement. Et je commence à m'y faire. Enfin, je veux dire, à t'apprécier. Et aussi, je suis vraiment, vraiment désolée pour cette histoire de pick-up.

— Il faut qu'on donne aux chiens quelque chose de toi qu'ils puissent renifler.

— J'aime autant garder tous mes appendices, merci.

Il roula des yeux, clairement excédé :

— Bobbie Faye, viens ici. Je vais découper un morceau de ton tee-shirt. Dans l'ourlet, OK ?

Elle inclina légèrement la tête, pour le jauger, puis finit par s'approcher. Il découpa quelques centimètres au bord de son tee-shirt et déchira le morceau en plusieurs lanières. Bobbie Faye le vit ramasser diverses choses sur la berge : une petite pierre, une brindille, un morceau d'écorce sur un arbre en décomposition. Il enroula les bouts de coton autour de ses trouvailles ou les enfonça dans des crevasses. Il faisait apparemment en sorte de les lester.

— Un bon maître-chien devinera sans doute qu'ils n'ont pas été arrachés à ton tee-shirt dans ta fuite, expliqua-t-il en plaçant le morceau le plus léger à proximité de la berge, puis un bout plus gros un peu plus loin en aval. Mais il devra effectuer diverses vérifications pour s'en assurer et le donner à sentir aux chiens. Sans compter qu'il lui faudra examiner si certaines de nos traces vont de ces morceaux de tissu vers les bois.

Puis, continuant son manège, il ajouta :

— Ça nous fera gagner dix, peut-être quinze minutes de confusion.

Il ne lui restait plus que le bout d'écorce et il le lança d'un geste puissant loin vers l'aval, de l'autre côté du bayou. Le projectile atterrit avec un bruit sourd dans un arbre et se désintégra. Le fragment de coton qui l'enrobait tomba à terre, au pied de l'arbre.

Elle fit un geste en direction de Trevor qui signifiait « Attends un peu » et elle courut le long de la rive, vers l'aval, en ignorant ses questions. Tout en accélérant sa course, elle se rapprocha du bord, en glissant et dérapant un peu, laissant ainsi de jolies traces de pas bien nettes. Puis elle entra dans l'eau et pataugea vers l'amont jusqu'à l'endroit où l'attendait Trevor. Quand elle arriva à sa hauteur, son visage avait une expression qu'elle ne parvint pas à analyser. C'était presque comme s'il était émerveillé par sa conduite, mais il réprima aussitôt sa réaction.

— On ira plus loin et plus vite si on nage, suggéra-t-il.

Bobbie Faye acquiesça.

Cam avançait dans les bois en écoutant les chiens qui se trouvaient à une vingtaine de mètres devant lui. Leurs aboiements signifiaient « J'ai trouvé une piste », mais ils n'étaient pas assez enragés pour qu'il puisse en déduire qu'ils avaient aperçu leur gibier. Il s'accroupit sur ses talons pour examiner les traces que

Bobbie Faye et ce Dumasse avaient laissées dans leur fuite. La manière dont les pas de Bobbie Faye mordaient sur ceux de l'agent renégat montrait clairement que c'était elle qui le suivait et non l'inverse. À partir de là, on pouvait éventuellement avancer qu'elle le faisait contre son gré. Évidemment, dans ce cas, il était prêt à plaindre le pauvre type qui tentait d'imposer quelque chose à Bobbie Faye. Il en subissait probablement les conséquences.

Et pourtant. Elle se déplaçait *derrière* l'homme. Dumasse ne la menaçait donc pas d'une arme. Il frissonna à la pensée que quelqu'un d'aussi accidentellement destructeur que Bobbie Faye puisse s'associer et aider, même par naïveté, un individu aussi délibérément violent que l'agent ripou. Il n'était pas certain que l'État de Louisiane s'en remettrait.

Son téléphone se mit à vibrer et il l'ouvrit prestement. C'était Jason, à la centrale, qui semblait passablement inquiet.

— Cam, les gars de l'hélico disent que les fédés s'approchent de votre position. Ils devraient arriver au-dessus de vous et des chiens d'ici quelques minutes.

— Attends un instant.

Cam s'immobilisa et scruta le ciel. Il ne voulait pas avoir les fédéraux sur le poil. Depuis leur hélicoptère, ils risquaient de localiser Bobbie Faye avant que Cam ait pu lui passer les menottes. Ils pourraient faire ce qu'ils voulaient avec leur ex-collègue, mais après.

— Trouve le moyen de contacter l'hélico de WFKD, sans passer par la radio que les fédés peuvent écouter.

Jason le plaça en attente, puis reprit la ligne. Il avait obtenu le numéro de téléphone du cameraman :

— Si ça fonctionne là-haut..., ajouta-t-il par prudence.

Quand le cameraman répondit à son portable, après que Cam se fut présenté, il demanda :

— Que peut-on faire pour vous, inspecteur ?

Son ton de voix indiqua à Cam que sa petite conversation allait lui coûter un œil et qu'il la regretterait.

— J'ai besoin que vous fonciez vers le pont, comme si vous aviez aperçu quelque chose là-bas. Il faut que ça intrigue suffisamment les fédés pour qu'ils me lâchent la grappe.

— Attendez un peu, répondit l'homme. – Cam l'entendit consulter le pilote. – Aucun problème, dit-il, mais à une condition.

— Expliquez-moi pourquoi je ne suis pas surpris.

— Vous nous accorderez une déclaration officielle à la fin de tout ça.

Enfoiré. *Tout le monde* savait qu'il ne faisait jamais de déclaration officielle concernant Bobbie Faye. Depuis plusieurs années, ils étaient nombreux à avoir essayé, et la presse avait été tout spécialement insistante depuis sa séparation d'avec Bobbie Faye.

— Je ne fais pas de déclaration officielle, dit-il. Mais je vous donnerai un commentaire officieux détaillé.

— Bah, nous non plus, généralement, on ne s'amuse pas à enfumer les fédéraux, répliqua le cameraman. En plus, j'ai déjà différents moyens d'obtenir les détails de l'affaire.

Cam entendait le sifflement des pales de l'hélicoptère du FBI qui se rapprochait de plus en plus de sa position. Putain de salope de Bobbie Faye.

Il soupçonnait les fédés d'avoir posté un tireur d'élite à la porte de l'appareil, avec un viseur, qui attendait le bon moment pour abattre Dumasse. Si Bobbie Faye était effectivement toujours en train de le suivre, les fédéraux pouvaient la toucher accidentellement en essayant d'atteindre son acolyte. Au sein des brigades d'intervention, il avait déjà vu pas mal de tireurs un peu chauds manquer de jugement lors de prises d'otages, alors même que la situation était sous contrôle. Or, l'atmosphère de chaos généralisé qui régnait favorisait la bavure. Il devait mettre le plus de chances possible de son côté.

— D'accord, dit-il. *Une* déclaration. Mais seulement quand tout sera terminé.

Il referma brutalement son portable. *En supposant que je sois toujours en vie.*

Il rappela Jason pour lui exposer son plan et lui ordonner d'envoyer leur propre hélicoptère au même endroit que celui de la chaîne de télé. Il se doutait que les fédés ne seraient pas dupes très longtemps, mais si les chiens étaient aussi efficaces que d'habitude, il n'aurait besoin que de quelques minutes de distraction.

Cam se dirigeait vers la meute quand son téléphone vibra une nouvelle fois. Il l'ouvrit sans cesser de progresser.

— T'as dit d'appeler quand on aurait trouvé l'erreur, dit Benoit en guise de salutation. Eh bien, ce gars, Fred… le braqueur, il est prof d'antiquités à l'université de Louisiane. Pas de casier, rien. Un citoyen irréprochable. J'ai mis Crowe et Fordoche à bosser sur ses états financiers.

— Des antécédents psychiatriques ?

— Pas avant ce matin, quand on l'a vu faire équipe avec Bobbie Faye. Whoa… Attends. Son avocat vient d'arriver. C'est Dellago.

Que pouvait donc bien foutre l'avocat le plus louche et le mieux payé du crime organisé au côté de ce voleur d'opérette ? Un mec qui n'avait même pas réussi à emporter quoi que ce fût ?

L'apparition de Dellago ne pouvait signifier qu'une chose : quelle que fût l'embrouille à laquelle Bobbie Faye était mêlée, c'était carrément pire que Cam l'avait imaginé. Dans ces conditions, son arrestation était la moindre de ses emmerdes. La maintenir en vie jusqu'au moment du procès… Il ne voulait pas trop songer aux difficultés que ça représenterait si Dellago était de la partie. Il fallait qu'il sache. Il jeta un coup d'œil à la maigre équipe (et à la meute) lancée à sa poursuite. Elle n'avait aucune chance de s'en tirer. Il la mettrait en détention. À l'abri.

— Je serai là-bas dans dix minutes, annonça-t-il à Benoit.

Cam raccrocha et pivota en direction du lac et du lieu de l'accident. Il appela Kelvin.

— Les chiens sont fous, dit Kelvin. L'odeur est fraîche. On les rattrape. On devrait les apercevoir d'ici quelques minutes.

— Va falloir que tu la cueilles toi-même. Faut que je rentre.

— Mais je vais perdre 20 dollars dans l'affaire, si ce n'est pas toi qui lui passes les bracelets, gémit Kelvin.

— Va te faire voir.

Et il raccrocha pour ne pas entendre le rire de Kelvin.

Tout en trottinant vers la rive du lac où l'attendait le bateau piloté par un officier de patrouille, Cam regarda en direction du pont. Effectivement, l'hélicoptère de la télé survolait à basse altitude une portion de forêt située à quelques encablures de l'endroit où Bobbie Faye avait paru vouloir s'orienter initialement. Quant à l'hélicoptère de la police, il effectuait de grands cercles autour de la même position, et il semblait bien que cette danse ait éveillé la curiosité des fédéraux qui se dirigeaient eux aussi vers le même endroit.

Kelvin et la brigade d'intervention pouvaient s'occuper d'elle. À moins qu'il ne s'agisse d'une prise d'otage et, franchement, il pensait qu'il valait mieux que ce soit un tueur aussi implacable que ce Dumasse qui ait pris Bobbie Faye en otage plutôt que l'inverse. Dans toute cette confusion, il ne parvenait à identifier qu'une seule bonne chose : si elle se faisait coincer, Bobbie Faye ne tirerait pas sur les chiens. Quant aux hommes, Cam espérait qu'ils seraient assez intelligents pour ne pas rester dans sa ligne de mire.

Ils nageaient depuis environ huit cents mètres et se trouvaient au niveau d'un coude que formait le bayou quand Trevor fit signe à Bobbie Faye de s'arrêter. De l'endroit où ils étaient, ils pouvaient voir, à une centaine de mètres en amont, deux alligators en train de se faire bronzer sur des troncs d'arbres morts. Trevor regarda par-dessus l'épaule de Bobbie Faye.

— Si on fait demi-tour, on risque de se faire pincer. Il faut qu'on continue encore un peu en amont avant de sortir de l'eau.

— On peut peut-être les dépasser en marchant. J'ai entendu dire que les alligators sont plutôt peureux.

— T'es bien sûre que c'est quelqu'un qui te voulait du bien qui t'a dit ça ?

— Euh, pas complètement.

Il vit son expression interloquée et secoua la tête en signe d'incrédulité amusée.

Ils continuèrent à patauger dans les eaux sombres et saumâtres. Une puissante odeur de poisson se mêlait à celle de terre humide et de feuilles en décomposition, comme pour désorienter ses sens et l'empêcher de réfléchir. Pourtant, elle avait besoin de rassembler ses esprits. Quelque chose d'important la titillait, quelque part, dans les méandres de son cerveau.

Elle se sentait comme lorsqu'elle était à l'école, en train de se dandiner sur sa chaise, le stylo oscillant entre deux réponses d'un QCM. Deux réponses similaires et familières, alors elle allait de l'une à l'autre en essayant de déterminer si la première lui semblait familière parce que c'était la bonne réponse ou parce que c'était celle qu'elle donnait en général bien qu'elle fût erronée. La situation présente lui donna subitement l'impression d'être le QCM ultime. Quelque chose remettait son choix en cause bien qu'elle fût quasi certaine d'avoir opté pour la *bonne* réponse. Mais le sentiment persistant d'avoir oublié un élément essentiel continuait à la chatouiller, là, à la base du crâne.

Peut-être cette sensation tenace était-elle tout simplement attribuable au stress de la journée. Peut-être était-elle due au fait qu'elle s'était imaginé que la décision la plus difficile qu'elle aurait à prendre, aujourd'hui, consistait à déterminer si elle devait aller s'acheter du *crawfish boil*[1] dès les premières heures de la journée, avant qu'il n'y en ait plus, ou bien attendre un peu que la préparation ait mariné et qu'elle soit devenue plus épicée, mais à ce moment-là, forcément, elle devrait faire la queue. Elle fixa son regard sur le tronc qui émergeait à demi du bayou, un peu plus loin en amont, et finit par se dire que, peut-être, ce sentiment insidieux de peur était lié à l'alligator de trois mètres de long qui l'attendait un peu plus loin. Ce type de bestiole était peut-être peureux, mais il n'en était pas moins monstrueusement et fondamentalement effrayant.

À propos d'alligators et, par extension, de morsure, elle se souvint du cousin Alphonse, celui au moignon, qui reposait en paix et en morceaux sous une bâche. Cette pensée ne lui fut pas d'une grande aide, mais il était hors de question qu'elle se mette à gamberger.

Et, comme de bien entendu, la pensée qui revient constamment à l'esprit est toujours celle qu'on cherche à oublier. Elle

1. Plat cajun épicé à base d'écrevisses, de pommes de terre, de maïs (NdT).

tenta de la chasser, mais, évidemment, sans succès. Pourquoi n'avait-elle pas plutôt décidé de *ne pas* penser à un joli bouquet de fleurs, ou à du chocolat, ou à d'adorables petits lapins ? Son cerveau se concentra donc sur l'image d'un alligator démembrant et dévorant un adorable petit lapin marron chocolat. La vision de ce carnage faillit lui arracher un cri d'effroi et elle trébucha dans l'eau.

Trevor la rattrapa et la tint contre lui un bref instant, du moins le temps qu'il estima nécessaire pour qu'elle reprenne ses esprits et puisse retrouver un pas plus assuré. Elle était si près de lui qu'elle pouvait voir les reflets roux et blonds de sa barbe naissante, les points de suture qui lui avaient laissé cette cicatrice sous l'œil, les paillettes vertes dans ses iris bleus. Puis il posa les yeux sur elle, il l'examina plutôt, et ses pupilles se dilatèrent, son attitude changea radicalement ; bonté divine, aucun homme ne devrait jamais laisser paraître ce genre d'expression. De celles qui disent que, s'ils n'avaient pas été présentement dans l'eau jusqu'à la taille, au beau milieu d'un bayou, elle serait déjà à poil et très – très – contente de l'être. Elle se surprit à inspirer profondément et devina qu'il pouvait sentir son cœur recommencer à battre.

— Ça va ? souffla-t-il.

— Mmmm.

Elle se méfiait trop de la réponse qu'elle aurait pu lui donner.

— Pour le prochain rendez-vous, murmura-t-il, c'est moi qui choisis l'endroit.

Elle rit contre son épaule. Malheur. Un beau gosse sexy qui parvenait à la faire rire en plein cataclysme… Bon, c'était clair : ce devait être Satan en personne, ou alors l'un de ses damnés, vu sa chance avec les mecs. Au moins, remarqua-t-elle, les hélicoptères s'étaient éloignés d'eux. Tout cela allait peut-être finalement marcher.

Ce Ce avait les yeux fixés sur l'écran de la télévision. Elle regardait les divers hélicoptères – ceux des médias (désormais il y en avait trois), celui de la police et celui du FBI – qui convergeaient vers le pont, comme s'ils y avaient repéré Bobbie Faye. Dans le magasin, l'excitation était palpable et une énergie fébrile semblait transpirer des murs avant de se refléter dans les centaines de cristaux disposés un peu partout dans la pièce, comme pour amplifier la tension du moment.

Il fallait qu'elle fasse quelque chose. Il fallait qu'elle trouve le moyen de réorienter cette énergie. Elle fit un signe à Monique qui le lui renvoya avant de plonger sous le comptoir pour gagner l'une des pièces de l'arrière-boutique, pendant que Ce Ce puisait dans les cartons de cristaux entreposés dans chaque recoin du magasin.

En considérant la foule rassemblée devant la télévision, Ce Ce poussa un soupir de soulagement. Une telle concentration d'énergie, c'est sûr, pouvait faire la différence. Il le fallait. Maintenant, il lui appartenait de la canaliser. Elle tapa dans ses mains et Monique lui apporta un saladier contenant une mixture poussiéreuse que Ce Ce avait commencé à concocter un peu plus tôt. Curieusement, le mélange dégageait maintenant une odeur d'ail, de sang, de foie et de saucisse cramée.

— On a du boulot, annonça Ce Ce à tous ses clients, et elle se mit à leur tendre des cristaux en donnant des instructions, pendant que Monique répandait un peu de la mixture poussiéreuse aux quatre coins de la pièce.

Ils poursuivaient leur progression vers l'amont, mais Bobbie Faye ne pouvait quitter des yeux les reptiles. Ils lui semblaient nerveux et plus ou moins dressés sur leurs pattes, comme s'ils s'apprêtaient à plonger dans l'eau. Ils auraient pourtant dû s'éloigner. Et elle, être capable de réfléchir, bon sang !

Elle balaya les alentours du regard, notant l'absolue tranquillité du bayou et remarquant que les aboiements des chiens semblaient s'éloigner. Pas un souffle d'air, pas un mouvement, juste cette quiétude totale et verte.

Du vert, luxuriant, profond, émeraude, olive, jade, amande qui débordait de chaque arbre, de chaque buisson. Une nature riche et féconde.

Oh, meeerde.

— C'est bien la fin du mois d'avril ? chuchota-t-elle en comprenant soudain ce qui la taraudait.

— Ouais et alors ?

— Le seul cas dans lequel un alligator peut se montrer agressif, c'est quand il s'agit d'une femelle et que quelqu'un s'approche de ses œufs. Et c'est en général *en ce moment* que leurs œufs éclosent.

— Putain d'abruti de merde !

— Hé, je suis désolée, mince. Je n'ai pas fait exprès d'oublier.

— C'est à moi que je parlais, dit-il tout en lui faisant signe de regagner la rive. J'aurais dû y penser moi-même.

Elle ne put s'empêcher d'admirer furtivement son profil quand ils sortirent de l'eau pour remonter sur la berge.

Chapitre treize

L'un des statisticiens de notre agence a un jour avancé que le monde avait besoin d'une loi de Murphy[1] *pour tout ce qui concernait Bobbie Faye. C'est alors qu'un immeuble s'est effondré sur lui.*

— Kathy Mackel, analyste pour l'Office des mesures statistiques.

Ils se tenaient tous les deux sur la berge. Les alligators semblaient ne pas les avoir remarqués et Bobbie Faye ne savait pas très bien ce qui la surprenait le plus : que les reptiles n'aient pas causé de désastre ou que Trevor ait pris la faute à sa charge, plutôt que de la rejeter sur elle. Elle ne parvenait plus à se rappeler la dernière fois qu'un truc aussi dingue lui était arrivé, sans que son acolyte présume automatiquement qu'elle en était la cause. On nageait en plein délire. Il faudrait qu'elle prenne l'adresse de la planète sur laquelle il vivait et se fende d'une petite visite.

Trevor consulta le compas intégré à la montre de plongée hypersophistiquée qu'il portait au poignet et changea légèrement de

1. La « *loi de Murphy* » est une « loi » selon laquelle, quand tout va mal, les choses ne peuvent qu'empirer (NdT).

direction. Il n'avait pas fait vingt pas qu'ils entendirent un épouvantable grognement, suivi d'une sorte de cri de guerre rauque et furieux. Ce fut Bobbie Faye qui aperçut l'ours brun la première, beaucoup trop près sur leur droite, et elle pivota pour voir – pas d'erreur possible – des oursons, sur leur gauche. C'est à ce moment précis que la maman ourse choisit de charger, arrivant sur eux bien plus rapidement que Bobbie Faye ne l'aurait cru possible.

Cam déambulait dans le dédale en béton gris du commissariat dont chaque salle était peinte de la même couleur déprimante, sans espoir que le moindre centime fût un jour dépensé pour rendre l'endroit un tant soit peu plus agréable. Il traversait des pièces bruyantes, bondées, où s'entassaient beaucoup plus de flics que ceux qui en principe étaient de service. Il savait que la moitié d'entre eux s'étaient portés volontaires pour canaliser la foule et aussi, à n'en pas douter, pour placer quelques paris sur l'ampleur qu'allait prendre la catastrophe en cours. Tout ce beau monde ne cessait de se frôler et il se dit que c'était bien le diable s'ils n'allaient pas devoir investir dans des tests de grossesse avant la fin de ce raffut.

En se dirigeant vers la salle des interrogatoires, il en profita pour parcourir le fichier des braqueurs dont il sortit la fiche d'un homme pâle, à l'air un peu niais. Le professeur Fred ressemblait au genre de type qui met de l'écran total juste pour aller jusqu'à sa voiture. Rien à voir avec un mec qui se serait réveillé un beau matin en décidant d'aller braquer une banque.

Cam poussa la porte en métal de la pièce d'où l'on pouvait observer la salle d'interrogatoire exiguë et salua d'un signe de tête le capitaine, un colosse aux traits épais dont le teint naturellement rougeaud était rehaussé par les packs de mauvaise bière qu'il avalait chaque soir devant la télévision.

— Je savais que tu te pointerais dès que tu le saurais, dit le capitaine en indiquant du menton le miroir sans tain qui donnait sur la salle d'interrogatoire.

Cam jeta un coup d'œil à l'homme exceptionnellement massif assis aux côtés du professeur qui portait désormais la combinaison orange des détenus. Pendant quelques secondes, il eut l'impression de voir un énorme bull mastiff assis à côté d'un minuscule chihuahua recroquevillé et tremblotant, sauf que le premier avait des babines surdimensionnées, portait un costume à 5 000 dollars et arborait plus de diamants que n'en exposait une vitrine de chez Tiffany.

— J'adore quand ils font des erreurs, dit Cam, plus pour lui-même que pour le capitaine.

Son chef offrit en réponse un grommellement qui constituait plus ou moins sa marque de fabrique.

— Eh bien, bonne chance. Tu sais comme moi que Dellago peut être particulièrement hargneux, enchaîna-t-il. Je crois que ce bon vieux Fred était sur le point de cracher le morceau, mais, maintenant, on aura de la chance si l'on ne doit pas éponger une flaque de pisse par terre.

— C'est lui qui a appelé Dellago ?

— Non. Il a dit qu'il n'avait pas d'avocat, et puis Dellago s'est pointé. Il a dû être contacté par quelqu'un d'autre que Fred dès que le braquage a eu lieu, pour arriver de La Nouvelle-Orléans aussi vite.

Cam entra dans la salle d'interrogatoire. Dellago plissa les yeux en l'observant, mais Cam ne lui jeta même pas un coup d'œil. Il connaissait déjà cette expression de dégoût à peine voilée. L'avocat avait espéré qu'il s'agirait de quelqu'un de moins expérimenté qu'il pourrait émincer menu avant de le dévorer en guise de déjeuner. Il bougea imperceptiblement sur son siège. Un « signe » extrêmement rare. L'homme venait de changer de braquet.

— Vous vous encanaillez chez les pauvres, Dellago ? demanda Cam, tout en continuant à consulter le dossier de l'apprenti braqueur.

— Pas le moins du monde, inspecteur. Comme vous avez probablement dû le découvrir, mon client est un éminent professeur sans le moindre antécédent criminel et doté d'une réputation sans tache. Tout à fait le genre de client qu'un avocat de la défense est fier de représenter.

— Ce qui voudrait dire que vos clients habituels, vous savez, ceux que vous avez défendus dans diverses affaires mafieuses... n'étaient pas des clients idéaux, si je comprends bien ?

— Je ne vois pas bien la pertinence de votre angle d'interrogatoire, inspecteur. J'avais retiré des propos de vos supérieurs qu'un marché était envisageable.

— Oh, je suis certain qu'il n'y a aucune pertinence là-dedans, répondit Cam en regardant l'universitaire d'un air réjoui. Je veux dire, pourquoi un délinquant primaire ne s'offrirait-il pas les services d'un excellent avocat, connu pour être celui d'un bon tiers des personnalités les plus en vue du crime organisé, surtout s'il a les moyens de se le payer, expliqua Cam en feuilletant le dossier. Oh, attendez un instant ! C'est sans doute parce qu'un prof d'antiquités à l'université de Louisiane gagne moins de 40 000 dollars par an et ne peut pas s'offrir ce genre de danseuse. Je suis certain que les honoraires de Dellago représentent au moins le double de cette somme, n'est-ce pas professeur ?

Fred avala bruyamment sa salive, mais ne dit mot.

— Intéressant, ponctua Cam.

Les joues à peine roses, Dellago s'apprêtait à répondre à sa place, mais Cam enchaîna :

— Alors, professeur, vous avez eu une matinée chargée, dites-moi.

Le petit homme eut un mouvement de recul, mais il garda les lèvres closes et baissa les yeux vers ses mains enchevêtrées.

— Mon client, tonitrua Dellago d'une voix grave qui résonna dans la pièce, est prêt à témoigner contre Mlle Sumrall en échange d'une commutation des charges qui pèsent contre lui en vol simple.

— Il est prêt à le faire maintenant ? demanda Cam qui s'adossa à son siège, en affichant un regard malicieux. Eh bien, c'est drôlement gentil de sa part, vu que c'est lui qui portait le flingue et les faux pains de dynamite et qui a initié un vol de plusieurs milliers de dollars.

— Pourtant, votre gouverneur souhaite que Mlle Sumrall soit placée derrière les barreaux, là où elle ne pourra plus mettre la Louisiane à feu et à sang, remarqua Dellago en consentant à poser la fente de ses yeux sur Cam. Or je suis en mesure de vous communiquer les informations dont vous avez besoin pour l'empêcher de nuire. Définitivement.

Chapitre quatorze

Votre Honneur, dites-moi comment vous, *vous essaieriez de dominer votre colère si Bobbie Faye faisait partie de vos clients.*

— Un ancien conseiller en maîtrise de soi, comparaissant pour destruction de propriété.

— Putain, depuis quand y a-t-il des ours bruns en Louisiane ? marmonna Trevor tandis qu'ils détalaient à travers les buissons, sautant par-dessus les troncs, avec, sur leurs talons, la femelle ourse furibarde qui gagnait rapidement du terrain.

— En tout cas, c'est pas moi qui les y ai invités ! protesta Bobbie Faye en accélérant sa course.

Tout, à l'intérieur d'elle-même, semblait en feu. Quant à son énergie… piétinée et envolée. Elle n'en pouvait plus. Un ours brun était capable d'atteindre près de cinquante kilomètres à l'heure en foulées rapides, et celui-là n'aurait de toute façon pas besoin de forcer sa cadence. Si elle s'arrêtait, l'ourse fondrait sur eux. Trevor semblait déterminé à l'attendre. Elle allait les faire tuer tous les deux.

Et puis elle aperçut ce qu'il lui fallait.

— Accélère autant que tu peux, souffla-t-elle entre ses dents serrées. Laisse-moi.

Et quand il se retourna pour protester, elle ajouta :

— Fais-moi confiance, c'est tout.

Elle changea de direction et, comme elle s'y attendait, l'animal fit une courte pause avant de décider de choisir la proie qui courait le moins vite.

Elle sentait le sol qui vibrait sous les lourdes foulées du bolide de cent cinquante kilos lancé à ses trousses. Ses grognements gutturaux traversaient sa peau avant de ricocher sur son cœur affolé. Bobbie Faye se dirigeait vers quelque chose qui, elle l'espérait, pourrait la sauver : un tronc abattu, coincé entre deux autres arbres. Il formait avec le sol un angle de 45 degrés environ ; elle s'élança pour y grimper, prenant appui sur l'écorce rugueuse de l'arbre, en s'aidant des branches pour ne pas tomber.

L'animal la suivit en enfonçant ses griffes dans l'écorce pourrissante, ébranlant le fragile équilibre formé par l'arbre mort et son support végétal. Bobbie Faye savait que, si elles tombaient toutes les deux, c'est l'ourse qui retrouverait ses esprits la première. Fuyant aussi vite que possible, elle sentit le souffle d'air que provoqua la bête enragée en essayant de la faucher, au moment même où elle s'élançait vers un imposant buisson de fleurs violettes, au moyen d'un rameau de glycine qui pendait de l'un des arbres soutenant le tronc.

Eh bien voilà, elle avait un plan, elle aussi.

Pourtant, Bobbie Faye aurait dû depuis longtemps comprendre qu'elle n'était pas du genre à en avoir. Elle avait prévu de se servir des branches les plus proches de l'arbre voisin pour regagner la terre ferme, ce qui était censé désorienter l'ourse suffisamment longtemps pour qu'elle puisse s'enfuir. Là, elle était beaucoup trop haut pour se laisser tomber au sol et elle craignait de se blesser si elle essayait de descendre le long de la glycine. Seule solution : s'accrocher au rameau puis sauter. Elle s'élança vers la glycine qui recouvrait l'arbre voisin en essayant d'en attraper une branche.

Elle échoua.

En conséquence, elle se trouvait maintenant suspendue à une branche qui la ramenait vers le tronc mort. Directement entre les griffes de l'abominable ourse. Il faudrait un jour qu'elle fasse la liste darwinienne des façons les plus stupides dont les simples d'esprit parvenaient à s'auto-exclure du patrimoine génétique. Les mâchoires de l'animal se rapprochaient. Des dents jaunâtres dégoûtantes, une haleine de chacal et un truc auquel elle préférait ne pas songer, coincé entre les incisives. L'ourse rugit, la gueule béante, attendant sa proie qui se précisait. Juste à la hauteur de ses crocs pourris.

Dellago s'inclina légèrement en avant et un sourire affecté vint ourler ses lèvres pincées.

— J'ai eu récemment une conversation avec notre bon gouverneur et il m'a assuré que vous deviez coopérer et blanchir mon client en échange de ces informations. À moins que... – Le fin sourire de Dellago s'élargit imperceptiblement. – Peut-être n'êtes-vous pas assez haut placé pour avoir eu vent de cela ? En ce cas, me conseillez-vous d'en parler avec votre capitaine ?

Cam resta de marbre. Il savait que Dellago possédait vraisemblablement sur lui un dossier aussi épais que celui que lui-même tenait sur l'avocat. Il choisit donc de hausser les épaules.

— Je ne connais pas beaucoup de gens qui ont réussi à retenir Mlle Sumrall contre son gré et qui sont encore là pour le raconter, dit-il. Je ne suis pas absolument certain que nous voulions être les premiers à essayer.

— Mon client peut témoigner de la manière dont Mlle Sumrall a planifié ce cambriolage, en le forçant à y participer, poursuivit Dellago sans quitter Cam des yeux. Ainsi, vous aurez tout ce qu'il faut pour la boucler et en faire ce que vous voulez. En contrepartie, les charges pesant contre mon client seront réduites et il pourra être immédiatement libéré.

Cam se pinça le menton d'un geste décontracté et regarda le petit homme qui s'était mis à trembler ostensiblement. Cam se demandait si la vibration qui en résultait finirait par lui permettre de se débarrasser de cette peau flasque et grisâtre.

— Huh, libre ? s'étonna le détenu. Vous voulez dire, aujourd'hui ? Maintenant ? – Il regarda Cam. – Avec... avec, euh… avec lui ? fit-il en indiquant de la tête son avocat qui, même s'il l'avait voulu, n'aurait pu paraître plus mécontent de son client, à cet instant.

— Oui. Avec lui. Si toutefois l'avocat général est d'accord.

— Et ce serait une excellente chose, professeur, lui souffla Dellago près de l'oreille, de suivre mon conseil dans ce cas. Une excellente chose…

Cam eut l'impression que l'universitaire venait de prendre une teinte verdâtre.

— Mais… mais… je suis coupable, dit-il en se penchant vers Cam avec, sur le visage, une expression implorante encore plus prononcée que son tremblement. Je dois payer. J'en serai très heureux. Vraiment.

— C'est insensé, trancha Dellago. Vous avez les preuves dont ils ont besoin.

Cam nota une sorte de résignation découragée et sinistre dans les yeux de son client.

— Donc, reprit Cam, vous me dites que Bobbie Faye était le grand cerveau derrière toute cette affaire ?

— Une minute, demanda Dellago en plaçant son énorme main sous les yeux de Fred pour lui interdire de répondre, entraînant chez ce dernier un mouvement de recul immédiat. Dois-je considérer que nous avons conclu un marché ?

— Oh, cela dépendra de la capacité du professeur à me convaincre.

Les mâchoires de l'ourse se rapprochaient et le panorama de Bobbie Faye se réduisit progressivement à des canines effilées de la taille d'un stade olympique. Soudain, elle regretta amèrement son principe de ne jamais acheter de tapis en peau d'ours, pour elle ne savait même plus quelle stupide et ridicule raison. Des tapis en peau d'ours, pour tout le monde ! pour votre chien ! pour votre canari ! pourquoi pas pour vos sièges de voiture !

Elle relâcha un peu son emprise sur le rameau et faillit tomber. Elle se ressaisit juste avant d'atteindre le tronc, au moment où la femelle ourse cherchait à la faucher. Le mouvement brusque de l'animal le déséquilibra et ébranla le tronc qui se déplaça légèrement avant de s'abattre brutalement. En emportant l'ourse. L'arbre et son occupante percutèrent le sol avec un bruit sourd et roulèrent à quelques mètres de l'endroit où était suspendue Bobbie Faye, avant de s'arrêter, désormais immobiles.

Ohmondieu Ohmondieu Ohmondieu. Prise de tremblements, elle manqua une fois encore de lâcher prise, mais parvint à agripper la branche avec les forces qui lui restaient. Elle baissa les yeux quand elle sentit Trevor qui empoignait la branche, la stabilisant pour qu'elle puisse descendre plus aisément, sans pour autant que ses bras cessent de trembler. Arrivée à proximité du sol, elle sauta à terre. L'ourse ne donnait toujours aucun signe de vie.

— Elle respire encore, nota Trevor, mais elle est bien sonnée.

Ohmondieu Ohmondieu Ohmondieu.

Trevor lui prit la main pour l'emmener plus loin. Elle se laissa faire, le cerveau toujours bloqué en position *Ohmondieu.* Quand ils eurent marché un bon kilomètre, Bobbie Faye dut s'arrêter. Son corps était comme possédé et elle ne cessait de trembler. Carrément. Sacré bon sang, elle avait bien failli finir dans l'estomac d'une ourse !

Trevor s'était arrêté lui aussi et respirait plus fort que jamais depuis le début de leur périple. Elle savait que ce n'était pas dû à sa course (mince, il avait à peine transpiré). Il était en train de la considérer avec, sur le visage, un mélange de fureur et d'admiration.

— Je ne parviens pas à déterminer si tu es sacrément courageuse ou tout simplement folle à lier, finit-il par dire, la colère ayant apparemment pris le dessus.

— Eh oui, c'est tout moi. Folle à lier, avec un soupçon d'inconscience.

— Mais ça n'a rien de drôle, putain ! Tu as failli te faire tuer !

— Par un *ours* ! – Elle sentait qu'elle s'enfonçait, la tête la première, dans une sorte d'hystérie convulsive sans réussir à s'empêcher de gesticuler. – Je veux dire, je savais qu'il y avait des ours bruns dans le sud de la Louisiane. Ça fait partie des bizarreries que beaucoup de gens ignorent, tu sais, que des ours vivent là. Il y en a même autour des mines de sel, pas loin d'ici, qui sont protégés par la loi ou quelque chose dans le genre. Et ils escaladent les palissades et les plus gros se jettent par-dessus et atterrissent dans les jardins, et alors tout le monde doit rester enfermé jusqu'à ce que les ours en aient assez de fouiller dans les poubelles. Je sais tout ça ! Et je sais aussi qu'il y en a par ici et qu'ils sont dangereux, et *est-ce que ça m'a aidée à m'y préparer* ? Nooon. Non, ça ne m'a pas aidée ! Parce que soudain, il était devant moi ! Cette chose énorme. Et poilue. Et ses dents ! Et puis ce grrrrrr ! – Sa voix montait et elle se frictionnait frénétiquement les bras. – Et je suis allergique aux grrrrrrr !!

Durant quelques secondes, il regarda ailleurs, serrant les maxillaires pour éviter de rire. Il prit plusieurs profondes inspirations, puis se retourna vers elle.

— On peut dire que tu as réfléchi sacrément vite, pourtant.

Elle tremblait désormais si violemment qu'elle était certaine qu'il s'en rendait compte et pourtant elle ne voulait surtout pas perdre la face devant ce type.

— J'ai juste… tenta-t-elle en ravalant sa salive dans l'espoir de maîtriser sa voix. Bah, ça fait partie de la garantie otage Bobbie Faye : la maison ne vous laissera pas vous faire dévorer par un gros mammifère. Enfin, normalement.

Elle ponctua sa phrase d'un bref gloussement – vraiment faiblard – et elle sentit que le traumatisme de cette matinée était en train de la rattraper, la laissant un peu hébétée. Elle pensait pourtant avoir encore le contrôle d'elle-même quand Trevor l'attira dans ses bras. Elle n'en connaissait pas la raison. Elle ne comprenait pas ce qu'il était en train de faire, mais, subitement, elle comprit qu'elle se serait écroulée s'il ne l'avait pas soutenue et, au lieu de se débattre, comme elle aurait dû le faire, elle se laissa aller, juste cette fois-ci. Juste cette fois-ci, elle laissa reposer sa tête contre sa poitrine, accepta qu'on la soutienne et pleura. Elle n'aurait jamais reconnu avoir pleuré et elle aurait expédié Trevor à coup de bottes dans l'État voisin si, à cet instant, il avait dit quoi que ce fût de vaguement mièvre ou condescendant parce qu'elle, Bobbie Faye Sumrall, ne craquait pas. Elle ne savait tout bonnement pas faire ça.

Il ne dit rien.

Quand elle fut calmée, elle fit un pas en arrière et regarda au loin, en effaçant ses larmes du revers de la main. Quand elle se retourna vers lui, il fit une petite grimace et s'avança vers elle pour ôter, du pan de sa chemise, les traces de boue qui maculaient ses joues. Elle eut l'impression que cela durait une éternité, en profita pour observer la concentration qui émanait de son visage, fascinée par la cicatrice sous son œil, à peine visible maintenant, et nota le rythme calme de sa respiration. Ce rythme l'apaisa.

— Tu es prête ? demanda-t-il quand il eut fini.

Comme si, selon un accord tacite, il n'y avait jamais eu de larmes.

— Je suis née prête.

— C'est ça, toi et Baden-Powell.

Ils se dirigèrent vers les abords marécageux du lac Charles.

Cam regarda Dellago poser un regard d'acier sur son client qui se mit instantanément à transpirer.

— Hum, eh bien... Euh... gémit Fred avant de s'arrêter net, de déglutir et de se dandiner. Elle, euh... – Il jeta un coup d'œil désespéré à Dellago qui se contenta de durcir un peu plus son regard. – Euh... oui. Euh, elle en avait assez, a-t-elle dit, de... euh... sa position sociale. J'étais censé prendre l'argent et elle devait, euh... elle devait regarder, comme un client innocent.

— Elle devait juste vous regarder braquer la banque, armé de vos faux bâtons de dynamite ?

— Euh, oui... Et elle m'a obligé à prendre un revolver. – Cam remarqua qu'il devait se forcer à ne pas sans cesse regarder vers Dellago. – Il était prévu que je la prenne en otage de façon que tout le monde croie qu'elle était innocente, et après, un peu plus tard, on aurait partagé l'argent.

— Alors pourquoi ne pas l'avoir prise en otage ? s'étonna Cam.

— Bah, elle a pris les choses en main, voyez… Je… je ne sais pas pourquoi. Et puis, j'ai glissé et elle m'a laissé là.

— D'accord. Et pourquoi avoir fait tout ça pour elle ?

Dellago intervint :

— Vous savez combien Mlle Sumrall peut être convaincante, quand elle a une idée dans la tête.

Oh oui, pensa Cam, il savait *exactement* combien elle pouvait se montrer persuasive. Mais il savait aussi combien elle était intelligente.

— Et depuis quand connaissez-vous Mlle Sumrall, professeur ?

— Oh, euh, eh bien, je ne sais plus très bien…

— Approximativement, professeur. Quelques mois ? Quelques semaines ? Quelques jours ? Un an ?

L'infortuné braqueur chercha des yeux Dellago avant de se ressaisir vivement et de se mettre à déglutir, tousser, s'agiter :

— Peut-être, euh, peut-être un an environ.

— Vraiment ? Et comment avez-vous fait sa connaissance ?

— Ce n'est pas important, inspecteur, intervint Dellago en reculant sa chaise bruyamment.

— Bien sûr que si, ça l'est. S'il veut un allégement de charges, il doit expliquer comment il l'a rencontrée et depuis quand elle avait ce projet.

— Je, je, je… Je l'ai rencontrée au festival. Euh, l'an dernier.

— Oh, c'était donc l'année où sa sœur a dû la remplacer en tant que reine de la Contrebande, dit Cam, avant d'ajouter à l'intention de Dellago : Mlle Sumrall avait la grippe.

— C'est ça, oui, c'est ça ! s'enthousiasma le petit homme avant que Dellago ait la possibilité de l'en empêcher.

— Et elle est venue vous trouver pour mettre sur pied cette affaire parce que…

— Elle… elle me faisait confiance, je présume. Une aussi belle femme, vous savez, tout le monde cherche toujours à abuser d'elle. Vous voyez ce que je veux dire ?

Cam ne répondit pas.

— Alors, moi… moi, vous comprenez, elle a bien vu que ce n'était pas mon genre. Je ne suis pas exactement ce qui s'appelle un homme à femmes. Elle avait besoin d'aide. Elle était très déterminée.

— Je pense que ça suffit, interrompit Dellago. Alors, avons-nous un marché ?

Il y eut un bref « toc » et l'inspecteur Benoit passa sa tête dans l'entrebâillement de la porte :

— Cam ? Il y a un appel qu'il faut que tu prennes.

Cam s'excusa auprès des deux hommes et, au moment où il atteignait la porte, il se retourna vers eux.

— Oh, professeur, avez-vous déjà entendu parler d'un gars dénommé Trevor Dumasse ?

L'universitaire pâlit et déglutit à plusieurs reprises. Cam eut même l'impression qu'il venait de resserrer les genoux en ramenant ses jambes sous lui. Finalement, Fred secoua la tête avec insistance :

— Euh, non. Je ne me souviens pas avoir jamais rencontré quelqu'un portant ce nom.

Dellago observa Cam qui hocha solennellement la tête, sans rien révéler de ses pensées, avant de quitter la salle.

L'une des jumelles revint se planter devant Ce Ce avec le téléphone et celle-ci fut surprise en apprenant qu'il s'agissait d'un appel de Nina.

— Je croyais que tu étais débordée, ironisa Ce Ce, mais elle le regretta immédiatement en entendant la voix de la jeune femme.

— Il court de sales bruits.

— Sales comment ? Et qui te les a rapportés ?

— Juste mes… contacts. Ceux de mes activités de mannequin.

Un frisson parcourut le dos de Ce Ce.

— On m'a dit que B avait quelque chose que quelqu'un veut et qu'il la tuera une fois qu'il l'aura obtenu.

— Mais qu'est-ce que pourrait bien avoir cette pauvre enfant qui attise autant d'intérêt ? Elle est perpétuellement à sec !

— Je n'en sais rien et, jusqu'à présent, aucun de mes contacts n'a pu me le dire. Peut-être que si tu appelais Cam ? Je sais bien que B lui en veut toujours, mais…

— Je lui ai déjà parlé, mon chou, et il n'en sait pas beaucoup plus que nous. Il y a un type avec elle dont Cam pense qu'il pourrait lui faire du mal.

— Celui qu'elle a kidnappé ?

— C'est le même que celui qu'elle a kidnappé ? Ce type qui, selon Cam, va peut-être la faire tuer ?

— Ça ressemble bien à du Bobbie Faye, ça. As-tu appris autre chose ?

— Mon chou, tout ce que je sais, je l'ai vu à la télé. Ça et qu'elle est venue me demander une avance sur salaire pour payer son électricité afin qu'on la lui rebranche.

— Pour *cette* caravane ?

— C'est ce qu'elle a dit.

— Si elle s'en sort vivante, je vais lui botter le cul pour ne pas m'avoir demandé de l'aide.

— Oh, je crois qu'il te faudra faire la queue derrière pas mal de gens, mon chou.

— Je dois y aller, Ce. Les gars commencent à s'exciter ici. J'ai l'impression qu'ils ont bien l'intention d'assener un dernier coup à cette caravane.

Chapitre quinze

Les amulettes de protection contre Bobbie Faye constituent nos meilleures ventes.

— Eluki B., propriétaire du Jamorama Vaudou de La Nouvelle-Orléans.

Quand Cam eut quitté la salle d'interrogatoire et avant même qu'il puisse écouter ce que Benoit avait à lui dire, son téléphone sonna. Après avoir parlé quelques minutes avec Ce Ce, il sut que ses soupçons étaient fondés.

Une fois qu'il eut raccroché, Benoit lui dit à voix basse :

— J'ai de mauvaises nouvelles. Kelvin a appelé. Les chiens… ils l'ont perdue.

Cam ne cilla pas, mais dut faire appel à toute sa volonté pour ne pas envoyer un coup de poing dans le mur le plus proche.

Benoit jeta un coup d'œil autour d'eux pour s'assurer que personne ne les écoutait.

— Ils se sont cassé le nez en allant vers l'aval, précisa-t-il, alors Kelvin les a réorientés vers l'amont, mais là, il y avait un couple d'alligators qui se faisaient bronzer et l'un de nos gars a repéré une femelle ourse super-énervée qui cherchait la bagarre. Kelvin a dit qu'il doutait qu'ils aient pu croiser cette furie et que, même s'ils l'avaient fait, il n'enverrait pas ses chiens par là. Pour le moment, il essaie de la contourner, pour voir si les chiens peuvent retrouver une piste.

Cam fixa des yeux le mur et les éclats de peinture grise qui l'agrémentaient, çà et là. Il voyait très bien pourquoi nombre de ses collègues finissaient par se mettre à fumer : ça leur occupait les mains et ça leur évitait de donner des coups de poing dans le béton.

Il avait appris deux choses essentielles lors de son bref interrogatoire de l'universitaire. La première était que le petit homme mentait sur les circonstances de sa rencontre avec Bobbie Faye. Elle adorait tellement le Festival des Journées de la Contrebande que, même mortellement blessée, elle se serait relevée de son lit pour ramper jusque-là. Sa sœur ne l'avait jamais remplacée. Cam n'était même pas sûr que Lori-Ann soit jamais allée au festival. La seconde était que Bobbie Faye était faite comme un rat. Quelqu'un de haut placé dans le monde du crime organisé voulait la rayer de la carte. Dellago n'aurait pas offert Bobbie Faye sur un plateau sans être quasi certain qu'elle ne vivrait pas assez longtemps pour contredire les déclarations du professeur et révéler ce qu'elle savait qui pouvait leur nuire.

— Quand tu lui as parlé de Dumasse, quelle idée avais-tu derrière la tête ?

— Manifestement, ce gus ne connaît pas vraiment Bobbie Faye. Or nous savons que Dumasse se trouvait à la banque. Ça ne peut pas être une coïncidence.

Cam appuya le poing contre son front et s'adossa au mur pour réfléchir.

Il pesait sur Bobbie Faye deux, voire trois sentences de mort distinctes. Il y avait celle du FBI qui se fichait bien qu'elle pût se trouver au mauvais endroit, au mauvais moment. Il y avait celle que tramait Dellago et qui avait probablement trait aux informations que lui avait transmises Ce Ce. Ce qui pouvait vouloir dire que le type qui accompagnait Bobbie Faye était là pour la tuer, ainsi que l'avait suggéré le FBI.

Apparemment, un unique contrat sur sa tête n'était pas assez stimulant. Et elle courait toujours. Vers quoi, Dieu seul le savait.

Ce n'est qu'à cet instant qu'il comprit combien tout cela résumait Bobbie Faye : elle ne cessait jamais de courir. De s'enfuir.

Soudain, malgré lui, il la revit qui riait aux éclats en le regardant par-dessus son épaule, avec ses longs cheveux fous qui lui mangeaient le visage. Il venait de lui dire qu'il faudrait peut-être qu'il aille bosser ce jour-là, au lieu de passer la journée avec elle. Elle avait alors saisi ses clés en faisant semblant de vouloir les jeter dans le jardin, un endroit boisé donnant sur un lac. Il voulait lui faire une blague, bien sûr, et elle le savait parfaitement, mais entendait ne pas être en reste. Alors elle s'était précipitée vers la porte, avec un visage espiègle et des yeux brillants.

Elle le faisait rire. En grandissant, il était devenu sérieux, rigide, un étudiant brillant, un chef de classe, un représentant officiel de l'université de Louisiane. Tout bon, pas d'imprévu. Mais rire – connaître une joie profonde – lui était resté étranger jusque-là. Elle avait une façon de le regarder comme s'il était le plus beau cadeau du monde et qu'elle ne pouvait croire qu'il fût pour elle toute seule. Elle avait hurlé de rire quand il avait essayé de l'attraper et qu'il avait traversé le salon en sautant par-dessus les meubles, avant de lui faire un placage qui l'avait immobilisée sur le canapé. Mais, cela avait été pour découvrir qu'elle avait réussi à planquer les clés et qu'elle refusait, bien entendu, de révéler sa cachette.

Il n'avait pas eu besoin de beaucoup de persuasion.

Il se rappelait s'être réveillé des heures plus tard et l'avoir trouvée agenouillée à ses côtés. La lumière que diffusait la fenêtre de la chambre éclairait son visage d'une lueur diffuse qui laissait tout le reste de son corps dans l'ombre. Elle avait une expression étrange qu'il ne parvenait pas à décrypter et, lorsqu'il lui avait demandé à quoi elle pensait, elle avait haussé les épaules en disant qu'elle était heureuse.

Envolé. Tout. Cette femme, cette personne qui avait été sa meilleure amie et qui aujourd'hui le haïssait.

Ça n'aurait pas dû se passer comme ça.

Il se mit à arpenter la pièce, ignorant le rictus amusé de Benoit, jusqu'à ce que son vieux complice finisse par lui taper sur les nerfs.

— Quoi ?

— T'es en train de te faire des reproches parce qu'elle n'est pas venue te demander de l'aide.

— N'importe quoi. Elle est folle. Elle met tout le monde en danger et ne demande jamais d'aide. Elle est pathologiquement incapable d'accepter un secours quelconque. Elle détruirait tout plutôt que de s'en remettre à quelqu'un, et surtout à moi. Elle s'inflige ça sans aucune fichue raison.

Bon, maintenant, il fallait qu'il cogne sur quelque chose, et vite.

— Ouais, enfin bon, si tu avais vraiment voulu qu'elle te demande de l'aide, tu n'aurais peut-être pas dû arrêter sa frangine.

— Tu es bien placé pour savoir que je n'ai fait que mon boulot !

Benoit éclata de rire :

— C'est ça. Et elle, elle l'a super bien pris. Tu sais, c'est la première fois que j'ai vu des flics armés se mettre à couvert et ramper pour se protéger d'un individu sans arme.

— *Je ne faisais que mon putain de boulot.*

Il avait dû arrêter sa sœur, Lori-Ann, pour une série de délits, à commencer par une conduite en état d'ivresse, suivie de vol, fraude et émission de chèque en bois. Il savait que Bobbie Faye se faisait du souci pour elle et qu'elle s'efforçait de régler le problème, mais l'arrestation avait échu à son unité et, franchement, il avait pensé que Bobbie Faye apprécierait la gentillesse et la délicatesse dont il avait fait preuve envers Lori-Ann, quand d'autres que lui se seraient montrés beaucoup moins accommodants. Il fallait le faire. Il le savait et il pensait même que c'était mieux ainsi. Forcément, Bobbie Faye serait furieuse, mais elle-même avait déjà déclaré que sa sœur constituait une menace pour la société, alors elle comprendrait. Elle serait furieuse, mais elle comprendrait.

Ce qu'il n'avait pas prévu, c'était le fantastique grabuge, état d'urgence maxi, que Bobbie Faye allait déchaîner quand elle apprendrait que c'était lui qui avait arrêté sa sœur. Cela faisait à peine un an, maintenant, et il pouvait encore sentir les cicatrices que lui avait laissées sa fureur.

Ne savait-elle pas ce que signifiait sortir avec un flic ? À quoi pouvait-elle s'attendre ? Il avait fait ce qu'il fallait. Il n'en démordait pas. Mais les accusations et les mots qu'ils avaient échangés alors ne s'effaceraient jamais.

— Tu continues toujours à faire des chèques pour cette bague, chaque mois ?

Cam détestait que Benoit le connût si bien. La nuit au cours de laquelle Bobbie Faye l'avait quitté, Cam avait jeté la bague dans le lac. Elle ne l'avait jamais vue, pas plus qu'elle n'avait su ce qu'il mijotait, et il ne le lui dirait jamais.

— Tous les mois. Et je vais continuer à signer ces putains de chèques durant les deux années à venir, juste pour me rappeler combien cette idée était saugrenue.

— S'il faut que tu écrives un chèque pour te rappeler que tu ne veux pas ressentir ce que tu ressens, alors peut-être…

— Surtout, ne termine pas ta phrase.

Benoit vint s'adosser contre le mur, chevilles croisées, bras croisés et yeux clos.

— Tu sais que tu n'as pas le droit de lui tirer dessus, hein ?

— Ne parie pas là-dessus.

Il fallait que Bobbie Faye élabore une stratégie sur la manière d'aborder les kidnappeurs de son frère, même si elle n'avait pas la moindre idée de ce qu'elle pouvait *faire*, en pratique, avant d'avoir *récupéré* ce fichu diadème et de savoir où elle devait le déposer. Il était possible que, le cas échéant, elle ait besoin d'aide.

Ce qui était certain, c'est qu'elle ne pouvait pas en demander à Cam.

Elle se demandait si elle avait fait une grosse erreur en ne l'appelant pas dès le début de cette affaire. Bien sûr, les ravisseurs avaient dit « Pas de police », mais aucun ravisseur au monde n'avait jamais dit : « Mais oui, chérie, appelle les flics, aucun problème. » Dans ces conditions, elle aurait peut-être dû le faire.

Mais, quand même.

Cam était Cam. Toujours le même. Horriblement obstiné. Il était furax contre elle et n'accepterait jamais qu'elle puisse avoir eu raison, et si elle l'avait appelé, il aurait fallu qu'elle agisse à sa manière à lui. En respectant ses foutues règles. Or, elle n'avait pas de temps à perdre avec ça et elle n'avait pas le temps d'en débattre avec lui.

D'ailleurs, ils se seraient sans doute étripés. Il serait devenu odieux, aurait viré au flic autoritaire, celui qui sait toujours tout, celui qui lui avait expliqué un jour qu'il était d'abord un flic et ensuite un homme, celui qui vivait, respirait et rêvait conformément à des règles et à une fichue morale. Elle songea qu'elle aurait aimé lui dire où il pouvait toutes se les mettre, ses règles, avant de se rappeler qu'elle l'avait déjà fait, de manière très explicite, le jour où il avait arrêté Lori-Ann. Et maintenant... Eh bien, vu l'ampleur des moyens mis en œuvre pour la coincer, Cam devait avoir assez peu de marge de manœuvre et il se ferait virer dans la minute s'il tentait de lui venir en aide (surtout, si elle était incapable de prouver son histoire). Non, il faudrait qu'il l'arrête et les chances de Roy partiraient en fumée dès que les médias rapporteraient cet épisode.

Bobbie Faye tournait et retournait le problème dans sa tête, tout en progressant dans les bois aux côtés de Trevor. Encore un autre développement incroyable, celui-là : un homme qui semblait bienveillant (quelle que pût être son identité), mais pouvait-elle lui faire confiance ? Pourrait-il lui prêter main-forte quand elle devrait se confronter aux ravisseurs ? Était-il même judicieux de le lui demander ? Vraisemblablement pas.

Elle n'avait pas vraiment idée de l'endroit vers lequel ils se dirigeaient ; de toute façon, ça ne lui aurait pas apporté grand-chose. Ce n'était qu'une succession d'arbres, de boue et d'eau. Elle poursuivait ses élucubrations autour du puzzle que formait le diadème, sans parvenir à trouver une solution, quand elle s'aperçut qu'ils avaient atteint un sentier étroit et accidenté. La terre que soulevaient ses bottes semblait protester contre l'injustice que lui causait chacune de leurs outrageuses foulées, avant de retomber sur la flore luxuriante qui bordait le chemin en couche si fine et si légère qu'elle aurait pu passer pour un glaçage au café. La voie était à peine assez large pour laisser passer une voiture, et les marécages venaient lécher ses berges inexistantes. Au moins, une forêt compacte de cyprès la dissimulait à tout poursuivant aérien. Bobbie Faye supposait que lorsque deux voitures se croisaient là – et ce devait être rare –, l'une d'elles devait reculer pour laisser passer l'autre, faisant ainsi de ce chemin un endroit peu fréquenté. Elle soupçonnait que cet inconvénient avait sans doute été voulu par les gens qui vivaient au bout du sentier : ils devaient apprécier une certaine intimité.

Bobbie Faye avait tout oublié du débarcadère de Valcour jusqu'à ce qu'ils débouchent à quelques mètres de là, à l'endroit où le chemin se jetait dans un petit bayou qui finissait sa course dans le lac Charles. À côté du débarcadère, il y avait une minuscule boutique – une cabane plus qu'une maison – dont la façade en bois était devenue si grise et si branlante avec les années qu'elle ressemblait à un vieil homme fatigué dont l'ossature ne parvenait plus à tendre la peau. À une époque, la masure avait été le lieu de ralliement des négociants en fourrures et il y avait encore, sous le porche recouvert d'ardoises, des crochets pour suspendre les peaux. Aujourd'hui, c'était le seul coin où les pêcheurs pouvaient acheter des appâts supplémentaires et éventuellement boire quelques verres ou avaler un en-cas, avant de repartir pour le lac.

Cinq pick-up cabossés et rouillés, avec leur remorque à bateau vide, étaient alignés sur la cale sommaire de mise à l'eau qui terminait la route, juste avant le bayou. Prise en tenailles par les cyprès qui dégoulinaient de mousse grise, la boutique paraissait déserte et obscure.

— On y trouvera peut-être un téléphone, avança Trevor.

Elle observa la façon dont il scannait les lieux.

— Tu ne crois pas que c'est trop risqué ? Avec tous ces hélicos de la télé, tout le monde doit maintenant savoir ce qui se passe.

— Je doute qu'ils aient le câble par ici, et je n'ai vu aucune antenne satellite. Nous dirons que nous sommes un couple qui fait une escale avant de rejoindre son camp de pêche.

— C'est ça, sans bateau, sans bagnole et sans matériel de pêche…

— Contente-toi de la jouer décontractée, dit-il avant de la regarder des pieds à la tête. OK, oublie. Personne ne pensera au mot « décontracté » en te voyant. Comporte-toi plutôt comme une épouse furieuse que son idiot de mari vient de faire tomber du bateau dans le lac.

— Est-ce que ça implique que je te colle une baffe ?

— Ne pousse pas trop loin ta chance, lui conseilla-t-il alors qu'ils gravissaient la marche du porche.

Chapitre seize

Veuillez informer les entreprises implantées en Louisiane qu'elles doivent désormais intégrer un « risque Bobbie Faye » à leurs exercices de sécurité.

— Mémo transmis par l'Agence nationale de sécurité et de santé professionnelles (ANSSP) à son antenne de Louisiane.

Cam devait prendre de l'avance sur elle. La stopper. Découvrir ce que signifiait tout ce bordel. Comment pouvait-on espérer qu'il la protège si elle ne cessait de courir ?

— Quand pourra-t-on obtenir des infos sur ce type ? demanda-t-il en indiquant du menton la salle d'interrogatoire. Ses états financiers ?

— Dans une heure, peut-être deux. Tout ce que Crowe a bien voulu lâcher, c'est qu'elle avait une piste sur ce qui pouvait l'avoir incité à braquer la banque, mais que l'hypothèse n'était pas complètement fiable et qu'elle devait la vérifier.

— Elle a dit de quoi il s'agissait ?

— Non. Tu la connais, elle ne dira rien tant qu'elle n'en sera pas certaine.

Le capitaine passa la tête dans le couloir en faisant signe aux deux hommes de retourner dans la salle d'observation qui donnait sur celle des interrogatoires. Il referma la porte derrière eux.

À travers le miroir sans tain, Cam pouvait voir Dellago, toujours assis aux côtés de Fred et visiblement excédé par cette attente. Il semblait avoir doublé de volume, tandis que son client paraissait se ratatiner. À ce train-là, Cam se demandait si le petit homme n'allait pas disparaître en lui-même en ne laissant derrière lui qu'une combinaison orange de détenu.

— Je voulais attendre que vous en ayez terminé avec votre premier interrogatoire pour vous dire ceci, commença le capitaine. Et je ne voulais pas en entendre parler sur toutes les radios. Il est essentiel de ne pas l'ébruiter.

Cam savait qu'il avait pâli en voyant la ride soucieuse qui barrait le front du capitaine. Leur chef allait leur dire que Bobbie Faye avait été tuée. Il le savait dans toutes les cellules qui constituaient la moelle de chacun de ses os. Il tâcha de se souvenir qu'il s'en fichait, que tout cela n'avait plus d'importance, qu'il n'allait pas devoir essayer de se rappeler comment inspirer et expirer une fois que ces mots auraient été prononcés.

Il s'adossa au chambranle de la porte (pas pour le soutien qu'il lui offrait, se répéta-t-il, mais parce qu'il s'appuyait toujours contre quelque chose) et scruta les yeux du capitaine dans lesquels il ne vit ni tristesse, ni compassion. Au lieu de cela, il nota de la colère et de la nervosité qui ressortaient surtout de la façon dont il faisait tourner entre ses doigts une pièce de 25 cents qu'il avait sortie de sa poche. Au commissariat, on blaguait volontiers sur le sujet en disant que, quand il prenait sa pièce et qu'il la faisait rebondir entre ses paumes, ça voulait dire qu'on était viré. Quand, au contraire, il se contentait de la tenir, c'est que quelqu'un venait de mourir. Cam respira lorsqu'il vit la pièce tournoyer.

— J'ai consulté le casier judiciaire de Dumasse auprès de nos services. C'est à peu près aussi long que mon jugement de divorce. (Il payait une pension alimentaire depuis maintenant vingt-cinq ans, sa femme refusant de se remarier.) Tout ce que je peux vous dire (et il regarda Cam avec insistance), c'est que nous devons faire tout notre possible pour ramener ce Trevor Dumasse vivant et indemne. Quoi qu'il arrive.

— Et pour Bobbie Faye ?

— En l'occurrence, elle n'est pas au centre de nos priorités.

Tous les muscles de Cam se tendirent tandis qu'il essayait de garder le contrôle de lui-même. Ça n'avait pas de sens… Zeke avait dit qu'il avait des instructions pour descendre Dumasse, quelle que fût la situation. Le capitaine venait d'expliquer qu'il fallait le ramener indemne et qu'il était prioritaire. Deux ordres diamétralement opposés, signe que derrière les apparences, on pouvait soupçonner l'existence d'un secret bien juteux. Lequel supposait à son tour que leur chef n'avait pas toute latitude pour s'exprimer.

Cam essaya de décrypter le visage inhabituellement fermé de son supérieur. Il était rarement aussi indéchiffrable et son expression était, en soi, l'indice que tout cela était bien pire que Cam ne l'avait imaginé. Il arrivait que le gouvernement utilise des criminels et conclue avec eux des marchés pour qu'ils fassent le très sale boulot dont nul ne voulait assumer la responsabilité. Bien entendu, officiellement, rien de cela n'avait jamais eu lieu. Zeke avait dit que Dumasse avait changé de bord, qu'il se faisait embaucher pour accomplir des opérations secrètes dont personne d'autre ne voulait se charger. On pouvait imaginer que Dumasse faisait chanter quelqu'un au moyen d'informations prouvant sa participation à une effroyable mission et que cette personne s'efforçait de le faire disparaître, mais qu'un tiers en avait eu vent et avait décidé de le faire entrer en scène. Il était tout aussi envisageable que Dumasse soit aussi pourri que Zeke l'avait décrit et que ce dernier ait raison d'essayer de l'éliminer, mais que l'agent ripou ait fait du chantage à quelqu'un (ou l'ait trompé, ou encore payé) pour qu'il le protège. Il y avait beaucoup trop de combinaisons possibles pour pouvoir expliquer ces instructions divergentes.

Et, bien sûr, Bobbie Faye se trouvait au milieu de ce cirque. Et il était censé maintenir Dumasse en vie ?

— Capitaine, Dumasse est en train de crapahuter dans les marécages avec Bobbie Faye. C'est un miracle qu'il soit en vie. Alors ça semble un peu ambitieux d'y ajouter « indemne », non ?

— Eh ben, Cam, la voilà ta réponse, intervint Benoit en ricanant. Encore une heure avec Bobbie Faye et ce type te suppliera pour que tu l'arrêtes, ne serait-ce que pour ne plus l'avoir sur le dos.

Le capitaine et Benoit gloussèrent, mais Cam continuait à retourner le problème dans tous les sens.

— Nous n'avons encore jamais travaillé avec Zeke Kay. Est-ce qu'il a appelé ?

— Aucun appel à ma connaissance, dit le capitaine.

— Alors, je vais avoir besoin de Benoit pour continuer à enquiquiner ce bon vieux Dellago, ici présent. Il faut que je retourne sur le terrain.

Leur chef acquiesça, puis laissa les deux inspecteurs entre eux.

Cam marcha de long en large pendant quelques instants durant lesquels Benoit se tint coi.

— Il faut que quelqu'un estime que ce prof est sacrément important pour lui envoyer Dellago.

— Ouais. Est-ce que tu veux dire « trop important » ?

— La dernière fois qu'on a rencontré une telle situation, le prévenu est mystérieusement mort dans sa cellule.

— Je vais le mettre dans une cellule isolée et lui assigner un gardien. Vicari fera très bien l'affaire. Il est aussi vicieux qu'un serpent, mais il est bon.

Ils partirent dans des directions opposées et, quelques minutes plus tard, Cam s'installait dans le second hélicoptère de la police. Mais auparavant il était passé par la centrale des communications et avait pris Jason à part.

Ce dernier devait avoir environ vingt-huit ans, mais il en faisait à peine vingt. Il était suffisamment séduisant pour échapper au syndrome du parfait boutonneux, bien qu'il fût un génie des technologies de communication.

— Tu crois que tu pourrais te balader sur les fréquences radios et écouter ce qui se passe dans l'hélicoptère du FBI ? lui demanda Cam.

Jason sourit avec malice.

— Mec, elle te tient carrément par les c…

Jason parut remarquer le regard que Cam lui lançait, et non seulement il recula de quelques pas, mais il interposa une chaise entre eux et commença à s'excuser.

— La ferme, l'interrompit Cam. J'ai besoin que tu les écoutes sans qu'ils le sachent. On peut faire ça ?

— Officiellement ? Non. On n'a pas les mêmes types de radios.

— Et officieusement ?

Jason rayonna :

— Eh bien, il y a différentes façons. Tu vois, je pourrais…

— Je n'ai pas de temps à consacrer aux détails techniques, Jason. Contente-toi de voir si tu peux les écouter sans qu'ils s'en aperçoivent.

— Aucun problème. Sauf si c'est codé. Il faudrait que j'aie accès à mon ordi perso pour déchiffrer leur code.

— Je vais faire comme si je n'avais rien entendu et prétendre que tu ne m'as jamais dit que tu étais en mesure de briser les codes du FBI sur ton ordinateur personnel, Jason, dit Cam. D'ailleurs, il serait préférable que tu n'en discutes avec personne d'autre.

— Ça paraît judicieux.

Avant de quitter les lieux, Cam jeta un dernier coup d'œil derrière lui et nota que Jason regardait partout autour de lui pour s'assurer que personne ne l'observait, avant de brancher un autre scanner de fréquences. Cam se hâta vers la sortie.

Chapitre dix-sept

Non. Tout simplement… non.

— Luke James, facteur, en apprenant que Bobbie Faye ferait désormais partie de sa tournée.

Bobbie Faye ouvrit l'antique porte de la boutique qui jouxtait le débarcadère et pénétra dans l'ombre rafraîchissante du magasin. L'endroit dégageait une odeur entêtante de pêches et de cacahuètes bouillies, un curieux mélange dont les éléments semblaient s'affronter dans l'air. Le ventilateur fixé au plafond peinait à générer un faible courant d'air entre les impressionnants stocks de marchandises. Celles-ci étaient empilées, du sol au plafond, dans chaque recoin de la pièce, jusque devant la porte.

Derrière une pyramide géante de paquets de biscottes, la voix d'un vieil homme crachota :

— Peux vous aider, mademoiselle ?

Bobbie Faye sursauta et se retourna vivement, en oubliant que son sac à main était suspendu à son épaule. La pile de biscottes s'effondra sur une montagne de paquets de lessive qui atterrirent au milieu des cannes à pêche alignées le long du mur, lesquelles s'abattirent comme une série de dominos sur le récipient où étaient entreposés les grillons qui s'ouvrit en libérant la moitié de son contenu.

Ce n'est qu'à cet instant qu'elle aperçut la caisse et les deux vieillards assis sur des chaises pliantes derrière le comptoir.

— Par tous les saints du paradis, signalez-vous ! lança-t-elle, sur la défensive, en se baissant pour tenter de réparer les dégâts.

Trevor n'avait pas encore passé le seuil et il se tenait à l'entrée du magasin, contemplant le chaos. Il jeta un coup d'œil à la trotteuse de sa montre de plongeur et haussa un sourcil à l'intention de Bobbie Faye.

— Quatre secondes, chère madame, je le jure. Si on trouvait le moyen de commercialiser ce genre d'aptitudes, on serait déjà riches.

Quand elle leva la tête, les deux vieillards derrière le comptoir se tordaient de rire et le plus chétif, qui se tenait près de la caisse, ôta ses lunettes pour essuyer les larmes qui coulaient sur ses joues.

— Laissez ça, dit l'autre homme, un type petit et rondouillard qui n'avait pas bougé de son siège. En milieu de journée, les clients ne se pressent pas, ici. Ça nous occupera.

— Euh, désolée, dit Bobbie Faye. Nous avons eu une matinée plutôt éprouvante.

— Auriez-vous un téléphone que nous pourrions utiliser ? demanda Trevor juste derrière elle, ce qui la fit sursauter une nouvelle fois.

— Pas de ligne fixe, répondit le caissier, mais j'ai ce vieux téléphone portable. La réception n'est pas vraiment bonne et la batterie est moribonde, mais vous pouvez toujours essayer. Je crois qu'il fonctionne mieux dehors.

— Merci, dit Trevor en prenant le téléphone.

Puis il lança à Bobbie Faye un coup d'œil ennuyé :

— Tâche de ne pas mettre cette boutique à feu et à sang, bébé, OK ?

— Bien sûr, mon chat, siffla-t-elle entre ses dents, en ayant beaucoup de mal à retenir la baffe qu'il méritait si clairement. Je vais prendre quelques provisions.

Quand Trevor enjamba les paquets de biscottes pour aller dehors, le caissier se pencha par-dessus le comptoir en faisant signe à Bobbie Faye de s'approcher. Il n'avait pas l'air trop vicieux et elle se dit qu'elle pouvait s'exécuter sans risque, alors elle fit quelques pas vers lui.

— Comment ça va, Mlle Bobbie Faye ?

Elle plissa les yeux pour mieux l'examiner, en priant pour que ce ne fût pas quelqu'un qu'elle avait écrasé, bousculé ou malmené par inadvertance. Son expression ne semblait pas hostile et aucune arme n'avait encore été brandie, à moins qu'il fût si lent que son matériel de guerre fût encore sous le comptoir.

— Comment savez-vous qui je suis ?

Les deux vieillards lui firent signe de ne pas parler trop fort et regardèrent furtivement par la fenêtre Trevor qui parlait au téléphone.

— Tout le monde connaît la reine des Journées de la Contrebande, expliqua le caissier, avant de faire un bref signe en direction de l'ordinateur portable posé sur les genoux de son acolyte.

Celui-ci le fit pivoter vers elle et elle vit qu'il était connecté à un téléphone satellitaire qui lui permettait de retransmettre les infos du jour en direct.

— Ça fait longtemps qu'on joue plus au solitaire, fit l'homme à l'ordinateur en guise d'explication. On vous a vus arriver en haut de la route et on vous a reconnue grâce à la photo, ici, poursuivit-il en indiquant l'écran. On voulait s'assurer que ce type, là, ne vous retenait pas en otage et qu'il ne vous faisait pas de mal.

— Vous êtes sûre que ça va ? insista le caissier. On est vraiment fans, vous savez, de la reine de la Contrebande et tout et tout, alors, je ne sais pas si nous saurions maîtriser ce jeune type, là, dehors, mais on pourrait toujours essayer si ça vous arrangeait. Surtout si c'est un de ces chiens galeux malfaisants.

— T'en penses quoi, Earl ? enchaîna le caissier. Je pourrais attirer son attention et tu lui ficherais un grand coup sur la tête avec l'un de ces autocuiseurs, là-bas.

Puis, faisant un clin d'œil à Bobbie Faye :

— De toute façon, ils sont en promo. Ce serait pas une grosse perte.

Elle n'était pas trop sûre de ce à quoi il fallait répondre en premier : il y avait ces images effrayantes diffusées aux infos (et la chaîne de télévision avait incrusté, en haut de l'écran, à droite, cette horrible photo d'elle, dégoulinante de crasse, à l'orée de la forêt) et celles de la caméra de surveillance de la banque qui tournait apparemment en boucle.

Et elle le reconnut : le type nerveux à l'air un peu niais (elle vit une photo de lui s'afficher à côté de la sienne – tiens, il s'appelait *Bartholomew* Fred) qui faisait la queue et se rapprochait du guichet. Il laissa gentiment passer une dame devant lui, puis une autre et encore une autre. Enfin, il s'avança, l'air très stressé et, quelques secondes plus tard, voilà que c'était à son tour à elle d'apparaître sur la vidéo de surveillance, en débarquant comme un chien dans un jeu de quilles au beau milieu du braquage du petit nerveux.

Et elle lui tendait l'argent.

Et – oooh, meeerde – elle lui parlait.

Roy avait raison. On aurait vraiment dit qu'elle faisait équipe avec lui pour braquer la banque.

Mon Dieu, maintenant on voyait les images qu'avait prises la caméra de surveillance à l'extérieur de la banque : elle grimpait dans le pick-up de Trevor. La chaîne de télé avait fait un arrêt sur image le montrant qui quittait le parking, avec pour sous-titre « Homme non identifié » assorti du commentaire « Vraisemblablement armé et dangereux ».

Génial. Tout simplement génial. Les nouveaux Bonnie and Clyde. Elle aurait tellement mauvaise mine une fois criblée de balles.

Ses yeux allaient du reportage télévisé aux deux adorables papis qui se proposaient de faire sa fête à Trevor, rien que pour elle. Ils avaient au moins quatre-vingts ans chacun et ils la regardaient avec des yeux émerveillés, comme si elle était une vedette.

Elle pressa la main du caissier.

— Je vais bien, vraiment. Merci beaucoup. Mon ami, dehors, essaie de m'aider. Mon frère a des ennuis, et si la police m'arrête, les gens qui le retiennent le tueront. Je ne peux pas expliquer ça à la police. Vous savez comme moi qu'ils ne peuvent s'empêcher de toujours commencer par des tas de paperasses. Or je n'ai pas de temps à perdre avec ça.

— N'en dites pas plus, Mlle Bobbie Faye, dit Earl, l'homme à l'ordinateur. Moi et Jean-Luc, on est avec vous. Dites-nous seulement ce dont vous avez besoin.

— Un peu de nourriture, deux ou trois bouteilles d'eau ? Et vous ne m'avez jamais vue, d'accord ?

— Jamais, s'exclama Jean-Luc, le caissier. Mais accepteriez-vous de signer sur ma casquette, là ? Ça va devenir une véritable pièce de collection si vous survivez à tout ça.

— Sans problème, dit-elle en signant son couvre-chef John Deere avec le stylo qu'il lui tendait.

À cet instant, l'ordinateur émit un bref signal et elle le regarda, effarée.

— Oh, j'envoie juste un mail à Collete, à la maison, pour lui dire qu'on est avec une célébrité.

— Earl ! cria Jean-Luc. Augmente un peu le volume de ton fichu sonotone et fais un peu attention à ce qu'on dit. Personne ne doit savoir qu'elle est ici !

— Oh, Collete ne dira rien à personne aujourd'hui. Elle va garder ça pour sa partie de bingo de jeudi et tous les faire grimper au lustre, le rassura Earl avant de reporter son attention sur Bobbie Faye. Ma fille, si vous survivez à tout ça, je n'aurai pas besoin de me fendre d'un cadeau d'anniversaire pour Collete pendant les deux années à venir, au moins !

— Je vais voir ce que je peux faire, Earl. Attendez... Est-ce que je peux envoyer un message écrit avec ça ?

— Bien sûr ! Un instant.

Earl ouvrit alors la messagerie et indiqua où taper le numéro de téléphone. Elle était en train d'y inscrire le numéro de portable de Roy quand Trevor revint.

— Jeune homme, menaça Earl en s'adressant à lui pendant que Bobbie Faye envoyait un message à son frère, vous feriez bien de prendre grand soin de notre reine des Journées de la Contrebande, c'est compris ?

Trevor fronça les sourcils à l'intention de Bobbie Faye et celle-ci protesta, en montrant Jean-Luc et Earl :

— Ce n'est pas ma faute ! Je n'ai pas dit un mot. Ce sont des fans.

Et pour le lui prouver, Jean-Luc exhiba fièrement sa casquette ornée de l'autographe.

— Excellent travail, siffla Trevor d'un ton sarcastique. Quand les flics viendront enquêter sur ce désastre, ils verront la casquette et sauront que nous sommes passés par ici.

Jean-Luc mit immédiatement l'objet en sûreté.

Bobbie Faye finit de taper son message et appuya sur la touche « Envoyer » au moment où Earl se levait en brandissant sa canne en direction de Trevor.

— Je pèse mes mots, jeune homme, prenez bien soin d'elle. N'avez-vous pas de meilleures idées pour aider une dame que de lui faire traverser les bois et les marécages et toute cette jungle ? S'il lui arrive malheur, moi et Jean-Luc, on vous hachera menu, c'est bien compris ?

Trevor les considéra l'un après l'autre et termina par Bobbie Faye. Elle lui sourit de manière charmante et ravala son rire quand elle le vit hausser le sourcil et lui jeter un regard de complète incrédulité, comme si c'était lui qui risquait de la faire tuer.

— Bien, chef, dit-il néanmoins. Je vais m'assurer qu'elle rentre en un seul morceau.

— Un seul morceau et *vivante*, hein ?

— Nous n'avons pas encore le résultat du vote sur ce point. As-tu pu prendre des marchandises ou étais-tu trop occupée à jouer la reine des Journées de la Contrebande pour ça ?

Bobbie Faye saisit quelques paquets de crackers, des barres de céréales et quelques bouteilles d'eau. Jean-Luc y ajouta plusieurs barres chocolatées et refusa absolument que Bobbie Faye lui règle quoi que ce soit.

— Oh, c'est lui qui paye, remarqua-t-elle en se tournant vers Trevor que les deux vieillards regardèrent soudain d'un air joyeux.

— Bon, dans ce cas… dit Jean-Luc. Amène la monnaie, mon garçon.

Trevor lança un regard acéré à Bobbie Faye qui rayonnait tandis qu'il cherchait de l'argent dans sa poche.

Trevor rendit à Jean-Luc son téléphone portable en le remerciant.

— Attendez, est-ce que je peux vous l'emprunter ? demanda-t-elle et sa voix s'étrangla en voyant les images qui s'affichaient sur l'ordinateur. Il faut que je passe un coup de fil, à propos de ma nièce, Stacey, pour que quelqu'un aille la…

— La batterie m'a lâché quand j'étais au téléphone, dit Trevor en secouant la tête. Allez, il faut qu'on y aille.

Bobbie Faye ne bougea pas, elle ne le regarda même pas et il s'approcha pour voir par-dessus son épaule ce qui pouvait autant la passionner. Là, sur l'écran de l'ordinateur, il y avait une vue aérienne de l'école élémentaire où allait Stacey. Un bataillon de reporters s'était regroupé de l'autre côté de la rue, ainsi qu'une foule croissante de badauds.

Les enfoirés. Stacey. *Elle n'est pas en sécurité.* Qui que fût celui qui détenait Roy, il pouvait aisément rafler sa nièce à la sortie de l'école.

Trevor posa les mains sur ses épaules et lui pressa doucement les bras en lui disant à voix basse :

— J'ai appris à peu près tout ce que nous avons besoin de savoir, avant que le téléphone ne me lâche. Il faut qu'on bouge.

Il inclina légèrement la tête comme pour écouter les hélicoptères, puis fronça les sourcils en la regardant :

— Je crois que nous ferions mieux de nous dépêcher.

Roy regarda autour de lui. Les choses ne s'arrangeaient pas. Eddie s'amusait à envoyer son gigantesque couteau en l'air et à le rattraper. À chaque lancé, Roy manquait de défaillir et se recroquevillait comme si la lame lui était destinée.

— Il faut vraiment que tu nous divertisses avec ta si intéressante grande sœur, ronronna Vincent, avant qu'Eddie s'ennuie et décide de s'entraîner sur toi.

Il fallait qu'il trouve une histoire montrant qu'elle était capable de se dépasser pour quelqu'un. Quelque chose qui prouverait qu'elle était fiable.

— Elle a sauvé la vie d'un type, une fois. Il s'apprêtait à se jeter d'un immeuble très haut. Enfin, aussi haut que ceux qu'on peut trouver à Lake Charles, soit quatre ou cinq étages, mais bon, il était là, complètement bouleversé par sa rupture avec sa copine et la police est allée la chercher elle, pour l'aider.

Roy omettait de mentionner que la copine en question était sa sœur et que, pour son suicide, l'homme avait porté son choix sur un immeuble parce que Bobbie Faye lui avait dit, dans un moment d'énervement contre lui, que le pont n'était pas assez haut pour causer suffisamment de dégâts. Roy n'avait pas non plus anticipé que son public comprendrait qu'il s'agissait du même gars que Bobbie Faye avait poussé quand elle en avait eu marre d'essayer de le raisonner et qu'alors qu'il prenait son envol au-dessus de l'énorme airbag installé pour amortir sa chute, il avait trouvé la foi et était maintenant un radio-évangéliste super-star qui se faisait appeler « Marc du Matin » et assurait à ses auditeurs être en mesure de les exorciser.

Un SMS venait de biper sur le téléphone de Roy et Vincent se mit à ricaner après l'avoir lu, puis il referma le portable.

— Ta sœur semble se méprendre sur le fait qu'il n'y aura pas de pénalités de retard. Nous devrions peut-être commencer à photographier certaines parties de ton corps pour la persuader d'accélérer le mouvement.

Roy avait du mal à déglutir. Sa bouche était complètement sèche. Heureusement pour lui, Vincent n'eut pas le temps de donner à Eddie des instructions à cet effet car son téléphone sonna. Il tourna alors le dos à tout le monde et parla à voix basse. À vrai dire, Roy n'était pas très habitué à ce genre de murmures, surtout dans des situations aussi tendues. Un frisson parcourut ses omoplates et tous les sons environnants devinrent un brouhaha indistinct.

— Oui, disait Vincent. À défaut, il y a toujours la sœur.

Si Vincent parlait aussi bas, c'est qu'il était en train d'évoquer le meurtre de Bobbie Faye. Ça ne pouvait être que ça. Un tel chuchotement signifiait une mort imminente et Roy se rendit compte qu'il se balançait sur sa chaise.

Roy n'avait pas la moindre idée de l'identité de l'auteur de cet appel. La voix de Vincent baissa encore d'un ton, désormais si peu audible que Roy songea que ses oreilles allaient éjecter ses tympans, tant ses efforts pour entendre quelque chose étaient intenses.

— Oui, poursuivait Vincent, à peine plus fort. Vous recevrez le paiement en totalité. Non, non, nous évoquerons la question d'un bonus à la livraison.

Roy ne parvenait pas à reconstituer la conversation sur la seule base des paroles de Vincent. Il se répéta mentalement ce qu'il venait d'entendre. Elle devait absolument savoir qu'on la surveillait. Il fallait qu'il trouve le moyen d'augmenter ses chances le plus possible. Il fallait qu'il lui dise qu'il y avait quelqu'un qui projetait de la tuer.

Mais il n'avait pas la moindre idée de la façon dont il allait s'y prendre.

Chapitre dix-huit

Avez-vous seulement la moindre idée du volume de dégâts qu'elle pourrait occasionner, en une seule journée, à un État de la taille du nôtre ? Vous avez perdu la tête. Il est hors de question que nous prenions Bobbie Faye.

— Le gouverneur de Rhode Island au gouverneur de Louisiane.

Bobbie Faye regarda à travers les broussailles et les buissons, depuis la cachette que Trevor leur avait trouvée. Il était accroupi à côté d'elle et observait un camp de pêche isolé. Celui-ci était situé à environ trente mètres du lac Charles et évoquait un lotissement cossu plus qu'une de ces misérables cabanes de pêche qui pullulaient sur les autres terrains volés aux berges marécageuses du lac. Il s'agissait la plupart du temps de caravanes mises au rebut auxquelles on avait ajouté un auvent, et beaucoup d'entre elles ne disposaient même pas de ce genre de confort. Cette petite retraite avait au contraire des airs de maisonnette pomponnée qui aurait bénéficié des conseils d'un architecte et d'un décorateur. Là où d'autres auraient laissé se déchaîner la flore sauvage, on avait aménagé un jardin qui aurait pu aisément faire la une d'un magazine spécialisé. En d'autres termes, l'endroit donnait l'impression qu'un propriétaire raffiné y avait installé sa résidence de vacances et y avait consacré beaucoup de soin, d'argent et de goût pour en faire un véritable foyer loin de la civilisation.

Tout cela sonnait tellement faux que les sens de Bobbie Faye étaient en état d'alerte maximale. En fait, tout ce qu'elle avait sous les yeux lui envoyait des signaux d'alarme, à l'exception remarquable de plusieurs bateaux amarrés au bout du ponton.

Un long ponton.

Un long ponton qui semblait être gardé par un homme à l'air plutôt déplaisant. Qui maraudait autour du camp de pêche. Où personne ne paraissait pêcher, bien qu'un sacré tumulte l'agitât.

Oui, Bobbie Faye ressentait dans chacune de ses cellules que tout cela promettait des ennuis en tout genre.

— Pourquoi nous cachons-nous, chuchota-t-elle. Je croyais que tu avais dit que tu connaissais ce type et qu'on pourrait lui emprunter son bateau.

— Le gars dont je t'ai parlé, c'est celui qui travaille au port de plaisance. Et je t'ai dit que je connaissais *un* type qui avait un bateau pas loin de l'endroit où on était.

Ils regardèrent en silence l'homme à la mine patibulaire faire le tour du bâtiment principal du camp avant de disparaître. Bobbie Faye observa l'expression de Trevor et la trouva sombre et tendue.

— Pourquoi tout cela ne me dit-il rien qui vaille ?

— Parce qu'on s'apprête à faire un truc vraiment très stupide.

Ils se dirigèrent vers l'une des constructions adjacentes, qui paraissait être une cabane à outils. Avant que Bobbie Faye ait pu lui demander ce qu'ils allaient y faire (au lieu de se procurer un bateau), Trevor ramassa les clés de la cabane avec un peu trop d'aisance. Il la poussa à l'intérieur, puis referma la porte derrière eux et quand ses yeux se furent adaptés à la pénombre que ménageaient les ouvertures munies de barreaux, elle faillit pousser un cri.

Une véritable *armurerie.*

Un terrible sentiment d'effroi envahit sa poitrine avant d'irradier dans tout son corps, lui laissant les membres aussi mous que des spaghettis. Trevor faisait son petit marché : quelques revolvers, des couteaux, des cordes et autres fournitures que Bobbie Faye ne parvint pas à identifier. Il fourra son butin dans l'un des nombreux sacs qui pendaient aux murs.

— Jésus, Marie, Joseph… souffla-t-elle quand elle eut retrouvé l'usage de la parole. On est en train de dévaliser des *trafiquants d'armes* !

Elle prononça ce mot sur un ton un peu trop aigu et Trevor lui plaqua la main sur la bouche.

— Un de leurs gardes est… disons, une source, faute de mot plus adéquat. Et ils préfèrent qu'on les appelle « experts en fournitures antiagression ». D'ailleurs, peux-tu vraiment te permettre de leur jeter la pierre, mademoiselle la braqueuse de banque ?

Elle tenta de répliquer qu'*elle n'avait pas braqué cette fichue banque*, mais Trevor avait judicieusement laissé sa main sur ses lèvres. Il l'y maintint encore quelques secondes, jusqu'à ce qu'il soit sûr, pensa-t-elle, qu'elle ne risquait plus d'éveiller les soupçons du type qui faisait sa ronde à l'extérieur. C'est à cet instant qu'elle saisit l'éclat dans son regard et cette ébauche de sourire au coin de sa bouche si furieusement sexy (le salaud !). Il donnait presque l'impression de *s'amuser*.

Cela dépassait tellement le registre du « Pas bon » que Bobbie Faye ne savait plus très bien où le placer sur son échelle de Richter à elle, qui allait du « Oh merde » au « Putain de sacré bordel de merde ». Quel genre de cinglé avait-elle kidnappé ? Et qu'est-ce qui pouvait bien le motiver ?

Trevor se concentra à nouveau sur sa tâche et chargea son Glock. Il fit le geste de le lui mettre entre les mains, puis se ravisa avec un petit sourire en coin :

— Dirige l'extrémité qui fait du bruit vers les autres, cette fois-ci, d'accord ?

— Mais t'es dingue ou quoi ? Les boutonneux après lesquels on court s'évanouiraient devant une tapette à mouches.

— Oui, mais… ce n'est pas le cas des mecs qui détiennent ton frangin.

C'était un argument raisonnable. Merde. Elle saisit le Glock et le soupesa. Si, au moment présent, elle avait eu le temps d'y penser, elle n'aurait pu dire ce qui lui semblait le plus surréaliste : le fait qu'elle se trouve (sans même parler de ce qu'elle était en train d'y faire) dans un camp de trafiquants d'armes, ou le fait que son soi-disant otage aime visiblement tant dépasser les bornes : elle n'était même pas bien sûre qu'il sût seulement qu'il en existât.

Elle aimait tellement ça qu'elle dut s'asseoir. Pourtant, c'était mal, se morigéna-t-elle. Très très mal.

En comparaison, Cam avait toujours été un partisan fanatique des limites. Elle avait certes apprécié le panache de cette attitude et la sécurité qui allait avec. Tout cela était terriblement séduisant à sa manière, mais cette… Dieu, que c'était enivrant ! Ça lui faisait oublier tout le reste, y compris ses propres règles. Ça lui donnait envie de lui – Oooh, bonté divine – *faire confiance*. (Enfin, entre autres choses.)

Elle s'était pourtant bien juré que *plus jamais*. À la minute, à la microseconde, où l'on commence à se fier à quelqu'un, il se barre avec la carte de crédit pour filer des pourliches à Mimi au club de strip-tease du coin (et, sacré bon sang, Mimi se faisait un paquet de pourboires) ou il omet de mentionner qu'il appartient à la catégorie des délinquants récidivistes recherchés par toutes les polices. À moins qu'il ne vous donne l'impression d'être votre meilleur pote au monde et qu'il aille arrêter votre sœur et ruiner votre vie. Même vis-à-vis de Ce Ce et de Nina, elle avait honoré son serment : rester autonome. Ne pas en demander trop, toujours tâcher de rendre plus qu'on a reçu et, quelle que soit la situation, s'abstenir de tout putain de *besoin*.

Elle avait commencé à faire une exception pour Cam et voilà où ça l'avait menée. Non. Elle examina Trevor qui s'affairait, manifestement beaucoup plus à l'aise avec tout cet armement que ne l'aurait été un type ordinaire. Un gars normal qui se serait fait prendre en otage pour une histoire aussi folle l'aurait probablement laissée se noyer dans le pick-up. Ou l'aurait balancée aux flics près du lac. Et leurs chemins se seraient définitivement séparés quand l'ourse avait décidé de faire d'elle son petit déjeuner.

Alors, qu'en était-il de ce mec ? Il fallait qu'il eût une motivation secrète. Et quant au fait que, présentement, elle avait besoin de son aide ? Ça l'énervait carrément. Et peu importait que ses biceps soient si bien dessinés, son dos si puissant et ses fesses, ma foi, une véritable œuvre d'art. Peu importait, j'ai dit.

Elle baissa les yeux vers son revolver et se souvint des raisons pour lesquelles elle avait autant besoin de Trevor. Elle jura silencieusement. Elle ne pouvait pas se permettre de le planter là en laissant loin derrière elle tous ces muscles, ces abdominaux et ces pattes-d'oie, grand Dieu ! Il fallait qu'elle maintienne sa concentration jusqu'à ce qu'ils retrouvent, sans encombre, les deux coincés et le diadème.

À cet instant, il se retourna vers elle et la vit, assise sur une caisse, en train de l'observer.

— Ça va ? lui demanda-t-il d'une voix sincèrement inquiète en s'accroupissant devant elle, ce qui amena son regard bleu cristal à la hauteur du sien.

Le *salaud.*

— Oh, oui. C'est juste un léger moment d'égarement féminin. J'étais en train d'hésiter sur la couleur de ma prochaine manucure, répondit-elle.

Au lieu de l'envoyer paître, il sourit. Plutôt, il lui décocha un putain de sourire, du genre de celui que le chat doit faire à la souris, ce qui n'arrangea pas – mais alors pas du tout – son niveau de décontraction.

— Allez, c'est bon, ajouta-t-elle (et il sourit de plus belle). Je croyais qu'on avait un accord : tu détestes toutes les femmes, et moi je te déteste.

— Je crois que je suis en train de faire une exception en ce qui te concerne.

— Et bien *pas moi.*

Il la considéra des pieds à la tête et ses joues s'enflammèrent. Son sourire s'élargit encore un peu :

— Oh, je ne crois pas.

Elle s'apprêtait à lui envoyer une repartie bien sentie, mais il se retourna. Une guerre intérieure se jouait dans sa tête entre le désir (qui n'était plus venu jouer les trublions depuis fort longtemps) et le bon sens, et elle sentait que certaines parties de son corps devaient être en train de placer leurs paris. Elle choisit d'ignorer l'objet de son trouble en admettant que « Nia nia nia » n'aurait pas constitué une riposte très probante.

Trevor entrebâilla la porte et regarda quelques instants par l'interstice ainsi ménagé afin de s'assurer qu'ils pouvaient sortir. Ils étaient en train de se faufiler jusqu'au ponton, en direction des bateaux amarrés à son extrémité, quand le premier garde à l'air revêche sortit de la maison. Bobbie Faye savait qu'ils étaient totalement à découvert, mais le type agit comme s'il ne les avait pas vus, ce qui, pour le moins, était le comble du bizarre. Comme elle se faisait cette réflexion, un deuxième homme déboucha du coin de la bicoque et le premier donna l'impression de vouloir chasser un moustique où quelque chose dans le même genre. À moins qu'il essaie de lui indiquer qu'ils devaient se mettre en mouvement.

— Les enfoirés, murmura Trevor. Dirige-toi vers le bateau blanc en bout de ponton.

— Tu veux dire le Triton 5220 ? demanda-t-elle, ce qui le surprit assez pour qu'il la regarde avec, sur le visage, une expression effarée, proche de l'état de choc.

— Quoi ? Les filles n'ont pas le droit de s'y connaître en bateaux ?

Il n'eut pas l'occasion de lui répondre. Bobbie Faye eut l'impression d'avoir entendu le bref craquement d'un pétard, puis, *bam*, quelque chose percuta le ponton, tout près d'eux. Ils se retournèrent simultanément vers la maison pour voir les deux gardes qui se précipitaient dans leur direction, et le second était, sans aucun doute possible, armé d'un revolver.

Bobbie Faye était quasi certaine que, si elle avait consulté son horoscope ce matin-là, elle aurait lu un truc du genre : « Aujourd'hui, le monde entier vous déteste. Vraiment. Un horrible océan de haine. Restez au lit. Mieux, creusez un trou et cachez-vous. »

Elle s'élança ventre à terre vers le bout du ponton avec Trevor sur ses talons. Ils passèrent devant une petite armoire vitrée dans laquelle toutes les clés de la flotte avaient été suspendues. Bobbie Faye sauta dans la vedette pendant que Trevor brisait la vitre à l'aide de son SIG Sauer, la faisant voler en éclats, tout en essayant de s'abriter des tirs de leurs poursuivants derrière la mince structure en bois qui supportait l'armoire.

— Elles n'ont pas d'étiquettes, cria-t-il à l'intention de Bobbie Faye – et les gardes la regardèrent alors, eux aussi en état de choc, quand ils entendirent le rugissement du moteur : elle avait réussi à le démarrer sans clef.

— Mais c'est quoi ton problème ? Arrête de traîner et monte !

Elle se baissa vivement quand quelques balles vinrent ricocher un peu trop près de leur embarcation, puis s'employa à défaire la corde qui les retenait au ponton, avant de décider de la cisailler en un seul tir de revolver, bien placé.

Une balle vint érafler l'armoire à clés. Trevor pivota et la poussa dans le lac. Puis il sauta à bord du bateau qui tangua violemment sous son poids, déséquilibrant ainsi Bobbie Faye qui tomba sur les fesses.

— Grand Dieu ! tu as la légèreté d'un troupeau de bisons, grogna-t-elle. Couvre-moi.

— Quoi ? demanda-t-il en ripostant à l'attaque des gardes, les forçant à s'arrêter pour se mettre à couvert. On n'a pas le temps de…

Elle l'ignora et sauta de bateau en bateau, ne restant que quelques secondes sur chacun d'eux, pour en arracher les bougies et neutraliser le moteur.

— Bon d'accord, c'était peut-être pas idiot, admit-il, ce qui sembla ravir Bobbie Faye.

Elle revint en sautillant jusqu'à leur propre vedette, pendant que Trevor continuait à tirer sur les gardes, puis ils quittèrent en trombe la crique isolée pour les eaux plus vastes du lac Charles.

— Dirige-toi vers ce canal, cria Trevor pour couvrir le vrombissement du moteur Mercury, alors que le Triton rebondissait sur les vagues et que le vent emportait toute parole dans des gerbes d'eau.

— Mais certainement, ô suprême Commandeur de l'Univers, grommela-t-elle en orientant néanmoins l'embarcation dans la direction qu'il avait indiquée.

— Je sais ce que je fais.

— Bien sûûûûrrr. C'est pourquoi, *entre autres*, nous sommes désormais poursuivis par des trafiquants d'armes. Gé-nial. Pourquoi n'y avais-je pas songé plus tôt ?

— Moi, au moins, j'ai un plan.

Trevor se mit à ouvrir les nombreux placards et équipets du bateau.

— Eh bien, monsieur « J'ai un plan », si tu étais aussi brillant que tu le laisses entendre, tu aurais anticipé que nous aurions pu avoir besoin d'un téléphone dès…

Trevor sortit la tête du coffre qu'il était en train de fouiller en brandissant un téléphone portable.

— Si je ne te haïssais pas, je serais extrêmement impressionnée par ta prestation.

— Ce genre de type a toujours un téléphone de rab pour les urgences.

— Et comment sais-tu cela ?

— Disons que je suis dans… la logistique de marchés.

Il composa un numéro et elle se demanda pour la millionième fois pourquoi Dieu la détestait autant.

— Andre ? vérifia-t-il quand la communication fut établie. Qu'est-ce que tu as pu glaner sur les deux zigues que je t'ai demandé d'avoir à l'œil ?

Il écouta la réponse avec attention en scrutant la rive opposée du lac. Bobbie Faye l'observait et notait que son expression s'assombrissait.

— Mauvaise nouvelle, lui dit-il quand il eut raccroché. Andre les avait dans le collimateur, mais il les a perdus. Aux dernières nouvelles, ils allaient dans cette direction. C'est là qu'il a trouvé leur bateau. Vide.

Vide. Ce mot tournait en boucle à l'intérieur de son crâne. Étonnant, n'est-ce pas, qu'un terme aussi parfaitement ordinaire puisse ainsi se transformer en une succession de consonnes et de voyelles sans aucun sens quand on le répète à l'infini. Vide. Ce qui signifiait qu'ils pouvaient être n'importe où à cette heure, avec la seule chose dont elle avait besoin pour sauver la vie de Roy. Comment allait-elle bien pouvoir faire pour les retrouver ? Trevor avait dû continuer à lui parler, mais elle ne l'entendait pas à cause du bruit du moteur. Elle ne savait pas très bien si l'humidité qu'elle sentait sur son visage provenait des embruns ou de ses propres larmes. Ça n'avait pas grande importance.

— Mais, bon sang, est-ce que tu m'écoutes ? s'énerva Trevor après, vraisemblablement, plusieurs tentatives pour la sortir de sa torpeur. – Elle opina. – Ils se terrent sans doute dans un camp de pêche, quelque part par ici. Ils seraient stupides de tenter une sortie, dans la mesure où il n'existe que quelques routes de ce côté-ci du lac et que je suis bien certain que les flics les ont déjà bouclées. On va vérifier les camps, les uns après les autres. Peu importe le temps que ça prendra, on finira bien par les trouver.

Elle acquiesça, et, à cet instant précis, elle entendit la pire des choses qu'elle pouvait imaginer : des bateaux à moteur lancés à leurs trousses. Tous deux se retournèrent vers la rive du lac qu'ils venaient de quitter. Trois des embarcations que Bobbie Faye avait tenté de neutraliser débouchaient de la crique où se cachait le camp de pêche et mettaient les gaz dans leur direction. Les *pleins* gaz.

Elle allait manquer de temps.

Chapitre dix-neuf

Je suis désolée, monsieur, mais aucune des polices d'assurances que nous proposons ne protège le public contre Bobbie Faye. Non, monsieur, ce n'est pas la peine de vous mettre à pleurer.

— Barbara Vierck, agent d'assurances, à un client.

— Et maintenant, continuez à psalmodier, ordonna Ce Ce en passant dans les rangs.

Elle avait enrôlé plusieurs clients et les avait placés aux divers points stratégiques de la matrice qu'elle avait élaborée au moyen des cristaux, afin de renforcer le courant d'énergie positive qu'ils véhiculaient.

— Bobbie Faye va s'en sortir, Bobbie Faye va s'en sortir, reprirent-ils en chœur, et même ce macho de Maven qui, avait remarqué Ce Ce, s'était positionné près de la caisse de fusils la plus proche, afin de pouvoir faire son marché tout en chantonnant.

— Mlle Rabalais ? Ma chère, voulez-vous vous asseoir sur cette caisse, là, pour ne pas avoir à rester debout trop longtemps ?

La frêle octogénaire lorgna à travers les culs de bouteille qui lui tenaient lieu de lunettes et qu'elle portait au milieu de son minuscule nez.

— Vous pensez que ça va durer longtemps ?

— Je ne sais pas, ma chère. C'est pour un spécial Bobbie Faye, vous savez.

— Oh, mon dieu. Encore ? Elle a déjà fait exploser quelque chose ?

— Allons, allons, Mlle Rabalais. Il va falloir vous montrer un peu plus optimiste, d'accord ?

— Oh, d'accord. Je suis optimiste quant au fait qu'elle va faire exploser quelque chose.

— Sérieusement, Mlle Rabalais, elle va s'en sortir. N'entendez-vous pas ce que tout le monde fredonne ? Maintenant, joignez-vous à eux, voulez-vous.

La vieille femme fit signe à Ce Ce de s'approcher et elle chuchota :

— Est-ce que cette matrice machin chose que l'on forme, là, est censée vous faire ressentir… – elle jeta un coup d'œil autour d'elle pour s'assurer que personne ne pouvait l'entendre – … hum, de l'énergie ?

— De l'énergie ?

La vieille dame rougit un peu :

— Oui, vous savez… des *frissons*.

Mlle Rabalais détourna les yeux tandis que Ce Ce examinait sa chorale. Ses membres semblaient indéniablement avoir les joues plus colorées, le sourire plus franc. Elle posa la main sur l'épaule de sa cliente :

— Il est possible que ça ait quelques effets secondaires.

— Eh bien alors, poursuivit l'octogénaire en se penchant encore un peu plus vers Ce Ce, pourrait-on faire ça toutes les semaines ?

— Ma chère, je ne suis pas sûre que la population de cette ville pourrait supporter autant de… *frissons*, chaque semaine.

— Oh, on ne sait jamais, remarqua la petite vieille. Ça pourrait bien régler la question de la paix dans le monde.

Ce Ce hocha la tête, un peu inquiète du bel enthousiasme dont faisait preuve sa cliente. Ils venaient à peine de former la matrice et, si elle diffusait effectivement ce type d'énergie, ça pourrait peut-être aider Bobbie Faye, mais Ce Ce se demandait ce qu'elle allait bien pouvoir faire de cinquante zigotos chauds comme la braise.

Bien sûr, cette fabuleuse énergie provenait des cristaux. Très bien. Peut-être – elle disait bien peut-être – cela favoriserait-il une issue heureuse, tranquille et pacifique concernant Bobbie Faye.

Quand elle eut fini de placer tout le monde et que le rythme du chant fut bien orchestré, elle alla jeter un coup d'œil à la télévision restée allumée dans un coin de la salle. Les infos diffusaient des images de Nina qui se tenait devant la caravane de Bobbie Faye, le fouet prêt à servir. La foule, qui se contentait désormais de se rincer l'œil (et de fêter ça), avait encore grossi, mais ce qui inquiétait le plus Ce Ce, c'était les deux pick-up qui paraissaient liés à la caravane par des câbles. Il y avait aussi deux adjoints au shérif clairement débordés, qui empêchaient les badauds d'entrer en voiture dans le campement de caravanes et de se garer n'importe où. Ce Ce supposait que tous les autres policiers avaient été affectés à la chasse à l'homme dont Bobbie Faye était la vedette.

Elle composa le numéro de téléphone de Nina et continua d'observer l'écran en attendant qu'elle veuille bien répondre.

— Dis-moi, mon chou, est-ce que je vois bien ce que je crois voir ?

— Yep, fit Nina en faisant claquer son fouet. Les paris qui les donnent perdants sont montés si haut que Claude et Jemy ont décidé qu'ils pouvaient se faire un paquet de pognon s'ils parvenaient à leur donner tort. Je ne peux pas vraiment faire grand-chose avec mon fouet. Et depuis que les caméras ont débarqué, je ne peux plus me permettre de sortir un arsenal plus sérieux.

— Est-ce qu'un fouet comme le tien pourrait faire un vrai beau trou dans un pneu ?

— J'ai essayé, mais tu as vu les leurs ? Ils sont faits pour le tout-terrain, ce qui les rend beaucoup plus solides que ceux de ta voiture. Bon, faut que j'y aille, Ce. J'aperçois des mecs louches.

Nina raccrocha et Ce Ce regarda sur son écran de télévision les images aériennes qui montraient la jeune femme jouant une fois de plus de son fouet pour disperser quelques voleurs potentiels (en particulier, un homme de très large carrure en train d'examiner l'un des articles de lingerie de Bobbie Faye – un caraco en satin – comme s'il essayait d'estimer s'il pouvait lui aller). Pendant ce temps, les deux 4×4 s'employaient à tendre leurs câbles pour remettre la caravane debout.

Manifestement, ça ne marchait pas.

— Monique, appela Ce Ce, et la généreuse rouquine arriva en se dandinant, les joues à peine roses sous ses taches de rousseur. Il me faut le pot qui se trouve sur le dessus du placard vert.

— Celui qui contient les machins rougeâtres un peu visqueux ?

— C'est cela même. Ça m'aidera à augmenter le courant d'énergie positive, je crois qu'on va en avoir grand besoin.

— Est-ce que tu comptes me dire un jour ce qu'il y a dans ce pot ?

— Mon chou, tu ne dois surtout pas le savoir. Contente-toi de me faire confiance là-dessus.

Monique hocha la tête et se dépêcha d'aller chercher le récipient.

Bobbie Faye poussa le moteur au maximum de sa puissance tout en continuant à regarder par-dessus son épaule leurs poursuivants.

Ils gagnaient du terrain.

Trevor était encore en train de téléphoner quand le moteur se mit à crachoter, puis à toussoter, avant de pétarader. Il semblait bien que le bateau n'ait pas pris connaissance de la clause « Fugitif » qui l'engageait pourtant à fonctionner à la perfection.

Ils entendirent des coups de feu qui provenaient des trafiquants. Les balles ne parvenaient pas encore à les atteindre, mais ce n'était plus qu'une question de secondes, vu le rythme auquel la vedette perdait de la vitesse.

Trevor referma le téléphone.

— Hé, monsieur « J'ai un plan », au cas où je mourrais avant d'avoir eu le temps de te le dire : ton plan craint.

Il l'ignora et se précipita sur les cadrans de contrôle avant de vérifier l'arrivée de gasoil. De son côté, Bobbie Faye ouvrit le panneau électrique.

— Ne touche à rien ! hurla Trevor, ce qui suscita chez son équipière un grognement outré.

— Mais pour qui se prend-il ? grommela-t-elle sans cesser d'examiner les branchements électriques. *Je* suis celle qui a ralenti les autres bateaux en les sabotant ; *je* suis celle qui a fait démarrer ce rafiot ; *je* suis celle qui a coupé l'amarre (elle tirailla sur quelques fils tandis que sa rage montait d'un cran) ; et *je* suis celle qui va réparer ce putain de moteur, de façon qu'on ne se fasse pas occire par des connards de trafiquants d'armes que cet abruti a stupidement décidé de dévaliser.

Elle repensa avec plaisir à ce merveilleux moment, dans la matinée, quand elle avait tiré dans son pick-up et qu'il l'avait regardée, ébahi, furieux, et elle aurait voulu pouvoir remonter le temps et y ajouter encore quelques trous, juste pour s'amuser. Fichu macho qui croyait toujours savoir ce qu'il fallait faire !

Il y avait un fil rouge non connecté, ce qui était manifestement une erreur. Alors qu'elle le saisissait, le bateau percuta une vague. Elle perdit l'équilibre et le fil toucha quelque chose. *Rrroaaa*, le bateau fit un bond en avant et le moteur atteignit le maximum de sa puissance.

— Je l'ai réparé !

Elle regarda Trevor qui tentait de diriger l'embarcation. Or, plus rien ne répondait – ni le volant, ni l'accélérateur, *nada*. Il lui jeta un coup d'œil, médusé.

— Je l'ai pas réparé ? demanda-t-elle d'une voix un peu plus hésitante.

— Mais qu'est-ce que tu as touché, bordel ?

— Apparemment, le fil qu'il fallait pas.

Des balles vinrent érafler l'eau, juste derrière eux.

Magnifique. Purement et simplement magnifique. Comment cette journée pourrait-elle empirer ?

Bobbie Faye regarda vers l'avant du bateau et fut sidérée par ce qu'elle vit.

Nooooooon.

Là, droit devant eux, au milieu de l'un des canaux creusés en bordure de lac, se trouvait une plate-forme de forage sur une barge. Une énorme plate-forme avec une énorme grue censée décharger les barils de pétrole sur les péniches en attente.

Elle tapota l'épaule de Trevor qui tentait désespérément de maîtriser l'accélérateur.

— Est-ce que ce sont bien des... poteaux que je vois ? demanda-t-elle en indiquant du doigt une rangée de gigantesques pylônes en béton qui sortaient du lac, juste avant la barge.

Ils allaient droit sur les poteaux en question, dans un bateau qui filait à près de cent kilomètres à l'heure. Juste assez vite pour se faire pulvériser en ne laissant aucune possibilité d'identification *post mortem.*

L'image de Roy lui apparut, puis celle de Stacey, et enfin, bêtement, elle songea qu'elle allait mourir dans un tee-shirt qui disait *Gobe-moi, suce-moi, mange-moi toute crue.*

Alors c'était comme ça de voir sa propre mort arriver, pensa-t-elle, en regardant Trevor qui sautait vers l'avant du bateau pour attraper une longue corde dans le sac qu'ils avaient rempli chez les trafiquants. Il se mit à y faire des nœuds frénétiquement.

— Ça ne va pas t'avancer à grand-chose de m'attacher maintenant.

— Ne me donne pas trop d'idées.

Bobbie Faye regarda par-dessus son épaule et vit les trafiquants qui ralentissaient en les observant, comme s'ils étaient complètement cinglés. Au-delà de leurs poursuivants, les hélicoptères de WFKD et de la police se dirigeaient vers eux.

— Super. Je vais exploser pendant le journal télévisé. Au moins, ils ne verront pas ce tee-shirt.

— Oh, avec ta chance habituelle, je suis certain qu'ils auront tout loisir de l'admirer.

— Oh, merci, vraiment merci. Dans un instant, je serai morte, alors tu pourrais me laisser mes illusions, tu ne crois pas ?

Trevor fourra dans le sac à main de Bobbie Faye le plus possible de marchandises provenant de l'un des sacs, et passa l'autre autour du cou de la jeune femme.

— Reste là. On a qu'un seul essai. Et accroche-toi à moi parce que je ne pourrai pas te tenir. Compris ?

Eh bien, pour être honnête, pas vraiment. Puis, elle le vit commencer à lover la corde et s'aperçut qu'il avait confectionné un lasso et s'apprêtait à tenter d'attraper la grue fixée sur la barge. Mais, de toute façon, leur bateau ne passerait pas entre les poteaux et ils ne pourraient pas suffisamment s'approcher de la grue pour l'atteindre. Ça ne l'empêchait pas d'admirer son optimisme.

Elle l'agrippa fermement. Non seulement parce qu'elle ne pouvait tout simplement pas penser à autre chose, mais aussi parce que, si elle devait mourir, elle aimait autant le faire en sentant son dos musclé entre ses bras. Elle tâcha de se faire aussi petite que possible, afin de ne pas le gêner lorsqu'il manierait son lasso. Puis elle vit les poteaux, droit devant, à quelques mètres d'eux.

Trevor grimpa alors sur le bord du bateau avec une puissance soudaine qui fit brutalement rouler l'embarcation, au point que l'un des listons s'enfonça dans l'eau.

Tandis que l'autre s'élevait.

Avec un tel angle de gîte, la vedette n'était plus aussi large qu'à plat et ils passèrent, en écornant un peu la coque, la première rangée de pylônes, au moment où…

… Trevor lança son lasso…

Celui-ci fit une grande courbe qui coupa en deux le ciel d'un bleu si intense et resta suspendu là pendant des siècles… avant de retomber vers la grue…

— Accroche-toi !!

La corde s'enroula autour de l'engin et Trevor s'y agrippa jusqu'à ce qu'elle se tende en les arrachant à leur embarcation. Le mouvement les projeta vers l'avant tandis que le bateau s'éloignait d'eux.

Bobbie Faye contracta tous ses muscles pour ne pas lâcher. Ses bras la brûlaient tant l'effort était intense. Ainsi accrochée à lui, dans l'air, elle pouvait entendre les battements fous de son cœur

– ainsi que les jurons qu'il sifflait entre ses dents –, tout en sentant l'after-shave qu'il avait dû utiliser le matin même.

Le bateau continua sa course folle, droit devant lui.

L'élan imprimé à la corde les poussait vers la plate-forme.

Le Triton se remit à plat, en s'enfonçant dans l'eau.

Au moment où leurs pieds touchaient le pont de la plate-forme, la vedette s'écrasa sur la seconde rangée de poteaux et explosa. La plate-forme fut parcourue d'une secousse, puis se mit à tanguer.

Bobbie Faye n'eut pas plus d'une seconde pour observer l'état de choc dans lequel le conducteur de la grue et son collègue qui travaillait avec lui furent instantanément plongés.

— Aux canots de sauvetage ! hurla l'un d'eux en tendant le doigt.

Les deux hommes sautèrent alors dans l'une des embarcations, pendant que Bobbie Faye et Trevor s'installaient dans la seconde. Derrière eux, les flammes causées par l'explosion de la vedette commençaient déjà à lécher la plate-forme de forage. Trevor démarra le moteur hors-bord et commença à remonter le canal à vive allure, loin de la plate-forme et du lac.

Chapitre vingt

Dans la salle d'attente, il y a cinq hommes adultes. Tous sont affectés de difficultés respiratoires, d'accès d'angoisse, d'étourdissements, de psoriasis, et l'un d'eux s'est roulé en position fœtale. Il suce son pouce et veut que j'appelle sa mère.

— Dr Pam Dumond à l'infirmière Jennara B. à l'occasion de l'afflux de patients qui suivit l'un des derniers cataclysmes déclenchés par Bobbie Faye.

L'hélicoptère de la police fut salement ébranlé par l'explosion. Des éclats de métal fusaient du site de forage désormais transformé en tas de ferraille et une boule de feu s'élevait à quelques dizaines de mètres de là. Le pilote de Cam reprit le contrôle de son appareil et vira en direction du lac. Là, droit devant, s'élevait une colonne de feu de plus de cent mètres, nourrie par le pétrole de la plate-forme. Le nœud qui s'était formé dans l'estomac de l'inspecteur se serra encore un peu plus.

Heureusement, dans un premier temps, son esprit ne put rien enregistrer.

Il regarda les flammes, les dégâts et tout ce chaos avec un calme olympien. Peu à peu, le monde autour de lui perdit ses couleurs et il ne resta plus rien : plus de sentiments, plus de chaleur, plus de bruit. Et puis, une à une, des images de Bobbie Faye lui revinrent en mémoire. S'il avait été du genre à se laisser mener par son inconscient, il aurait noté qu'il n'avait pas été capable de se rappeler la moindre image de Bobbie Faye folle furieuse contre lui ou le faisant tourner en bourrique. Il aurait ainsi remarqué qu'au lieu de cela, chacune des visions qui défilaient dans son cerveau illustrait des moments qu'il avait aimés : son sourire, son odeur, ou la façon dont elle se lovait au creux de ses bras. Mais il n'était pas ce genre d'homme et il ferma les yeux en repoussant ces souvenirs loin de lui. Il ne s'autoriserait même pas à penser à Bobbie Faye. Il n'y avait là aucune matière à réflexion. Cette partie de sa vie était déjà loin, oubliée, terminée.

Il eut du mal à retrouver le bouton de la radio et il saisit maladroitement le micro, les doigts gourds (mais pourquoi ? Pourquoi n'y avait-il aucun bruit ?). Il dut réfléchir pour se rappeler la façon dont il pourrait contacter Jason, et les paroles qu'il prononça pour lui raconter ce qui venait d'arriver et lui demander d'envoyer les brigades d'urgence entraînées à faire face à ce genre de désastre furent machinales.

Non, il n'y avait là aucune matière à réflexion. Rien.

Par souci de sécurité, l'appareil s'éloigna de la plate-forme. La radio grésilla quand l'hélicoptère de la télévision les contacta. Il s'était placé sur la même fréquence que Cam afin de coordonner leurs efforts.

— On a quelque chose, cria le cameraman. Sérieusement, on a quelque chose. Il faut que vous voyiez ça.

Cam répondit par une proposition de zone d'atterrissage et s'aperçut que les agents du FBI étaient sur la même fréquence, lorsqu'ils intervinrent pour leur annoncer qu'ils se joignaient à la fête.

Bobbie Faye avait senti la puissance de l'explosion avant même de l'entendre. Du moins, c'est ce qu'il lui avait semblé, car en fait elle n'avait pas entendu grand-chose. Bien sûr, il lui était assez difficile de percevoir quoi que ce fût, vu que son cerveau ne cessait de hurler *OhputainOhputainOhputain*, comme s'il tentait de battre un record olympique de panique. Le choc avait projeté Trevor en avant, ce qui l'avait aplatie, elle, au fond du canot de sauvetage, et il était resté étendu sur elle un long moment avant de reprendre ses esprits et de se relever.

Il les avait emmenés à bonne distance, sur le canal, un couloir en U qui ramenait vers le lac. Elle s'assit et le regarda essayer de soigner une blessure qu'il avait à l'arrière de la cuisse gauche et d'où sortait un petit bout de métal tordu. Un éclat de la plate-forme, supposa-t-elle. Il grimaçait et faisait une tête épouvantable (bon sang, elle s'était déjà fait plus mal dans son propre jardin). Elle retira brutalement le bout de métal avant qu'il puisse dire un mot, juste pour lui montrer combien sa blessure était insignifiante.

— Putain ! siffla-t-il entre ses dents en appuyant de toutes ses forces sur la plaie.

— Oh, pour l'amour du ciel, ça ne saigne même pas.

Puis, en y regardant de plus près :

— Enfin, pas beaucoup.

Elle s'approcha encore un peu et vit qu'il y avait quand même beaucoup de rouge qui suintait.

— Beurk. Il faudrait vraiment faire quelque chose, lui suggéra-t-elle avant de reculer vivement, au cas où le « quelque chose » qui lui viendrait à l'esprit serait de la pousser par-dessus bord.

Trevor ralentit pour pouvoir examiner sa plaie, mais il n'y parvenait pas, vu sa position.

— Allez, ça va. Donne-moi ton couteau.

— Plutôt crever.

— Mais c'est pour découper des bandages dans ta chemise, idiot.

Trevor remonta le petit moteur hors-bord fixé sur leur canot, sortit son couteau et lacéra lui-même sa chemise. Il y eut quelques instants de flottement. Elle croisa les bras, frustrée qu'il ne lui demande pas son aide alors qu'il ne pouvait atteindre sa blessure.

Il finit par baisser les bras et lui tendit avec réticence les bouts de tissu. Elle eut un peu de mal à ne pas lui lancer un commentaire du type « na na na na nèèèèère reux » qui lui brûlait pourtant la langue, et elle s'appliqua à panser savamment la plaie.

Trevor l'observa avec une grande attention.

— Ça me file vraiment les foies que la seule chose que tu saches faire correctement, ce soit les pansements.

Un bruit de cartouche venant se loger dans la chambre d'un fusil résonna entre les arbres qui les entouraient.

— Et c'est pas la fin de tes soucis, garçon, dit une voix dans le dos de Bobbie Faye.

— Montrez vos mains, ordonna une deuxième voix masculine.

Bobbie Faye et Trevor s'exécutèrent, tandis que le canot de sauvetage dansait doucement sur le canal.

— Oh, meeeerde, murmura-t-elle, seulement à l'intention de Trevor puisqu'elle ne s'était pas encore retournée pour voir leurs agresseurs.

— Laisse-moi faire, chuchota-t-il. Si ça s'envenime, nage vers la plate-forme. Les flics devraient y être, maintenant.

Ça lui ferait une belle jambe. Jamais, elle ne pourrait atteindre la plate-forme. Elle avait assez roulé sa bosse pour savoir que la situation présente était bien pire que Trevor ne le pensait.

La seule chose dont Cam était capable était de s'efforcer de ne pas prendre les commandes de l'hélicoptère pour atterrir plus vite. Il sauta à terre avant même que l'appareil touche le sol et courut vers l'hélicoptère de la chaîne de télévision. Il retrouva Zeke et l'un de ses collègues du FBI à mi-chemin.

— Inspecteur Moreau, voici l'agent spécial Wellesly, dit Zeke tout en se hâtant vers l'hélicoptère des médias où ils retrouvèrent le cameraman en train d'installer un petit écran de contrôle.

— Je vous le jure, je crois bien que je les ai sur la bande.

L'homme inséra la cassette dans la machine et fit défiler la bande jusqu'à ce qu'il trouve le début de son reportage sur la poursuite sur le lac. Il mit le doigt sur l'écran pour indiquer l'embarcation où se trouvaient Trevor et Bobbie Faye.

— Je suis quasi sûr que c'est eux. J'ai zoomé, mais comme vous pouvez le voir, nous étions encore un peu trop loin pour avoir une image claire. C'est à ce moment-là qu'on a commencé à se diriger vers eux.

Cam vit le bateau à moteur faire un bond en avant. C'était bien Bobbie Faye, comme il l'avait soupçonné. Il aurait reconnu sa façon de bouger entre toutes, surtout qu'elle était manifestement en train de se prendre le bec avec le gars qui pilotait, vraisemblablement Dumasse. Celui-ci resta incroyablement calme quand ils passèrent au travers de la première rangée de pylônes et, l'espace d'une seconde, il crut le voir soutenir Bobbie Faye, juste avant que la vedette s'engage sur le côté de la plate-forme caché à la vue de l'hélicoptère. Ils disparurent de l'écran, puis le bateau explosa, suivi, une minute plus tard, de la plate-forme.

— Maintenant, regardez ça, dit le cameraman en revenant en arrière pour arrêter le film au moment où Cam pensait avoir vu Dumasse soutenir Bobbie Faye.

Arrêt sur image : Dumasse semblait tenir quelque chose en l'air. Une corde, peut-être ? Cam n'en était pas certain, mais il voyait que Bobbie Faye s'était collée contre lui. Puis la bande reprit son cours et ils disparurent. Enfin, ce fut l'explosion.

L'acide qui coulait dans ses veines menaçait de mettre sa chair à vif, mais il restait calme, tranquille.

— On ne va pas pouvoir s'approcher de là avant quelque temps, dit-il, presque malgré lui.

Sa voix aussi était calme, posée. Étrange, comment tout cela fonctionnait.

— La brigade d'interventions urgentes est en route. Il faudra qu'elle éteigne l'incendie, puis obture le puits, avant que nous puissions sans danger y envoyer nos équipes.

— Combien de temps ? Une heure ? le pressa Zeke.

Cam faillit ricaner cyniquement :

— On aura de la chance s'il ne faut pas plusieurs jours. On n'éteint pas exactement ce genre de trucs en tournant un robinet.

Ils visionnèrent la bande encore deux fois, en utilisant le ralenti pour l'étudier image par image, sans pouvoir déterminer si Trevor et Bobbie Faye avaient pu quitter le bateau.

— Bon, alors voilà, dit Wellesly. Ils sont morts.

Zeke secoua la tête :

— Je croirai à la mort de Dumasse quand je verrai les morceaux de son cadavre dans un sac.

Cam se hâta vers son hélicoptère. Pour une fois, il espérait que l'agent du FBI avait raison.

— J'ai déjà vu des chiens bouffés par les tiques faire des trucs dingues, mais vous deux, vous tenez la palme. À quoi vous pensiez en volant mon bateau ?

— Sincèrement, il a eu un malentendu, dit Trevor sous les yeux incrédules de Bobbie Faye, certaine que ça n'allait pas marcher.

— Quoi ? explosa le type qui se trouvait derrière elle. Et tu vas me dire aussi que t'as mis ton cerveau dans ta poche et que t'as oublié de le remettre à sa place ? Ça, pour sûr, c'est un putain de malentendu.

— Oh, bon sang, Alex, dit Bobbie Faye en pivotant pour faire face au chef des trafiquants. C'était juste un petit bateau de rien du tout.

— Putain de bordel de merde, je me disais bien que tu pouvais être derrière tout ça, s'exclama Alex en regardant Bobbie Faye avec des yeux effarés.

Les trafiquants se mirent à glousser comme une bande d'adolescents prépubères qui venaient de découvrir qu'ils étaient aux premières loges pour le feu d'artifice de l'année. Leurs yeux allaient de Bobbie Faye à Alex, dans un va-et-vient incessant.

Il n'avait pas beaucoup changé : noiraud, sec, musclé, avec un nez crochu et des traits anguleux, mais les cheveux mi-longs lui allaient plutôt bien. Il était à moitié cajun, à moitié choctaw, et personne ne l'aurait jamais décrit comme bel homme, mais il possédait sans aucun doute le genre de charisme propre à faire de lui un leader et à susciter la loyauté de ses hommes.

Pour lui, les années s'étaient montrées plutôt bienveillantes. Et ça énervait Bobbie Faye.

— J'ai vu aux infos que t'avais pété un plomb, poursuivit Alex ; Bobbie Faye nota avec une certaine satisfaction qu'il était furibard. Et, bien entendu, dans ces cas-là, faut que tu ramènes la moitié de l'État à ma porte. T'as perdu la tête ou quoi ? Non mais attends, tu vois de quoi je parle ?

— D'abord, je ne savais pas que ce pauvre rafiot était à toi. Si je l'avais su, c'est toute la flotte que j'aurais fait sauter.

Trevor se tourna vers elle avec, sur le visage, une expression de totale incrédulité :

— Tu n'as peut-être pas remarqué qui tient les canons et en direction de qui ?

— Oh, elle le sait parfaitement, dit le deuxième homme qui se tenait aux côtés d'Alex, un type trapu et courtaud, avec des taches de tabac sur le menton provenant de la chique qu'il mastiquait perpétuellement entre ses trois chicots. Ils sont sortis ensemble pendant quelque temps.

— T'es gentil de pas me le rappeler, Marcel, gronda Alex.

Bobbie Faye vit dans les yeux de Trevor qu'il venait de comprendre.

— C'est pour ça que tu savais que c'était des trafiquants d'armes. Et voilà pourquoi tu es si bonne tireuse…

Elle ne voyait pas trop ce qui le gênait dans tout ça.

— Peut-être, mais je ne savais pas que c'était le camp d'Alex. Celui-là est beaucoup plus raffiné que le précédent. Il bouge beaucoup vu que c'est un bon à rien puant, visqueux et inutile.

— Jure-moi de ne jamais te lancer dans la médiation.

Le visage d'Alex s'était salement empourpré et il était écarlate de rage :

— Putain, j'aurais dû vous tuer là-bas, quand j'en avais l'occasion.

— Il a obtenu une injonction qui dit qu'elle a pas le droit de s'approcher de lui, précisa Marcel. C'était après qu'elle a fait exploser sa voiture préférée.

— Je visais le camp, expliqua-t-elle à Trevor. Avec Alex, on n'a jamais pu s'entendre.

— Ouais, moi, je voulais qu'elle meure et elle a jamais voulu me faire ce plaisir.

— Je commence à ressentir la même chose, murmura Trevor auquel Bobbie Faye décocha un coup d'œil polaire. Alors, demanda-t-il à Alex, pourquoi ne pas l'avoir descendue cette fois-ci ?

Alex fixa Bobbie Faye. Elle voyait bien que différents sentiments le tiraillaient, mais elle savait aussi que ça allait bien au-delà de ça. Elle avait un avantage.

La question n'appelait pas de réponse, mais elle incita Marcel à subitement considérer les hommes qui l'entouraient.

— Dites donc, vous autres, faudrait voir à montrer un peu de respect. Vous ne pouvez pas comme ça pointer vos flingues sur la reine des Journées de la Contrebande !

Comme un seul homme, tous écartèrent leurs armes, de sorte qu'elles étaient désormais toutes pointées sur Trevor.

— Somme toute, vu la journée qu'on vient de passer, ça ne m'étonne pas vraiment, soupira Trevor.

— Vous êtes tous de bons gars, lança Bobbie Faye à la meute des hommes de main.

La plupart d'entre eux rougirent et certains examinèrent avec un intérêt marqué son tee-shirt suggérant *Gobe-moi, suce-moi* et son jean moulant. Ils finirent toutefois par s'inquiéter de la réaction d'Alex et, quand ils rencontrèrent son regard, ils s'absorbèrent instantanément dans la contemplation de leurs bottes.

— Mais qu'est-ce que t'es venue foutre dans le coin, Bobbie Faye ? Et pourquoi t'es sapée comme ça ? s'emporta Alex avant de s'adresser à Trevor. Et tu la laisses sortir dans cette tenue ?

Le visage de Trevor montra d'abord une certaine surprise, puis il haussa les épaules.

— Tu crois vraiment qu'il est possible de contrôler ce qu'elle fait ?

Bobbie Faye avait envie de leur botter le cul à tous les deux.

— Hé, mais tu vis dans quel siècle, Alex ? Ce que je porte ne vous regarde pas.

Alex reporta sur elle son regard glacial. Elle entendait les hélicoptères qui survolaient l'épaisse fumée, quelque part au-dessus des débris de la plate-forme de forage.

— Très bien. Alors, qu'est-ce que t'es venue foutre sur mes terres et pourquoi tu voulais me piquer mon canot ? Tu t'ennuyais ? Tu pensais pouvoir m'allumer un pétard sous le cul pour rigoler un peu ?

Les muscles de son cou étaient noués, tendus, et il était animé d'un léger tic facial dont Bobbie Faye savait qu'il était de très mauvais augure car il annonçait qu'Alex était en train de perdre le peu de contrôle qu'il avait sur lui-même. Ses hommes aussi paraissaient nerveux et lui adressaient des regards implorants. De son côté, bien qu'elle en ait eu une furieuse envie, elle n'avait pas de temps à perdre.

— En fait, j'ai des ennuis.

— Les ennuis, c'est ton dada, Bobbie Faye. Alors, raconte-moi un truc que je ne sais pas.

— Je suis sérieuse.

— S'il te plaît, dis-moi que c'est grave.

— Ça concerne Roy. En fait, j'ai besoin de votre aide.

Bobbie Faye n'avait jamais eu l'occasion d'observer un ballet oculaire comme celui qu'elle vit alors. Synchronisation parfaite. Elle n'aurait pu dire qui était le plus choqué par sa demande : Alex, ses hommes ou Trevor.

— Et si je te refroidissais, à la place ? proposa finalement Alex, jusqu'à ce qu'il se tourne vers ses hommes qui, tous, faisaient « Noooon » de la tête.

— Merde, leur dit-il, dépité. Vous êtes tous baisés de la caisse. Moi, je l'aide pas. J'en ai rien à foutre que sa mère ait été reine des Journées de la Contrebande pendant plus de quinze ans.

— Mais c'est elle la reine, depuis que sa maman est morte, lui fit remarquer Marcel. Je suis désolé d'avoir appris ça, Bobbie Faye, ajouta-t-il d'un air plus doux. C'était vraiment une bonne reine.

— Merci, Marcel.

— En plus, Alex, poursuivit Marcel, Roy a des ennuis.

— Tu la crois ?

— Bobbie Faye ne ment jamais. Elle est plus cinglée qu'un raton laveur nourri au Tabasco, mais elle dit toujours la vérité. Et puis, c'est pour Roy. Faut qu'on l'aide.

Bobbie Faye releva l'expression enthousiaste qu'affichait le reste de la troupe et cette bouffée de fraîcheur faillit bien lui tourner la tête.

— Et toi, espèce de salaud, lança-t-elle à Alex, tu m'avais promis que Roy ne travaillerait plus jamais pour toi.

Trevor se plaça devant Bobbie Faye, pendant que Marcel faisait de même avec Alex.

— Oh, il ne travaille plus pour Alex, Bobbie Faye. Plus depuis l'histoire de la bagnole qu'a explosé. Mais c'est un as du poker.

— Mais Roy perd toujours !

— C'est pour ça que c'est un as, dit Marcel, approuvé de la tête par l'ensemble de ses compagnons.

Trevor saisit Bobbie Faye par la taille pour l'empêcher de bondir sur Alex.

Si Roy et elle s'en sortaient, Bobbie Faye se jurait de prendre sa revanche sur Alex. Et de ramener Roy à un peu plus de sens commun. Il lui avait menti durant toutes ces années, et il avait perdu son pognon au profit du trafiquant. Elle aurait bien voulu démolir cet abruti d'Alex sur-le-champ, mais il allait falloir patienter encore un peu.

— Je sais que tu sais à peu près tout ce qui se passe sur ce lac et ces bayous, Alex. T'as toujours eu des yeux partout.

— Qu'est-ce que je peux faire pour toi ?

— Une paire de boutonneux m'a pris quelque chose qui appartenait à ma mère, dit-elle à l'intention des hommes de main. Ils me l'ont volé et je dois le leur reprendre. Les gens qui détiennent Roy le tueront si je n'y parviens pas.

— Et alors ?

Bobbie Faye dévisagea Alex. Il était assez difficile à déchiffrer, mais elle le connaissait bien (beaucoup trop bien), et elle était sûre qu'il savait quelque chose. Pour commencer, il n'avait pas semblé très surpris quand elle avait décrit les gamins, et il n'avait pas fait ses blagues idiotes habituelles (les intellos, c'est juste bon à nourrir les alligators dans les marécages). En fait, ce qu'il n'avait pas dit le trahissait plus que toute autre chose.

— Et alors, répliqua-t-elle en lui jetant un regard inquisiteur, tu sais où ils vont.

— Il se pourrait bien que j'aie une petite idée là-dessus.

— Est-ce que tu les aides ?

— Nan, intervint Marcel sous l'œil réprobateur d'Alex. Il y a quelques jours, on a entendu dire que des mecs dans ce genre cherchaient un endroit pour se terrer. On savait pas qu'ils allaient te causer des emmerdes, Bobbie Faye, honnêtement.

— Dis-moi où ils sont, commanda Bobbie Faye à Alex, et je te rendrai tes affaires.

Les pupilles d'Alex se dilatèrent et ses yeux s'élargirent, mais rien d'autre n'indiqua combien – comme elle le savait – il désirait remettre la main sur lesdites affaires. Il jeta un coup d'œil sur ses hommes, puis sur elle. Maintenant, il semblait un peu inquiet qu'elle pût révéler ce dont il s'agissait. Elle fit comme lui et regarda ses hommes. Elle comprit alors que ceux-ci ne savaient toujours pas de quoi ils parlaient. Elle laissa alors s'épanouir son sourire le plus narquois, un sourire qui disait, d'un ton presque confus : « On dirait bien que je te tiens par les couilles, dis-moi ? »

— Toutes mes affaires, insista-t-il. Et tu me les remets en main propre ?

— Cesse de t'inquiéter, Alex. Je te les rendrai.

Et elle ajouta, suffisamment bas pour qu'il ne l'entende pas, « un de ces jours ». Il hocha la tête avec réticence pour marquer son accord.

— Hé, chef. Qu'est-ce qu'on fait de ce type ? demanda l'un des trafiquants en indiquant Trevor du menton.

À la surprise de tout le monde, Bobbie Faye se plaça devant Trevor :

— Il est avec moi.

— Ça me paraît être une raison suffisante pour mettre fin aux douleurs de ce pauvre garçon, dit Alex, ce qui déclencha un éclat de rire général et incita la troupe à baisser les armes. Fais-la sortir d'ici, Marcel. Aide-la à trouver les gamins.

Puis, pointant Bobbie Faye du doigt dans un geste d'avertissement :

— Mais tu me rends la totalité de mes affaires, sinon…

Chapitre vingt et un

Elle a eu A+ en démolition. Malheureusement, nous ne *dispensions* pas *de cours de démolition cette semaine-là.*

— André Chapoy, professeur de TP en lycée.

L'hélicoptère survola la plate-forme de forage et les canaux à basse altitude, en restant à bonne distance de l'incendie, mais en approchant suffisamment pour voir s'il y avait des canots de sauvetage dans les parages. La scène que Cam venait de visionner tournait en boucle dans son crâne et il voulait l'en extraire.

Il réfléchit à ce qui avait pu pousser Bobbie Faye à de telles extrémités. Même si elle avait eu l'intention de braquer cette banque, elle n'aurait jamais, sciemment, mis la vie d'autant de personnes en danger. Elle était dingue, mais elle n'avait jamais fait preuve de cruauté à dessein. Il pouvait lui accorder ça. Avec réticence. Il fallait que quelque chose l'ait poussée à bout, et l'unique possibilité…

Il saisit son téléphone et, dès que Benoit eut décroché, lui demanda :

— Est-ce qu'on sait où se trouvent les membres de la famille de Bobbie Faye ?

Il entendit Benoit qui feuilletait les pages de divers rapports.

— Non, pas encore.

— Trouve-les. Contente-toi de vérifier où ils sont et affecte quelqu'un à chacun d'eux.

— Ça vaut aussi pour la nièce ?

— Absolument.

— Compris. Je te rappelle dès qu'on les a localisés.

Il raccrocha, furieux de ne pas y avoir pensé plus tôt. L'un d'eux saurait sûrement ce qui déchaînait ainsi Bobbie Faye et, contrairement à Ce Ce, ne verrait sans doute aucun inconvénient à balancer tout ce qu'on voulait. Dire qu'il aurait peut-être pu stopper cette course folle une heure auparavant ! Comment avait-il pu oublier de contacter ses proches ?

Le téléphone vibra sur sa hanche ; il l'ouvrit prestement en aboyant d'une voix un peu trop forte :

— Moreau à l'appareil.

— Euh, Cam ? vérifia Jason, un peu surpris. Ça va ?

— Bien sûr que ça va, gronda-t-il en imaginant le tressaillement de Jason. Quoi de neuf ?

— On a ramassé deux survivants près de la plate-forme. Un conducteur de grue et un manutentionnaire.

— Et ?

— Ils disent qu'ils ont vu Bobbie Faye, mais ils ne savent pas si elle a pu quitter le site avant l'explosion. Les types ont sauté dans le canot de sauvetage le plus proche et se sont taillés fissa en direction du lac. L'autre canot n'a pas suivi. On ne l'a pas encore retrouvé.

— Tiens-moi au courant.

— Ça marche. Et… à propos de cette autre affaire dont nous avons parlé…

— Quoi ?

— J'ai du nouveau. Appelle-moi d'une ligne fixe dès que tu peux.

Ils raccrochèrent et Cam se demanda ce qui était le plus urgent : entendre ce que Jason avait à lui dire ou localiser cet autre canot de sauvetage, avant que le FBI le repère. Il se pouvait que Bobbie Faye soit blessée, gravement.

Il était même possible qu'elle soit en train de mourir. Les images de l'explosion ne cessaient de le hanter. Grand Dieu ! il lui aurait fallu un cerveau tout neuf.

Cam demanda au pilote de l'hélicoptère d'aller se poser près de la marina où il s'empressa de trouver un téléphone public, sur la jetée. Quand il eut composé le numéro de Jason, il fut accueilli par « Bonjour Mme Lee. J'ai votre information quelque part par ici. Y a-t-il un numéro auquel je puisse vous rappeler ? » Cam lui donna le numéro de la cabine publique et, dans les secondes qui suivirent, la sonnerie retentit.

— C'est quoi ce bordel ? demanda-t-il à Jason.

— Je préfère passer par une ligne sécurisée. Je ne voudrais pas que quelqu'un puisse accéder à ta ligne de portable et enregistrer ce que j'ai à te dire. Et puis, le capitaine rôdait dans les parages. Je n'ai que des bribes de conversation. Les fédés changent constamment de fréquence et ne restent jamais très longtemps sur le même canal. Il s'agit sans doute d'un programme de prévention automatique qu'ils ont mis en place pour éviter les écoutes. Je t'envoie tout ça par le biais de l'ordi. Ne crains rien, ce sera crypté au cas où quelqu'un d'autre serait sur la ligne.

Cam songea qu'il faudrait qu'il passe sa maison et son bureau au peigne fin pour des micros éventuels si, un jour, il se mettait Jason à dos. Il entendait les touches du clavier de l'ordinateur cliqueter, pendant que Jason marmonnait, comme à chaque fois qu'il était absorbé par une quelconque bidouille électronique. Puis la voix de Zeke remplaça ce fond sonore.

— Si je ne me trompe pas sur Dumasse, c'est ça qui l'intéresse.

— Tu crois qu'il sait ?

— On parle de Dumasse. Bien sûr qu'il sait.

— Et tu penses qu'elle va le lui donner ?

— Je pense qu'elle n'y verra que du feu. Je connais Dumasse. Il va l'hypnotiser pour qu'elle le lui remette avec plaisir, en la persuadant que l'idée vient d'elle-même.

— Si elle parvient à le retrouver.

— Oh, il va faire en sorte qu'elle le retrouve.

— Alors… qu'est-ce qui se passe si c'est lui qui met la main dessus en premier ?

— *Game over.*

Jason reprit la ligne :

— Le changement de fréquence a eu lieu à ce moment-là et je les ai perdus, mais quand ils ont encore changé de canal, le premier gars a posé une question. La réception était trop mauvaise pour être compréhensible, mais je l'ai passée plusieurs fois dans l'ordi pour la nettoyer. Le mieux que j'ai pu en tirer parle de quelque chose comme d'une « pièce ». Je ne sais pas à quoi ils faisaient allusion. C'est peut-être la même chose que Bobbie Faye est censée remettre à ce Dumasse ?

— Merci. Tu crois que tu pourrais encore percer leur fréquence et les écouter à nouveau ?

— Je peux toujours essayer. Je t'appelle si j'obtiens quelque chose.

Jason raccrocha et Cam essaya d'imaginer ce que Bobbie Faye pouvait avoir de telle valeur que non seulement elle mais aussi d'autres personnes étaient prêtes à risquer la prison, voire leur vie, pour tenter de le récupérer. Hormis la voiture à peu près potable qu'elle conduisait (un véhicule d'occasion avec des milliards de kilomètres au compteur), le bien le plus précieux qu'elle eût jamais possédé consistait en un ordinateur portable antédiluvien que les gars de la Foire aux Ordis lui avaient bidouillé et qui peinait à utiliser Windows. Elle n'avait aucun bijou de prix (il allait s'efforcer d'oublier la bague qui gisait au fond du lac… il n'allait pas y penser… non, non, certainement pas, et il ne voulait même pas savoir si elle aurait été à sa taille) et rien d'autre qui pût sortir du lot et provenir d'autres fournisseurs que les puces ou les vide-greniers. De plus, il avait entendu dire que toutes les choses de valeur qu'elle avait pu un jour détenir avaient été mises au clou pour payer la cure de désintoxication de Lori-Ann.

Il lui avait pourtant proposé de la payer lui-même, cette cure, et ce, malgré leur brouille, mais elle avait été très claire quant au fait qu'elle ne voulait plus rien recevoir de sa part. Plus jamais.

Cam remonta dans le cockpit de l'hélicoptère et demanda au pilote de survoler la partie sud de l'incendie, là où il n'y avait pourtant aucune route permettant de sortir de la zone. Toute personne cherchant à fuir se serait plutôt dirigée vers l'est ou l'ouest pour atteindre les voies de circulation les plus proches. Mais, manifestement, Bobbie Faye n'avait pas seulement cela en tête. Elle courait après quelque chose.

Même avec l'air conditionné à plein régime, l'atmosphère humide et surchauffée du magasin de fournitures commençait à transformer l'assemblée qui s'y entassait en douzaines d'œufs de Pâques portés à ébullition dans une immense casserole. La sueur s'accumulait au niveau des sourcils à mesure que Ce Ce s'affairait entre les rangs, pour tendre aux uns un cristal, aux autres un grigri, tout en saupoudrant autour d'eux moult épices et autres ingrédients mystérieux.

— C'est quoi ça ? demanda Maven qui venait d'abandonner la contemplation d'une vitrine remplie de couteaux pour s'intéresser aux bouts de ficelle bleue que Ce Ce venait de lui fourrer dans la poche. Du tissu ?

— Mais oui, mon chou, c'est tout à fait ça.

Maven lui lança un coup d'œil suspicieux, mais elle lui tapota le bras avant de poursuivre son circuit. Pas question qu'elle lui révèle de quel genre de tissu il s'agissait.

Au sein de la matrice, l'énergie semblait circuler de manière exceptionnellement efficace. Nombre de clients avaient d'ailleurs l'air beaucoup plus gaillard depuis qu'ils s'y étaient intégrés. À en juger par leurs sourires, leurs attitudes et quelques œillades coquines, on aurait dit qu'ils ressentaient effectivement les *frissons* qu'avait si délicatement évoqués Mlle Rabalais. Ce Ce nota que la myriade de cristaux qu'elle avait suspendus autour de la salle semblait comme attirée par la porte, c'est-à-dire dans la direction vers laquelle elle avait orienté l'énergie positive. Bien entendu, certains diraient encore que l'air conditionné en était la cause, mais Ce Ce savait mieux qu'eux ce qui se passait.

C'était très bien.

Non, c'était parfait.

Le téléphone sonna pour la énième fois et Allison plissa le front d'un air soucieux en le tendant à sa patronne.

— Mme Ce Ce ? fit la voix douce et mélodieuse d'une femme plutôt jeune. C'est Mme Gareaux, la maîtresse de Stacey. Nous nous sommes rencontrées aux dernières portes ouvertes.

— Je me souviens très bien, mon chou. Est-ce que Stacey va bien ?

— Je crois. Enfin, je veux dire, oui, elle va bien, mais j'imagine que j'aurais dû vous appeler plus tôt, avant de les laisser l'emmener. Mais c'était très officiel et tout, alors je n'ai pas vraiment eu le choix.

— Laisser qui l'emmener ?

— Le FBI. Un agent spécial a débarqué ici il y a quelques minutes. Il a dit qu'il devait emmener Stacey pour la placer en sécurité jusqu'à ce que Bobbie Faye soit retrouvée. Je sais que vous êtes la personne à appeler en cas d'urgence pour venir chercher Stacey s'il arrive quelque chose à sa tante. Je veux dire, pour le moment, tant que sa maman se fait soigner, Dieu la protège. Nous... eh bien, nous n'avons jamais discuté de ce qu'il faudrait faire dans un cas pareil.

— C'est bon, mon chou. Je ne crois pas que nous en soyons encore là.

— Bien sûr, Mme Ce Ce, mais là, nous parlons de Bobbie Faye et je m'en veux vraiment de ne pas avoir pensé à poser ce genre de question plus tôt.

— Non, non, pas d'inquiétude, mon chou. Je suis certaine qu'ils ne font qu'essayer de la protéger.

— Oui, madame. Je présume que vous avez raison. C'est juste que... Je ne sais pas... C'est bizarre. Je pensais juste que vous devriez en être informée.

— Merci, mon chou. Avez-vous pris le nom de l'agent ?

Il y eut un bref silence, une courte inspiration :

— Oh, mon Dieu, aurais-je dû le faire ? Il avait un badge et tout.

— Je suis sûre qu'il n'y aura aucun problème, la rassura Ce Ce avant de raccrocher.

Tout irait bien, n'est-ce pas ? Il fallait juste qu'elle retrouve cette enfant et s'assure qu'elle avait été mise en sécurité. Obtenir un nom. Autant dire pas grand-chose. Elle ignora le gargouillement dans son estomac. Vraiment, ça ne devait pas être très compliqué. Elle n'était pas sûre d'avoir une formule magique pour ça.

Chapitre vingt-deux

Désolée, gouverneur, mais sa « seule existence » n'est pas un élément suffisant pour justifier qu'elle soit inscrite au nombre des substances dangereuses et contrôlées devant être maintenues sous clé.

— Le juge Tara Sedalek de la cour suprême de Louisiane à un ancien gouverneur de l'État, qu'une altercation avec Bobbie Faye avait contraint à porter un corset durant deux mois.

Bobbie Faye grogna en entendant la tonalité qui lui indiquait que la ligne était occupée. L'école de Stacey ne répondait pas. Elle s'était installée dans le bateau de Marcel pendant que celui-ci et Trevor coulaient le canot de sauvetage, afin que la police ne le retrouve pas.

— Comment ça, tu ne viens pas avec nous ? s'étonna Bobbie Faye alors que les deux hommes montaient dans le bateau.

Marcel agita son propre téléphone portable devant elle, tandis qu'elle refaisait le numéro.

— Je les ai déjà pistés jusqu'à une cabane, Bobbie Faye. Faut que je me tire d'ici maintenant. Cet endroit va grouiller de fédés d'ici peu et je ne suis pas exactement sur leur liste d'étrennes pour Noël. En plus, comme ça, si les gamins bougent, on le saura forcément et je pourrai te prévenir. Ma douce, je peux t'emmener jusqu'au prochain bateau, mais c'est tout ce que je peux faire.

Bobbie Faye referma violemment le portable après une nouvelle tentative infructueuse pour joindre la maternelle. Tout en gardant les yeux sur son téléphone, elle demanda pensivement :

— Mais qu'est-ce qu'ils peuvent bien faire là-bas ?

— Ils reçoivent sans doute beaucoup d'appels de parents. C'est pour ça que la ligne est occupée, suggéra Trevor.

Sa remarque ne lui remonta pas vraiment le moral.

Marcel conduisit l'embarcation sur un petit bayou dont les eaux stagnantes étaient tellement abritées par les arbres alentour qu'ils empêchaient de voir le ciel et les cinq (au moins) hélicoptères qui survolaient le brasier de la plate-forme de forage. Il se donnait beaucoup de mal pour elle. Elle pouvait lui accorder ça. Lui et Trevor paraissaient bien s'entendre. Un peu *trop* bien, peut-être ? Après tout, cet homme connaissait l'emplacement exact de la cache des trafiquants. Et il n'ignorait pas non plus où leurs armes étaient stockées. Sans parler du fait qu'il savait parfaitement s'en servir. Globalement, il paraissait avoir un peu trop l'habitude d'avoir des ennuis et de s'en sortir… Et, ououh, elle avait mal au crâne à la seule pensée de ce dont il pouvait être capable. Et son boulot dans la « logistique de marchés » ? Quoi, des armes ? des marchandises de valeur ? N'était-elle pas en train de le mener tout droit au diadème ?

Grand Dieu ! Elle avait déjà assez d'ennuis comme ça.

Le bayou sur lequel ils se trouvaient virait brutalement vers la gauche, mais Marcel semblait ne pas s'en soucier et continuait droit devant lui, vers un bosquet d'arbres et de buissons.

— Marcel, bon sang, qu'est-ce que tu fiches ? Tu veux nous échouer ou quoi ?

— Hé, ma douce, tu te fais trop de mouron. C'est pas parce que tu m'as préféré Alex que je vais t'en vouloir.

Trevor lança un coup d'œil moqueur à Bobbie Faye.

— Marceeel, on n'a jamais flirté.

— Si on a flirté. Et c'était très agréable, protesta-t-il en se tournant vers Trevor. On est allés à un concours de tracteurs.

— Ha ! s'indigna-t-elle. Vous m'avez forcée à y aller et j'ai fini couverte de bière, de barbe à papa et de boue !

— Ouais, dit Marcel que ce souvenir réjouissait visiblement. Il a fallu quatre hommes pour te tenir pendant que je t'arrosais avec le tuyau pour enlever la boue, avant de remonter dans le pick-up.

— J'imagine que c'est parti facilement, ironisa Trevor.

Bobbie Faye choisit de les ignorer pour se concentrer sur les arbres qui les surplombaient. Ceux-ci se scindèrent soudain, découvrant un portail électrique. Marcel appuya sur une télécommande et sourit, trop content de son tour.

— Bonté divine, pas étonnant que les fédés ne vous chopent jamais !

— Oh, parfois, ils tombent sur les portails. Mais ils sont sous alarme et on a des caméras de surveillance sur tout le lac. Du coup, on sait toujours quand y'en a un qu'a été repéré ou bidouillé. Cela dit, la plupart n'ont toujours pas été découverts.

Trevor semblait admiratif de cette belle créativité. Marcel appuya encore sur la télécommande une fois qu'ils furent passés et le portail se referma derrière eux, les isolant du bayou et du lac. Ils naviguaient désormais sur un cours d'eau encore plus étroit, trop étroit en fait pour qu'un bateau à moteur nanti d'un énorme hors-bord puisse y évoluer en toute sécurité.

— C'est ici que vous changez de canot, annonça Marcel en indiquant du doigt un petit bateau amarré à un arbre, quelques mètres plus loin. Le moteur est en bon état et vous avez un peu de gasoil. Les rames sont là. Ça devrait vous permettre d'atteindre la cabane.

— Ta carte est plutôt compliquée, remarqua Trevor en y jetant un coup d'œil, pendant que Bobbie Faye s'installait dans le canot.

— Ouais, je sais. J'aurais pu t'en dessiner une allant directement à la cabane, mais ça vous aurait obligés à passer à découvert à différents endroits ou à vous approcher trop près de zones où je sais que les fédés ont mis une surveillance en place. Avec celui-là, vous resterez à l'abri. Vous mettrez un peu plus de temps, mais vous serez beaucoup plus en sécurité.

Marcel leur tendit le sac contenant les armes et les autres marchandises qu'ils avaient volées :

— Vous en aurez plus besoin que moi. Mais, Bobbie Faye ? S'il te plaît, rend ses affaires à Alex. Je sais pas ce que tu lui as pris, mais c'est clair qu'il devient nerveux quand il y pense.

— Et j'imagine qu'un trafiquant d'armes nerveux, ça doit être plutôt stressant, commenta Trevor.

Marcel acquiesça gravement.

— Tu n'imagines même pas.

— Marcel, intervint Bobbie Faye en enroulant ses doigts autour de son avant-bras, ce qui le fit presque sursauter. Si je fais tout le chemin jusqu'à cette cabane et que les mômes n'y sont pas... je reviendrai et ce sera ta fête.

Trevor jeta un coup d'œil à Marcel :

— Je te suggérerais bien de filer au Texas, mais je ne suis pas certain que ça te serve à grand-chose.

Marcel éclata de rire :

— Et toi, il n'est pas trop tard pour sauver ta peau.

— Elle me doit un pick-up.

— Oh, pour l'amour du ciel, c'est juste un...

Trevor leva la main et elle hocha la tête d'un air contrit :

— OK, OK... J'avais oublié. Ce n'est pas *juste un pick-up*.

— Je reste avec elle jusqu'à ce que j'en obtienne un autre... ou que j'y reste en essayant de l'obtenir.

— Avec un trait rouge sous la partie « j'y reste en essayant », ajouta Bobbie Faye, ce qui fit rire leur compagnon de plus belle.

Marcel les quitta en utilisant un long bâton pour guider son embarcation sur le minuscule bayou. Ils le perdirent de vue quand il prit sur la gauche, au niveau de la fourche que formait le bras d'eau.

Trevor s'assit à la proue du canot, une main sur le manche du moteur, et commença à remonter l'étroit passage.

La lumière du jour perçait à peine à travers les branchages enchevêtrés au-dessus de leur tête et l'eau saumâtre était tapissée de cresson. Cette végétation était tellement dense que, quand elle portait son regard un peu plus haut vers l'amont, Bobbie Faye avait l'impression que le fin canal sur lequel ils naviguaient se transformait en une berge couverte de mousse. Le peu de soleil qu'elle pouvait apercevoir lui indiquait qu'ils se dirigeaient vers le sud, c'est-à-dire encore un peu plus profondément à l'intérieur d'un réseau de bayous, d'affluents et de terres restées presque aussi vierges que lors de la première exploration de la région. Elle ferma les yeux quelques instants pour écouter : des oiseaux, des crapauds-buffles, des grillons, le rare saut d'un mulet dans le lac tout proche. Le canot glissait paisiblement sur l'eau, avec un infime mouvement de roulis, et une douce brise lui caressait le visage. Quand elle ouvrit les yeux, ce fut comme si elle avait remonté le temps, sur plusieurs siècles, pour revenir à une époque où les hommes n'avaient pas d'importance.

Comment allait-elle pouvoir apporter le diadème aux ravisseurs et les empêcher de tuer Roy, une fois qu'ils n'auraient plus besoin d'eux ? Et pourquoi pouvaient-ils bien vouloir cette parure ? C'était dingue. Elle n'était pas quelqu'un d'important. Ce n'était qu'une fille dont la plus belle demeure avait été une caravane et qui ne savait pas toujours comment elle allait faire pour assurer son prochain repas. Comment était-elle donc censée se sortir de tout cela ?

Elle frissonna en espérant que Trevor n'avait rien vu. Quand elle regarda dans sa direction, il semblait concentré sur la carte. Elle recomposa le numéro de téléphone de l'école de sa nièce. Il fallait bien commencer par quelque chose, et la première étape consistait à faire sortir de là Stacey afin de la mettre en sécurité.

La Montagne escorta Roy jusqu'aux toilettes, zone qui se définissait plus par les taches et la moisissure qui maculaient ses murs que par un véritable cloisonnement. Il y avait un nombre incalculable de projections roussâtres accrochées au sol et aux parois, et Roy préféra considérer qu'elles étaient le résultat d'une nouvelle technique de peinture au pistolet qui avait mal tourné.

— Voilà les chiottes, dit La Montagne en poussant Roy devant lui.

Ce dernier dut serrer les dents pour réprimer la nausée qui montait dans sa gorge. Une odeur de putréfaction agressa ses narines et ses yeux s'embuèrent.

— J'aurais cru que Vincent se serait offert de plus jolies toilettes, vu le raffinement de son bureau.

— C'est le cas. Elles sont de l'autre côté de l'immeuble, près de son bureau. Il laisse pas les caves y aller. C'est celles-ci qu'ils doivent utiliser.

Roy se retourna vers les urinoirs en essayant d'oublier qu'un psychopathe éléphantesque se tenait derrière lui.

— Celles-ci servent aussi d'atelier, poursuivit La Montagne.

Roy savait qu'il regretterait d'avoir posé la question, mais les mots lui échappèrent avant qu'il puisse se reprendre :

— D'atelier ?

— Ouais, c'est là qu'on tabasse et qu'on zigouille. Vincent veut pas de trucs comme ça dans son bureau à cause de la merde qui gicle partout.

Roy vomit.

Du fait de ses mains ligotées devant lui et de ses chevilles étroitement entravées (la seule condition pour qu'ils acceptent de le laisser quitter son siège), il perdit l'équilibre et atterrit contre l'urinoir. Il espérait seulement qu'il n'était pas désormais couvert de son propre vomi.

Pourtant, La Montagne ne parut rien remarquer. Il continua à parler comme si de rien n'était.

— Hé, tu sais des trucs, non ? demanda-t-il. Parce que je me disais que je pourrais entrer dans le *Guinness Book des Records*. Mais Eddie dit que je peux pas. Eddie dit que ça ferait que m'attirer des ennuis. Moi, je crois qu'Eddie est un peu jaloux.

— Euh… pour un record mondial ? s'inquiéta Roy en se redressant, refermant sa braguette et sautillant vers le lavabo.

Il pria pour qu'il y ait de l'eau et qu'il puisse se nettoyer le visage.

— Ouais, j'ai la plus grosse collection de poignées de portes qu'on ait jamais vue.

— Des poignées de portes ?

— Ouais, c'est cool, mec. Chaque fois que je démolis quelqu'un, je vais chez lui un peu après et je prends une poignée de porte. Comme ça, je peux les garder avec moi. J'ai, pffff... une collection énorme. Tu le croirais pas. Allez, demande-moi.

— Euh... Com... Combien tu en as ?

La Montagne ouvrit la porte des toilettes pour ramener Roy dans le bureau de Vincent.

— Cent treize. Mais j'ai horreur des nombres impairs. Et pis, treize, ça porte malheur, se désola-t-il alors qu'ils dépassaient une enfilade de boxes recouverts de poussière. Il faut vraiment que j'en rajoute une. Mais tu crois pas que je pourrais entrer au *Guinness* ? Moi, je crois que si.

— Euh... oui, chevrota Roy. Je pense que tu en as assez maintenant.

— Ah ouais, tu le penses vraiment ?

— Oui. Tu as peut-être raison. C'est peut-être juste de la jalousie de la part d'Eddie. Est-ce qu'Eddie fait une collection, lui aussi ?

— Naaan. Eddie est pas assez intelligent pour ça. Il fait des études pour devenir décorateur ou un truc dans le genre.

— Eh bien, tu vois. Je pense que tu devrais les appeler pour voir si ça peut les intéresser.

— Mais Eddie dit que ça pourrait m'attirer des ennuis.

— Parce que tu collectionnes des poignées de portes ? Mais enfin, il essaie juste de te voler la vedette.

— Ouais, c'est ça. Il essaie juste de me voler la vedette.

— C'est exactement ça. Tu mériterais d'être célèbre. Tu y as consacré tellement d'efforts. Et je parie que tu les as étiquetées et tout.

— Comment tu le sais ?

— Oh, on voit tout de suite que t'es doué pour ce truc. C'est un vrai don. Je pense que le *Guinness* serait vachement intéressé par ton histoire. Ça se pourrait même qu'ils fassent une sorte d'article sur toi.

— Vraiment ?

— Sûr. Tu devrais les appeler. Tout de suite. Le plus tôt sera le mieux, avant que quelqu'un te coiffe au poteau. Ils ne parlent jamais de celui qui vient en second, tu sais, même si l'idée est géniale.

Roy n'entendit pas la réponse de La Montagne quand celui-ci ouvrit la porte du bureau de Vincent et l'y fit entrer. Il traîna les pieds jusqu'à son siège, sur la bâche bleue, se rendant à peine compte au passage que Vincent, assis derrière son bureau, téléphonait.

Quand il finit par parler, sa voix était pleine de menace. Roy en eut la chair de poule.

— Ce prof minable, siffla Vincent, visiblement indifférent au fait que Roy pouvait l'entendre, serait incapable de trouver la sortie dans un carton d'emballage.

Puis il se tut un instant pour souligner ses paroles :

— Trouve qui sont les enflures qui cherchent à nous doubler et enterre-les.

Vincent laissa un instant tomber son mince vernis de sophistication et l'envie meurtrière crue et intense qui anima son visage à ce moment-là fit presque regretter à Roy la réconfortante conversation qu'il venait d'avoir dans les toilettes.

Chapitre vingt-trois

On voulait faire une émission du type reality-show, *intitulée* Survivre à Bobbie Faye, *mais ça a foutu les jetons aux chaînes télé. Elles ont cru qu'on se ferait attaquer pour cruauté mentale et on n'a pas réussi à trouver de concurrents suffisamment couillus pour tourner le programme pilote.*

— Corey Steven New, producteur.

L'hélicoptère de Cam survola à basse altitude la partie sud du lac Charles. En bas, la police et les gardes forestiers rassemblaient des pêcheurs désorientés et en colère, autant pour assurer leur sécurité que pour interroger quiconque, dans la zone, aurait pu apercevoir Bobbie Faye.

Ça le turlupinait ce « il » auquel avait fait référence le FBI. Qu'est-ce que ça pouvait bien être ? Et était-ce la même chose que la « pièce » qu'ils avaient également mentionnée ?

Benoit le contacta par radio et Cam saisit le micro de l'hélicoptère pour demander :

— Des nouvelles de la famille ?

— On a trouvé la frangine, toujours en cure de désintox. La môme a été déposée à l'école ce matin, d'après des témoins. Mais on ne parvient pas à les joindre pour en avoir confirmation. J'ai envoyé une voiture là-bas pour vérifier. Et je n'ai toujours pas localisé le frangin.

— Vérifie au Brew's Bar, ou chez Joe. En dernier recours, vois chez Podilli sur la Cinquième. En général, on peut trouver Roy dans l'un de ceux-là. Il y drague des nanas jusqu'à ce que l'une d'elles veuille bien rentrer avec lui.

— Compris.

— Et trouve ce que Bobbie Faye est exactement venue faire à la banque, ce matin.

— Attends… dit Benoit en fouillant dans ses papiers. J'ai parlé au Moustique…

— Melba ?

— Exact. Elle a dit un truc à propos de Bobbie Faye qui aurait encaissé un chèque de salaire et jeté un coup d'œil au diadème de sa mère.

— Le diadème ? Qu'est-ce qu'il fiche à la banque ?

— D'après Melba, elle l'a caché là quand Lori-Ann a commencé à vendre tout ce qui lui tombait sous la main.

— D'habitude, elle ne porte pas le diadème avant le dernier jour du festival. Est-ce qu'elle l'a emporté avec elle ?

— Voyons voir…. La cassette la montre en train de jeter du liquide dans un sac en plastique. Le professeur lui a pris le sac des mains et y a mis son propre cash. On ne dirait pas qu'il y a autre chose dedans. Et d'après l'angle… – Cam entendait Benoit qui rembobinait la cassette pour la repasser. – Ma foi, je ne vois rien dans ce sac. Il m'a bien l'air vide.

— Vérifie, tu veux ? Et comment va le petit prof ?

— Terrorisé. Je n'ai rien obtenu de plus de sa part durant l'interrogatoire. On l'a collé dans une cellule d'où il peut voir les infos, sur la télé qui est sur le bureau du sergent. J'ai fini par en avoir marre qu'il me demande sans cesse ce qui se passait. Et puis, il a vu un truc et il est devenu vert. Il a bien failli se pisser dessus dans un coin de la cellule. Mais il ne dira rien. Dellago continue à traîner ses basques autour du commissariat, alors je n'ai aucune idée de ce qui va se passer.

Cam raccrocha et se mit à gamberger. Rien de tout cela n'avait de sens. Bien sûr, dans la mesure où ça concernait Bobbie Faye, si ça en avait eu, il aurait pu craindre que la fin du monde ne soit arrivée. En l'état, il n'avait aucune piste, hormis le fait qu'elle courait après quelque chose que beaucoup de gens semblaient convoiter. Une chose pour laquelle certains étaient prêts à tuer.

Quel lien pouvait-il exister entre tout cela et le fait qu'elle était allée jeter un coup d'œil à son misérable vieux diadème ? Il n'en avait pas la moindre idée. *Si* toutefois il y en avait un.

Bobbie Faye jura à voix basse en entendant une fois encore la tonalité qui signalait que la ligne était occupée. Elle avait une furieuse envie de balancer ce fichu téléphone contre un arbre et elle dut faire appel à sa toute nouvelle maturité pour y résister.

Quand Trevor haussa un sourcil interrogateur en la regardant, elle lui expliqua la situation :

— Je ne parviens toujours pas à joindre l'école de Stacey. Nina est sur messagerie, ce qui signifie qu'elle ne peut pas répondre, et la ligne privée de Ce Ce est également occupée.

— Je suis simplement effaré que nous n'en soyons encore qu'à un juron, au lieu des dix réglementaires. T'es en train de perdre la main.

— Eh oui. Je voulais éviter un courrier trop abondant de la part des mamans écureuils.

Elle observa le portable une seconde et composa le numéro de Roy. Elle écouta la voix mielleuse de Vincent, puis prit son courage à dcux mains :

— Je veux savoir si mon frère est en bonne santé.

— Pas avant d'avoir récupéré le diadème, Bobbie Faye.

— J'y suis presque.

— Presque ne m'intéresse pas, ma chère. Récupérez-le ou je vous renvoie votre frère dans un sac.

— N'y pense même pas, connard. Si tu lui fais du mal, tu peux faire une croix sur le diadème.

Roy poussa un cri. Elle serra les dents en entendant le ricanement feutré de Vincent.

— Vous me décevez, Bobbie Faye. Roy avait une telle confiance en vous. Et, à propos, ne me menacez plus jamais. Souvenez-vous, je peux passer prendre votre sœur, quand je le désire. Ce serait si facile. Il suffirait d'agiter sous son nez une vodka-Martini. Bien sûr, votre délicieuse petite nièce Stacey m'appartient. Vous n'avez pas idée de la facilité avec laquelle je pourrais tout simplement – *pfff* – la faire disparaître. Vous ne l'emporterez pas. Alors apportez-moi le diadème. Vous avez une heure pour le retrouver et me contacter.

Il mit fin à la communication.

— Une heure ? gémit-elle, mais la ligne était définitivement coupée.

Elle porta le téléphone contre sa poitrine, sans pouvoir penser à quoi que ce fût. Tout cela allait tellement au-delà de tout ce qu'elle avait dû affronter jusqu'alors. À des années-lumière des abrutis ordinaires que Roy croisait habituellement. Elle ne sentait plus rien, ne parvenait plus à réfléchir. Elle se rendit compte que, pendant tout ce temps, elle avait regardé les mains de Trevor. Elle perçut son expression : quelque chose proche de la sympathie. Quelque chose de tendre.

— Si tu continues à prendre cet air de vouloir me consoler…

— Est-ce que je te parais suicidaire ?

Sa repartie lui arracha un maigre sourire.

— Il faut que je trouve quelqu'un pour aller chercher Stacey. Quelqu'un qui pourra la protéger au cas où… Enfin… Au cas où les ravisseurs décideraient que Roy n'est pas suffisant.

Elle recomposa le numéro de Ce Ce pour se heurter, une fois encore, à cette fichue tonalité. Putain de bordel de merde. Avait-elle jamais dit à Ce Ce qu'il fallait qu'elle fasse installer un signal de double appel ?

Il n'y avait qu'une seule personne capable de gérer toute cette panique. Que Dieu lui vienne en aide !

Quand elle composa le numéro de Cam, elle n'obtint que sa messagerie.

Elle ne savait plus très bien quand elle avait dépassé le panneau qui disait « Enfer, septième niveau, domicile de Bobbie Faye », mais elle allait exiger la mise en place immédiate de feux de signalisation.

Elle laissa à Cam un message qui n'avait pas beaucoup de sens, en sachant qu'elle aurait probablement dû lui en dire plus, mais la batterie ne cessait de biper dans son oreille et elle devait en garder un peu pour essayer de joindre Ce Ce. Elle n'avait aucune illusion sur les sentiments qu'il lui portait désormais, mais peut-être avait-il toujours de l'affection pour la petite.

Ce Ce sut que les nouvelles étaient mauvaises dès que la femme franchit la porte du magasin et considéra la matrice d'énergie formée par les clients. Ce n'était pas seulement à cause du tailleur informe en tissu synthétique bleu marine qu'elle portait, ni de son teint trop rougeaud, ni encore de son casque de cheveux noir, ni même de ses chaussures lacées à talons compensés. Non, ce qui alarma instinctivement Ce Ce avait plutôt trait à son air revêche et son assurance mesquine, toute bureaucratique, claironnant que ça allait barder. Tout cela indiquait que la situation était critique, d'autant que la matrone en question affichait un délicat métissage : 10 % irlandaise, 90 % char d'assaut.

— Y a-t-il une Mme Ce Ce Ladeaux ici ? demanda la femme en affichant un mépris prononcé pour l'ensemble des clients qui n'avaient pas quitté la matrice.

— Je suis Ce Ce Ladeaux, répondit celle-ci en s'avançant.

Comme dans un tour de magie, la femme sortit une carte de visite de sa manche et la colla dans la main de Ce Ce.

— Je suis Mme Banyon, des services sociaux. Où est l'enfant ?

— Je vous demande pardon ?

— Vous pardonner ? Ça m'étonnerait fort, cracha Mme Banyon en bombant un torse massif et en rejetant les épaules en arrière, singeant ainsi, avec beaucoup de réussite, un mur de parpaings. Pas après votre exploit d'aujourd'hui.

Ce Ce regarda autour d'elle, désorientée :

— Mon chou, en quoi cette matrice énergétique devrait-elle vous indisposer ? Il ne s'agit que d'un flux d'énergie positive pour ajuster le *qi* karmique…

Elle se tut devant les mains levées de la femme en tailleur.

— Je ne sais absolument pas de quoi vous parlez, coupa celle-ci. Pour ma part, je vous parle de Stacey Sumrall. Je suis allée à son école et elle n'y est pas. Ils m'ont raconté une histoire sans queue ni tête à propos du FBI qui serait venu chercher la petite, ce qui est un ramassis de sottises. Dans la mesure où vous êtes sur la liste des personnes à contacter en cas d'urgence, de même qu'une femme à la moralité très suspecte, une certaine Mme… – elle s'interrompit pour consulter ses notes – … Nina McVey, je ne peux que supposer que vous êtes passée prendre l'enfant et que vous faites en sorte de m'empêcher de la voir, pendant que votre employée, Bobbie Faye Sumrall, est en cavale, avec la police aux trousses.

— Qu'est-ce que vous entendez par « ramassis de sottises » ? demanda Ce Ce qui avait du mal à respirer normalement. – Son cœur avait cessé de battre quand elle avait entendu ces mots et il lui avait fallu quelques secondes pour reprendre ses esprits pendant que la mégère des services sociaux pérorait. – L'école m'a appelée pour dire que le FBI était passé prendre Stacey.

— Mme Ladeaux, je vous préviens, il est illégal de refuser de présenter un enfant aux services sociaux.

— Mon chou, appelez le FBI, demandez-leur. Vous verrez qu'elle est…

— Je les ai déjà contactés. Ils n'ont pas l'enfant. J'insiste pour que vous me la présentiez immédiatement ou j'appelle la police !

Ce Ce vit les flammes sortir de ses narines et la colère qui brûlait dans ses yeux. Elle comprit, sans aucun doute possible, que quelqu'un détenait Stacey et que ce n'était pas le FBI. L'espace de quelques secondes, elle eut l'impression que son corps allait se ratatiner sur lui-même, puis une terreur intense l'envahit : Bobbie Faye allait forcément tuer quelqu'un quand elle l'apprendrait.

Le char d'assaut pivota lentement.

— Mme Ladeaux, si vous pensez une minute que je vais m'abstenir de faire un rapport sur la façon déplorable dont vous prenez soin de cette enfant, vous feriez mieux de réviser votre jugement. J'avais déjà entendu parler de votre réputation en matière de rites vaudous, mais, jusqu'à ma visite d'aujourd'hui, je croyais qu'elle était largement exagérée. Rien de tout cela n'est recommandable pour une enfant. Et pourtant, au point où nous en sommes, ce n'est rien à côté du fait que Mlle Sumrall n'a même plus de toit, sans parler de sa situation de délinquante recherchée par la police. Pour sa propre sécurité et son bien-être, je vais placer cette enfant dans un foyer d'accueil et, si vous tentez de m'en empêcher, je vous envoie en prison.

La chaleur oppressante du magasin commença à se matérialiser, comme si une épaisse couverture de laine venait de s'abattre sur la pièce, empêchant la lumière d'y pénétrer. La chemise de Ce Ce se trempa de sueur et elle ressentit une envie puissante de s'allonger sur le sol.

À l'autre bout de la salle, Monique servait de l'eau aux clients qui attendaient toujours, postés aux endroits stratégiques de la matrice, en observant la scène. Ce Ce n'avait qu'une seule pensée et elle se frotta la nuque en lançant un coup d'œil à son amie, en espérant que celle-ci se souviendrait du petit code discret qu'elles avaient mis au point. Monique hocha la tête et quitta la pièce.

— Mme Banyon, tout le monde ici présent peut attester que je n'ai pas quitté le magasin de la journée. Pas plus que je n'ai envoyé qui que ce soit à l'école pour récupérer Stacey. Je suis aussi alarmée que vous, mon chou. Pourquoi ne pas vous asseoir un instant pendant que je passe quelques coups de fil, pour voir si je peux résoudre cet imbroglio ?

Monique revint avec un plateau chargé de verres, de glaçons et d'un pichet de thé. Dieu soit loué. Ce Ce y jeta un coup d'œil pour s'assurer qu'il s'agissait du bon thé et qu'il n'était pas trop infusé, au risque d'avoir un goût un peu trop amer.

— Voulez-vous boire quelque chose de frais en attendant ? demanda Monique.

Mme Banyon lança un regard courroucé à Ce Ce.

— Ça ne me prendra pas plus de dix minutes, montre en main, assura celle-ci en saisissant l'un des verres dans lequel elle versa du thé.

Elle le tendit à la femme et remplit les deux autres. Monique repartit en se dandinant dans l'allée, tandis que Ce Ce emportait son verre jusqu'au comptoir où Alicia assurait le standard téléphonique qui n'avait pas cessé de sonner.

— Je vous accorde dix minutes, pas une de plus, menaça la fonctionnaire. Ensuite, j'appellerai la police.

— Pas de problème, répondit Ce Ce en prenant le combiné et en composant le numéro de l'école. Je vous demanderai moi-même de l'alerter si je ne parviens pas à retrouver Stacey.

Mme Banyon se mit à siroter son thé en soupirant de contentement et appuya le verre glacé contre son front.

— C'est excellent, dit-elle. Quel est ce goût inhabituel ?

— Oh, un simple mélange de menthe que j'adore. Ça sucre naturellement le thé.

La visiteuse parcourut les allées jusqu'à ce qu'elle trouve une pleine caisse de cristaux à sa portée. Celle-ci lui paraissant suffisamment solide pour supporter son poids, elle s'y installa en continuant à boire son thé. Ce Ce l'observait pendant que Monique contournait l'allée et s'approchait d'elle. La totalité des clients examinait la scène avec une fascination morbide, mais Ce Ce savait qu'il n'y avait rien à craindre. Monique se tenait très exactement à l'endroit idéal pour saisir le verre de thé, quand Mme Banyon le lâcha et bascula en arrière contre les étagères.

Bon, c'était un peu de la triche, songea Ce Ce, mais il était hors de question qu'elle laisse cette femme rédiger un tel rapport.

Chapitre vingt-quatre

Bobbie Faye ? Oh, nous l'adorons. Je veux dire, à bonne distance, bien sûr.

— Quelques fans de la reine des Journées de la Contrebande préférant garder l'anonymat.

Quand Ce Ce finit par répondre sur sa ligne privée, Bobbie Faye faillit sauter de joie et faire chavirer le canot.

— Oh, mon chou ! Dieu soit loué ! s'écria Ce Ce. Est-ce que ça va ?

— J'ai peu de temps, Ce. Ce portable va bientôt me lâcher. As-tu parlé à Cam ? Sais-tu s'il a pu passer prendre Stacey ou si elle est toujours à l'école ?

Bobbie Faye n'aima pas du tout la pause que fit Ce Ce avant de répondre. Parce que, durant ce blanc, elle entendit quelqu'un qui disait : « Je crois qu'elle est morte. »

— *Qui* est mort ?? Je vous en prie, mon Dieu, pas Stacey !!

— Non, non ! mon chou, dit Ce Ce, et Bobbie Faye l'entendit étouffer le combiné de la main pour dire à quiconque avait pu faire ce commentaire « Elle n'est pas morte. Elle est juste dans les vapes pour quelque temps. »

— *Qui* est dans les vapes ? insista Bobbie Faye.

Son adrénaline venait de percuter un point situé en haut de sa colonne vertébrale, à la base de son crâne, avec une violence inouïe, comme pour dire : « Tu croyais que tu venais de connaître le pire ? Mais c'était juste les préliminaires. Attends un peu. »

— Hum… pondéra Ce Ce. Tu vois, mon chou, cette dame des services sociaux vient de débouler ici avec une attitude vraiment très désagréable et…

— *Tu as tué la dame des services sociaux ?* gémit Bobbie Faye en se levant d'un bond, forçant Trevor à arrêter le moteur pour l'attraper avant qu'elle tombe à l'eau.

Elle entendait le rire démoniaque de son adrénaline, quand Trevor la contraignit à se rasseoir.

— Non, non, non, mon chou, elle n'est pas morte. Elle est juste un tout petit peu inconsciente.

— Qu'est-ce que tu entends par là ? Comment quelqu'un peut-il être *un tout petit peu inconscient* ?

— Bah, c'est beaucoup mieux que tout à fait mort, non ? De plus, le FBI est censé avoir placé Stacey sous protection, mais elle dit que non, et maintenant elle croit qu'on lui cache Stacey exprès et elle s'apprêtait à nous faire arrêter et à s'arranger pour que tu ne revoies plus jamais Stacey. Je ne pouvais pas la laisser faire ça, quand même.

— Ce !! s'exclama Bobbie Faye, en mettant beaucoup plus de temps à digérer les mots de son amie qu'elle aurait dû. Qu'est-ce que tu veux dire ? Elle croit que tu lui caches Stacey ?

Ce Ce ne répondit pas. Tous les bruits de fond s'étaient également tus. Bobbie Faye écarta le téléphone de son oreille et constata que la ligne était coupée.

Tout cela n'avait vraiment, mais vraiment, rien de drôle. Elle entendit Adrénaline ouvrir la porte à Hystérie et à Peur panique et leur demander de se joindre à la fête. Sa tête tournait, ses bras allaient prochainement se détacher de son corps. Et elle allait se mettre à tirer vers les cieux comme un cierge spasmophile un peu bancal.

— Respire, lui conseilla Trevor.

Ah ça, ça risquait d'arranger les choses, tiens.

Le téléphone de Cam vibra, lui indiquant qu'il venait de recevoir un message. Comment se faisait-il qu'il reçoive un signal à cet endroit ? Il regarda par le hublot de l'hélicoptère de la police et finit par apercevoir une antenne relais. Ah. Il demanda au pilote de rester à proximité et, quand il eut composé son mot de passe, la voix paniquée, mais sous contrôle, de Bobbie Faye l'agressa.

— Cam, je sais que tu n'es pas loin, en train de me poursuivre. Je sais que tu es furieux. Je n'ai pas le temps de t'expliquer. J'ai besoin que tu ailles chercher Stacey à l'école. Seulement toi, personne d'autre. Emmène-la en lieu sûr.

Il y eut une pause et Cam l'imagina qui fermait les yeux en serrant le téléphone.

— S'il te plaît, Cam. Je t'expliquerai plus tard. Je te le jure. Je ne te mettrais pas dans cette situation si je pouvais faire autrement. Je sais que vous êtes tous en train de jouer les Rambo pour m'épingler et me coffrer, mais je ne fais confiance à personne d'autre pour ça. Je… Eh bien, merci.

Le message finissait là.

Et il était coincé dans cette cage à hamster, sans possibilité de se lever, de faire quelques pas ou de cogner sur quelque chose ou… Putain, c'était tout Bobbie Faye, ça : elle avait réussi à trouver une nouvelle méthode de torture, encore plus cruelle. Il croyait pourtant que c'était impossible. Cam se força à inspirer et expirer calmement, afin d'éviter de hurler ou d'éventrer son téléphone.

Elle n'avait même pas la décence de lui expliquer le genre de guêpier dans lequel elle s'était fourrée, ni même le bon sens de lui révéler l'endroit où elle se trouvait, afin qu'il pût la sortir de ce merdier. Bien sûr, il faudrait qu'il l'arrête, mais elle devait bien se douter qu'une véritable armée était désormais à ses trousses et que ses chances de s'en sortir s'étaient envolées depuis si longtemps que les bookmakers avaient clos les paris.

Mais qu'est-ce qu'elle croyait, bordel ? Qu'est-ce qui avait bien pu lui allumer un tel pétard sous les fesses ? Stupide gonzesse infernale.

Il vérifia le numéro de l'appelant, mais celui-ci était en mode « secret ». Putain. Il réécouta le message à deux reprises, en essayant de repérer des bruits de fond, mais il ne distingua que des parasites. Jason parviendrait peut-être à nettoyer ce message avec son ordinateur et à en sortir quelque chose.

Il appela Benoit :

— Du nouveau sur la famille ? lui demanda-t-il.

Il l'entendit lâcher un juron.

— Si y'a bien une chose de sûre, c'est que c'est loin d'être clair, grogna Benoit. On a ratissé tous les bars situés à proximité de ceux que tu as indiqués. Quelques personnes se souviennent d'avoir vu Roy la nuit dernière, mais, jusqu'à présent, on n'a rien de concret quant à l'endroit où il a été vu pour la dernière fois et l'identité de ceux qui l'accompagnaient éventuellement. On élargit les recherches.

— Et pour Stacey, la nièce ?

— Ouais, c'est bizarre. L'instit' dit que le FBI est venu la chercher il y a peu de temps pour la mettre en sécurité.

Oh, merde. Cam se souvenait des bribes de conversation du FBI que Jason lui avait fait écouter. En fait, ils ne parlaient pas de la « pièce » de Bobbie Faye, mais de sa « nièce ».

Pourquoi auraient-ils décidé de mettre la nièce sous bonne garde, tout en laissant la sœur dans son centre de désintoxication ?

— Appelle-les et trouve où ils l'ont emmenée. Assure-toi qu'elle est en sécurité.

Il essaya de repousser l'image de Stacey célébrant son quatrième anniversaire, quand il avait surgi avec un gros chien en peluche vert et que la petite lui avait sauté au cou en l'appelant « oncle Cam ». Il n'allait pas penser à ce câlin, ni aux miettes de gâteau dans ses cheveux, ni à son grand sourire. Il n'allait pas non plus ressentir cet abominable poids dans la poitrine et il n'allait pas oublier de respirer.

Il raccrocha et fit signe au pilote de poursuivre le survol de la zone.

Il ne savait plus s'il était en colère parce que Bobbie Faye ne lui avait dit ni où elle se trouvait ni ce qui déconnait… ou soulagé qu'elle lui ait fait confiance dans une situation aussi grave.

Ou alors…

Est-ce qu'elle… Est-ce qu'elle était tombée si bas qu'elle n'hésitait pas à utiliser sa nièce pour lui faire abandonner la poursuite ?

Elle savait que c'était exactement le genre de truc qu'il ferait pour elle. Elle savait que ce tremblement dans sa voix lui rappellerait l'époque où elle était vraiment vulnérable et avait vraiment besoin de lui. Lui seul. Même si elle semblait avoir du mal à le croire, il aurait tout laissé tomber pour voler à son secours quand elle était ainsi.

Fantastique.

Dieu qu'il haïssait cette femme !

– Tu devrais avaler quelque chose, dit Trevor. – Bobbie Faye le regarda pendant une bonne minute avant que le grabuge dans son crâne veuille bien s'estomper pour lui permettre d'enregistrer ses paroles. – En tout cas, si tu t'évanouis, ne compte pas sur moi pour te trimbaler.

Elle ne bougea pas. Ses bras étaient lourds. Comment étaient-ils devenus si pesants ? Quand donc avaient-ils été transformés en ces deux trompes d'éléphant toutes molles ?

— Dans ton sac ? Tu te rappelles ? Le magasin ? essaya-t-il encore en fronçant les sourcils.

Elle ne parvenait pas à déterminer si ce froncement dénotait l'irritation ou la préoccupation.

— Tu es en état de choc, poursuivit-il quand il constata qu'elle restait immobile. Mange un truc au chocolat… Ça t'aidera.

Ces mots prirent peu à peu une signification qui finit par se traduire en action et elle plongea la main dans son sac pour en retirer une bouteille d'eau et une barre chocolatée.

— Tu pourrais me passer un soda ? demanda-t-il.

Elle fronça les sourcils et puisa encore dans le sac dont elle sortit une canette de Coca et une barre énergétique.

Soda.

OK. Donc il n'était pas du Sud. Et surtout pas de Louisiane où on commençait nécessairement par demander un Coca, avant de mentionner, en deuxième position, sa marque. Il n'était donc pas d'ici, pas même né ici. Elle avait peut-être légèrement abaissé sa garde quant aux motifs qui le poussaient à l'aider, parce qu'elle avait cru qu'il s'agissait d'un local, un de ceux qui révéraient le Festival des Journées de la Contrebande et sa mère, tout comme Marcel et les hommes de main d'Alex. Tout cela justifiait donc une croix rouge bien visible dans la colonne « Problèmes ».

Elle se mit à grignoter sa barre de chocolat.

Son esprit passa de ce curieux choix de mots à l'image de l'endroit où ils avaient acheté les Coca. Peut-être était-ce parce que Trevor avait mentionné cette boutique ou parce qu'elle avait enfin un peu de temps pour réfléchir, mais les images de la caméra de surveillance de la banque que le vieux Earl lui avait montrées sur son ordinateur portable ne cessaient de défiler derrière ses yeux clos.

Le visionnage de ce reportage avait été proche d'une expérience extracorporelle. Il avait déclenché une sensation de légèreté et de détachement, comme si elle était sortie de son propre corps.

Le film redémarra une fois encore, sollicitant tous ses sens. N'aurait-elle pas dû se consacrer à quelque chose de plus utile ? Elle continua à mordiller sa barre chocolatée en fermant les yeux pour oublier Trevor, le canot, le monde entier, et tenter de retrouver une forme d'équilibre, de paix engourdie.

Malgré cela, les images continuèrent à défiler en ignorant la volonté qui leur intimait de stopper. Il y avait le type un peu coincé qui ne cessait de triturer son coupe-vent, de réajuster son col et de se passer la main dans les cheveux. Sa nervosité avait quelque chose de bizarre. Elle avait pensé qu'elle n'était due qu'à sa seule présence, au fait qu'elle piaffait dans la file d'attente, mais quand elle avait disparu pour aller dans la salle des coffres, la caméra de surveillance avait filmé l'homme en train de continuer à s'agiter. Puis, il avait laissé passer plusieurs personnes devant lui, ce qui était tout simplement… inattendu. On aurait pu penser, au contraire, qu'il aurait cherché à quitter la banque au plus vite, vu qu'il avait projeté de la braquer. Alors pourquoi laisser passer les gens devant lui et prolonger son cauchemar ?

Ça ne l'aidait pas beaucoup.

Les événements de la journée se mélangeaient pour former une espèce de chaos psychédélique. Elle commençait à croire qu'elle était pathologiquement incapable de réflexions claires et de sang-froid face au danger. Il était possible, après tout, que chaque être humain ne dispose que d'un certain quota de lucidité en période de crise et qu'elle vienne de l'épuiser. À vrai dire, elle avait dû l'utiliser en totalité avant l'âge de onze ans.

Tout de même… Cette façon dont le petit coincé n'avait cessé de jeter des regards vers la salle des coffres pendant qu'elle s'y trouvait était bien étrange. Pour quelle raison avait-il ainsi gardé les yeux braqués dans sa direction ? Pourquoi avait-il attendu qu'elle revienne de la salle des coffres pour balancer sur le comptoir de la guichetière son bout de papier expliquant qu'il s'agissait d'un braquage ?

Le début d'une explication commençait à émerger et elle se concentra sur cette pensée. Tout devint silencieux. Les oiseaux, les grillons, les crapauds-buffles et le vent, même le bruit du moteur, disparurent. Le soleil pâlit, assombrissant tout alentour, à l'exception du minuscule point qu'elle fixait un peu plus loin dans les arbres.

Il n'était pas là pour braquer la banque.

Il était là pour dérober le diadème.

Ce qui signifiait que quelqu'un cherchait à doubler le type qui détenait Roy.

Chapitre vingt-cinq

Vous êtes fou ? Nous avons quand même mille trois cents kilomètres de pipeline là-bas, bon sang de bonsoir. Est-ce que vous vous rendez compte de ce qu'elle pourrait nous *faire ? Vous pouvez faire une croix dessus.*

— Le gouverneur d'Alaska en réponse à une requête du gouverneur de Louisiane.

Bobbie Faye baissa les yeux vers sa barre de chocolat que la chaleur ambiante avait commencé à faire fondre et qui portait désormais l'empreinte de ses doigts.

— Ça va ?

Elle jeta un regard vide à Trevor, incapable d'enregistrer ses paroles.

— Si tu continues à pâlir comme ça, tu vas finir translucide.

— Ça va.

Donc, quelqu'un cherchait à doubler les méchants. Quelqu'un d'autre voulait le diadème et savait où elle se trouverait. Elle ne voyait absolument pas pourquoi ils le voulaient – et ça ne clarifiait pas la situation. Ce type un peu coincé avait des complices dans la banque. Des étudiants ? Exactement. Était-il possible qu'il y ait eu d'autres personnes intéressées par le braquage à l'intérieur de la banque ? ou sur le parking ?

Elle jaugea Trevor qui était en train de consulter la carte que Marcel avait dessinée. La façon dont il avait réagi aux diverses aventures de la journée était un peu trop… adéquate.

Cela signifiait-il que tout chez lui était à jeter ?

Le ralenti de la caméra de surveillance qui le montrait au volant de son pick-up, au moment où ils quittaient la banque en trombe, lui revint en mémoire. Une étincelle n'attendant plus qu'un peu de poudre.

— Qu'est-ce qui t'a poussé à m'aider aujourd'hui ? lui demanda-t-elle abruptement.

Il fronça les sourcils en lui lançant un regard exaspéré qui voulait dire « T'es bête ou quoi ? ».

— Non, sérieusement. Nous savons tous les deux que tu aurais très bien pu m'éjecter de ton pick-up quand tu le voulais. Tu m'as désarmée en un dixième de seconde.

— Premièrement, répliqua-t-il, j'ai *tenté* de t'éjecter de mon pick-up, mais des types se sont mis à nous canarder. Or, je déteste vraiment me faire tirer dessus et il était plus facile de continuer droit devant. Ensuite, quand on est arrivés au lac, je me suis dit que, de toute façon, j'étais mouillé jusqu'au cou, que je le veuille ou non.

— Des conneries, tout ça, ponctua-t-elle en inclinant la tête, signe qu'elle attendait de lui autre chose.

Mais quand elle comprit qu'elle n'obtiendrait rien de plus, elle lui jeta un regard mauvais, un de ceux qu'elle avait mis au point pour signifier à Roy qu'elle ne gobait pas un mot des excuses n°s 1 à 12 qu'il venait de lui fournir pour expliquer son absence à l'école ce jour-là.

— Écoute, Bobbie Faye. Je suis sûr que la caméra de surveillance extérieure de la banque t'a filmée en train de grimper dans mon pick-up, juste avant qu'on quitte ensemble le parking. Quand tu m'as raconté qu'ils pensaient que tu avais braqué la banque, j'ai tout de suite su qu'ils me considéreraient comme un complice. Je me suis dit que, dans ces conditions, mieux valait que je t'aide à récupérer ce qu'on t'avait volé et à coincer les véritables braqueurs, pour me blanchir.

— Mmm.

Elle regarda au loin en se demandant ce qui était digne de foi dans tout ça, sans trouver de réponse. Tout ce qu'il venait de dire était plausible et il l'avait dit avec juste ce qu'il fallait d'embarras pour être crédible. En fait, le mélange était si parfait, il était si peu déstabilisé par tout ce chaos et il avait énoncé tout cela de manière si naturelle qu'il était impossible qu'il eût dit la vérité.

— Ou alors, ajouta-t-il en lui adressant un petit sourire carnassier, peut-être que c'est juste parce que ton tee-shirt me plaît.

Elle baissa les yeux vers ce qu'il restait de son tee-shirt et une onde monta de sa poitrine vers ses joues qui rosirent. Bon sang, quel dommage de ne rien avoir sous la main qu'elle puisse lui jeter à la figure. Elle le regarda et il lui offrit encore ce sourire si abominablement sexy. À cet instant, elle eut *vraiment* envie de lui refaire le portrait parce qu'elle avait déjà eu plus que son lot de commentaires stupides et de rictus idiots de la part de minables dragueurs en mal de sensations, mais elle vit à la chaleur qui émanait de son regard qu'il était sincère. Il y avait là quelque chose de vrai, un truc authentique et terriblement sexy, assorti d'une espèce de complicité dans laquelle son corps aimait à se lover. Et puis, merde, un type capable de l'émouvoir et de la troubler autant, au beau milieu d'une telle journée de cauchemar, méritait bien qu'on lui attribue quelques points dans la colonne « Bénéfice du doute », quelle que puisse être l'intensité de ses soupçons.

— Je crois que je t'aimais mieux quand je te détestais, dit-elle.

Trevor éclata de rire.

Cam calcula que cela faisait maintenant un peu plus de quatre heures qu'il avait aperçu Bobbie Faye sur la berge du lac et trois heures depuis que la plate-forme avait explosé. Durant ce laps de temps, elle avait pu gagner un nombre incalculable d'endroits. Surtout en Louisiane du Sud. Le lac Charles se prolongeait en une infinité de petits bayous dont certains affluaient dans le lac Prien. Un peu plus au sud, il y avait encore plus de bayous et de canaux, puis le lac Mosset, enfin le lac Calcasieu qui profitait de chenaux navigables et de bayous amenant jusqu'au golfe du Mexique.

Les écouteurs de sa radio grésillèrent et Benoit fut en ligne.

— Des nouvelles ? demanda Cam.

— Si ta question englobe aussi les appels farfelus de tous ceux qui prétendent avoir aperçu Bobbie Faye, alors la réponse est oui.

— Combien ?

— Oh, à cette heure, Collier vient de calculer qu'on en avait reçu 3 673, venant de tout l'État. Alors, soit elle s'est clonée…

— Pour l'amour du ciel, abstiens-toi d'évoquer cette possibilité, intervint Cam en faisant signe au pilote de poursuivre vers le sud. Et tu as obtenu quelque chose des barrages routiers ?

— Ouais. Et, pour citer quelques festivaliers, t'es un sacré connard d'en avoir fait installer en plein festival. Ce commentaire-là vient de ma mère, si ça t'intéresse.

— Super.

— Aucune nouvelle du frérot pour le moment, continua Benoit, ni de la nièce. Le FBI ne laisse rien passer. Seule bonne nouvelle : on a un bout de reportage filmant le FBI en train d'emmener la gosse de l'école. Il s'agit bien d'un mec en costard, mais on n'a aucune image où on les verrait grimper dans une voiture. À ce moment-là, il n'y avait pas encore beaucoup de journalistes sur les lieux – ce n'était pas exactement l'endroit des scoops, j'imagine, alors la télé a dû n'y envoyer que des équipes d'appoint. Et puis, elles n'ont pas eu le droit d'entrer dans l'enceinte de l'école, alors elles sont restées devant. Le gars a dû se garer derrière. On envoie la bande au FBI pour vérifier que c'est bien un mec de chez eux.

— Mais ils n'ont toujours pas confirmé qu'elle était avec eux ?

— Naan. Quant à Roy, on a trouvé un ou deux soûlards qui pensent l'avoir vu partir au bras de Dora Bernadina. Tu sais, celle qui est mariée à ce plouc de Jimmy. Il a bossé sur une plate-forme de forage tout le mois dernier, mais il est censé avoir débarqué ce matin et personne ne l'a encore vu, ni lui ni sa femme. Ils n'ouvrent pas non plus leur porte quand on frappe.

— Tâche d'obtenir un mandat, va là-bas et assure-toi qu'ils n'y sont pas. Vérifie s'ils ont pris un avion ou un bus ou ce que tu veux.

Pendant qu'ils parlaient, le pilote fit un passage à basse altitude et Cam scruta le canal et les bois dans l'espoir d'apercevoir Bobbie Faye. Pire qu'une aiguille dans une botte de foin. Plutôt une molécule dans l'océan.

Benoit ayant dit quelque chose qu'il n'avait pas entendu, il se reconcentra sur leur conversation.

— J'ai dit, répéta Benoit, qu'il vaut mieux que tu saches que le professeur se comporte de façon extrêmement bizarre.

— Comment ça, bizarre ?

— Il est terrorisé. Il dit qu'il ne veut pas de son avocat et délire sur tout un tas de complots sans queue ni tête. L'un d'eux évoque même Napoléon. Alors, soit il pète de trouille, soit il perd la boule.

— Tu l'as bien mis en cellule individuelle ?

— Ouais. Vicari va y jeter un coup d'œil tous les quarts d'heure.

— Tu pourrais l'interroger à nouveau ? sans Dellago ?

— Je vais essayer, s'il veut bien arrêter de pigner. Et en supposant que Dellago ne rôde plus dans les couloirs.

L'énergie positive de Ce Ce était en train de se barrer en sucettes.

— Mesdames et messieurs, si vous devez vous rendre aux toilettes, veuillez attendre que je désigne quelqu'un pour vous remplacer. N'abandonnez pas... Je vous en prie, n'abandonnez pas votre position. Vous n'avez pas idée des dégâts que vous pourriez ainsi occasionner.

Elle considéra la salle et sut qu'elle allait devoir en passer par des mesures plus radicales que la matrice énergétique. Cela faisait maintenant plusieurs heures qu'ils patientaient. On les avait nourris et ils avaient pu aller aux toilettes. Pourtant, il n'en était ressorti aucune bonne nouvelle. Rien sur Bobbie Faye. Rien sur Stacey. Les clients faisaient de leur mieux, mais la vérité crue et abrupte s'imposai : ils commençaient à en avoir assez de ne pas pouvoir bouger.

Et, bien entendu, la femme des services sociaux, désormais inconsciente, n'avait pas arrangé les choses.

— Ce Ce, intervint Monique en empoignant les jambes de la fonctionnaire. La prochaine fois que tu décides de droguer quelqu'un, choisis un modèle plus petit.

Ce Ce grommela en saisissant les bras de la matrone. Elle devait au moins faire dans les cent kilos et, bien que Ce Ce fût elle-même légèrement au-dessus de cette moyenne, elle n'avait pas prévu qu'il serait aussi difficile de la déplacer. Elles la traînèrent jusqu'à la réserve où Ce Ce avait étendu un matelas sur lequel elles pourraient la laisser, si toutefois elles parvenaient à l'emmener jusque-là.

— Je crois que tu fréquentes Bobbie Faye depuis un peu trop longtemps, enchaîna Monique. Tu finis par croire que tout cela est parfaitement normal.

Elle avait peut-être un peu raison sur ce point.

— Qu'est-ce que tu feras d'elle quand elle se réveillera ?

Ce Ce se demandait si elle n'avait pas ciblé la mauvaise personne.

— Je n'en sais rien, mon chou, répliqua-t-elle. Comme elle a quasiment fini le verre, j'espère juste qu'elle va se réveiller.

Monique fronça ses sourcils roux en relevant la tête vers sa patronne.

— Mais oui, mon chou. On ne sait jamais comment les gens réagissent à ce genre de trucs. Je pensais qu'elle se serait évanouie au bout de la deuxième gorgée. Je n'ai jamais rencontré quelqu'un qui ait réussi à en avaler tout un verre.

— J'espère que tu as un plan.

— Pour le moment, Monique, j'ai une fonctionnaire des services sociaux sur les bras, cinquante clients qui se trémoussent pour aller faire pipi et ma petite qui court dans les marécages en détruisant la moitié de la Louisiane. Je n'ai pas encore eu tout à fait le temps de finaliser un plan, vois-tu. Laisse-moi encore une minute ou deux.

Chapitre vingt-six

Voyez-vous, madame, cette garantie à 300 dollars couvre tous les cas de force majeure, mais nous ne pouvons pas nous permettre d'assurer les conséquences des actes de Bobbie Faye. Je suis désolée.

— Amanda Eschete, commerciale, à une cliente.

La radio de l'hélicoptère crachota dans les écouteurs de Cam. Il entendit le code attribué aux appels de Jason, puis son intonation excitée.

— Si tu vas à l'anniversaire de Bobbie Faye, je vais pouvoir te donner des nouvelles.

Après ça, la radio se tut à nouveau. Cam la regarda un peu surpris et comprit soudain que Jason avait dû chercher la date d'anniversaire de Bobbie Faye – le 11 juin –, alors il alla sur le canal 11.

— J'ai découvert autre chose, dit Jason lorsque Cam eut rejoint sa fréquence. Ils ont commandé un hydroglisseur.

— Les fédéraux ?

— Yep, répondit Jason en baissant la voix. J'ai entendu qu'ils embarquaient à la jetée de La Sabine.

La Sabine était située au nord du lac Calcasieu, à environ cinq kilomètres au sud-ouest de l'endroit où Cam se trouvait actuellement. Il ferma les yeux pour visualiser la vaste étendue d'eau qui bordait le parc national de Sabine, ainsi que les rivières et bayous innombrables qui se jetaient dans le golfe. À l'est, il y avait encore plus de cours d'eau et un autre grand lac, judicieusement dénommé le Grand Lac. Il se souvint d'y être allé quand il était enfant et se revit assis dans un bateau en train de pêcher au bord de l'un de ses canaux cachés. On pouvait n'y rencontrer personne durant des heures, voire plusieurs jours d'affilée.

Si les fédés étaient les premiers à repérer Bobbie Faye et Dumasse dans cette immense région, presque inhabitée, de bayous et de bois, ils pourraient leur trouer la peau sans problème et personne ne les retrouverait jamais.

— Où est le vieux Landry ? demanda Cam à Jason qu'il entendit brièvement inspirer.

— Tu n'envisages tout de même pas de le lancer à leur poursuite, dis ?

— Tu connais un meilleur pisteur dans cette zone qui possède son propre hydroglisseur ?

— Mais Cam. Il ne peut pas saquer la police.

— Ouais, mais il déteste encore plus les fédés. Surtout quand ceux-ci s'aventurent sur ses terres.

— Possible, mais il déteste Bobbie Faye encore plus que les fédéraux.

Pas faux. Le vieux Landry était presque une légende dans ces marécages. Certains disaient qu'il avait *l'œil*, qu'il était capable de voir des choses que nul autre que lui ne pouvait percevoir. Cam soupçonnait quelque chose de plus logique derrière tout ça. (Il refusait d'écouter les rumeurs qui évoquaient un pouvoir magique.) Il avait vu le vieux fou à l'œuvre et en avait conclu que son soi-disant *œil* tenait surtout à une habitude bien ancrée d'observer le moindre détail et de deviner ce que les autres taisaient en étudiant leur attitude. Cam avait chassé et pêché à plusieurs reprises avec lui, ce qui n'avait pas été une partie de plaisir, mais il était résolu à apprendre auprès des meilleurs. Dans ses bons jours, Landry était à peu près aussi accueillant qu'un porc-épic avec une ceinture en lames de rasoir.

De toute façon, il n'avait pas de bons jours.

Jason mit un terme aux réflexions de Cam en demandant :

— Est-ce que tu as fini par découvrir pourquoi elle lui avait tiré dessus ? Et pourquoi il n'avait pas porté plainte ?

— Non, mais déniche-le. Dis-lui ce qui se passe et demande-lui de pister les fédéraux et de me tenir au courant.

— Et Bobbie Faye ?

Son initiative était-elle la pire connerie qu'il ait jamais faite ou la plus intelligente ? Aucune idée. Il savait que Landry avait chassé et crapahuté dans des zones du lac Calcasieu où personne ne s'était jamais aventuré. Ce type-là connaissait l'endroit comme sa poche.

— Il me doit un service. Alors ajoute qu'on sera quitte s'il s'abstient de blesser Bobbie Faye.

— Et il a la réputation d'honorer ses dettes ? demanda Jason.

Cam savait que sa question dérivait plus de son admiration pour Bobbie Faye que d'une volonté quelconque de défier sa propre autorité ou de remettre en cause son jugement.

— Aucune idée.

Bobbie Faye s'aperçut que la mine effarée de Trevor l'amusait.

— Mais je te jure. Ça ne vaut même pas 2 dollars.

— Tu as bien parlé d'un diadème quand tu étais au téléphone ?

— C'est vrai, dit-elle. Ça fait partie de ces curiosités familiales qu'on se transmet de mère en fille. Je ne sais même plus à quand ça remonte, mais l'un de mes arrière-arrière-arrière-grands-pères l'a fabriqué pour sa fille et, depuis, il est passé de main en main.

— Tu dis qu'il ne comporte ni bijou, ni or, ni argent ?

— *Nada*. Il est même un peu rouillé. Il faudra que je le fasse ressouder.

Elle le fixa tandis qu'il digérait ces informations en essayant de dissimuler son incrédulité. Était-il déçu ? Pour lui-même ? Ou simplement surpris, comme elle l'avait été face à une mission aussi manifestement absurde ?

— Je sais, poursuivit-elle avant qu'il puisse formuler une nouvelle question. Ça n'a aucun sens.

— Peut-être a-t-il une valeur historique ?

— Je ne vois pas bien comment ça pourrait être le cas, répondit-elle.

Ils se turent tous les deux et seul le bruit du moteur qui les propulsait sur l'étroit bayou vint perturber le silence.

— Mais alors, pourquoi se donner autant de mal ? lui demanda-t-elle après quelques minutes. Je veux dire, s'il ne s'agit que de valeur historique, le ravisseur aurait pu attendre que je le mette pour la parade et le voler à ce moment-là. Ce n'est pas comme si j'étais entourée de gardes du corps pendant que je traverse la foule. Ça aurait quand même été beaucoup plus simple.

— Exact, admit-il d'un air songeur tout en slalomant entre les troncs d'arbres en décomposition qui émergeaient des eaux calmes et sombres du bayou.

— Donc, il faut qu'un événement ait poussé les ravisseurs à accélérer les choses. Dans la mesure où le kidnappeur voulait que je le lui apporte et qu'il y avait quelqu'un à la banque pour me le dérober…

— Attends, l'interrompit-il. Tu n'as jamais dit auparavant que quelqu'un t'attendait.

— Je n'avais pas eu le temps d'y réfléchir. Mais je suis persuadée que c'est le cas. Ce qui implique probablement que ceux qui détiennent mon frère se sont fait doubler.

Elle se tourna pour regarder les bois qu'ils dépassaient lentement. Son sac était encore sur ses genoux et elle y avait glissé la main tout en parlant. Celle-ci reposait désormais sur le Glock que Trevor lui avait remis un peu plus tôt et qui provenait des stocks d'Alex. S'il faisait partie de ce complot, allait-il tenter de l'éliminer maintenant ? ou préférerait-il attendre d'avoir le diadème ?

— Tu n'as pas besoin de me tirer dessus, Bobbie Faye, dit-il d'une voix calme. Je me fiche de ta couronne de princesse.

Ses mots se dissipèrent lentement dans l'air.

— Je viens d'exprimer mes pensées à voix haute ou quoi ? Ou alors tu as placé un micro dans mon crâne ? Parce que, sérieusement, c'est un peu le bazar là-haut et j'aimerais mieux faire un peu de ménage si je dois recevoir de la visite.

Il secoua la tête. Elle ne savait pas vraiment si c'était par amusement ou par confusion. De toute façon, elle tenait le revolver.

— Non, c'est plutôt que c'est une réflexion que tu dois naturellement te faire. Je suis là, je t'aide, et tu sais que j'aurais pu me barrer à n'importe quel moment, surtout après que le pick-up est tombé dans le lac. Alors, je ne peux pas t'en vouloir.

Il l'observa pendant quelques instants et ajouta :

— Bien sûr, c'est ce que n'importe quel criminel un peu intelligent ferait maintenant : chercher à gagner ta confiance. Alors il va falloir que tu décides toute seule si je suis ici parce que j'essaie de t'aider ou parce que je cherche à t'utiliser.

Elle évalua son calme, ce regard qui ne vacillait pas, son absence d'hésitation dans la façon de mener leur embarcation, alors même que sa vie était en jeu.

C'était le genre de maîtrise qui naissait de trop d'expériences dangereuses.

— Pourquoi as-tu divorcé ? lui demanda-t-elle.

Ce changement de sujet le désarçonna suffisamment pour qu'il plisse le front.

— Pourquoi tu me demandes ça ?

— Simple curiosité.

— J'étais très con, fit-il en haussant les épaules. Et puis, je n'étais jamais à la maison. Mauvaise combinaison.

Elle appuya son menton sur sa paume en continuant à l'étudier.

— Pourquoi tu m'as posé cette question ? insista-t-il.

— Pour voir si tu me dirais la vérité, dit-elle.

— Et alors ?

— C'est non, constata-t-elle avec un léger sourire. – Elle posa son sac à côté d'elle, sur le banc du canot. – Mais c'est pour la bonne cause.

Ce fut la première fois depuis le début de cette folle journée qu'elle le vit vraiment, profondément, désorienté. Elle se contenta de hausser les épaules en refusant d'être plus claire. Elle pouvait très bien se tromper à son sujet. Était-ce son instinct qui la guidait ? Mais pouvait-elle s'y fier ? Un homme qui respectait ainsi suffisamment son ex-femme pour s'attribuer la responsabilité de leur divorce avait-il encore un peu d'honneur en lui ? Elle croisa son regard et y vit de la curiosité. De la chaleur. Elle l'avait surpris, elle le savait. Elle savait aussi que Trevor détenait la carte indiquant l'endroit où se terraient les boutonneux avec le diadème. Maintenant, il n'avait plus besoin d'elle pour mettre la main dessus et, pourtant, il n'avait encore fait aucun geste pour se débarrasser d'elle.

Elle se dit que, de toute façon, il valait mieux qu'elle garde son sac, et le revolver qui était dedans, à portée de main.

Roy fixait l'écran de télévision dans le bureau de Vincent. Deux chaînes suivaient activement les diverses pistes menant à Bobbie Faye, tandis qu'une troisième interviewait son professeur principal de sixième.

— Oh, elle a toujours été turbulente, dit la vieille Mme Boudreaux d'une voix traînante en fixant la caméra à travers ses lunettes à double foyer. Mais ce n'est pas vrai qu'elle a fait exploser le labo de chimie simplement en passant devant. En fait, elle était à l'intérieur du labo ce jour-là, en train de faire des expériences, comme tous les autres élèves. Ce n'est pas sa faute si les produits chimiques étaient mal étiquetés, la pauvre.

Du coin de l'œil, Roy aperçut le sourire un peu trop satisfait de Vincent. Il suivit son regard jusqu'au centre de l'écran. Un présentateur affublé d'une moumoute mal teinte hurlait d'excitation.

— Et jusqu'à présent, on ne sait toujours rien de ce qu'est devenue la nièce. Par d'autres sources, nous avons appris que l'agent des services sociaux qui avait été dépêchée pour enquêter sur l'aptitude de Mlle Sumrall à assumer la garde de sa nièce a également disparu. Selon certaines allégations, Mlle Sumrall chercherait à quitter le pays avec sa nièce, et quelques personnes avancent que, de ce fait, la fonctionnaire a dû connaître une fin tragique.

— Jésus Marie Joseph, souffla Roy en regrettant aussitôt d'avoir ainsi attiré l'attention de Vincent, Eddie et La Montagne.

— Ne crains rien, mon cher Roy, roucoula Vincent. Ce n'est pas Bobbie Faye qui a Stacey. C'est moi.

Chapitre vingt-sept

Les cartes des chemins empruntés par Bobbie Faye sont désormais disponibles. La Croix-Rouge suggère de maintenir les enfants et les animaux domestiques à l'intérieur des maisons, pour leur sécurité. Veuillez rester avec nous pour de futures mises à jour.

— Bande-annonce défilant sur la Chaîne 2.

Cam descendit en rappel le long de la corde qui pendait de l'hélicoptère au-dessus de l'hydroglisseur qui l'attendait. La chaleur humide de cette journée de printemps, combinée au calme absolu qui régnait sur le bayou, l'oppressait presque autant que s'il avait été dans un four. Arrivé à un mètre de l'hydroglisseur, il lâcha la corde et ses bottes heurtèrent le pont avec un bruit sourd, faisant tanguer l'embarcation, ainsi que l'homme aux yeux légèrement voilés qui était installé sur le siège du conducteur. L'hélico s'éloigna et le souffle de ses pales fit frémir les feuilles des arbres alentour et les hautes herbes des berges du bayou.

Il jaugea l'homme pendant un instant. Il ne l'avait pas vu depuis plusieurs années, mais il n'avait pas vraiment changé. Ce vieux salopard décharné semblait n'être fait que de muscles et de tendons, avec une peau tannée par le soleil à en devenir chocolat, et parcourue de tant de rides qu'il aurait pu devenir l'effigie d'un fabricant de crèmes solaires. Mais, en général, c'était surtout les effets de sa cataracte qui retenait l'attention. Ça et le fait que le bonhomme était presque aveugle, mais restait capable de naviguer et de trouver à peu près tout ce qu'il cherchait.

— T'as localisé le FBI ? cria Cam pour couvrir le bruit du moteur.

Landry activa la gigantesque hélice pour positionner le bateau en direction du marécage.

— C'est pas le FBI que tu cherches, mon garçon, fit le vieux d'un ton sarcastique. Tu cherches cette garce folle furieuse.

— Et tu sais où elle est ?

Le vieil homme haussa les épaules en signe de mépris.

— Qu'est-ce qui te fait croire que tu peux la retrouver ?

— Je trouve les choses, mon garçon. Tu le sais, ça. T'es tombé sur la tête récemment, dis-moi ? Ou c'est peut-être bien Bobbie Faye qui te l'a fêlée ?

— Qu'est-ce que tu veux dire par là ?

— Rien du tout, pauvre idiot. Mais quand t'auras décidé d'aller rechercher cette bague que t'as balancée dans le lac derrière chez toi, passe-moi un coup de fil.

L'enfoiré. Cam dut serrer les dents jusqu'à en avoir mal aux mâchoires pour contrôler son expression. Benoit était le seul à savoir où se trouvait la bague et il n'était pas du genre à commérer. Il aimait avoir en main le plus de cartes possible, alors, soit le vieux avait un espion, soit… Cam n'avait pas très envie d'envisager cette alternative.

— Tu l'as vue ? demanda Cam, irrité de devoir poser toutes les questions.

Landry adorait avoir la main. Il se tapota la tête en guise de réponse et Cam réprima un juron.

Il fallait qu'il sache qu'il n'allait pas seulement retrouver son cadavre. Il fallait qu'il prépare ce qu'il allait raconter au capitaine. Il n'avait surtout pas besoin de cette sensation dans les doigts, de cette douleur au niveau des yeux. Il fallait qu'il parvienne à inspirer profondément afin que ses poumons cessent de le brûler.

— Tu ne m'as jamais dit pourquoi elle t'avait tiré dessus.

— Ça, c'est pas tes putains d'oignons, mon garçon, cracha le vieil homme.

— Tu sais bien que si, pourtant.

— Non, je sais rien de tout ça. Tu pêches dans une mare à sec, là, mon garçon, et tu devrais savoir que ça ne va pas te mener bien loin, depuis le temps.

— T'es un salopard, tu sais ça, dit Cam qui touchait ses limites, malgré lui.

— Ouais. J'ai déjà entendu ça une fois ou deux, mais, en général, de la part de personnes plus mignonnes que toi, répliqua le vieux en tournant ses yeux voilés vers Cam. Pose-moi la question qui te démange ou casse-toi.

— Est-ce qu'elle est en vie ?

— Ouais et toujours aussi déchaînée.

— Comment le sais-tu ?

Le vieux salaud se tapota encore la tête.

— Je commence à comprendre pourquoi Bobbie Faye t'a tiré dessus.

Le vieil homme éclata de rire jusqu'à en avoir les yeux humides.

— Fils, tu n'y es pas.

Et puis, il se tut et Cam se demanda s'il connaîtrait un jour le fin mot de cette histoire entre le vieux et Bobbie Faye.

Ils firent quelques kilomètres avec le bateau en s'enfonçant encore un peu plus loin dans les marécages, en direction du sud. Le vieil homme finit par ralentir et le vrombissement du moteur reprit un niveau tolérable. Ils évoluaient sur un petit bayou et chacune des cellules de Cam avait envie de prendre le contrôle de l'hydroglisseur et de mettre les gaz.

— Quand elle était encore petite fille, dit le vieux Landry, elle a perdu son frère, une fois, au parc.

— Tu connaissais Bobbie Faye quand elle était môme ?

— Mon garçon, tais-toi et écoute.

Cam s'exécuta de mauvaise grâce.

Le vieil homme poursuivit :

— Comme je te le disais, elle a perdu son frère. Sa mère était absente – pour picoler, j'imagine –, ou alors ronde comme une queue de pelle, et c'est Bobbie Faye qui devait s'occuper de Roy. Elle devait avoir dix ans, peut-être. Après avoir parcouru tout le parc, elle a aperçu un groupe de garçons qui avaient construit une cabane dans les bois voisins. Ils braillaient et beuglaient, comme s'ils venaient de gagner quelque chose. Elle entendit l'un d'eux qui se vantait à propos d'un Indien qu'ils avaient capturé et qu'ils retenaient dans leur cabane. Alors elle s'est approchée pour voir de quoi il retournait.

— Roy, murmura Cam, et le vieux hocha la tête.

— Mais tous ces gamins, ils étaient bien plus costauds qu'elle et ils ont rigolé quand elle leur a demandé de laisser partir son petit frère. Le plus grand, qui devait faire deux fois sa taille, s'est avancé et l'a bousculée en lui disant de se casser et d'aller pleurnicher comme une petite fille, un peu plus loin.

Cam grimaça. Il plaignait le pauvre garçon, malgré lui.

— Ouais, elle l'a battu comme plâtre. Lui a fait bouffer la poussière. En vrai, précisa-t-il en riant. Et le deuxième qui s'est approché, pareil. Tous les autres ont détalé et elle a délivré Roy.

— Est-ce que t'es en train de me dire que ça va aller pour elle ?

— Non, mon garçon. Faut vraiment que tu apprennes à la boucler. Ce que je dis, c'est que Bobbie Faye pense que personne ne peut l'aider à combattre ce qu'elle doit affronter, et elle croit qu'elle peut gagner grâce à la seule puissance de sa volonté. – Il se tourna une fois encore vers Cam. – Mais cette fois, mon garçon, ça ne va pas marcher. Seulement, elle ne le sait pas encore.

Cam aurait aimé lui demander comment il était au courant de tout ça, mais le vieux ne lui dirait rien. C'était plus que Cam n'en avait jamais entendu de la part de Landry, depuis toutes ces années qu'il le connaissait.

— Mais qu'est-ce que ça peut te faire ? Après tout, elle t'a tiré dessus, non ?

— Yep, c'est ce qu'elle a fait. Bien visé en plus. Elle aurait pu me tuer si elle l'avait voulu.

— Alors pourquoi tu l'aiderais ? Si toutefois tu es là pour l'aider.

Le vieux fit une pause et Cam entrevit une sorte de regret traverser furtivement son visage.

— Disons que j'ai une dette à payer, mon garçon. Une dette dont tu n'as aucune idée. Et elle n'est pas encore payée. J'aimerais qu'elle vive assez longtemps pour ne plus rien lui devoir.

Le vieil homme ralentit le bateau. Il naviguait maintenant dans une zone difficile, encombrée de vieux troncs qui affleuraient à peine à la surface du bayou. La mousse verte qui les recouvrait ne permettait pas de les distinguer des eaux sombres.

Cam s'apprêtait à demander s'ils touchaient au but, mais Landry lui fit signe de se taire.

Comme ils slalomaient sur le bayou, Cam vérifia le GPS portatif qu'il avait pris dans l'hélicoptère. Il fonctionnait encore, envoyant ses balises. Il entrerait un code dès qu'il saurait qu'ils étaient tout près de leur cible, pour qu'une brigade d'intervention spéciale soit dépêchée sur les lieux.

Il essayait de ne pas réfléchir à ce que le vieux lui avait dit quant aux chances de Bobbie Faye, cette fois-ci. De la part de n'importe qui d'autre, Cam n'y aurait pas prêté attention. Il s'étira pour tenter de se ressaisir et de respirer.

Mauvaise journée pour les poumons.

Bobbie Faye n'avait jamais vu un aussi beau panorama de toute sa vie : à environ cent mètres de l'endroit où elle se trouvait, sur une sorte de presqu'île qui s'avançait là où leur bayou croisait un canal plus large, il y avait une minuscule cabane. Elle ne semblait pas vraiment à sa place dans ce décor, avec ses murs gris acier, ses éraflures, son toit en zinc un peu rouillé et ses fenêtres à barreaux. Ce qui la rendait si belle, c'était qu'elle était le « X » de la carte de Marcel.

Les boutonneux étaient censés s'y trouver.

Enfin. Il fallait bien qu'au moins une fois dans cette journée de merde, quelque chose fonctionne correctement. Même *elle* ne pouvait pas accumuler autant de malchance.

Trevor amena leur canot le long de la berge du petit canal.

— Qu'est-ce que tu comptes faire au juste ? lui demanda-t-elle en le voyant monter sur la rive pour amarrer leur bateau à un arbre.

— Allons-y mollo avec eux, d'accord ? Ça ne ferait pas de mal d'être un peu prudents, pour une fois.

— Ici, au beau milieu de nulle part ? Qu'est-ce qu'ils pourraient bien faire ? Me jouer de la guitare jusqu'à ce que j'en crève ?

Elle ne voulait pas avoir à se taper tout ce chemin jusqu'à la bicoque, dans la boue qui bordait le bayou. Et elle connaissait désormais suffisamment Trevor pour savoir qu'ils ne marcheraient pas sur la terre ferme, afin de ne pas laisser de traces. Nooon, ça, ç'aurait été beaucoup trop *facile.*

Elle aurait pu tout aussi bien s'adresser aux poissons, vu le résultat. Trevor avait déjà balancé sur son épaule le panier garni des trafiquants, sorti son revolver, et il se dirigeait vers la cabane.

— La prochaine fois, se dit-elle à elle-même, il faudra que je kidnappe quelqu'un de moins autoritaire.

Trevor ouvrait la route, en posant le pied sur la presqu'île uniquement lorsque les herbes qui bordaient ses berges pouvaient dissimuler leurs traces. Il était impossible de voir au travers des épais rideaux noirs qui obturaient les fenêtres de la cabane ; il avançait donc prudemment. Très prudemment, avec circonspection.

Il se glissa près du bâtiment en balayant du regard les environs et en cherchant d'autres traces de pas. Il progressait avec précaution d'arbre en arbre, avec une telle lenteur qu'il aurait sans aucun doute pu s'approcher d'un grand cerf à queue blanche et lui accrocher des cloches autour des bois.

Ça la rendait dingue.

Elle réprima (difficilement) une envie folle de lui enfoncer son revolver dans les côtes pour qu'il active le pas.

— Est-ce que tu veux bien arrêter ton manège à la 007 et te contenter de foncer là-bas ? chuchota-t-elle, incapable de dissimuler le sarcasme qui perçait dans sa voix.

— Il faut qu'on soit prudents, lui répliqua-t-il à voix basse.

— Pourquoi ? Parce qu'ils risquent de se mettre à psalmodier des algorithmes ? Je crois qu'on peut les maîtriser, non ?

Ils entendaient les bruitages agaçants et la musique métallique d'une sorte de jeu électronique.

— Tu vois, insista-t-elle. Ils ne savent pas qu'on est là Allons-y.

Elle commença à se relever derrière l'arbre où ils s'étaient accroupis, mais il tira sur son jean pour la forcer à se baisser.

— Il ne faut pas qu'on se précipite, lui commanda-t-il. Tu n'as aucune idée de ce qu'il y a à l'intérieur. Il faut que tu fasses preuve de patience dans ce genre de situations.

— Mon pote, Patience a sauté dans un bus il y a quelques heures et elle s'enfile présentement des tournées de margaritas en compagnie d'une bande de matelots, dans un bar quelconque de la côte ouest.

Elle s'élança vers la cabane avant que Trevor puisse la retenir, et en défonça la porte pendant qu'il se précipitait pour la couvrir. Il s'était remis à grommeler. Un truc à propos de porcs à l'attache et de femmes. Mais elle l'ignora en s'accroupissant, le revolver tendu devant elle, forçant Trevor à se concentrer sur ce qu'il y avait au-dessus.

Lorsque ses yeux se furent habitués à la pénombre, elle vit un homme assis dans un fauteuil qui jouait avec un diadème. Un homme dont la stature était un peu trop familière, et quand le changement de luminosité ne la gêna vraiment plus, elle faillit le descendre immédiatement.

— Alex ! Qu'est-ce que tu fais là, putain ? cria-t-elle.

Il éclata de rire.

— Eh bien, vois-tu, ma douce, j'ai compris un truc quand tu es partie tout à l'heure. Tu as quelque chose que je veux et tu t'y connais pour finasser et éviter de me le rendre. Je savais où tu allais, et je savais que tu cherchais quelque chose qui appartenait à ta mère. Je me suis dit que ça devait être ça. Maintenant, je crois qu'on est quitte.

— Espèce de bâtard, siffla-t-elle en pointant son arme vers lui.

Il plissa légèrement les yeux en indiquant de la tête le coin opposé à celui où il se tenait.

Deux de ses hommes étaient là, leur arme braquée sur Bobbie Faye et Trevor. Sur le sol, à leurs pieds, les boutonneux, ligotés et bâillonnés, ouvraient des yeux ronds. Ils semblaient avoir tous les deux mouillé leur pantalon.

— Tu vois, Bobbie Faye, les deux hommes que tu vois là n'ont aucun lien avec la Louisiane, et tu sais ce que ça veut dire ?

Comme elle ne répondait pas, il poursuivit :

— Ça veut dire qu'ils en ont rien à battre que tu sois ou non reine des Journées de la Contrebande.

Bobbie Faye jeta un coup d'œil à Trevor et à la seconde où elle se retourna vers Alex en s'élançant vers lui, Trevor se plaça entre elle et les hommes de main. Elle s'arrêta à cinquante centimètres de lui, juste hors de sa portée.

— Donne-moi le diadème, Alex.

— Pas avant que tu me rendes mes affaires.

— Bordel de merde, Alex, cria-t-elle, je n'ai pas de temps à perdre avec ce genre de truc !!

Elle respirait bruyamment, résistant difficilement à l'envie d'appuyer sur la gâchette, ne serait-ce que pour ôter de sa face de rat ce sourire idiot.

— Elle se débrouille plutôt bien avec les armes à feu, dit Trevor dans son dos. Même si tes gars me descendent en premier, elle pourra te trouer la couenne.

— C'est toi, l'abruti qui lui a donné ce flingue. Et tu crois que je vais t'écouter ? Qui lui a appris à tirer à ton avis ?

— Alex, bordel. Pas aujourd'hui.

— Pourquoi ne lui rends-tu pas ses affaires, tout simplement ? suggéra Trevor.

Elle détesta ce ton raisonnable et calme de toute son âme et faillit bien lui coller un pruneau pour le remercier d'un conseil aussi judicieux.

— Je ne sais pas où se trouvent ses trucs.

— Au revoir, ma douce. Tu pourras récupérer ce diadème quand j'aurai mes affaires.

— Alex, enchaîna-t-elle, les joues en feu sous l'effet combiné de la rage et de la chaleur. Je ne sais pas où sont tes putains d'affaires ! Ma caravane a été inondée ce matin et l'eau ne voulait pas s'écouler. Alors j'ai fait sortir Stacey, mais ça n'a pas arrangé l'inondation. Et puis on m'a coupé l'électricité à peu près au moment où Roy appelait pour me dire qu'il avait été kidnappé. C'est alors que la caravane s'est effondrée et je n'ai pas la moindre de putain d'idée de l'endroit où se trouvent tes foutus *poèmes d'amour* ! Alors, file-moi le diadème de maman *maintenant* où je vais faire en sorte qu'ils soient tous *publiés*.

Alex s'immobilisa, le souffle coupé, le teint écarlate. Elle ne savait pas s'il devait cette rougeur à la honte ou à la rage et, de toute façon, elle s'en tamponnait royalement.

Les hommes de main, dans le coin opposé, commencèrent à glisser lentement vers la porte avec un air extrêmement gêné et la parfaite conscience qu'ils n'étaient absolument pas censés en savoir autant. Marcel fit alors irruption dans la cabane en passant par ce qui ressemblait à une porte de placard et se mit à glousser jusqu'à ce qu'Alex lui lance un regard furieux et incandescent.

— Désolé, chef, dit Marcel en essayant de réprimer son rire. C'est juste que… tu sais… J'adooooore les poèmes.

— Tu dis encore un mot et t'es mort, hurla Alex qui écumait de rage.

— Des *poèmes* ? s'enquit Trevor, incrédule en regardant tour à tour Bobbie Faye et Alex. Vous vous fichez de moi ? Tout ce bordel pour des *poèmes d'amour* ?

Mais ni l'un ni l'autre n'avaient franchement envie de blaguer, et ils se tançaient réciproquement en cherchant à transpercer l'autre du regard.

— De toute façon, ils m'appartiennent, annonça Bobbie Faye sans quitter Alex des yeux. Tu les as écrits pour moi. Tu n'as pas le droit de les reprendre.

Trevor abaissa son arme et la regarda en haussant un sourcil avec une expression intense qu'elle ne parvenait pas à définir :

— T'es encore amoureuse de ce type, dit-il comme s'il venait soudain de comprendre.

— Grand Dieu non ! répondirent Bobbie Faye et Alex à l'unisson, avant de recommencer à se dévisager avec hargne.

— Non, répéta-t-elle d'un ton plus neutre cette fois-ci. J'ai eu assez de bon sens pour quitter ce bus pour l'Enfer il y a bien longtemps.

Puis, regardant Trevor :

— Mais ces poèmes sont très beaux. Ils pourraient très bien figurer sur des cartes de vœux.

Alex tressaillit si vivement qu'elle crut un instant lui avoir tiré dessus.

— Bobbie Faye, dit-il, extrêmement tendu, as-tu la moindre idée de ce que *paye* la poésie ? Maintenant, je suis trafiquant d'armes. J'ai une réputation à tenir, bordel !!

— Euh, chef ? dit un homme de main.

Alex pivota vers lui prestement.

— Un mot, prévint-il, et vous êtes morts, tous les deux.

— Euh, chef. C'est pas pour ça. C'est pour ça, fit-il en indiquant quelque chose à travers la fenêtre.

Chapitre vingt-huit

Oh, nous vérifions toujours le site bobbie.faye.com pour les conseils de voyage. Ainsi, nous savons dans quelle partie de l'État nous pouvons faire des excursions sans risque.

— Danette, Joy et Michael (lesquels ont souhaité préserver la confidentialité de leur patronyme), touristes.

Cam aperçut la cabane à l'endroit exact où Landry lui avait dit qu'elle se trouvait, perchée sur un curieux bout de terrain où se rejoignaient deux bayous. Ça ressemblait bien au vieux salopard, ça, de le jeter en prétendant qu'il lui avait déjà remboursé sa dette, de démarrer son hydroglisseur et de filer sur le bayou en le laissant là, avec pour tout matériel son revolver et le GPS qu'il avait pris soin d'emporter. Ce n'était pas de la lâcheté. Il l'avait déjà vu gérer des rixes de bistrots contre quatre soûlards qui avaient la moitié de son âge (et qui avaient tous fini à l'hôpital, alors que le vieux s'en était sorti sans une égratignure). Non, Landry ne voulait simplement pas se retrouver à proximité de Bobbie Faye.

Un de ces jours, il faudrait que Cam découvre ce qui avait pu se passer pour que Bobbie Faye en vienne à tirer sur l'ancêtre.

Après avoir déclenché le GPS pour se signaler à la brigade d'intervention, il s'accroupit et se concentra sur les bruits et les odeurs du marécage, notant l'absence étrange des chants d'oiseaux, des croassements de grenouilles et des stridulations des grillons, signe infaillible que quelqu'un était récemment passé par là. Il examina le sol et le tronc des arbres pour en savoir plus. Il ne lui fallut pas plus de quelques minutes pour repérer la trace de l'une des bottes de Bobbie Faye et relever que le bord usé de l'empreinte correspondait à celles qu'il avait remarquées autour du lac, dans la matinée. Toujours accroupi, il nota que les herbes avaient été couchées par des pas et commençaient tout juste à se redresser. Ils n'avaient pas dû rester là très longtemps et il était probable qu'ils se trouvaient encore dans la cabane.

Il s'assit sur ses talons et songea à l'homme qui se trouvait avec Bobbie Faye. Un individu recherché par le FBI, à la réputation de ripou de première et de meurtrier capable de tuer de sang-froid. Pourtant, ce type était resté aux côtés de Bobbie Faye toute la matinée, sans la blesser ni la tuer. Or, Cam ne pouvait guère dénombrer que trois heureux mortels ayant réussi ce genre de prouesses, surtout quand Bobbie Faye était à fond. Cette constatation impliquait que le gus était beaucoup plus dangereux qu'un ours enragé, parce qu'il voulait manifestement quelque chose. Quiconque pouvait se donner autant de peine pour supporter Bobbie Faye dans ses pires moments devait vouloir quelque chose de *mauvais*, et quiconque présentait une détermination aussi désespérée foutait salement les jetons à Cam.

Il explora les environs et découvrit le petit canot que Bobbie Faye et Trevor avaient dû utiliser. Un coup de pied bien placé en perça la coque en bois. Comme ça, au moins, ils ne pourraient pas filer à l'anglaise et lui échapper. Maintenant, il ne lui restait plus qu'à faire sortir Bobbie Faye de cette cabane.

Il aurait tellement préféré un ours enragé.

Alex jeta un coup d'œil par une fente du rideau et lâcha un juron :

— *Je su m'en sacré fou !*

Bobbie Faye fronça les sourcils d'un air méprisant, et Trevor regarda Alex, puis Bobbie Faye, d'un air interrogateur.

— C'est du cajun. Il vient de dire qu'il était vraiment trop bête, expliqua-t-elle. On ne peut pas dire que ce soit un scoop, hein ?

Alex lui lança un regard mauvais avant de revenir à la fenêtre.

— J'aurais dû savoir qu'il valait mieux pas que je me mette à la poursuite de Mlle Catastrophe nationale.

Trevor prit la place d'Alex à la fenêtre et grimaça.

— C'est quoi le problème ? demanda Bobbie Faye.

— Des flics.

— Pas seulement des flics, corrigea Trevor. Des fédéraux.

Bobbie Faye les rejoignit et regarda elle aussi à travers le rideau. Trois hommes en tenue de camouflage militaire avançaient dans les bois en direction de la cabane. Chacun d'eux prenait soin de rester à couvert tout en progressant. Bobbie Faye inclina la tête en étudiant le type le plus petit, blond, et soudain, elle se souvint : c'était le gars de la Taurus, celui qui portait un très joli manteau sportswear. Celui qui avait commencé à leur tirer dessus juste après le braquage de la banque.

— Comment tu sais qu'ils font partie du FBI ? demanda-t-elle à Trevor.

— La logistique de marchés, tu te souviens ? répondit-il en haussant les épaules.

— Magnifique ! Bon sang, est-ce que j'ai un don pour les attirer ou quoi ?

— Hé ! intervint Alex, l'air sombre.

Bobbie Faye ne fit pas attention à lui et abattit la paume de sa main sur la poitrine de Trevor :

— Espèce de salaud ! Ce type est celui qui a tiré sur *toi* après le braquage de la banque !

— Vous avez braqué une banque, très chère ? demanda Alex, et il y avait dans son ton quelque chose comme une certaine fierté.

Il battit en retraite derrière son fauteuil, quand Bobbie Faye se retourna vivement en pointant son arme en direction de sa tête.

— Pour la dernière putain de fois. Je n'ai pas braqué cette banque.

Trevor posa sa main sur le canon du revolver afin qu'elle l'abaisse vers le sol.

— Elle est un peu susceptible sur le sujet. C'était une grande première pour elle.

Bobbie Faye fixa Trevor avec des yeux ronds, mais celui-ci paraissait… s'amuser. Le FBI – avec lequel *il* avait apparemment des liens quelconques – était là, dehors, et approchait d'une cabane où eux-mêmes se trouvaient coincés avec une bande de trafiquants d'armes débiles et deux forts en thème (ayant manifestement des problèmes de vessie, à en juger par l'odeur qu'ils dégageaient), et lui, il *s'amusait.* Elle allait lui montrer sa manière à elle de se divertir. Peut-être qu'une balle ou deux dans la jambe…

— Bobbie Faye ? cria une voix à l'extérieur de la cabane. Je sais que tu es là. Aboule ton petit cul, immédiatement.

Chacun des occupants de la cabane s'immobilisa, tandis qu'une onde de choc parcourait le visage de Bobbie Faye. *Mon Dieu, non !* Elle traversa précipitamment la pièce en direction de la fenêtre opposée à celle que le FBI devait avoir en vue et jeta un coup d'œil par une fente du rideau.

Aucun doute possible, c'était Cam. Le revolver dressé et prêt à servir. Partiellement dissimulé par un cyprès géant et installé à un endroit d'où il pourrait facilement atteindre quiconque franchirait l'unique porte de la cabane. Enfoiré. Elle savait qu'il la haïssait, mais, doux Jésus, elle n'aurait jamais cru que c'était à ce point, au point d'abandonner Stacey. Le *fumier.*

Trevor s'approcha d'elle et regarda à son tour à travers le rideau, par-dessus son épaule.

Cam cria encore depuis sa cachette :

— Je ne rigole pas Bobbie Faye. Maintenant !

— Existe-t-il, dans cet État, un homme que tu n'aies pas fait chier ? s'enquit Trevor.

— Oh non ! s'exclamèrent en chœur Alex, Marcel et les deux hommes de main.

Trevor jeta un coup d'œil à sa montre en appuyant sur quelques-uns de ses mystérieux boutons, puis il la lui mit sous le nez pour qu'elle voie le compte à rebours : vingt-sept minutes.

Elle observa son expression et comprit : il l'avait mis en marche quand le ravisseur lui avait adressé son ultimatum. Trevor se dirigea vers la fenêtre qui faisait face au FBI et, se tournant vers Alex, lui demanda :

— Je crois qu'il est temps que tu nous expliques comment tu es arrivé jusqu'à cette cabane.

Quand il aperçut les fédéraux qui rôdaient de l'autre côté de la cahute, il sut qu'il fallait qu'il prenne les choses en main. Et vite. Dieu seul savait ce que Bobbie Faye était en train de mijoter à l'intérieur, mais c'était à lui que revenait son arrestation, bon sang, et il n'allait pas les laisser en prendre l'initiative. La brigade d'intervention qu'il avait commandée serait sans doute là dans les cinq prochaines minutes. Il entendait déjà l'hélicoptère. Les pales du Huey fendaient l'air. Encore un truc à porter au crédit de Bobbie Faye, aujourd'hui : le chef lui avait pratiquement offert la brigade et tous les autres moyens qu'il voulait, en le bénissant.

Zeke vint se placer à un endroit où Cam pouvait le voir et il se passa le pouce sur la gorge pour intimer à Cam l'ordre de cesser d'appeler Bobbie Faye. Au lieu de cela, l'inspecteur s'éloigna un peu de l'arbre qui le protégeait, le revolver tendu devant lui, en restant néanmoins à l'abri des buissons.

Zeke, livide, lui fit signe de se remettre à couvert.

Cam ignora le connard d'agent.

— Bobbie Faye, je sais que tu es à l'intérieur. Je t'ai suivie. Le vieux Landry m'a filé un coup de main, alors ne fais pas semblant de ne pas m'entendre. Maintenant, tu vas pointer ton petit cul ici ou je jure devant Dieu que je...

Il s'immobilisa lorsque la porte s'entrouvrit. Il regarda en direction des fédéraux et fit un pas vers la droite, afin de s'interposer entre les fédéraux et la personne qui avait entrouvert la porte. La dernière chose qu'il voulait, c'était bien que le FBI s'offre une cible vivante.

La porte s'ouvrit encore un peu plus et Bobbie Faye apparut, l'arme braquée sur lui.

Oh, putain, elle avait vraiment l'air très – très – énervée.

— Je n'arrive pas à croire que tu aies pu convaincre ce vieux salopard de t'aider à me traquer.

Cam sourit. Ce qui sembla augmenter encore un peu sa rage. Mais son amusement ne fit pas long feu quand il entrevit ce qui se passait derrière elle. Par-dessus son épaule, plusieurs hommes qu'il ne distinguait pas bien, et ne put identifier, s'agitèrent derrière Dumasse. Un gang ? Ça ne collait pas avec le profil, mais ils étaient, à ce qu'il pouvait en juger, bel et bien armés. Sur la base de ce qu'il apercevait de Dumasse, son apparence évoquait effectivement celle de l'ancien militaire devenu mercenaire : beaucoup plus dangereux que le laissaient penser les photos, et encore un peu plus que cela, si l'on comptait le SIG Sauer qu'il avait au poing.

On aurait pu croire que Dumasse visait le dos de Bobbie Faye.

Quand Cam fixa l'homme dans les yeux, il ressentit une terrible menace. *Toi, si tu t'opposes à mes plans*, semblait-il dire, *elle est morte.* Cam regarda à nouveau Bobbie Faye et se demanda si elle savait à quel point elle était en danger.

— Je répète, dit-elle en écumant de rage, où est Stacey ?

Cam se concentra sur ce nouveau dilemme, sans vouloir reconnaître qu'il venait de consacrer quelques secondes à vérifier qu'elle était bien en vie, semblait relativement en bonne santé (à l'exception des quelques égratignures et bleus qu'elle avait dû se faire en traversant les marécages) et avait toujours ses mêmes yeux verts qui incendiaient tout ce qui l'entourait. Durant ces quelques secondes, il avait également constaté qu'il se sentait soulagé et parvenait désormais à respirer normalement, que cette moitié de tee-shirt la moulait carrément, que le jean tout aussi ajusté qu'elle portait était l'un de ses préférés, qu'elle était furieusement sexy et dangereusement ravageuse, et que… mais qu'est-ce qu'il fichait donc ? Il fallait qu'il reprenne ses esprits.

— Est-ce que t'as vérifié, au moins ? poursuivit-elle.

Il perçut l'hystérie latente qui affleurait à la surface. Il aurait voulu poser son arme à terre, marcher vers elle, la prendre dans ses bras. Il aurait voulu que tout cela soit terminé et réglé.

Il n'y avait aucun moyen de régler ça.

— Bien sûr que j'ai vérifié, lui répondit-il en se rapprochant de la porte. C'est le FBI qui l'a prise en charge.

— Non ! Ce Ce dit qu'ils affirment ne pas l'avoir. Putain, Cam, je ne t'ai jamais, jamais, demandé la moindre faveur de toute ma vie.

Il bouillait. Bien sûr qu'elle ne l'avait jamais fait. Ça faisait partie des choses à propos desquelles ils se disputaient régulièrement : elle ne s'appuyait jamais sur lui. Et ne lui avait jamais fait vraiment confiance.

— Sauf quand je t'ai demandé de ne pas arrêter Lori-Ann, corrigea-t-elle avec un air si furieux qu'il crut qu'elle allait vraiment lui tirer dessus, et, aujourd'hui, quand je t'ai demandé de trouver Stacey. Est-ce que tu me détestes au point de laisser quelqu'un lui faire du mal ?

Elle le considéra alors avec un mélange de rage et de dégoût qui sembla se répandre dans ses veines comme une coulée de lave.

— Tu n'as pas le droit de dire ça, répliqua-t-il d'un ton cassant, tout en ressentant comme un violent coup de pied dans le ventre. Il est probable qu'ils tiennent à Ce Ce le discours officiel. Ils ne diront rien tant que cette affaire ne sera pas terminée, Bobbie Faye. Dans quoi t'es-tu donc fourrée ?

— Ça suffit, intervint Dumasse derrière Bobbie Faye.

Il la tira par son tee-shirt pour la forcer à rentrer dans la cabane. Cam s'avança pour l'en faire sortir, mais Bobbie Faye disparut soudain, laissant Dumasse et Cam, face à face, l'arme au poing. Dumasse repoussa la porte pour ne laisser que quelques centimètres d'ouverture.

Il était beaucoup mieux placé que Cam pour tirer.

— Il faut que tu recules, l'avertit Dumasse, si toutefois tu veux vivre. Alors éloigne-toi à bonne distance, bordel.

Puis il referma la porte si violemment que ses gonds craquèrent, et le claquement du métal résonna dans le silence absolu du marécage. Cam aperçut les armes braquées sur lui depuis les fenêtres qui encadraient la porte et il recula. Des bruits de disputes parvenaient de l'intérieur de la cabane (ce qui ne le surprenait pas vraiment) et les armes disparurent des fenêtres. Il n'était pas très sûr que ce soit bon signe.

Cam recula d'environ trente mètres et s'abrita derrière les troncs d'un large cyprès et d'un chêne. La brigade d'intervention qu'il avait commandée était arrivée et attendait dans ce périmètre.

Il se tourna vers le commandant de la brigade, en demandant que soit élaboré un plan pour s'emparer des lieux sans faire de victime et sans laisser le FBI poser la main sur Bobbie Faye ou Dumasse.

C'est alors que la cabane explosa.

Chapitre vingt-neuf

Composez le 1-B-O-B-B-I-E-F-A-Y-E pour signaler que vous l'avez vue ou pour faire état d'une catastrophe. Veuillez noter que cette ligne n'est pas destinée aux parieurs.

— Mémo émanant de Homeland Security.

Cam vit la boule de feu et le métal qui explosa en une myriade d'éclats acérés qui vinrent écorcher les arbres alentour, ainsi que la poussière qui fusait dans toutes les directions. Il n'y avait plus désormais qu'une fumée noire à l'emplacement de la cabane où Bobbie Faye s'était tenue, alors bien vivante, moins de cinq minutes auparavant. Le sang battait dans ses oreilles. Il s'élança vers les débris de la cahute, en plissant les yeux pour les protéger des volutes acres qui s'en dégageaient. Les membres de la brigade d'intervention le ceinturèrent et l'éloignèrent avant qu'il atteigne les flammes qui consumaient ce qu'il restait des parois du bâtiment.

Il ne voulait pas qu'on le protège.

Il voulait fouiller dans ces décombres, écarter les poutres incandescentes avec ses mains nues et la trouver, parce qu'elle était là-dessous. Elle allait bien, elle respirait, il le savait. Parce qu'il ne pouvait pas en être autrement. Il allait la retrouver et, quand il aurait fini de l'engueuler, ce qui prendrait quelques années, il lui passerait les menottes et la collerait dans la cellule la plus robuste qu'il trouverait et, bordel de merde, elle y resterait à l'abri et en sécurité, même s'il devait tuer tous les autres pour parvenir à ses fins.

Zeke se précipita vers Cam, l'air pas vraiment réjoui. Pire que s'il avait perdu le ticket gagnant de la loterie. Cam ne savait pas trop ce qu'il voulait et, franchement, il s'en fichait. Il ne parvenait pas à quitter l'incendie des yeux, les restes noircis des murs et du toit, mais le visage de l'agent spécial surgit devant lui.

— Toi, t'es un sacré connard, hurla-t-il. Laisser cette garce s'interposer entre…

Avant même qu'une pensée ait eu le temps de prendre forme dans sa tête, Cam saisit Zeke à la gorge et le projeta contre un arbre. La brigade d'intervention intervint aussitôt pour l'éloigner de Zeke qui rajusta avec soin son treillis.

— T'as de la chance que j'aie pas envie de me lancer dans la paperasse pour te faire coffrer, siffla Zeke.

Cam éclata de rire.

— Comme si j'en avais quelque chose à battre, dit-il en se retournant vers la cabane en feu.

Un froid engourdissant envahit son cœur avant de se répandre dans tout son corps. Il entendit à peine le commandant de la brigade d'intervention utiliser l'un des téléphones satellitaires pour appeler les équipes de la police scientifique.

Bobbie Faye dévalait les marches d'un escalier en colimaçon. Les décombres calcinés se trouvaient désormais deux étages au-dessus de sa tête. L'obscurité presque totale était très perturbante et Dieu savait qu'elle était déjà limite en matière de cohérence. Bien qu'elle s'essayât à une pensée cartésienne, elle était quasi certaine qu'elle avait déjà mordu sur la frontière de la zone rouge « Attention, santé mentale en danger ». Elle craignait même que cette santé mentale ait déjà sauté de la falaise à peu près au moment où Alex les avait poussés dans la cage de l'escalier dérobé et avait mis en marche le minuteur qui devait déclencher la bombe.

Trevor la précédait et elle avait posé la main sur son épaule pour garder l'équilibre, puisque Alex avait toujours une dizaine de marches d'avance sur eux et était le seul à posséder une lampe électrique. Son esprit s'emballait, fusait et slalomait entre diverses émotions avec une certaine récurrence s'agissant du désespoir.

Comment Cam avait-il pu ne pas aller chercher Stacey ? Il adorait cette môme. Et, une fois encore, elle songea qu'il l'avait aimée, elle aussi, mais que ça ne l'avait pas empêché de détruire la vie de sa sœur et de sa nièce en arrêtant Lori-Ann. Elle ne parvenait pas à comprendre qu'il n'ait pas tenté de sauver sa nièce, qu'il puisse la haïr au point de préférer la voir en prison plutôt que de s'assurer que Stacey était en vie. Il y avait quelque chose de terrifiant dans cette constatation. Elle tenta de la repousser au loin, dans les méandres de sa conscience, mais elle ne cessait de resurgir, tandis qu'ils continuaient leur descente vers un trou noir. Elle avait pourtant cru, quelque part au fond d'elle-même, qu'il l'aimait encore. Certes, ils avaient eu d'horribles scènes, ils s'étaient séparés, et ils étaient passés à autre chose, non ? Exact. Mais une chaleur brûlante irradia dans sa poitrine quand elle comprit qu'elle ne signifiait vraiment plus rien pour lui. Que le couple qu'ils avaient formé ne représentait plus rien pour lui. Pourtant, il avait été un *foyer* pour elle, il y avait si longtemps. Une partie d'elle-même avait continué à croire qu'il finirait par revenir à la raison, qu'il verrait combien il l'avait trahie et qu'il lui demanderait de revenir. Qu'il la voudrait *elle*. Pas une pâle copie tranquille et arrangeante.

Elle entendait la voix d'Alex qui résonnait contre les parois de la cage d'escalier, mais elle n'avait pas encore exactement compris ce qu'il disait, quand Trevor lui répondit :

— Un dôme de sel ? Tu veux rire ? Ici ?

Ils finirent par atteindre un palier et Bobbie Faye trébucha. Trevor la rattrapa et la soutint un peu plus longtemps qu'elle ne s'y attendait. Il lui massa l'arrière de la nuque délicatement et, se penchant vers elle, murmura : « Ça va ? » Elle hocha la tête contre sa joue quand une puissante lumière illumina la salle où ils se trouvaient. Celle-ci devait bien faire neuf mètres sur douze. L'un de ses côtés était recouvert d'écrans de contrôle et une sortie avait été aménagée dans deux autres murs.

Trevor consulta sa montre.

— Vingt minutes, Bobbie Faye.

— Mais où sommes-nous, pour l'amour du ciel ?

Alex alluma les écrans de contrôle, un à un, générant ainsi une image à 360 degrés de l'incendie de la cabane, probablement au moyen de caméras installées dans les marécages. Elle perçut l'ampleur de son angoisse quand elle aperçut Cam, bien vivant, qui s'entretenait avec les membres de sa brigade d'intervention. Elle souffla en le voyant, puis entendit le ricanement cynique d'Alex :

— Non, Bobbie Faye. Je n'ai pas pulvérisé ton petit ami, même si c'était pourtant une excellente occasion.

— Ex-petit ami, corrigea Bobbie Faye, et quand elle vit l'étincelle malicieuse qui traversait son regard, elle leva les mains et ajouta : ne commence pas.

— Hé, ma douce, je m'apprêtais simplement à lui souhaiter la bienvenue dans notre club. Heureux de constater qu'il s'en est sorti. On devrait nous décerner des trophées ou quelque chose comme ça, non ?

— Pour la deuxième fois, Alex, où sommes-nous ?

— Ceci est l'entrée de derrière, depuis longtemps abandonnée, d'un dôme de sel. Le terrain a changé de mains à plusieurs reprises et un accès plus commode ainsi que des bureaux ont été construits de l'autre côté, quand l'endroit a été modernisé. Et comme personne ne savait que cette entrée existait…

— Eh ben, commenta Bobbie Faye, pas étonnant que les fédés n'aient pas encore compris comment tu fais pour t'évaporer.

Puis, voyant le sourire satisfait d'Alex et ne sachant que trop combien il s'enorgueillissait de stratégie, elle ajouta :

— Mais tu viens juste de le réduire en poussière. T'es cinglé ou quoi ?

— Il l'a fait pour qu'on gagne du temps, Bobbie Faye, intervint Trevor.

Elle le regarda avant de revenir à Alex. Il était manifeste que ces deux-là avaient appris à s'apprécier. Ça l'énervait énormément.

— Il nous a peut-être fait gagner du temps, mais il ne s'en sort pas mal non plus. Alex pense toujours d'abord à Alex, dit-elle à Trevor avant de se retourner vers le trafiquant. Comme ça, en faisant tout exploser, ils ne sauront pas que tu es passé par là et peut-être même qu'ils ne découvriront jamais cet endroit. Tu pourras ainsi attendre quelque temps, reconstruire une cabane au-dessus de ça et reprendre ton petit business.

— Oh, Bobbie Faye, je suis sincèrement blessé que tu ne puisses pas imaginer que j'aime mon prochain, au fond de mon cœur.

— Mouais, ce qui m'impressionnerait, Alex, c'est d'avoir la preuve que tu as même un cœur, quant à savoir s'il est capable d'aimer quelqu'un…

— Ouch, ma douce. Tu me fais du mal.

Elle le dévisagea avant de considérer la troupe de ses hommes de main et, pour la première fois depuis qu'elle avait mis le pied dans la cabane, prit vraiment conscience de la présence des boutonneux, lesquels étaient toujours ligotés et flanqués des gardes d'Alex. Elle leva son revolver vers le plus costaud des gamins et dit :

— Je veux savoir ce qui se tramait dans cette banque et je veux le savoir maintenant.

Elle s'avança et arracha le bâillon qu'il avait sur la bouche. Il vacilla, se pencha et chancela encore. Si les convulsions devenaient un moyen de défense contre les armes à feu, le môme ne craignait plus grand-chose.

— Je ne sais pas ! s'écria-t-il.

— Comment tu t'appelles ?

— Ben.

— Eh bien, Ben, je te suggère de regarder cet homme. – Elle fit un signe de tête en direction d'Alex. – C'est un trafiquant d'armes, petit. Il a fait en sorte que je sache tirer. Du coup, je tire mieux que n'importe qui. En conséquence, à moins que tu ne veuilles faire une carrière de soprano, tu ferais mieux de parler.

Le gamin regarda Alex, qui acquiesça de la tête et ajouta :

— C'est la deuxième plus grosse bêtise que j'aie jamais faite.

Bobbie Faye lui aurait bien décoché une œillade tueuse, mais elle voulait avant tout que Ben craque, et vite. Or, à ce stade, il ne lui restait plus guère que l'intimidation pour parvenir à ses fins.

— Tout ce que je sais, bredouilla-t-il, c'est que le professeur nous a demandé de venir en renfort. Il a dit qu'il fallait qu'il prenne un truc et il pensait que quelqu'un essaierait peut-être de l'en empêcher. On était censés intervenir en cas de pépin et on devait servir de chauffeurs.

— Qu'est-ce qu'il devait prendre ? demanda-t-elle.

Mais le môme secoua la tête. Elle pointa le revolver sur son entrejambe et il se tortilla.

— Honnêtement, madame, je n'en sais vraiment rien !! Il a été très mystérieux sur toute cette affaire et nous ne sommes que ses assistants. On devait lui filer un coup de main pour un projet. Il nous a promis une semaine de salaire supplémentaire si on l'aidait ! Il a dit que si on était séparés, on devait se retrouver ici et il nous a filé un plan du coin. C'est tout ce que je sais.

Ici, ils devaient se retrouver ici.

Elle pivota et s'élança vers Alex, mais Trevor l'agrippa au passage et la retint. Il en avait profité pour la désarmer en un clin d'œil, et ça commençait vraiment à l'agacer.

— Les flics entendraient les coups de feu, lui dit-il en guise d'explication, devant son regard haineux. Ne perds pas un temps précieux.

Quand elle se retourna vers Alex, celui-ci continuait à secouer la tête.

— Non, Bobbie Faye, non. Je te l'ai déjà dit. Je ne savais pas que c'était pour ça. Un type que je connais m'a appelé en disant qu'il connaissait un gars qui pourrait avoir besoin d'une planque pendant quelque temps. Le montant me convenait, alors je me suis dit, pourquoi pas ? Je n'avais pas idée que ça pouvait te concerner.

— Quel type que tu connais ? Quel gars ?

— Tu sais bien comment ça se passe. Un gars. Un mec qu'on connaît pas. Un anonyme.

— Et pourquoi devrais-je te croire, Alex ? Ta vie est un mensonge.

— Bobbie Faye, est-ce que tu penses vraiment que, pour tout l'or du monde, j'aurais sciemment choisi de recroiser ton chemin ? J'ai peut-être un grain, mais je ne suis pas stupide, ma douce.

Elle s'apprêtait à répliquer quand Trevor se retourna vers les écrans de contrôle.

— J'ai l'impression que nous avons un problème beaucoup plus important, dit-il en montrant du doigt ce que Cam était en train de faire.

Chapitre trente

Je suis désolé, monsieur le Président, mais même si vous appréciez énormément le gouverneur de Louisiane, vous n'avez pas le droit de parachuter un civil derrière les lignes ennemies. Non, monsieur, pas même si elle pourrait *constituer une menace pour la nation tout entière.*

— Un assistant anonyme du Président.

Cam fixa les arbres pour essayer de s'ancrer dans un semblant de réalité. Les craquements de l'incendie qui faisait rage derrière lui, l'odeur du métal brûlé, mêlé à celui de l'herbe, les discussions de la brigade d'intervention interrompues par les récriminations du FBI, le sifflement des pales d'hélicoptères qui s'étaient maintenant rassemblés au-dessus de la zone, tout cela créait une cacophonie qui nourrissait sa rage. Il fallait qu'il trouve quelque chose à faire pour oublier que Bobbie Faye était morte. Car il ne pouvait laisser cette pensée accéder au rang de vérité.

Il continua à scruter le feuillage, ignorant les questions qu'on lui posait, les tentatives de ses hommes pour l'éloigner du site et le ramener au commissariat en hélicoptère. Il ne partirait pas.

Pas avant de l'avoir retrouvée.

Et quelque chose en lui, qu'il n'aurait pu expliquer, lui disait que cet arbre avait quelque chose de bizarre.

Il fallait qu'il trouve, dans ce chaos, un moyen de recentrer son esprit sur ce qui venait d'arriver, un moyen de se reconcentrer. Ses yeux avaient capté quelque chose qui le turlupinait sans qu'il pût en déterminer la raison ni identifier ce dont il s'agissait.

Soudain, il comprit.

Il y avait là une caméra. Elle était bien cachée, camouflée en nid d'écureuil. Il se rapprocha et se dit qu'il ne l'aurait sans doute jamais repérée si l'explosion n'avait pas projeté des débris contre le tronc, arrachant ainsi une partie du « nid » et exposant le boîtier étanche et le logement de l'objectif. Il pivota et scanna les arbres qui cernaient la cabane. Il y aperçut un nombre inhabituel de nids d'écureuils de taille comparable, situés, plus ou moins, à la même hauteur. L'ensemble formait comme une couronne autour de la cahute.

Il fit le tour du brasier et parcourut les berges jusqu'à ce qu'il découvre une branche assortie de ce qui avait dû ressembler à un nid d'oiseau. Avec un objectif à l'endroit où aurait dû se trouver l'entrée du nid.

Ah.

Il scruta les décombres et un faible espoir commença à s'insinuer à la périphérie de son cerveau, estompant un peu sa fureur et prenant de l'ampleur au rythme des battements du sang dans ses oreilles.

Il n'y avait qu'un seul bateau amarré près de la berge. Il repensa à la scène qui avait précédé l'incendie et se souvint d'avoir aperçu au moins deux ou trois autres personnes derrière Bobbie Faye et Trevor, mais il pensait qu'il y en avait plus. Était-il possible que tout ce monde soit arrivé sur les lieux dans ce petit canot ? Pas impossible. Sauf que… Hormis les traces qu'avaient laissées Bobbie Faye et Dumasse, il n'y avait aucune autre empreinte de pas autour de la bicoque.

Étrange.

Comment les autres étaient-ils donc arrivés là ?

Ce n'était peut-être que le fruit de son imagination. Peut-être n'y avait-il, en fait, dans la cahute, que deux individus en plus des fugitifs. Le canot aurait alors été tout à fait suffisant pour les transporter.

Peut-être valait-il mieux qu'il cesse de cogiter pour agir.

Il suivit les traces de pas de Bobbie Faye et de Trevor jusqu'à leur bateau.

— Qu'est-ce que vous cherchez au juste ? demanda Zeke. On sait déjà qu'ils étaient là-dedans.

Cam ne lui répondit pas. Il n'aurait pu dire ce qu'il recherchait exactement. Il savait seulement qu'il tenait quelque chose. Il avait juste besoin de découvrir ce que c'était. Et, pour le moment, il voulait surtout que Zeke le lâche. Il faudrait bien qu'il ravale son mépris et abandonne ce visage de Carême.

— Je ne partirai pas, ajouta Zeke, avant de voir Dumasse dans un sac de la morgue, *s'il* est mort, ou de l'y mettre moi-même, si ce n'est pas le cas.

Cam contrôla son expression. Ces paroles allaient à l'encontre des instructions du capitaine, mais ce n'était pas la première fois qu'une section du FBI suivait un ordre du jour dont les autres sections n'avaient pas connaissance. En revanche, ces commentaires excitaient encore un peu plus la curiosité de Cam à propos de Dumasse.

— Vous avez l'air de penser qu'il est en vie.

— Je ne sous-estime jamais Dumasse, répondit Zeke. Je n'arrive même plus à compter le nombre de fois où il était censé être mort. Je n'y croirai que lorsque je le verrai étalé sur le brancard de la morgue.

— Mais si ce gars est aussi efficace que vous le dites, pourquoi pensez-vous qu'il aurait besoin de quelqu'un comme Bobbie Faye ?

Zeke sembla peser le pour et le contre d'une divulgation des informations qu'il possédait. Puis il haussa les épaules, comme si, maintenant, tout cela n'avait plus grande importance :

— Nous pensons que Bobbie Faye détient quelque chose de valeur qu'il veut obtenir.

Cela correspondait à ce que Jason avait enregistré, mais Cam avait besoin que Zeke en dise plus.

— Bobbie Faye ? Quelque chose de valeur ? s'étonna-t-il en feignant l'incrédulité. On parle bien de la fille qui a arrêté sa voiture au beau milieu d'une voie ferrée pour récupérer un chèque de rabais de 12,18 dollars que lui avait adressé la compagnie du téléphone et qui, ensuite, n'a pas réussi à la faire redémarrer et à dû se résoudre à assister au déraillement d'un train entier ? Cette Bobbie Faye-là ?

— Tout ce que je sais, c'est que Dumasse ne fait jamais rien sans avoir un plan, répondit Zeke avec un air sombre en contemplant le tas de ruines. Même ça.

Il resta silencieux un instant, durant lequel Cam se demanda si l'agent avait vu les caméras.

— Il s'en est sorti. Forcément, murmura Zeke, plus pour lui-même que pour Cam.

Cam espérait que ce plan incluait le fait que Bobbie Faye était restée en vie.

Bobbie Faye savait que Cam avait repéré les caméras. Il avait pris soin de n'en rien laisser paraître, mais ses yeux avaient fixé chacun des objectifs pendant qu'il circulait autour de la cabane. Elle distinguait même la colère qui agitait ses épaules et la tension qui nouait son dos. De la rage. De la haine, avec un « H » majuscule. Ce n'était plus qu'une question de temps avant qu'il commence à creuser dans les décombres pour découvrir ce qu'ils dissimulaient. Ça signifiait qu'il fallait décamper.

— Oh merde, dit-elle.

Trevor suivit son regard : la caméra située près de la berge filmait l'un des hélicoptères de la télévision survolant une zone située à proximité de l'incendie. Elle prit son téléphone portable et constata qu'il n'y avait pas de réseau. Prise de panique, elle commença à s'agiter sous l'œil vigilant de Trevor.

— Je n'avais pas prévu que le portable ne fonctionnerait pas ici ! L'heure limite… Oh, merde ! Il faut que je passe ce coup de fil. Ils vont croire que je suis morte. Ils vont faire du mal à Roy !

— Je ne pense pas, intervint Trevor. Ils ne sont pas certains que tu étais dans cette cabane, à moins que la police le divulgue. Or je doute qu'elle annonce quoi que ce soit avant de déterminer exactement ce qui s'est passé. Au mieux, ils apprendront que tu étais dans les parages, mais ils ne prendront pas le risque d'éliminer leur monnaie d'échange avant que ce soit confirmé d'une manière ou d'une autre.

Trevor se tourna vers Alex :

— Je suppose que vous disposez d'une porte dérobée, sinon vous ne nous auriez pas emmenés jusqu'ici.

— Bien sûr. Il y en a deux, en fait. La première donne sur un long tunnel en pente que j'ai découvert et qui était utilisé autrefois pour transporter du matériel dans le dôme de sel se trouvant sous nos pieds. J'ai fait camoufler la porte de façon que personne ne sache qu'elle existe.

— Excellent, alors allons-y.

— Pas si vite, dit Alex en se dirigeant vers l'un des écrans de contrôle et en indiquant du doigt une tache sur le sol. Voici la sortie qui mène au tunnel. Mais celui-ci s'ouvre très exactement à l'endroit où le FBI s'est établi. Nous ne pourrons l'emprunter sans nous faire repérer, avant leur départ. Et ça pourrait bien prendre au moins une journée.

Tous les regards convergèrent alors vers Bobbie Faye qui secoua la tête :

— Je ne dispose pas d'autant de temps.

— Je m'en doutais, ma douce, dit Alex en souriant. Avec toi, rien n'est jamais simple, n'est-ce pas ?

Il leva les mains devant lui quand elle fit volte-face :

— Mille excuses, ma chère. Désolé. L'autre sortie traverse le dôme.

— Tu veux dire… là-dessous ? Comment ça ?

— L'autre extrémité est encore exploitée. On peut y accéder par là, dit Alex en montrant la porte sur sa droite. Il faut prendre l'ascenseur pour descendre jusqu'au dôme, puis traverser une réserve de matériel mis au rebut. Le sel rouille tout et ça ne vaut pas le coup, vu le temps et l'argent que ça nécessite, de rapporter ce matériel à la surface. Par conséquent, ils le laissent tout simplement en bas. Il y a aussi une ou deux grandes salles qu'ils utilisent comme entrepôts. Si tu veux mon avis, depuis le temps, ils ont fini par oublier la moitié de ce qui s'y trouvait, vu qu'ils ont commencé à exploiter l'autre côté.

Bobbie Faye jeta un coup d'œil aux écrans de contrôle, au FBI, à la brigade d'intervention, aux équipes de la police et, bien sûr, à Cam qui continuait à fouiner. Elle ne parvenait même plus à dénombrer les hélicoptères survolant la zone. Aucune chance de sortir sans se faire voir, s'ils empruntaient la première sortie. Mais l'alternative consistant à s'enfoncer dans l'obscurité du dôme de sel lui évoquait une plongée volontaire dans son propre tombeau.

Elle ne retrouverait pas Stacey en procédant de cette façon. Elle ne pourrait pas non plus sauver Roy en restant ici. Ses yeux se posèrent sur le portable hors d'usage.

— Il y a une vieille ligne fixe en bas, ma douce. Je pense qu'elle fonctionne encore. Et les flics n'imagineront jamais que tu pourrais passer par là, de sorte qu'ils ne t'attendront pas à l'autre bout.

Elle enfouit son visage dans ses mains. Un énorme poids lui comprimait la poitrine et lui déchirait le cœur. Elle n'avait pas le choix. Elle ravala son angoisse, leva les yeux vers Trevor, puis Alex, et hocha la tête.

— Alex ? J'ai besoin du diadème.

Il hésita, en regardant longuement la parure. Puis, avec réticence, il la lui tendit, avant de lancer une lampe électrique à Trevor.

— Ne dis plus que je n'ai jamais rien fait pour toi, ma douce. Tu m'entends ?

— Merci, Alex, dit-elle en opinant gravement.

— Et il vaudrait mieux que je revoie mes affaires, lâcha-t-il en quittant la salle pour se diriger vers sa propre sortie.

Ses mots résonnèrent contre les parois du tunnel.

— Je suis très impressionné, confia Trevor, une fois qu'Alex fut parti et qu'ils eurent gagné l'autre porte qui menait au dôme de sel.

— Pourquoi ?

— Il te l'a donné sans que tu aies eu besoin de lui tirer dessus.

— Oh, il savait très bien que je lui aurais troué la peau. C'est pour ça qu'il a renoncé à le garder.

— Votre relation a dû être très intéressante.

— Seulement pour ceux que les menteurs pathologiques intéressent, répondit-elle.

Puis, remarquant son expression de curiosité, elle ajouta :

— Ne pose pas de questions. Je ne comprends toujours pas comment j'ai pu être assez décérébrée pour sortir avec ce type. Et quand nous nous sommes rencontrés, je n'avais pas la moindre idée de la nature de son gagne-pain.

— Il a toujours de l'affection pour toi, releva Trevor, et elle nota une étrange intonation dans sa voix.

— Qu'est-ce que ça peut te faire ?

— Oh, rien. C'est juste une observation, répondit-il tandis qu'ils traversaient une sorte de hall conduisant à un ascenseur. Manifestement, cet homme est toujours amoureux de toi.

— À l'école, c'était un poète. Il était amoureux de l'amour. – Ils s'arrêtèrent devant un ascenseur rouillé et poussiéreux. – Dans la vraie vie, il s'est révélé être un adepte des relations du type « Sois belle et tais-toi ».

Les yeux de Trevor exprimèrent la surprise.

— Eh oui. D'ailleurs, je ne sais vraiment pas à quoi il pensait le jour où il m'a demandé de sortir avec lui.

Elle appuya sur le bouton de l'ascenseur, mais rien ne se passa. Elle recommença. Toujours rien. Elle tambourina sur le fichu bouton sans plus de succès. Aucun bruit, aucun mouvement, pas de grincement des câbles ni de couinements des engrenages qui auraient pu indiquer que l'ascenseur fonctionnait.

Trevor pressa le bouton à son tour et elle le dévisagea.

— Bien sûr, ricana-t-elle, parce que si c'est un homme qui le fait, ça va marcher.

Il rit, abaissa sa lame électrique et extirpa son couteau pour forcer l'ouverture des portes. Quand il braqua le faisceau lumineux dans la gaine de l'ascenseur, le trou béant leur fit l'effet d'insondables abysses. Il ramassa un petit caillou de sel et le lança dans le conduit, en comptant les secondes que durait sa chute avant qu'il heurte quelque chose : presque dix secondes.

— Ce qui veut dire que la cabine est coincée à environ deux cent quarante ou deux cent soixante-dix mètres d'ici. Là, je suis en train de me dire que tu bats tous les records. Je n'ai jamais rencontré quelqu'un poursuivi par une malchance aussi extraordinaire.

— C'est tout moi. J'ai toujours été perfectionniste.

Ce Ce n'avait aucune idée de la façon dont on en était arrivé là. Elle secoua la tête, signe qu'elle abandonnait tout espoir de donner un sens à toute cette histoire. Elles venaient de trimbaler la grosse dame des services sociaux jusqu'à la réserve où elles l'avaient installée sur un matelas, quand Ce Ce avisa l'écran de surveillance et vit – aucun doute possible – un flic en civil pénétrer dans le magasin. Elle mit en marche l'interphone, en s'assurant qu'il était exclusivement en mode réception, afin d'écouter ce qu'elle voulait savoir.

— Je suis l'inspecteur Benoit, annonça le policier à Allison et Alicia.

Les jumelles sourirent et se penchèrent en avant en s'appuyant sur le comptoir, montrant ainsi deux généreux décolletés. Il leur rendit leur sourire béat et Ce Ce se dit qu'il ne fallait pas qu'elle oublie d'augmenter ces filles-là.

— Je suis à la recherche d'une certaine Mme Banyon qui travaille pour les services sociaux. On nous a rapporté qu'elle était arrivée ici il y a une heure ou deux. Est-ce que vous l'avez vue ?

— Eh bien, monsieur l'inspecteur, dit Allison (à moins qu'il ne s'agît d'Alicia), il y a eu tellement de monde ici. Ces temps-ci, la visite du magasin semble être le sport national. C'est déjà difficile de se souvenir des habitués, alors ceux que nous n'avons jamais vus...

Mince. Ce Ce baissa les yeux vers la fonctionnaire qui pesait à peu près le même poids qu'un bunker et qui paraissait tout aussi solidement bâtie. Le premier endroit que le policier voudrait fouiller serait nécessairement l'arrière-boutique. Mentalement, elle rédigea un pense-bête : thé « spécial » + métabolismes lents = *pas bon.*

— Où donc allons-nous pouvoir la mettre ? demanda Monique en essuyant la sueur de ses sourcils. (Ses cheveux roux étaient encore plus hirsutes que d'habitude et ses taches de rousseur s'étaient accentuées sous l'effort qu'avait nécessité le déplacement de cette masse de cent kilos vers l'arrière-boutique.) Hé, je sais ! On pourrait lui passer l'un de tes déguisements, lui coller un masque vaudou sur le visage et il croira que c'est un mannequin en Celluloïd ou un truc dans le genre.

— Elle ronfle, Monique, lui fit remarquer Ce Ce.

— On n'aura qu'à dire que c'est un mannequin sonorisé !

La fonctionnaire lâcha alors un pet.

Les deux femmes laissèrent retomber leur tête en signe deprofond désespoir.

— Bon, d'accord, c'est peut-être pas une bonne idée, concéda Monique.

Elles entendirent l'inspecteur Benoit faire une description de la disparue aux deux employées. Ce Ce éteignit le récepteur de l'interphone dans la pièce où elles se trouvaient, ainsi que dans toutes celles qu'elles traversèrent en traînant l'énorme dormeuse dans les couloirs encombrés. Il leur fallut la plier un peu pour lui faire passer les marchandises entreposées dans la réserve et Ce Ce décida de l'asseoir sur une couverture en l'appuyant contre des cartons d'emballage.

— Tu veux tenter le placard ?

— On n'arrivera jamais à la faire entrer dedans. Et puis, elle pourrait basculer. Cette porte ne ferme pas à clef.

Ce Ce balaya du regard la réserve qui débordait de marchandises. Il y avait là un labyrinthe d'étagères qui toutes croulaient sous un assortiment hétéroclite de tous les articles imaginables qu'elle pourrait utiliser un jour dans l'une de ses potions. Ses philtres, comme les appelaient certains. Et, au milieu de ce mélange pittoresque, se trouvaient ses livres – de vieux volumes qui relataient les événements les plus ésotériques de l'histoire méconnue du sud de la Louisiane et qui rapportaient d'antiques recettes de baumes et de breuvages, ainsi que des anecdotes émanant d'individus qui s'étaient adonnés à la médecine bien avant elle. Et devant tout ça, les stocks destinés au magasin, et parmi eux une infinité de cartons remplis de cristaux.

Pour ceux-là, Bobbie Faye avait peut-être raison.

Le placard était exigu et déjà plein à craquer. C'est alors que, grâce à l'interphone, elle entendit l'inspecteur Benoit demander aux jumelles :

— Donc, ça ne vous embête pas si je fais un tour dans l'arrière-boutique ? Pour voir si elle ne s'y est pas perdue ?

— Oh, répondit l'une des jumelles, c'est que nous devons d'abord prévenir Ce Ce. Nous ne pouvons donner comme ça la permission d'y aller. Il n'y a qu'elle qui puisse le faire.

Que Dieu bénisse leurs cœurs de blondes. Elles l'auraient, cette augmentation, sans problème.

Alicia se hâta vers l'arrière-boutique, pendant que l'autre continuait de distraire l'inspecteur. Il semblait tout spécialement intéressé par la matrice en cristaux et la mélopée qui n'avait pas cessé. Lorsque Alicia surgit dans l'encadrement de la porte de la réserve, ses yeux s'arrondirent et elle stoppa net.

— Ne me regarde pas comme ça, mon enfant. Elle n'est pas morte. Va le distraire encore un peu jusqu'à ce que nous parvenions à la bouger.

— De quel côté comptez-vous aller ?

— On va passer par la salle d'attente de derrière et ensuite, par mon bureau. Va lui dire que je me suis allongée parce que je ne me sentais pas bien. Dis-lui que je suis très soucieuse au sujet de Bobbie Faye. Qu'il devra repasser un peu plus tard.

Alicia acquiesça et fila, tandis que Ce Ce et Monique redressaient un peu Mme Banyon et la traînaient vers la salle suivante. Elles purent souffler un instant quand Ce Ce entendit sonner le portable de l'inspecteur, lequel demanda à aller dans une arrière-salle pour être plus tranquille. Ce Ce se dit que, finalement, elle avait bien fait de dissimuler cet interphone derrière un masque vaudou. Ça allait lui servir à quelque chose.

Quand Ce Ce et Monique laissèrent tomber la fonctionnaire par terre, il y eut un bruit sourd – un peu trop sourd, peut-être. Elles s'approchèrent alors de l'interphone pour essayer d'entendre la conversation de l'inspecteur.

— Je n'ai toujours pas retrouvé la gamine, disait le policier.

Puis, après une courte pause, il ajouta :

— Écoute, Cam, j'ai contacté tous ceux que je connaissais au FBI et ils jurent qu'ils ne l'ont pas. La bonne femme des services sociaux manque aussi à l'appel, maintenant... Ouais, je continue là-dessus. Ça doit être lié. Oh, et Crowe et Fordoche ont fini d'ausculter les états financiers du professeur. Il est endetté jusqu'à son petit cou d'intello... Ouais, les usuriers, comment t'as deviné ?... Ouais. On dirait bien qu'il leur a vendu un truc pour sauver son cul et la rumeur veut que le prêteur l'ait revendu pour un paquet de fric à un trafiquant d'objets d'art, mais personne ne sait pourquoi ni comment tout ça mène à Bobbie Faye. Quand j'ai essayé de l'interroger hors la présence de Dellago, ce pitbull sadique l'a appris et m'a forcé à arrêter ou à le faire participer. Et toi, comment ça va de ton côté ?

Il y eut un long silence. Ce Ce avait envie d'entrer en trombe dans la pièce où il se trouvait et de lui arracher le téléphone des mains.

— Tu l'as vue ?!

L'inspecteur fit une nouvelle pause durant laquelle Ce Ce et Monique se collèrent contre l'émetteur pour saisir la moindre bribe de sa conversation.

— Putain de merde, Cam. T'es sérieux ? C'était aussi terrible que ça ? poursuivit-il avant de demander, presque tranquillement : et elle était à l'intérieur quand ça a explosé ?

Ce Ce porta les mains à sa généreuse poitrine et s'affala contre le mur.

— Ah bon. Et c'est où alors ? demanda l'inspecteur Benoit dont la voix s'estompa dans l'interphone.

Monique chuchota :

— Je pense qu'il se dirige vers nous. On ferait mieux de sortir d'ici.

Ce Ce aida son amie à ramasser la femme des services sociaux une nouvelle fois et elles la tirèrent dans le couloir en direction du bureau ; destination finale : le porche situé à l'arrière du magasin. Alors qu'elles amorçaient leur virage pour passer dans la pièce suivante, elles laissèrent tomber leur charge sur le sol en voyant l'inspecteur Benoit adossé à la cloison.

— Ouais, merci Cam, dit-il dans le téléphone. Merci de m'avoir parlé de ce système d'interphones.

Il raccrocha et ses yeux allèrent de Ce Ce à Monique dont le visage dégoulinait de sueur après tous ces efforts.

— Bon, ben moi, j'ai soif, annonça Monique. Quel boulot ! Ça intéresse quelqu'un d'autre ?

— Non ! s'exclama Ce Ce en secouant la tête avec emphase, envoyant valser ses dreadlocks dans toutes les directions. Pas de thé.

— Mais l'inspecteur a peut-être soif. Il fait si chaud ici. C'est le moins que nous puissions faire.

Ce Ce lui lança un coup d'œil entendu :

— Non, mon chou, je ne peux vraiment pas droguer un flic.

— Pourtant, vu tous ceux qui courent dehors comme des poulets décapités, ils ne s'apercevront pas de son absence avant plusieurs heures.

— PAS de thé.

— Et surtout pas votre mélange spécial, Ce Ce, ponctua l'inspecteur Benoit qui avait manifestement tout entendu.

Il baissa les yeux vers la fonctionnaire inerte et ajouta :

— Je vous en prie, dites-moi qu'elle n'est pas morte.

— Bien sûr que non. Elle s'est endormie. On essayait de la porter sur un matelas.

— Endormie. C'est bien ça ? Ce Ce, il faut qu'on cause.

Bon sang, rien de bon ne sortait jamais de ce genre de proposition.

Chapitre trente et un

Lorsque Bobbie Faye se trouve dans les bois, nous le savons à chaque fois car cela déclenche un exode massif des animaux dans la direction opposée. Dans ces conditions, il a bien fallu que nous interdisions aux chasseurs d'utiliser Bobbie Faye.

— Michele Montgomery, garde-chasse en Louisiane.

Pendant que la brigade d'intervention patientait à proximité du deuxième hélicoptère qui venait d'arriver avec Kelvin et ses chiens, Cam continua à marauder autour de la cabane carbonisée tout en considérant un milliard d'hypothèses. Qu'avait donc bien pu vendre le professeur pour sauver sa peau après avoir contracté toutes ses dettes de jeu ? En quoi cela pouvait-il être lié à Bobbie Faye ? Qu'est-ce qui la déchaînait donc ainsi ? Où pouvait se trouver Stacey ? Et Roy, d'ailleurs ? Et pourquoi Dumasse lui avait-il demandé de s'éloigner, si ce n'est parce qu'il savait que l'explosion était imminente ? Pourquoi un mercenaire se serait-il soucié du fait qu'il risquait de se faire pulvériser ? Pour faire plaisir à Bobbie Faye ? Il était certain qu'elle le haïssait, mais pas au point de vouloir qu'il meure. Peut-être. Mais alors, comment Dumasse le savait-il et pourquoi en avait-il tenu compte ? L'ex-agent avait peut-être encore besoin d'elle, et dans ces conditions mieux valait qu'ils ne s'engueulent pas. Qu'est-ce que Zeke avait dit à cet égard ? Dumasse savait parfaitement manipuler et charmer pour obtenir ce qu'il voulait. Pour le moment, il tenait Bobbie Faye. Il était impératif que Cam croie en leur survie.

Et pourquoi avertir quelqu'un quand on a l'intention de s'autodétruire ? Non. Ils étaient encore ici. Quelque part. Il aurait parié son salaire annuel là-dessus. Alors, c'était quoi le plan, maintenant ? Trouver une salle, un sous-sol… un endroit où ils s'étaient abrités. Et puisqu'ils avaient aussi fait sauter la porte, il fallait qu'il y ait une autre issue.

Maintenant que l'incendie s'était calmé, les agents du FBI s'étaient approchés de la cabane et en sondaient les débris, à la recherche d'indices et de corps. Pendant ce temps, Cam fit lentement le tour des décombres, à bonne distance. Si ça avait été son plan à lui et s'il avait voulu se ménager une porte de sortie, il aurait fait en sorte qu'elle se trouve dans les bois, là où personne ne regarderait.

Il se déplaçait avec précaution. Lentement. Soucieux de ne pas détruire un indice potentiel, mais aussi d'examiner le terrain avec soin. Plusieurs fois, il s'accroupit, immobile, attentif aux bruits environnants, humant la terre, cherchant l'erreur.

Là, un buisson aplati.

Et juste au-dessus, plusieurs feuilles récemment retournées.

Une trace curieuse dans la terre, un peu plus loin.

Il attendit, son instinct lui disant qu'il tenait quelque chose.

Il se releva pour suivre un chemin à peine visible qui menait vers le bayou, où il découvrit soudain des empreintes de pas. Des bottes d'hommes, au moins de quatre tailles différentes. Il poursuivit un peu plus loin et trouva deux bateaux à moteur rapides, comparables à celui dont Bobbie Faye et Dumasse s'étaient servis un peu plus tôt, bien cachés dans une petite anse que formait le bayou et camouflés par des branches et du feuillage.

OK, c'était donc de cette façon qu'ils étaient arrivés là. Mais où étaient-ils allés ensuite ?

Il revint vers l'emplacement où s'arrêtaient les empreintes de pas, en reprenant à l'endroit où ils avaient dû commencer à faire attention. Il y avait d'imperceptibles traces dans l'herbe, là où elle avait été foulée.

Et puis, plus rien. Au-delà de cette branche cassée, il n'y avait plus aucune autre trace, hormis celles qu'avaient laissées Bobbie Faye et Dumasse et, maintenant, les siennes.

Sauf... Il y avait un curieux sillon sous certaines des fougères arborescentes qui poussaient partout à cet endroit. Une ligne de quelques centimètres, parfaitement rectiligne dans le sol.

Bobbie Faye et Trevor scrutèrent le trou béant de la gaine d'ascenseur en évaluant leurs options. Trevor jeta un coup d'œil vers la salle des écrans de contrôle.

— Est-ce que ça fait aussi partie des situations dans lesquelles un homme refuse de demander son chemin ? Parce qu'il n'est pas nécessaire de réfléchir bien longtemps pour savoir qu'on ne va pas pouvoir descendre.

Il regarda sa montre.

— Mais tu te rends bien compte qu'il est beaucoup plus risqué de suivre Alex ?

— Peut-être qu'en s'approchant de la surface, pas loin de la sortie, le téléphone portable fonctionnera. Je pourrai tenter de contacter Cam et le convaincre que je veux abandonner en disant qu'on se trouve ailleurs ?

— Ça m'étonnerait qu'il parte, mais ça nous ferait peut-être gagner du temps. Ça pourrait peut-être marcher.

Ils pivotèrent donc et Trevor suspendit le sac rempli d'armes et autres provisions à son épaule. Ils marchèrent silencieusement vers la salle de contrôle, où tous les écrans avaient été éteints. Des minuteurs ? se demanda Bobbie Faye. Ils traversèrent la pièce et s'engagèrent dans le long tunnel en pente qui menait à l'autre sortie.

Soudain, il y eut un grand *boum* dont l'écho résonna dans tout le tunnel.

Une petite explosion ?

Puis, encore un grondement et des cris, des aboiements de chiens, des gens qui couraient et dont les bottes heurtaient le sol.

Trevor s'arrêta brutalement et Bobbie Faye le percuta.

— Les flics viennent de découvrir l'autre issue d'Alex. Là, ce sont des fumigènes. Et des grenades lacrymogènes.

Il fit volte-face en l'embarquant avec lui.

— Tu ne crois tout de même pas sérieusement que nous allons sauter dans la gaine d'ascenseur ?

— Pas sauter. Descendre en rappel. Tu as déjà fait ça ?

— Allô la Terre… En Louisiane ? Là où tout est plat ?

— C'est vrai. Excuse-moi.

— Comment va-t-on procéder ?

Il ne répondit pas car, à cet instant précis, ils entrèrent dans la salle des écrans de contrôle et s'aperçurent qu'Alex avait décidément plus d'un tour dans son sac : des portes automatiques à chaque entrée… qui étaient en train de se refermer.

Trevor poussa d'abord Bobbie Faye sous le volet qui s'abaissait, puis roula lui-même en dessous, juste avant qu'il se referme.

— Tiens, dit-il en tendant la lampe électrique à Bobbie Faye. Nous n'avons plus qu'une seule chance. Ils vont cueillir Alex et ses hommes à la sortie, d'ici quelques minutes, et il y aura sans doute pas mal de confusion avant qu'ils s'aperçoivent que nous ne faisons pas partie de la troupe. Ça nous laissera peut-être assez de temps pour la descente en rappel.

Il ouvrit en grand leur « sac à provisions » et commença à s'affairer sur quelque chose dont elle n'avait pas la moindre idée. Scrutant l'obscurité lugubre de la cage d'ascenseur, elle jeta un autre caillou de sel qui mit des années lumière avant de rebondir enfin, en émettant un faible écho.

— Oh, tu sais, c'est absolument parfait. En me réveillant, ce matin, j'ai tout de suite su que la journée serait particulière, et sais-tu ce que je me suis dit ? Je me suis dit : « Ma petite Bobbie Faye, tu devrais partir à la recherche d'un mec vraiment sexy et faire avec lui un grand saut mortel de deux cent cinquante mètres. Ça serait super-romantique. »

— Pas étonnant que tu n'aies que des ex dans tout l'État.

Elle lui fit une grimace à la lumière de la lampe.

— Si je comprends bien, nous allons tout simplement sauter dans un trou noir très profond ? Et, à tout hasard, sais-tu s'il y a une issue en bas ?

— Mais où est ton sens de l'aventure ?

— Mort de peur il y a plusieurs années.

Ils entendirent des bruits évoquant un nouveau jet de fumigènes et de grenades lacrymogènes. Trevor accéléra le démontage des armes qu'il avait entrepris. Elle observait cet homme qu'elle avait kidnappé, sans être capable d'appréhender le genre de type qu'il s'était révélé être. Il venait de bidouiller (sous le haut patronage de MacGyver) un harnais artisanal et une fixation pour la descente en rappel, à partir de pièces et de morceaux prélevés sur les armes, la corde et autres éléments inattendus qu'il avait fourrés dans le sac alors qu'ils étaient dans la réserve d'Alex. Le dessin des muscles de ses bras, dans la pénombre que créait la lampe électrique, était aussi fascinant que son niveau de concentration.

Il continuait, inexplicablement, à lui apporter son aide.

Elle avait un peu de mal non seulement à le croire, mais aussi à l'accepter. Elle vivait depuis si longtemps selon des préceptes d'autosuffisance que cette situation lui était à peu près aussi familière qu'un job de comptable derrière les baies vitrées d'un gratte-ciel. Beaucoup trop étrange. Et maintenant, ils se retrouvaient cernés par une brigade d'intervention spéciale armée jusqu'aux dents et un ex qui paraissait plutôt irrité par son attitude. Peut-être qu'en donnant aux flics ce qu'ils voulaient, ils l'aideraient à retrouver Roy. Peut-être que si elle restait à vie derrière des barreaux, Cam abandonnerait cette stupide chasse à l'homme pour se concentrer sur les autres aspects de son métier. Peut-être qu'ils survivraient aux rafales de balles (« Salut Bonnie, hello Clyde, contents de vous revoir ! ») qui, comme elle le redoutait, ne tarderaient pas à jaillir du tunnel.

— Est-ce que tu pourrais envisager une alternative ? Est-ce que quelque chose m'a échappé ?

Puis, comme il ne répondait pas, elle lui demanda d'une voix douce :

— La police pourrait peut-être m'aider à sauver Roy ? Ils ne savent pas exactement qui tu es et tu pourrais quand même fuir par le dôme de sel.

Sans s'arrêter de s'activer sur des nœuds dont elle ne pouvait même pas deviner le nom, il lui demanda à son tour :

— Que crois-tu que va faire le type qui détient ton frère à la minute où il verra que tu es entre les mains de la police ?

Dans un murmure à peine audible, elle répondit :

— Il supposera sans doute que je n'ai pas pu récupérer le diadème et qu'il n'a plus besoin de Roy comme monnaie d'échange. Et il le tuera.

Il hocha la tête, sec et froid, tandis que ses mains continuaient à courir sur les cordes. Ils pouvaient percevoir maintenant les aboiements des chiens, mais ceux-ci ne généraient aucun écho. C'est donc que la meute n'avait pas encore pénétré dans le tunnel.

Trevor consulta sa montre.

— Il nous reste encore douze minutes environ. On peut y arriver en supposant que le téléphone qui se trouve dans le dôme de sel est bien là où l'a dit Alex.

Elle l'étudia tout en l'éclairant de la lampe, afin qu'il pût terminer d'assembler son matériel.

— Je suis désolée de t'avoir kidnappé ce matin.

Il s'immobilisa, avec sur le visage une expression bizarre, et la colère crispa ses sourcils. Il l'empoigna, l'attira à lui et l'embrassa.

Avec violence. Il y avait dans ce baiser de la passion incandescente et une tendresse qu'elle n'avait pas soupçonnée. Il la relâcha presque aussi brutalement.

— Moi pas. Maintenant, allons-y.

Trevor fourra dans le sac les pièces qu'il n'avait pas consacrées à la confection du harnais et accrocha celui-ci à son épaule. Puis il se plaça devant le conduit abyssal de l'ascenseur. Profitant de ce qu'il lui tournait le dos, elle s'accorda un instant pour repenser avec délectation à ce baiser et une intense chaleur envahit ses membres. « Wow », se dit-elle en elle-même.

— Évidemment, gloussa-t-il, et elle vit qu'il regardait par-dessus son épaule.

Le salopard ! Elle avait bien envie de le gifler, mais, à cet instant, ça aurait semblé un peu trop puéril. Elle lui décocha néanmoins une claque sur le bras et l'enfant qui sommeillait en elle applaudit.

Cam attendait, tendu. Il avait sorti son arme et la braquait vers la trappe ouverte par laquelle la brigade d'intervention venait de descendre. Les chiens de Kelvin se déchaînaient non loin de là, brûlant de suivre la piste que Kelvin avait rafraîchie en leur faisant sentir les morceaux du tee-shirt de Bobbie Faye qu'il avait rapportés du bayou. Ils étaient si excités que Cam s'attendait à ce que ses hommes lui ramènent Bobbie Faye d'une minute à l'autre.

Au lieu de cela, le commandant de la brigade, Aaron, émergea du trou et fit signe à Cam de s'approcher.

— Monsieur, j'ai six hommes en bas. Deux sont des étudiants ligotés et bâillonnés. Les autres étaient armés.

— Et Bobbie Faye ?

— Monsieur, ils prétendent tous ne pas connaître de Bobbie Faye.

— Je sais parfaitement ce qu'ils ressentent. Faites-les monter ici.

Il recula et regarda la brigade remonter, un à un, chacun des suspects. Les premiers furent les deux gamins que Cam reconnut comme étant les garçons qui avaient fui la banque dans la Saab. Ils faillirent presque se jeter dans les bras des hommes de la brigade d'intervention pour les embrasser en prononçant des paroles incompréhensibles. Leur point de vue sur la situation serait probablement très très intéressant.

Il ne reconnut pas les trois hommes suivants qui sortirent par la trappe, mais la vue du dernier le mit dans une colère noire, même s'il ne s'autorisa aucune réaction et se contenta de croiser les bras en continuant à observer la scène derrière ses lunettes de soleil.

Alex.

Un ex de Bobbie Faye.

La pire racaille existant sur cette planète, qui lui avait fait plus de mal qu'aucun autre, qui lui avait menti et l'avait trompée et qui, selon les rumeurs, était par ailleurs un trafiquant d'armes, bien que personne n'ait jamais pu en fournir la preuve. Alex était un peu plus âgé que Cam et ce dernier ne l'avait jamais considéré comme une menace sérieuse en ce qui concernait les sentiments de Bobbie Faye, quand il avait commencé à rôder dans les parages. C'était le genre de gars que Bobbie Faye pouvait décrypter en un clin d'œil. Du moins, c'est ce que Cam avait cru. Mais elle s'était laissé faire, séduite par son charme, l'aventure et la promesse d'une famille nombreuse, compte tenu de tous ses prétendus « amis » qui traînaient leurs guêtres toute la sainte journée. Avant qu'il comprenne ce qui se passait et qu'il trouve le courage de risquer leur amitié en lui proposant de sortir avec lui, elle était devenue la petite amie d'Alex. Cam s'était fichu des milliers de coups de pieds au cul pour avoir trop attendu et il avait dû rester à ses côtés, comme un simple ami, durant la débâcle qui s'était ensuivie.

Quand il avait fini par se décider et qu'ils avaient commencé à sortir ensemble, il s'était toujours demandé si, en secret, elle ne s'ennuyait pas en regrettant ce parfum de risque et de ténèbres qui émanait d'Alex.

Merde. Cette histoire avec Trevor était peut-être comparable à son parcours auprès d'Alex ? Elle était peut-être attirée par lui, malgré son passé ? À supposer qu'elle le connût.

L'enfoiré.

Cam cessa de gamberger pour se forcer à ne pas brandir son arme au moment où Alex passa la trappe, d'un air aussi décontracté que s'il avait été en route pour le bureau de tabac. Visiblement, il n'était pas du genre à balancer des informations, quelle que pût être la dureté de l'interrogatoire. De toute façon, Cam n'avait pas de temps à consacrer à ce genre d'intermède. Il aurait adoré pouvoir se ménager un tête-à-tête en privé et sans limites avec ce caïd des marécages, mais ça n'était pas possible. Il avait réussi jusque-là à ne pas devenir ce genre de flic, même si, à cet instant, il songeait fort à reconsidérer son code de conduite.

Sa réaction procédait d'une stricte frustration professionnelle. Il en était tout à fait certain.

Le salaud regarda vers Cam et sourit avec sarcasme.

Elle avait demandé de l'aide à ce fumier, avant de s'adresser à lui ?

Il savait bien qu'elle était remontée contre lui. Qu'elle lui vouait une haine passionnée. Bon sang, on aurait pu cuire un œuf sur les flammes qui lui avaient jailli des yeux quand il avait arrêté sa sœur. Il savait tout ça. Il avait ressenti la même chose quand elle lui avait dit tous ces trucs. Il ne comprenait pas vraiment qu'elle ait été incapable de lui faire confiance. Qu'elle ait pu s'en remettre à un salaud de première plutôt qu'à lui. Si au moins, à défaut de lui faire confiance, elle lui avait demandé de l'aide.

Cam resta impassible et se garda bien de laisser paraître qu'il voyait en lui autre chose qu'un simple suspect.

— Monsieur, appela Aaron depuis la trappe, il y a des tunnels.

— Amenez les chiens.

Ceux-ci se précipitèrent dans le trou en aboyant et en tirant sur leurs laisses que Kelvin n'avait pas ôtées. Dans la mesure où on ne savait pas où menaient les tunnels, leur maître préférait les tenir attachés jusqu'à ce qu'il puisse s'assurer qu'il n'y avait pas de danger.

Cam observa Alex lorsque la meute, suivie de Kelvin, s'engagea dans la galerie. Alex fronçait les sourcils et paraissait tendu. Il avait même l'air un peu soucieux.

Excellent.

Cela voulait dire que Bobbie Faye se trouvait encore à l'intérieur, quelque part.

— On descend, dit Zeke dans l'oreille de Cam qui maudit en pensée sa distraction.

Tandis qu'il se concentrait sur le connard situé à sa droite, il avait oublié qu'il en avait un autre à sa gauche.

— Et si on tombe sur Dumasse, le prévint Zeke, vous et vos hommes feriez mieux de débarrasser le plancher.

Zeke se retourna aussitôt, sans que Cam puisse avoir la satisfaction de lui fournir une réponse.

En passant la trappe, l'inspecteur jeta un coup d'œil en direction d'Alex et ce salopard lui sourit. Un sourire qui disait qu'il savait quelque chose sur Bobbie Faye.

Non. Il se souvenait de ce sourire, maintenant. C'était celui qui disait : « J'ai quelque chose d'elle que tu n'as pas. »

Une sacrée foutue bonne chose qu'il s'astreigne à ce code de conduite et qu'il y ait des témoins, sinon Alex serait déjà au fond du bayou.

Cam s'enfonça dans le tunnel à la suite des chiens.

Chapitre trente-deux

Le Centre national des ouragans a publié la liste des noms des cyclones pour les prochains mois. Quand la Louisiane a appris que l'un des noms retenus était « Bobbie Faye », ç'a été la première fois dans l'histoire des États-Unis que tout un État a tressailli.

— Patricia Burroughs, présentatrice de télévision au journal du matin de Dallas.

Trevor attacha le diadème à la boucle de ceinture de Bobbie Faye.

— Tu auras besoin de tes deux mains pour t'agripper.

Les chiens étaient comme fous. Le vacarme de leurs aboiements se répercutait sur les parois du tunnel et, malgré la porte en acier qui les isolait de la galerie, résonnait dans la salle où ils se trouvaient. Trevor fixa son harnais de fortune aux câbles de l'ascenseur, puis il se tourna et enfila le harnais en passant les bretelles autour de sa poitrine.

— Croisons les doigts pour que ce truc supporte notre poids. Nous n'avons pas assez de matériel pour fabriquer deux harnais. Du coup, vu qu'on ne peut pas vraiment faire de rappel, il va falloir que tu t'accroches bien. Ça ne durera pas longtemps.

Il lui tendit la main, prêt à la faire embarquer dans cet express pour l'enfer, sans passer par la case « Départ », en laissant tout sens commun sur le quai. Elle ne voyait que ses longs doigts fins. Elle demanda à ses muscles de réagir. Elle ordonna à ses jambes de s'approcher et de placer le pied dans la boucle qu'il avait aménagée. Elle supplia sa main de bien vouloir prendre la sienne. Ses membres lui répondirent en chœur : « Va mourir, salope. »

— Est-ce que je t'ai déjà dit qu'au lycée on m'a élue « Personne la plus susceptible de causer un cataclysme » ?

Il continua à lui tendre la main, en attendant qu'elle se décide.

Est-ce qu'elle lui faisait confiance au point de remettre sa vie entre ses mains ?

Les aboiements s'amplifièrent : elle pouvait désormais entendre le grognement des chiens et leur intense halètement, leurs griffes qui dérapaient sur le sol en ciment du tunnel et l'écho de voix humaines qui ne devaient pas être loin derrière. Elle se tourna vers Trevor, agrippa sa main et mit le pied dans la boucle en corde. Elle se colla à son corps et il enroula l'un de ses bras autour d'elle. Ils ajustèrent leur position jusqu'à ce qu'il dispose d'une bonne prise. Il lui tendit alors la lampe électrique dont le faisceau poussif peinait à illuminer l'obscurité angoissante du conduit. Elle ferma les yeux l'espace d'une seconde, quand il relâcha le frein qu'il avait improvisé pour leur descente.

Ils tombèrent.

Dégringolèrent.

Les nerfs de Bobbie Faye lui hurlaient de s'accrocher à quelque chose de solide, n'importe quoi qui puisse l'empêcher de tomber, parce que tomber signifiait mourir. Ces nerfs n'arrangeaient décidément rien. Un peu hystériques, peut-être ? Non, non. En réalité, les Nerfs venaient de s'installer à proximité d'Hystérie et s'employaient à la tabasser pour la punir d'être une si manifeste chochotte.

Bobbie Faye et Trevor plongeaient. Le courant d'air généré par leur chute leur sifflait aux oreilles. Son esprit vacilla quand elle sentit l'odeur d'huile et de graisse émanant du vieil ascenseur. De la poussière envahit ses yeux et ses narines et elle enfonça son visage dans la poitrine de Trevor.

Ils continuaient à tomber.

Bobbie Faye finissait par se demander si elle n'était pas déjà morte, si elle ne s'était pas éteinte des années auparavant et avait été condamnée à vivre ce moment, encore et encore, pour l'éternité. Cette chute qui n'en finissait pas. Elle en était à ces réflexions quand Trevor activa le frein artisanal pour ralentir leur plongeon avant qu'ils ne heurtent le fond du conduit, ou le toit de l'ascenseur, selon ce qui se présenterait en premier.

Le frein métallique crissa sur les câbles de l'ascenseur et une pluie d'étincelles rejaillit sur Bobbie Faye, mais ils avaient ralenti.

Son tee-shirt commençait à prendre feu.

Instinctivement, elle lâcha Trevor pour l'étouffer.

— Noooon, cria-t-il et elle se souvint brutalement qu'elle était censée s'agripper à lui et pas le contraire.

Elle glissa un peu, sa prise se relâcha et elle se mit à descendre plus vite que lui. Il ôta alors le frein et sa descente s'accéléra à nouveau. Il étira le bras et ses doigts effleurèrent le diadème, tandis que le fond du conduit se rapprochait à grande vitesse.

La lampe électrique se décrocha et, l'espace d'un instant, elle éclaira le visage de Trevor, intensément concentré et tendu à l'extrême, alors qu'il s'employait à la retenir. Elle étendit le bras vers lui et sentit sa main qui n'était plus composée que de tendons noueux et de muscles bandés. Il l'attira à lui tout en actionnant le frein avec son autre main, engendrant une nouvelle gerbe d'étincelles qui atterrirent cette fois sur le toit de l'ascenseur qu'ils percutèrent à cet instant. Le bruit sourd de l'impact résonna dans le conduit et le choc éteignit simultanément la lampe électrique et les étincelles, en un dixième de seconde.

Roy était soucieux. Il craignait même de mouiller son pantalon et se disait qu'il aurait dû exiger une nouvelle pause pipi, mais l'idée de retourner dans les toilettes avec La Montagne pour escorte avait pour effet immédiat un ratatinement douloureux de certaines parties de son corps. Son inquiétude s'était encore amplifiée lorsqu'il avait constaté qu'Eddie avait perdu tout intérêt pour les magazines de décoration qui jonchaient la pièce et qu'il s'employait pour l'heure à affûter la machette qui lui tenait lieu de couteau. Encore.

La Montagne consultait les magazines abandonnés par Eddie en indiquant chacune des poignées de portes raffinées qu'il aurait aimé faire entrer dans sa collection.

Mais le pire était encore Vincent.

Quand le téléphone sonna, Roy se dandina sur son siège par réflexe et les cordes qui le ligotaient lui mordirent les chairs. Vincent répondit et écouta pendant quelques minutes durant lesquelles il sembla à Roy qu'il devenait un peu plus sec, tout en angles saillants et en traits acérés.

— Vous feriez mieux, siffla-t-il, de vous assurer que notre petit professeur reste incapable de donner sa propre version des faits.

Il fit une nouvelle pause avant de poursuivre :

— Non, je me fiche de ce que vous avez à faire, ou de ce que ça coûtera. Occupez-vous-en.

Il replaça le combiné sur son socle et Roy ressentit une certaine compassion pour ce professeur qu'il ne connaissait pas. Vincent paraissait continuer à fulminer, ce qui ne pouvait être bon signe.

— Plus que douze minutes à ma montre, murmura Eddie à Vincent dont l'attention était retournée à l'écran de télévision qui diffusait maintenant les images de la cabane incendiée et de l'activité policière sur les lieux.

— Hé, Vincent, intervint La Montagne, c'est pas le FBI qu'est en train de passer par la trappe, maintenant ?

— C'est exact, mon garçon, c'est cela même.

Vincent jeta alors un coup d'œil à Roy :

— Ce qui est, je le crains, très mauvais pour toi. Le FBI a la malheureuse habitude de se mêler de tout et ta sœur ne pourra probablement pas me récupérer le diadème, si elle finit derrière les barreaux d'une prison fédérale quelconque.

— Est-ce qu'on doit attendre jusqu'au bout ? demanda Eddie qui vérifiait le tranchant de sa lame en découpant verticalement une page de magazine, aussi facilement que Roy persuadait – en général – les femmes de sortir avec lui. Il n'y a toujours pas de signal GPS.

Roy aurait aimé pouvoir se concentrer sur ce dernier commentaire, mais Eddie venait de s'immobiliser juste devant lui avec une corde entre les mains qu'il s'amusait à trancher, très proprement, dans le sens de la longueur, d'un seul coup de couteau. Roy s'efforça de ne pas imaginer cette lame s'enfonçant dans son cou.

— Je préfère attendre la fin de l'ultimatum, dit Vincent qui se tourna vers Roy avec, dans son regard noir, un éclat particulièrement inquiétant.

Vincent pivota de nouveau vers la télévision et son enthousiasme passager, aussi effrayant qu'il ait pu être, fut aussitôt remplacé par une grimace encore plus monstrueuse, quand la chaîne de télévision repassa le reportage montrant les policiers qui passaient par la trappe. La caméra zooma pour réaliser des gros plans des membres de la brigade d'intervention, puis du FBI, et Roy sentit le mécontentement de Vincent saturer l'atmosphère de la pièce.

La brigade d'intervention ouvrit la première porte en métal au moyen d'un levier et pénétra dans une vaste pièce où se trouvaient des écrans de contrôles éteints. Elle se précipita alors vers la deuxième porte. Il y eut un bruit sourd évoquant un violent choc qui semblait provenir des entrailles de la terre et Cam eut la certitude d'avoir également entendu Bobbie Faye gémir, une fraction de seconde auparavant.

La brigade d'intervention redoubla ses efforts pour venir à bout de la deuxième porte.

— Encore combien de temps ? demanda-t-il à Aaron, leur chef.

— C'est difficile à dire, monsieur. Celle-là est bloquée et, ce qui est certain, c'est que le panneau de métal est plutôt épais. Nos pieds-de-biche ne sont pas assez puissants et l'emploi du bélier ne nous mènerait pas bien loin. Il est possible que nous devions la faire sauter. Mais je ne sais pas si la structure de ce sous-sol est suffisamment solide pour ça. Je ne sais pas non plus de quand elle date. Si nous nous trompons dans la charge d'explosif, nous risquons un effondrement complet de la salle.

Puis, il frappa le sol du pied :

— Et, si nous avons raison et qu'il y a bien un dôme de sel sous nos pieds, nous pourrions tous finir à l'étage en dessous après avoir traversé le dôme. Ça nous tuerait tous et aussi ceux qui se trouvent là-dessous.

Chacune de ses cellules était douloureuse.

Ça valait sans doute mieux ainsi, se dit-elle. Au moins, elle pouvait sentir chacun de ses membres, même si la douleur était intolérable. Et puis, ça devait vouloir dire qu'elle n'était pas morte, n'est-ce pas ? Et, avec un peu de chance, pas paralysée non plus…

Elle changea de position et, dans l'obscurité la plus totale, se redressa en cherchant à tâtons où pouvait se trouver Trevor. Elle appuya son coude sur la surface bosselée sur laquelle elle reposait et celle-ci émit un grognement.

— Fais gaffe, gronda Trevor.

— Oh, pardon.

Elle tenta de s'écarter de lui et rampa vers un endroit tout aussi peu stable. Cette lampe électrique ne pouvait pas être tombée bien loin et elle continua à tâtonner dans le noir.

— Mais qu'est-ce que tu fais ?

— Je cherche la lampe.

— Bah, à moins de l'avoir glissée dans mon pantalon pendant la chute, je ne pense pas que tu vas la trouver à cet endroit.

— Ah, très drôle. Tu l'as, alors.

Il s'approcha d'elle et son corps la frôla à plusieurs reprises, dans un cliquetis métallique. Elle présumait qu'il était en train d'essayer d'allumer la lampe. Quand il finit par y arriver, celle-ci clignota faiblement comme si elle n'était pas certaine de vouloir continuer à leur faire cette faveur, après ce qu'ils venaient de lui faire subir. Trevor abaissa le faisceau lumineux et ils découvrirent qu'ils avaient atterri sur des sacs de sable.

— Est-ce qu'on est sur le sol du conduit ? demanda-t-elle en sentant la panique la gagner.

Il n'y avait aucune issue visible. Pas le moindre trou. Aucune putain de sortie.

— Non, constata Trevor. Ce sont des sacs de sable. Ou des sacs de… Oh, bien sûr, c'est du sel.

— Et la cabine d'ascenseur ?

Il plongea la main entre les sacs et rencontra une surface métallique. Il la frappa du talon de sa botte et elle renvoya un écho lugubre.

— Elle est sous nos fesses.

Ils se mirent à écarter les sacs jusqu'à ce qu'ils trouvent la trappe d'accès aménagée dans le toit de la cabine d'ascenseur. Comme Trevor ne parvenait pas à l'ouvrir tout seul, Bobbie Faye empoigna l'un des revolvers qui restaient dans leur sac et l'utilisa comme un levier.

Trevor glissa la lampe à l'intérieur de la cabine : vide. Ils se faufilèrent par la trappe et atterrirent sur le sol avec un bruit métallique sourd et sinistre. Trevor fit alors coulisser les portes pour découvrir que l'ascenseur n'était pas arrêté au rez-de-chaussée. Il ne leur restait donc qu'un espace étroit pour se faufiler et sauter d'une hauteur d'environ un mètre cinquante pour atteindre le plancher des vaches.

Au-dessus de leurs têtes, plusieurs brèves explosions ébranlèrent la cabine. De la poussière en tomba et poudra leurs cheveux.

— Ils sont en train de faire exploser la porte, expliqua Trevor.

— Mais comment est-ce que tu peux savoir ça ? T'as des rayons laser dans les yeux, ou quoi ?

— C'est ce que je ferais à leur place. Allez, il faut qu'on sorte de là avant qu'ils descendent le long du conduit.

Trevor s'accroupit, puis sauta hors de la cabine en se réceptionnant aussi souplement qu'un chat. Il consulta sa montre.

— Allez, plus que quatre minutes et demie. Dépêche-toi.

Elle se retourna pour s'installer sur le ventre en laissant sortir ses pieds dans le vide. Elle avait prévu de se laisser glisser jusqu'à ce qu'elle puisse prendre appui sur ses coudes et sauter.

Mais voilà. Il y eut un grand fracas au-dessus d'elle, dans la gaine d'ascenseur, et la cabine se mit à trembler. Et à bouger. Vers le haut.

Elle se trouvait toujours à l'intérieur avec les jambes dans le vide.

Trevor cria quelque chose mais elle n'entendit rien : elle était en train de perdre l'équilibre et ne voyait vraiment pas comment se sortir de cette position. Puis, subitement, elle sentit que quelque chose tirait furieusement sur le diadème toujours accroché à sa ceinture et elle glissa en arrière. Hors de la cabine d'ascenseur. Avec un atterrissage sur Trevor. Encore. Juste avant que l'ascenseur s'élance vers l'étage supérieur.

Elle jeta un coup d'œil sous elle et il ne lui fallut pas longtemps pour enregistrer la scène : Trevor avec, dans une main, le diadème qu'il avait arraché à sa ceinture en tirant dessus.

Avait-il voulu le lui prendre ?

Parce qu'il l'avait tout de même *empoigné*, ce foutu machin.

— Espèce de salaud ! Tu attendais la première occasion pour pouvoir l'attraper !

— Tu es complètement cinglée. C'est *toi* que j'essayais d'attraper.

— Oh, bien sûr. C'est pour ça que tu m'aides depuis le début ? Pour prendre ce truc parce qu'il a de la valeur pour quelqu'un ?

— Une seconde plus tard, l'ascenseur t'aurait coupée en deux. J'essayais juste de te sauver la vie, pauvre folle. À ton avis, combien un homme peut-il supporter d'attaques cardiaques en une seule journée ?

Il roula sur lui-même pour se dégager d'elle et elle se remit sur ses pieds en un bond. Elle lui arracha le diadème des mains et lui agita sous le nez.

— Si tu essaies de me doubler, je viendrai personnellement hanter tes jours et tes nuits pour le restant de ta très courte vie.

Il vérifia sa montre de plongée et appuya sur l'un des boutons, éclairant ainsi le cadran pour que Bobbie Faye voie mieux l'heure qu'elle indiquait. En voyant le compte à rebours défiler, elle avala sa salive.

— Il nous reste presque trois minutes, Bobbie Faye. Trouvons ce téléphone. Tu m'engueuleras après.

Bon point.

Merde.

Trevor sortit son arme, se plaça devant le boîtier électronique fixé à côté de l'ascenseur et, sans aucune hésitation, tira dessus.

— Ça devrait les ralentir, commenta-t-il.

— Ouais, eh bien j'espère qu'Alex n'a pas menti à propos de cette porte de derrière.

Ils se hâtèrent de s'éloigner de l'ascenseur, tout en cherchant des yeux un endroit où pouvait avoir été installée une ligne téléphonique.

— Ça devrait être dans les parages, dit Trevor comme s'il réfléchissait à haute voix. En cas de problème, s'ils ont besoin d'évacuer quelqu'un pour une raison quelconque, ce serait logique d'installer une ligne à proximité de l'ascenseur.

Deux des précieuses minutes qui leur restaient s'écoulèrent avant qu'ils trouvent le téléphone. Celui-ci était recouvert de sel et se confondait avec les murs. Bobbie Faye essuya le sel et mit le combiné à son oreille.

Rien.

Aucune tonalité.

Chapitre trente-trois

Nous avons commis l'erreur tragique de demander à Bobbie Faye d'être notre invitée d'honneur lors de la bénédiction des bateaux. C'est la première fois de notre histoire que quelqu'un réussit à couler un crevettier flambant neuf, rien qu'avec une bouteille de champagne et un bon swing.

— Le père Albert O'Patrick.

Eddie faisait les cent pas devant Roy, en jouant de son immense surin avec un enthousiasme un peu forcé. De son côté, Roy tentait de se rappeler le *Notre Père* qu'il était censé avoir appris au catéchisme, sauf que ça correspondait sans doute à l'époque où il avait commencé à rouler des pelles à Aimée Lynn dans le confessionnal. Ce n'était pas ce qu'il avait fait de mieux, d'ailleurs, compte tenu des priorités du moment.

— Deux minutes, chef, rappela Eddie à Vincent qui paraissait ne plus se souvenir de leur présence et observait avec attention l'écran de télévision.

Roy se disait qu'il aurait dû faire face à tout ça comme un homme et regarder ses ravisseurs droit dans les yeux jusqu'au coup de grâce, mais il était plus que probable que personne n'en saurait jamais rien. Il choisit donc de fermer les yeux et de repenser aux instants les plus mémorables de sa vie qui coïncidaient, fort heureusement, avec les baisers qu'il avait donnés. Il avait toujours cru qu'une mort prématurée ne pourrait le frapper qu'à cause d'une femme, mais il n'avait jamais songé qu'il pût s'agir de sa sœur.

Il garda les yeux clos et sentit qu'Eddie s'approchait de plus en plus à chaque passage. Il pouvait même humer l'effluve puissant de son after-shave coûteux et percevoir le froissement de son costard en soie. Roy entrouvrit un œil et aperçut Eddie qui se balançait sur ses talons, avec, sur le visage, une expression d'intense excitation combinée à un horrible rictus qui déformait encore un peu plus son faciès de tordu.

Roy entendit une sonnerie lancinante se déclencher et il sut que son heure était venue. Il s'arc-bouta en crispant les paupières.

— Oh, merde, non, souffla Eddie. C'est pas juste.

Quand il comprit que le couteau ne l'avait finalement pas fendu en deux, Roy s'aventura à jeter un autre coup d'œil et vit qu'Eddie, La Montagne et Vincent observaient un autre écran de contrôle que Roy n'avait pas encore remarqué car il était resté éteint jusque-là.

— J'ai bien peur que tu ne doives patienter, dit Vincent qui semblait pourtant assez joyeux.

— Euh, c'est quoi ? demanda Roy.

— Ta ligne de vie, grommela Eddie en s'affalant dans le fauteuil en cuir d'un air particulièrement dépité, puis en replaçant son arme dans son étui.

— Ma quoi ?

— C'est bon, Eddie, tempéra Vincent. Je te laisserai redécorer l'appartement d'en bas.

Cette remarque parut améliorer quelque peu l'humeur de l'affûteur de couteaux :

— Chouette. Mais tu ne m'interdiras pas d'utiliser de la toile de Jouy, comme tu l'as fait la dernière fois, hein ?

— Mais non. Bien sûr.

— Euh, ma ligne de vie ?... insista Roy, que les trois hommes dévisagèrent simultanément.

— Le signal GPS, expliqua La Montagne, avant de relever le coup d'œil réprobateur de Vincent. Ben quoi, chef ? C'est pas comme s'il allait survivre pour pouvoir tout raconter, hein ?

Son commentaire arracha un ricanement à Vincent.

— Un GPS ? À qui ?

— Apparemment, tu devais être en état de choc quand j'ai mentionné un peu plus tôt que nous tenions Bobbie Faye à l'œil, mon garçon, nota Vincent, le bout des doigts joint.

— Mais si ! renchérit La Montagne avec enthousiasme. Le type qu'est censé choper le diadème et zigouiller ta frangine ! Il est avec elle, mec. Il l'a dans le collimateur. Et c'est sa façon de nous faire savoir qu'il est toujours après le diadème.

— Mais pourquoi il ne se contente pas de le prendre ?

— Tout doux, mon garçon. Il ne connaît pas la valeur de cette parure, ni la raison pour laquelle je la veux. Et il ne sera pas payé avant que je l'aie entre les mains et, crois-moi, il facture de confortables honoraires. D'un autre côté, c'est le meilleur sur le marché.

— Vaudrait mieux qu'il le soit, s'il veut survivre à ta frangine, ajouta Eddie dont l'intonation admirative surprit Roy.

Vincent éclata de rire :

— Oh, Eddie a un petit béguin pour notre mercenaire. Les tueurs savent en général apprécier la finesse de ceux de leurs pairs qui excellent dans leur partie.

— J'ai pas le béguin, se renfrogna Eddie, même si, selon l'avis de Roy, il était clair qu'il mentait. C'est juste qu'il est carrément impressionnant.

Roy digéra l'information. Ce devait donc être le gars du pick-up qui apparaissait sur les caméras de surveillance de la banque. Un type que Bobbie Faye devait prendre pour un bon samaritain, puisqu'elle ne l'avait pas dégommé et balancé aux flics.

Elle n'était donc pas au courant.

— Euh… Et comment vous savez que c'est bien lui qui a déclenché le GPS, demanda-t-il en espérant pouvoir ainsi exploiter un filon quelconque.

— La bionique, expliqua La Montagne.

— La *biométrique*, corrigea Eddie que son acolyte regarda d'un œil noir en se renfonçant dans son fauteuil. Le chef n'a pas lésiné sur la dépense, petit. Il ne fait pas plus confiance à un mercenaire qu'à sa propre mère.

— Et il détestait vraiment sa mère, ponctua La Montagne, auquel Vincent jeta un regard si glacial que son homme de main en frissonna.

Eddie poursuivit :

— Ce type de GPS est programmé pour ne fonctionner que s'il est toujours fixé à même la peau du mercenaire. S'il tente de l'enlever, ça déclenchera une alarme ici.

Bobbie Faye ignorait qu'elle courait aux côtés de celui qu'elle aurait dû fuir. Il allait devoir trouver un moyen de l'en avertir. Quelque chose qu'il pourrait hurler, vite, quand elle appellerait, parce qu'il savait pertinemment qu'il n'aurait pas suffisamment de temps pour une explication détaillée. *Si* toutefois elle appelait.

Bobbie Faye fixa le téléphone hors d'usage. Ce n'était pas possible. Ça n'aurait pas dû se passer ainsi. Avec la lampe électrique, elle éclaira le pourtour de l'appareil, à la recherche d'un fil à reconnecter ou de quelque chose à brancher. C'était un modèle ancien dont le plastique noir avait été corrodé par des années de contact avec le sel et qui était fixé directement au mur.

Un mur fait de *sel*.

Impossible que des câbles puissent survivre à un tel traitement. Elle pointa donc le faisceau électrique sur l'endroit où le socle du téléphone s'appuyait à la paroi et y trouva une fine gaine métallique qui partait du boîtier pour remonter vers les ténèbres qui les surplombaient. Le faisceau de lumière se refléta dans les millions de facettes des cristaux de sel qui composaient les murs. Aucun moyen de déterminer où menait la gaine. Parfait.

Trevor prit la lampe pour tenter de distinguer où se poursuivait le câblage, pendant que Bobbie Faye s'attaquait au boîtier. Elle le fit jouer un peu, avant de le tabasser franchement, tout en gardant le combiné dans l'autre main.

Non, non, non, non, criait une voix à l'intérieur de son crâne, rythmée par la panique. Et sans vraiment se rendre compte de ce qu'elle était en train de faire, elle se mit à assener de violents coups sur le téléphone avec le combiné. Il était même possible qu'elle ait un peu donné de la voix, car Trevor fit volte-face pour sauver le combiné de son swing ravageur et, quand l'écho de ses jurons finit par s'éteindre...

... eh bien, la tonalité était revenue.

— Je crois bien que la trouille que tu lui as fichue l'a ramené à la vie.

— J'ai ce don, en effet.

Elle composa le numéro de téléphone de Roy en appuyant violemment sur les touches et en priant le ciel que son appel arrive à temps. Elle vérifia la montre de Trevor pendant que la tonalité d'appel s'égrenait. Le compte à rebours affichait résolument zéro et il était impossible de dire depuis quand il s'était bloqué dans cette position.

La voix de baryton feutrée du ravisseur répondit.

— J'ai le diadème.

— Vous êtes en retard, Bobbie Faye.

— J'ai été un peu occupée.

— Je ne récompense pas les *retardataires*, ma chère amie.

Elle entendit Roy crier et ce seul hurlement empêcha ses genoux de se dérober sous elle.

— Maintenant, apportez-le-moi. Vous devez vous rendre à...

— Je veux parler à Roy. Ou vous n'aurez pas le diadème.

— Vous avez beaucoup trop de proches et de parents dont je peux m'occuper, Bobbie Faye. Vous le savez. Alors cessez de vous engager dans des petits jeux qui sont au-dessus de vos moyens.

— Oh, c'est vous qui voyez. Si je ne parle pas à Roy, et maintenant, eh bien je vais me contenter d'attendre ici. La brigade d'intervention ne devrait pas tarder et elle m'arrêtera, disons, d'ici cinq minutes. Je suis certaine qu'elle embarquera le diadème comme élément de preuve, et Dieu seul sait où cette breloque finira. Vous n'avez pas idée du nombre d'objets perdus en Louisiane. Et kidnapper l'un de mes proches ne vous mènera pas bien loin, connard. Alors, maintenant, *je veux parler à Roy*.

Le monstre à l'autre bout de la ligne lâcha un bref ricanement et Bobbie Faye fut parcourue d'un frisson.

— Bobbie Faye, ma chère, j'ai vraiment hâte de vous rencontrer.

Avant qu'elle puisse répondre, Roy était en ligne : « Fais gaffe à… » et, presque aussi vite, il s'évapora.

— C'est tout, dit le kidnappeur. Vous l'avez entendu. Maintenant, je veux que vous vous rendiez au 1601 Scenic Highway, à Plaquemine. Vous avez une heure.

— *Une heure ?!* Vous êtes dingue ou quoi ? Je me trouve à au moins deux heures de là, si toutefois je sais *effectivement* où je suis. Je suis si loin sous terre que je ne sais même pas combien de temps ça me prendra de revenir à la surface. Quant à aller jusqu'à Plaquemine…

— Je suis tenté de vous répondre qu'il s'agit là d'un problème très personnel.

La ligne fut coupée et Bobbie Faye resta à contempler le combiné, incapable d'articuler une parole.

Une heure. C'était irréalisable, même si elle avait eu la voiture la plus rapide de la planète et qu'elle se fût déjà trouvée à l'intérieur, en train de filer sur la nationale. Une heure.

— Où a-t-il dit qu'il fallait aller ?

Elle avait presque oublié que Trevor était derrière elle et attendait.

— Plaquemine. On n'y arrivera jamais.

— On va trouver quelque chose.

Son cerveau bouillonnait, son esprit cogitait. Elle essayait de recoller les morceaux de cette journée pour en tirer quelque chose de compréhensible, mais ils ne cessaient de s'éparpiller, de se morceler en un kaléidoscope aux couleurs funèbres. Elle oscillait entre stupeur et effroi. Elle ne parvenait pas à appréhender ce genre de monstre. Elle avait eu affaire à toutes sortes d'abrutis cruels, d'idiots patentés et d'individus tout simplement méchants, amers, égoïstes ou avides (voire, tout cela en même temps), mais jamais, dans toute sa vie chaotique, elle n'avait croisé quelqu'un d'aussi absolument arbitraire.

— Quand j'aurai retrouvé Roy, dit-elle, ce type va passer le plus sale moment de sa vie.

— Si tu veux l'attraper, il nous faut un plan.

— Bien sûr. Un plan. Il est vrai que tous les plans que j'ai élaborés aujourd'hui se sont déroulés à merveille.

Il rit :

— Bah, tu es en vie et on a le diadème. C'est l'essentiel, non ?

— Je ne comprends toujours pas pourquoi il le veut.

Il lui retira le combiné téléphonique des mains, le reposa sur son socle et commença à l'attirer vers lui, mais elle résista. Puis elle soupira, épuisée, et posa la tête contre son torse. Il l'avait agrippée, ainsi que le diadème, pour la sauver. S'il ne l'avait pas fait, elle serait sans doute coupée en deux, non ? Il était toujours là et il essayait de l'aider. Il la soutenait, sans lui faire de morale. Cette seule constatation lui valait un accessit dans la colonne du doute.

Il posa le menton sur son crâne.

— Je n'ai jamais vu personne en faire autant pour quelqu'un d'autre, dit-il d'une voix grave qui résonna dans tout son corps.

Elle haussa les épaules :

— C'est la seule chose que j'aie à donner.

Et c'était la stricte vérité. Elle n'avait pas d'argent. Elle ne pourrait jamais monnayer une solution et ce n'était pas les flics qui allaient lui en apporter une.

— Tu donnes beaucoup plus que n'importe qui.

Elle fixa ses yeux :

— Il s'agit de ma famille. Je n'ai qu'eux. Je ne veux pas en perdre un autre.

Elle tenta de se raidir pour qu'il ne perçoive pas sa peur, mais elle vit qu'il avait compris. Il la reprit dans ses bras en massant doucement ses muscles endoloris comme s'ils avaient toujours été ainsi, l'un à côté de l'autre.

Sa voix résonna encore :

— Il faut que nous utilisions ce que le diadème représente comme garantie. S'il l'obtient, sans qu'on sache pourquoi il le veut tant, il aura toutes les cartes en main et il n'aura aucune raison de nous laisser en vie.

— Mais si nous finissons par découvrir ce qu'il vaut, ou ce à quoi il peut servir, alors nous pourrons peut-être reprendre le contrôle de la situation, enchaîna-t-elle. Si ce diadème a seulement de la valeur en soi, ce sera plus difficile à gérer. Mais s'il ne vaut rien... s'il représente le moyen d'obtenir autre chose...

— On découvre ce que ça peut être avant tout. Et c'est nous qui avons les cartes en main.

— Cela dit, je ne sais vraiment pas par où commencer à chercher. Sans compter qu'il faut arriver à Plaquemine dans les temps.

— J'ai plusieurs idées.

Elle hocha la tête et il continua à dissiper les nœuds qui crispaient son dos.

— Mais si le diadème a seulement de la valeur en soi, insista-t-elle d'une voix que la chemise de Trevor étouffait un peu. S'il ne mène à rien ?

Il s'écarta un peu d'elle :

— Alors on le lui donne. On l'utilise pour sauver la vie de ton frère. Aucun doute là-dessus.

— D'accord.

Derrière eux, ils perçurent plusieurs explosions qui résonnèrent dans la cage d'ascenseur, et une pluie de débris atterrit dans la cabine ouverte.

— Ton ex vient de faire exploser la porte de la salle de contrôle, commenta-t-il sans bouger, mais en balayant la salle du regard pour évaluer leurs options. Il ne lui faudra pas longtemps pour descendre le long de ce conduit avec le matériel que possède la brigade d'intervention.

Il empoigna sa main et, munis d'une lampe de poche qui n'éclairait qu'à quelques mètres devant eux, ils s'élancèrent vers l'obscurité caverneuse du dôme de sel.

Chapitre trente-quatre

Non, mignon, tu ne peux pas inviter Bobbie Faye pour la séance de questions-réponses de notre Semaine des catastrophes nationales. J'aimerais autant finir cette semaine en vie.

— Mme Pam Arnold, institutrice de grande section à l'école élémentaire de Geautraux.

Ce Ce faisait les cent pas. Ce n'était pas une sinécure, entourée qu'elle était d'un côté par une fonctionnaire des services sociaux totalement dans les vapes, et de l'autre par Monique, qui avait décidé de pallier le fort niveau d'angoisse de cette journée sidérante en avançant quelque peu l'heure du remède qu'elle s'octroyait, en principe, à la maison : une vodka orange bien dosée.

Elle en était à sa quatrième.

En général, Monique n'était pas très à cheval sur les principes, mais après quatre vodkas orange, elle avait glissé si loin de la morale qu'elle commençait à tutoyer les rivages de l'effronterie avec un penchant prononcé pour la débauche.

— On pourrait la jeter quelque part.

Ce Ce ignora la suggestion. Elle devait se concentrer sur la formule magique.

— Mais oui ! On n'a qu'à l'habiller comme une pute ! Ça va ruiner sa réputation et elle ne pourra plus faire de mal à Bobbie Faye.

— Non, on ne va pas l'habiller comme une pute. De toute façon, personne ne croirait qu'elle puisse en être une.

— Ben dis donc, c'est que t'as pas vu les filles qui tapinent sur Moreland, grommela Monique. Là-bas, elle passerait pour une racoleuse de luxe.

Ce Ce abaissa les yeux vers le bloc de béton affublé d'un rouge à lèvres baveux qui ronflait présentement sur le sol de la réserve. Monique avait peut-être raison.

Puis elle se reprit.

Non. Ne pas s'aventurer sur ce genre de terrain.

— Ou alors… Ah oui, je sais ! On pourrait appeler quelques danseurs, euh, exotiques, et faire des photos cochonnes !

Ce Ce lança un coup d'œil réprobateur à son amie dont les taches de rousseur se confondaient désormais avec le teint rubicond que lui avait donné la vodka.

— Je n'arrive pas à croire qu'ils te laissent siéger au conseil des parents d'élèves.

— Ils peuvent pas faire autrement. J'ai quatre enfants. Du coup, ils savent bien que je vais être là pendant quelque temps, et ils m'ont même élue présidente.

Elle brandit son téléphone portable et s'employa à faire défiler les numéros qui y étaient enregistrés. Ce Ce s'approcha et lui confisqua l'appareil.

— Non, on n'appelle pas de danseurs exotiques.

— Oh, il leur arrive de danser pour rien. Et ils me doivent un service.

— Je ne veux surtout pas savoir pourquoi. Maintenant, silence. Laisse-moi réfléchir.

L'une des jumelles passa la tête par l'encadrement de la porte.

— Ce Ce ? Je crois qu'il va falloir nous donner une prime de risque pour aujourd'hui.

— Quoi ? Qu'est-ce qui se passe ?

— Il faut que tu fasses quelque chose pour cette matrice parce qu'elle est en train de se barrer en sucettes.

— Oh, mon chou, ça ne peut pas être si terrible que ça.

— Ce Ce, je te promets que ça va te faire bizarre quand tu verras deux octogénaires en train d'essayer de forniquer. Ils ont gardé presque tous leurs vêtements, mais ils se servent de leurs déambulateurs comme points d'appui. Je crois bien que ta matrice a un peu trop réveillé leur énergie. Il va falloir qu'on intervienne très bientôt. J'ai déjà dû déloger des toilettes trois couples différents. Et, à deux reprises, la femme était Mlle Rabalais.

— Doux Jésus !

À cet instant, elles entendirent des cris et Allison (oh, zut, Alicia) se précipita vers la salle d'où ils provenaient pour régler le problème.

Il fallait que Ce Ce élabore un plan. Elle était sûre que la matrice avait amélioré les choses. Elle n'aurait pu expliquer pourquoi, mais elle était persuadée que l'énergie positive qu'elle avait générée avait gardé en vie Bobbie Faye jusqu'à présent. Cette fille devait maintenant être épuisée, depuis le temps qu'elle fuyait la police vers Dieu sait quoi.

— Dommage que tu puisses pas jeter un bon petit sort de derrière les fagots à chacun d'entre eux. Ça leur ferait oublier ce qui s'est ezzactement passé. T'voisssquejveuxdire ?

Ce Ce regarda Monique qui avait mystérieusement réussi à se resservir une nouvelle vodka orange. Elle devait avoir une flasque quelque part. De toute façon, on nageait en pleine débâcle, et à ce stade il fallait absolument qu'elle cesse d'écouter les suggestions de son employée.

Pourtant, l'idée n'était pas totalement dénuée d'intérêt. Au fil des années, elle avait eu recours à quelques formules magiques vraiment puissantes. Si elle n'en avait pas vu les résultats de ses propres yeux, elle n'aurait jamais cru que ces sortilèges aient pu porter leurs fruits. Mais elle avait vu et fait certaines choses qui n'auraient vraiment jamais dû se produire.

Elle enjamba la représentante des services sociaux qui ronflait toujours et commença à consulter les titres des ouvrages anciens et poussiéreux rangés sur les étagères. Elle finit par exhumer un volume défraîchi et écorné qu'elle dut approcher de la lampe afin d'en déchiffrer le texte manuscrit.

Elle connaissait cette recette. Il s'agissait d'un charme de protection extrêmement puissant. D'une puissance effrayante. La vieille femme qui le lui avait appris l'avait mise en garde : des doses rigoureusement précises et une chronologie exacte. Ce n'était pas une formule magique à prendre à la légère, et elle lui avait donné tant de mal la dernière fois, notamment pour vérifier l'ensemble du processus au gramme et à la seconde près, que son propre système immunitaire en avait été complètement chamboulé. Elle avait même dû ensuite garder la chambre pendant deux jours.

Mais ça pouvait fonctionner.

Elle se mit donc à réunir les ingrédients.

Bobbie Faye et Trevor s'engageaient dans le énième tunnel qui semblait lui-même mener à d'autres galeries. Ils s'étaient suffisamment éloignés de l'ascenseur pour ne plus percevoir le bruit des chalumeaux qui découpaient le métal de la cabine, mais Cam ne mettrait plus longtemps à franchir cet obstacle.

Cam allait l'arrêter. Et s'il le pouvait, il la collerait derrière les barreaux pour des années, rien que pour connaître la satisfaction de l'avoir fait.

S'ils en arrivaient là, allait-elle lui tirer dessus ? Ou même l'envoyer à l'hôpital pour sauver la vie de Roy ? et celle de Stacey ? Le ferait-elle pour Stacey ?

Elle visait beaucoup mieux que lui. Certes, il était accompagné de la brigade d'intervention, mais elle était sûre de tirer mieux que la plupart d'entre eux. Cette seule idée lui donnait la nausée et l'emplissait d'effroi.

Ils pénétrèrent dans une salle immense, de la taille de plusieurs terrains de football, dont le plafond en dôme s'élevait suffisamment haut pour que le faisceau électrique de leur lampe ne puisse en évaluer l'ampleur. Des milliers de blocs de sel y avaient été entreposés en d'innombrables rangées qui les empêchaient d'en apprécier le volume exact. On aurait dit qu'une moisson gigantesque de blocs de sel avait prospéré pour tenter d'atteindre les cieux inexistants. Tout était recouvert de sel. Chacun des blocs devait représenter au moins un mètre cube et la plupart des rangées faisaient bien trois blocs de large. Quant à leur longueur, le faisceau de leur lampe ne parvenait pas à percer le puits de pénombre qui les bordait, et les deux fugitifs en étaient réduits aux conjectures pour imaginer ce qu'il y avait au-delà. Impossible donc de dire s'il existait une issue et, dans ce cas, où elle menait. Il leur faudrait parcourir chacun de ces murs de sel pour trouver une sortie, et perdre un temps précieux.

— Il faut qu'on monte, dit Trevor qui braqua la lampe sur une rangée dont les blocs de sel n'étaient pas correctement alignés, ménageant ainsi une prise potentielle.

— Monter ? répéta-t-elle en souhaitant que le trémolo de sa voix veuille bien cesser et que Trevor ne le remarquerait pas.

— Les chiens ne nous pisteront pas jusque là-haut et nous pourrons ainsi repérer une issue, puis passer de rangée en rangée, si nécessaire, au lieu de quadriller la salle au hasard.

— Oui, murmura-t-elle encore d'une voix où la panique perçait un peu. Je ne suis pas vraiment championne quand il s'agit de *monter.* Je préférerais rester en bas.

— Mais on n'a pas le temps.

Il ne lui laissa pas l'occasion de discuter. Il se contenta de commencer à grimper.

— Génial. Fallait que ça tombe sur moi, ça : kidnapper SpiderMan.

Elle n'eut d'autre choix que de le suivre en sachant pertinemment qu'elle allait tomber.

Quand ils atteignirent le sommet, qui devait bien être à douze horribles mètres au-dessus du sol, elle se recroquevilla en s'agrippant à cet improbable échafaudage, tandis que son compagnon, debout, scrutait calmement l'envergure de la salle. Puis l'attention de Trevor fut attirée par ses phalanges exsangues accrochées au bloc de sel et il vint s'accroupir auprès d'elle.

— Tu te rends compte qu'il va falloir que tu relâches ta prise pour traverser la pièce ?

— Salaud.

Il éclata de rire :

— Donc, la dure à cuire a tout de même peur de quelque chose.

— Si j'admets que c'est vrai, est-ce qu'on peut redescendre ?

— Pas encore, dit-il en montrant du doigt quelque chose sur sa droite. Je pense que la sortie est par là. Il faut que nous passions par-dessus ces rangées pour y parvenir.

Il se retourna vers elle, visiblement amusé par la totale immobilité qu'elle s'imposait.

— Arrête de prendre ton pied.

— Ben quoi ? On dirait un chimpanzé. J'aimerais beaucoup avoir une caméra sous la main.

— Je te déteste.

— Je crois que nous avons déjà établi que ce n'est pas le cas.

— Mouais. Eh bien je commence à sérieusement reconsidérer ma position.

Il se releva et lui tendit la main :

— Allez, Bobbie Faye. On n'a pas beaucoup de temps.

Elle saisit sa main et commença une prière. La peur tambourinait dans sa poitrine et son adrénaline avait atteint de tels sommets qu'elle donnait l'impression d'agir selon son bon vouloir. Elle n'aurait pas été surprise de constater, en baissant les yeux, que ses bras et jambes avaient perdu leurs os et pendaient désormais lamentablement comme les nouilles d'une soupe chinoise tiède.

Il jeta un coup d'œil en bas et elle suivit le faisceau de sa lampe de poche. Leurs traces étaient visibles sur la pellicule blanche qui recouvrait le sol. Il récupéra du sel sur le sommet du bloc où ils s'étaient installés et le lança sur leurs empreintes. Pendant qu'il s'affairait ainsi, Bobbie Faye ne bougea pas d'un pouce. Quand il eut fini et qu'il braqua encore la lampe en contrebas pour vérifier le résultat de ses efforts, les traces les plus proches de l'endroit où ils avaient commencé leur ascension avaient disparu.

— Hé, t'es plutôt bon.

— Je suis excellent, oui.

— Détestable et modeste, avec ça.

— Eh oui. Allez.

Ils coururent vers le bout de la rangée avant de s'élancer vers la suivante qui ne se trouvait qu'à quelques dizaines de centimètres. À cet instant, des bruits métalliques et des voix étouffées résonnèrent dans l'immense salle, beaucoup trop près d'eux.

La sueur dégoulinait le long des bras de Cam pendant que l'un des hommes de la brigade d'intervention maniait un petit chalumeau pour découper le plancher de la cabine d'ascenseur. Il savait qu'ils n'étaient plus très loin de Bobbie Faye et de Dumasse. Les étincelles qui jaillissaient du métal lui semblaient autant de brûlantes secondes qui s'égrenaient sur un cadran.

Aaron, le chef de la brigade, lui tapota sur l'épaule. L'une de ses mains était pressée contre son oreille pour étouffer le vacarme et il se pencha vers Cam en hurlant pour couvrir le chuintement assourdissant du chalumeau.

— Il faut que vous remontiez à la surface. Benoit a quelque chose d'urgent pour vous.

Putain. Pas encore. Il était persuadé qu'il était à deux doigts de coffrer Bobbie Faye. À deux doigts de l'empêcher de se faire tuer, lors de l'inévitable fusillade qu'il sentait venir. Il le savait jusqu'au plus profond de sa moelle.

— Quand vous en aurez fini avec ça, conduisez la brigade en bas. Je vous rejoins dès que possible.

Il remonta le long des cordes au moyen d'un système actionné par des poulies et, une fois parvenu à la surface, se précipita dans le tunnel. Quand il en déboucha, il tomba sur un membre de la brigade d'intervention qui lui tendit un téléphone satellitaire.

— Quoi ? aboya-t-il dans le combiné.

— Le prof est kaput.

— Quoi !!

— Il n'est pas mort, ajouta Benoit dont la voix traduisait la colère, mais il n'est pas en forme.

— Comment ? Je croyais que tu l'avais placé dans une cellule isolée ?

— C'est bien ce que j'ai fait. Je me suis également assuré qu'il n'avait pas de voisins. On l'a trouvé étendu sur le sol, avec les lèvres bleues et toutes sortes d'autres symptômes qui font dire aux équipes médicales qu'il s'agit de poison.

— Qui est allé le voir dans sa cellule ?

— Seulement Dellago, et ils se sont rencontrés dans la salle réservée aux consultations d'avocats, en présence de quelqu'un. Vicari les surveillait, mais il n'a pas pu entendre ce qui s'est dit. Quand Dellago est sorti, le prof avait l'air en bonne santé et il n'avait rien avalé. Rien ne nous permet donc de prouver que son avocat a quoi que ce soit à voir là-dedans.

— Oh, tu peux être sûr que ce pourri a tout à y voir. C'est juste que je n'arrive pas à croire qu'il ait pu avoir les couilles d'assassiner son propre client sous nos yeux. Qu'est-ce que tu as sur les caméras de surveillance ?

— Rien qui puisse nous aider. On a passé et repassé la bande. On lui a apporté un déjeuner, puisqu'il n'avait rien avalé de la journée, et de l'eau. Il semblait aller bien, après. C'est Robineaux qui le lui a apporté et, celui-là, on peut lui faire confiance. Alors je ne sais pas quoi penser.

— Le prof a dit quelque chose ?

— Il n'a pas cessé de répéter *bon ap'*, *bon ap'*, *bon ap'* et tout un charabia qui n'avait aucun sens.

— Quel charabia exactement ?

— Putain, Cam, je n'y comprenais rien. Des trucs sur des bateaux et, à un moment, j'ai cru qu'il avait prononcé le mot *or*, mais les équipes médicales ont dit qu'il délirait sur la mort, alors j'ai pensé que c'était ça qu'il évoquait encore. Quand ils l'ont transporté dans le hall, il s'est relevé pour me dire : « Pas du maïs, OK ? » Et il me l'a répété quatre fois.

— Pas du maïs ? Mais qu'est-ce que ça peut vouloir dire ?

— J'en sais rien. Il a eu du maïs au déjeuner, alors peut-être que ça a trait à ça. Mais il avait l'air si... désespéré. C'était vraiment très étrange.

— OK, je veux que tu mettes un garde devant la porte de sa chambre vingt-quatre heures sur vingt-quatre. Et trouve-moi quelqu'un de confiance à l'hôpital pour contrôler tout le personnel médical qui pénétrera dans sa chambre, même s'ils le font sur ordre d'un toubib. Il faut qu'il ait été au courant de quelque chose de suffisamment énorme pour qu'on lui fasse subir un tel sort.

Cam bouillait. Puis il se souvint de ce qu'il avait demandé à Benoit de faire à l'origine et son estomac se serra quand il se rendit compte que son collègue ne lui avait encore rien dit à ce sujet.

— Toujours aucune nouvelle de Stacey ? demanda-t-il avec réticence.

— Putain, rien. J'ai parlé à Ce Ce il y a quelques heures, mais sans aucun résultat.

— On dirait que tu penses qu'elle t'a dit la vérité.

— Disons qu'elle avait de fortes motivations pour coopérer.

— Et je préfère ne pas savoir en quoi celles-ci consistent, c'est ça ?

— Exactement. Je crois sincèrement qu'elle ne sait rien. Bobbie Faye ne se confie à personne, d'après Ce Ce, surtout quand elle a des soucis.

— Et qu'en est-il de sa meilleure amie, Nina ?

— Je pense que Nina nous a déjà dit tout ce qu'elle savait. Et si elle sait autre chose qu'elle ne veut pas nous révéler, tu n'obtiendras rien d'elle, même si tu la menaces d'une arme. C'est aussi une dure à cuire.

Cam entendit des cris dans le tunnel.

— On a mis quelqu'un sur la sœur ?

— Yep. Watts.

— Bien. Et n'abandonne pas les recherches pour la gamine.

— Compris.

Cam se hâta de retourner vers l'ascenseur et descendit le long des cordes plus vite que le commandait la prudence. Quand il arriva en bas, les gars de la brigade d'intervention étaient en train de se faufiler par l'ouverture qu'ils avaient découpée dans le plancher de la cabine et des fixations avaient été installées sur les câbles pour leur permettre de descendre jusqu'au bas du conduit. Cam emprunta un harnais pour les suivre.

Pendant qu'il se balançait au-dessus du vide, il songea que Bobbie Faye devait être morte de peur. Elle avait le vertige et, chose qu'elle avouait rarement, elle avait aussi peur du noir. Le fait d'avoir dû ainsi glisser le long de la gaine d'ascenseur, dans cette obscurité totale et angoissante, avait probablement dû la paniquer au plus haut point.

En bas du conduit, les portes de l'ascenseur étaient closes et il fallut quelques minutes aux hommes de la brigade d'intervention pour les ouvrir. Ils enfilèrent alors leurs lunettes de vision nocturne et balayèrent la zone à la recherche d'une source de chaleur quelconque, mais ils firent signe à Cam qu'ils ne voyaient rien.

Les lunettes furent donc remisées dans leurs étuis et les torches lumineuses furent allumées. Il y avait des empreintes de pas dans ce qui ressemblait à de la neige, un peu plus loin sur le sol. Cam s'accroupit pour les examiner et trempa les doigts dans la pellicule blanche pour la sentir.

Du sel.

Ça allait donner du fil à retordre aux chiens.

Il examina les traces. Sans aucun doute, les bottes de Bobbie Faye.

Il y eut un peu d'agitation au-dessus de lui quand quelqu'un descendit à sa suite dans la cage d'ascenseur et, quand il leva les yeux et braqua sa lampe de poche en direction du bruit, il fut salué par le faisceau lumineux que tenait l'autre personne.

Oh, merde.

Zeke venait d'arriver avec ses collègues, seulement quelques poignées de secondes après lui, et il plissait les yeux comme un prédateur sur la piste de sa proie.

— Où se trouve la sortie de ce dôme ? demanda l'agent.

Cam regarda le commandant de la brigade d'intervention.

— On a fait tout ce qu'on a pu, mais aucune des cartes que nous avons ne le mentionne. On a consulté les archives avant d'arriver ici, dès que vous nous avez indiqué l'endroit exact de la cabane, juste pour savoir ce qu'il y avait aux alentours, mais cette cahute ne figurait même pas sur les cartes. Si elle a jamais été répertoriée sur un plan, nos ordinateurs ne le savent manifestement pas.

— Alors, il faut sécuriser la salle, dit Zeke. Dumasse va s'installer dans un coin d'où il pourra tous nous cueillir.

— Non, ce n'est pas son intention, intervint Cam en s'accroupissant près des empreintes. Regardez…

Il balança sa torche d'avant en arrière afin que son faisceau longe les traces de pas, jusqu'à ce que celles-ci s'arrêtent pour s'entrecroiser et se chevaucher à un endroit précis, comme si le couple était resté là durant quelques instants. Cam releva un peu sa lampe jusqu'à ce qu'elle éclaire un antique téléphone que l'on avait manifestement débarrassé d'une épaisse couche de sel.

OK. Ce n'était pas exactement ce à quoi il s'attendait. Tout à fait curieux.

Il se retourna vers Aaron :

— Mettez Jason sur cette ligne. Demandez-lui de la faire passer dans ses ordinateurs et de déterminer qui a été appelé de ce poste.

— Ça n'a aucun intérêt, affirma Zeke. Dumasse est fait comme un rat. Il va s'organiser pour tenter de nous faire tous tomber, les uns après les autres. Je connais bien ce type.

— Ah oui. Eh bien moi je connais bien cette femme. Et elle ne va pas s'arrêter.

— C'est donc qu'elle va se mettre en travers de sa route et qu'on va retrouver son cadavre sous peu.

— Mais, dites-moi, vous commencez à vous exprimer comme si vous en aviez quelque chose à faire.

— Je plains quiconque se met en travers de la route de Dumasse.

— Alors je crois que vous plaignez la mauvaise personne, ironisa Cam, et même les membres de la brigade d'intervention sourirent. Vous pouvez rester là et installer votre périmètre si vous voulez, mais moi, je pars à sa poursuite.

— Vous serez mort dans une heure, répondit alors l'agent en haussant les épaules d'un air morose.

Chapitre trente-cinq

Désolée, madame, mais nous ne sommes pas autorisés à remplir votre cuve de gaz si vous vous trouvez à moins de cinquante mètres de toute flamme nue, d'un barbecue ou de Bobbie Faye. Surtout de Bobbie Faye. Je parle d'expérience.

— Mike M. Wayne, dont les sourcils et les cheveux commencent tout juste à repousser. Enfin.

Alors qu'ils parvenaient à l'autre extrémité de l'immense salle, Trevor montra du doigt la sortie. Puis il haussa les sourcils en regardant Bobbie Faye :

— Bobbie Faye ? Oh oh. J'ai besoin de récupérer ma main pour descendre.

Elle avait tellement serré les doigts autour des siens que sa propre main en était endolorie.

— Oh, pardon.

Ils descendirent le long des blocs de sel et quand ils furent en bas, enfin en terrain solide, elle dut se retenir pour ne pas s'effondrer et embrasser le sol.

— Je ne peux croire que j'ai réussi à faire tout ça sans me briser le cou.

— Et moi, je ne peux croire que tu aies réussi à faire tout ça sans *me* briser le cou, grommela-t-il tandis qu'ils s'élançaient vers la sortie.

Loin, très loin, dans un tunnel qui se situait de l'autre côté de la salle, des chiens aboyaient et des bottes martelaient le sol, à leur poursuite. Tous deux maintinrent leur rythme effréné jusqu'à ce que le regard de Bobbie Faye soit attiré par quelque chose et qu'elle revienne sur ses pas pour l'examiner.

— Mais qu'est-ce que tu fiches, bon sang ? siffla Trevor entre ses dents.

— J'essaie de m'orienter, répliqua-t-elle en soulevant du sol un panneau qui devait reposer sous le sel depuis des lustres. Regarde.

Ils examinèrent le panneau d'orientation (« Vous êtes ici ») dont les couleurs avaient passé, et Bobbie Faye se réjouit qu'il ne comporte aucune icône représentant Satan muni d'une fourche. Ils revinrent alors sur leurs pas pour se diriger vers un tunnel qu'ils avaient négligé et s'y engouffrèrent. Quelques minutes plus tard, ils arrivaient devant un autre ascenseur qui semblait beaucoup plus récent que le précédent.

Bobbie Faye appuya sur le bouton d'appel et, lorsqu'ils entendirent la cabine s'ébranler, elle pivota, lança ses bras autour du cou de Trevor et, sans réfléchir, lui donna un baiser.

Eh bien, voilà un homme qui savait profiter des surprises…

Il la serra dans ses bras et se colla à elle, tandis que ses mains brûlantes couraient sur la peau nue de son dos, à l'endroit où son tee-shirt avait été découpé. Durant une longue minute, elle oublia où elle se trouvait et ce qu'elle était censée y faire pour ne plus sentir que sa barbe naissante sur ses joues, ses muscles qui enserraient sa taille, ses lèvres sur les siennes… Encore quelques instants et elle aurait oublié son propre nom.

L'ascenseur tinta derrière elle et elle s'écarta en lui offrant l'un de ses rares sourires spontanément sincères. Le fait de la voir aussi en joie se refléta dans l'expression, quelque peu étonnée, de Trevor. Quand les portes de l'ascenseur s'ouvrirent, elle se retourna et le regard de Trevor se posa sur la cabine d'ascenseur…

… où se tenait un vieil homme en uniforme de gardien… qui n'avait pas dégainé son arme. Il semblait à peu près aussi surpris qu'eux et ses yeux s'arrondirent avant qu'il tente de retirer son arme de son étui.

Puis il plissa les yeux et ses sourcils broussailleux s'élevèrent jusqu'au milieu de son front.

— Oh, non, non, non ! Vous ! Vous êtes... Vous êtes... Vous êtes la fameuse reine des Journées de la Contrebande ! Et il se retourna prestement pour s'enfuir, oubliant qu'il se trouvait dans un ascenseur.

Il percuta violemment la paroi avant de tomber dans les pommes. Trevor le rattrapa juste avant qu'il s'affale sur le sol.

— OooooKayyyy, dit Bobbie Faye en considérant le vieil homme inconscient. Celle-là, on ne me l'avait pas encore faite.

— T'es un peu comme une arme miniature, en fait, remarqua Trevor en repoussant le garde dans l'ascenseur. Je suis sidéré que le gouverneur te laisse encore courir en liberté.

— Ce n'est pas faute d'avoir essayé de me boucler.

Elle entra dans la cabine dont les portes se refermèrent.

— Examinons ce diadème, suggéra Trevor avant d'appuyer sur le bouton.

Il l'observa et effleura des doigts les marques et inscriptions qu'il portait.

— Qu'est-ce que ça veut dire ?

— *Ton trésor est trouvé ?* Oh, ça signifie juste « Ton trésor est ici ». Tu sais, trouvé, quoi. Comme ça.

Et elle plaça la parure sur sa tête en l'agitant comme pour dire « Voilà ! ». Elle tourna sur elle-même et, quand elle lui fit face, de nouveau, elle s'aperçut qu'il était en train de la regarder de haut en bas avec des étincelles dans les yeux. Elle rougit.

— Euh... Il paraît que mon arrière-arrière-arrière-pépé répétait tout le temps cette phrase. Tu comprends, comme s'il voulait dire qu'il faut toujours se considérer soi-même comme un trésor, apprécier ce qu'on a.

— Je ne dis pas que ton, euh, pépé, n'était pas un sage, mais il parlait peut-être d'un vrai trésor, comme une malle de pièces d'or, tu vois. Comme un truc bien réel. Ça expliquerait pourquoi ce diadème est aussi important pour les ravisseurs.

— Impossible. Mon arrière-grand-mère disait toujours qu'ils étaient vraiment pauvres. Il avait été forgeron. Souvent, elle blaguait en disant que c'était pour ça qu'ils devaient utiliser une cuillère pour dîner.

— Ça n'a pas de sens.

— Bienvenue sur ma planète.

Elle ôta le diadème et l'examina. Qu'est-ce que ce vieux fou d'arrière-arrière-arrière-grand-père avait bien pu vouloir dire en inscrivant cette phrase ? Elle plissa les yeux et retourna l'objet pour voir si elle parvenait à déchiffrer l'inscription qui avait fini par s'effacer au fil des années, mais les lettres étaient trop usées pour en tirer quoi que ce fût.

De toute façon, s'il s'était agi d'un véritable trésor, sa famille s'en serait déjà emparée et l'aurait dilapidé dans un truc sans intérêt et inutile, un truc qui leur aurait vraisemblablement apporté encore plus d'ennuis et aurait détruit leur vie de façon spectaculaire. Et puis, elle en aurait entendu parler si c'était arrivé à l'un de ses aïeux. Nan, sa famille se serait forcément lancée dans la quête de ce magot avec toute la subtilité d'un clown de cirque.

Mais tout de même, la simple évocation de la possibilité d'un trésor pouvait rendre dingues certaines personnes. Et si quelqu'un avait mal interprété cette inscription ? Et si le type qui détenait Roy croyait que ce pauvre diadème valait effectivement de l'argent ?

Trevor appuya sur le bouton et elle saisit son revolver pour le pointer vers la porte, pendant que l'ascenseur montait.

Il fallait que tout soit mesuré très précisément pour que la formule fonctionne et Ce Ce allait avoir besoin de se concentrer. Entre les ronflements sonores du pachyderme des services sociaux et les trémolos hésitants de Monique qui s'était mise à fredonner des ballades folkloriques, elle craignait que ses conditions de travail ne soient pas tout à fait idéales.

Elle fit un peu de place sur le comptoir et commença à réunir ce dont elle avait besoin, en prélevant sur les étagères des flacons sans étiquette. Elle avait allumé les bougies, ses ingrédients étaient prêts, de même que son verre mesureur et ses cuillères-doses.

L'eau qu'elle avait mise à bouillir dans la petite cuisine aménagée dans son bureau commençait à frémir.

Elle se retourna pour prendre son saladier en terre cuite. Il n'était plus là. Elle se souvenait pourtant de l'avoir placé sur le comptoir.

— Tu sais, Ce Ce, bredouilla Monique, pour un endroit qui s'appelle Au Bazar Cajun - Grand Magasin Feng Shui, le vaudou, c'est pas vraiment feng shui. Tu savais ça, toi ?

Ce Ce jeta un coup d'œil à son amie qui s'était coiffée du saladier. Elle le reprit en expliquant :

— Ce n'est pas du vaudou. C'est plus positif, plus engagé. Il s'agit de faire en sorte que tout parte dans la bonne direction. C'est… du feng dou.

— Du feng dou ? Dou dou dou whap dou whap, chantonna Monique.

Ce Ce supplia le ciel et l'enfer que sa formule marche.

Quand les portes de l'ascenseur s'ouvrirent sur une petite pièce grisâtre, les deux gardes qui s'y trouvaient lâchèrent immédiatement leur arme et levèrent les mains vers le ciel en voyant les deux revolvers braqués sur eux.

Bobbie Faye scanna rapidement l'endroit : un grand bureau, un poste de télévision (apparemment branché sur un jeu vidéo) et les restes d'un repas dans la poubelle.

— Ici, y'a rien d'autre que du sel et vous pouvez en prendre autant que vous voulez, dit l'homme le plus âgé, dont Bobbie Faye estima qu'il devait avoir une soixantaine d'années.

— Mais… Y'a pas un coffre dans le bureau du directeur, pour la paye ? s'étonna l'autre garde.

Son collègue roula des yeux excédés et ses épaules s'affaissèrent.

— Les mômes… grommela-t-il.

— Je ne suis pas un môme ! J'ai dix-neuf ans !

— Je jure de dire qu'il vous a provoqué, si vous lui tirez dessus, soupira son compagnon.

— Pourquoi ne pas vous asseoir, plutôt ? demanda Trevor en indiquant leurs chaises.

Il sortit une corde de son sac et la coupa à la bonne longueur. Alors qu'il ligotait le plus vieux garde, il commanda au jeunot d'attacher le troisième garde, toujours inconscient. Le gamin ne cessait de jeter des coups d'œil à la dérobade vers Bobbie Faye et, soudain, la surprise d'une grande joie illumina son visage.

— Hé ! Vous êtes la reine des Journées de la Contrebande !

— Mais qu'est-ce que vous avez tous, les gars ? Comment pouvez-vous me reconnaître sans maquillage ? Alors que je suis dans un tel état que même un charognard ne voudrait pas de moi. On ne vous a pas appris que la moindre des choses, quand vous voyez une dame pas au mieux de sa forme, c'est de prétendre que vous ne la connaissez pas ?

— Bah, je ne vois pas vraiment de différence.

— Laisse-moi deviner. Tu n'as pas de copine.

— Et pas non plus de grande espérance de vie, commenta Trevor.

— Vous pourriez me signer un autographe sur mon uniforme ou quelque chose comme ça ?

Fort heureusement, Trevor bâillonna le gamin et Bobbie Faye put se concentrer sur les inscriptions du diadème. Et si quelqu'un avait accordé du crédit aux légendes, si quelqu'un avait mal interprété l'inscription, alors il devait croire que cette couronne d'opérette constituait une sorte d'indice, n'est-ce pas ? Ça ne pouvait être que ça. Mais, pour que ce soit un indice, il aurait fallu qu'il soit fabriqué par quelqu'un qui savait où se trouvait le trésor et il n'y avait qu'une…

Putain de sacré bordel de merde…

Non, ça ne pouvait pas être ça.

Impossible.

Elle tourna autour de cette pensée, incapable de l'appréhender directement, et son regard devint vague, sa respiration se ralentit, ses mouvements se firent plus rares.

Se pourrait-il que…

Elle regarda le gamin :

— Est-ce que je risque d'ameuter une ribambelle de gardes si j'utilise ce téléphone ?

Il secoua la tête pour lui signifier que non ; l'autre garde soupira, manifestement peiné que le môme en sache si peu sur les bases de leur profession.

— Tu tiens quelque chose ? demanda Trevor qui était passé du ligotage au sabotage d'ascenseur.

Sans répondre, elle s'approcha du téléphone, fit le 9. Elle obtint une tonalité et composa alors le numéro de téléphone privé de Ce Ce.

Chapitre trente-six

Nous vous garantissons désormais que nos trajets en ferry sont 100 % sans Bobbie Faye.

— Affiche sur la cale d'embarquement de Plaquemine, Louisiane.

Ce Ce tenait une fiole remplie des feuilles hachées d'une très rare orchidée, au-dessus d'une cuillère-dose. Il fallait qu'elle mette très précisément un milligramme de cet ingrédient dans son saladier et, tandis qu'elle tapotait le flacon, le téléphone de sa ligne privée sonna.

Elle sursauta en écartant vivement le petit récipient du saladier et envoya valser le combiné en se retournant brutalement.

— Bobbie Faye ?

— Mais comment diable pouvais-tu savoir que c'était moi ?

— Je n'ai pas cessé d'espérer, mon chou, que ça irait bien pour toi et que tu m'appellerais. Est-ce que c'est le cas ?

— Ça va, Ce. C'est juste que je cours un peu après la montre, alors je n'ai pas le temps de t'expliquer. Il faut que je sache quelque chose d'important.

— Vas-y.

— Est-ce que Jean Lafitte était forgeron ?

— Bien sûr, mon chou. Tout le monde sait ça. Et aussi son frère.

— Merde.

— Qu'est-ce qui ne va pas ?

— Tout. Écoute, sais-tu s'il avait une marque distinctive ou quelque chose qu'il utilisait comme signature ?

— Attends un peu. Laisse-moi vérifier.

Ce Ce posa le flacon en sûreté, suffisamment loin de Monique qui s'était mis en tête de décorer la ronfleuse des services sociaux avec des paillettes (Dieu sait d'où elle les avait sorties). Il lui fallut deux bonnes minutes pour dénicher le livre, dont elle dut épousseter la couverture. Les pages craquèrent et certaines se détachèrent quand elle l'ouvrit avec précaution pour retrouver le chapitre dont elle se souvenait.

Pendant qu'elle parcourait le texte et compulsait les dessins, elle entendit Monique prendre le téléphone qui se trouvait derrière elle.

— Heyyyyyyyyyyyyy ! C'est notre Bobbie Faye. Comment ça va ? Va falloir qu'on change ta coiffure, faire quelques mèches et tout, si tu finis en prison, pss'keu je crois pas que le orange va très bien aller avec ta couleur.

Ce Ce s'empara du combiné :

— Désolée, mon chou.

— Combien de vodkas orange s'est-elle déjà envoyées ?

— Cinq, je crois. Je n'ai toujours pas compris où elle cachait ses réserves.

— Est-ce que tu as trouvé la marque dans le livre ?

— Oui, mon chou, c'est là-dedans. La vieille Marie St Claire avait le béguin pour Lafitte. Elle le trouvait mignon. Elle en a fait des pages sur…

— Ce, juste la marque. À quoi ça ressemble ?

— À un quadrillage. Mais si tu le places sur la tranche, ça devrait ressembler à un « L » minuscule. Quelque chose comme ça.

— Putaindebordeldemerde.

— Ça va, mon chou ??

— Pas encore, Ce. Il faut encore que je fasse un truc. As-tu des nouvelles de Stacey ?

— Pas encore, chérie, mais j'y travaille.

Il y eut un long silence.

— Mon chou, il faut que tu me dises…

— Il faut que j'y aille, Ce. Et merci. Pour tout.

La ligne fut coupée et Ce Ce regarda aussitôt le numéro d'appelant : inconnu.

Sa main tremblait quand elle reposa le combiné et, quand elle se retourna vers le saladier d'ingrédients, Monique était en train de jouer avec la fiole contenant les feuilles d'orchidée et sa vodka orange était renversée près du pot en terre. Ce Ce lui reprit le flacon avant qu'elle en ait versé l'intégralité sur la dormeuse.

— Est-ce que ça va ? demanda Trevor, quand il constata que Bobbie Faye faisait les cent pas devant le téléphone.

— Oh, bien sûr que ça va. Ça va parfaitement. Est-ce que je ne rayonne pas du profond bien-être de quelqu'un qui va bien ? Je vais tellement bien qu'ils vont bientôt en faire des cartes postales. Pourquoi n'irais-je pas bien ?

— Bah, ta façon de tourner comme une toupie et le feu qui sort de tes oreilles pourraient bien être le signe que ça ne va pas si bien que ça.

Elle le fixa d'un air étonné, et il interrompit un instant ses efforts pour bloquer la cage d'escalier avec le bureau des gardes.

— Est-ce que tu sais ce que c'est, ça ? demanda-t-elle en agitant le diadème dans sa direction.

Tout en discutant, ils se dirigèrent vers la porte qui, ils le souhaitaient, les mènerait à une sortie.

— Eh bien, sur ma planète, on appelle ça un diadème.

— Ha ! Eh bien tu es dans l'erreur. Ça, cette *chose* que mon arrière-arrière-arrière-grand-père a confectionnée a de la valeur à cause de *qui* il était. Jean Lafitte ! *Jean Lafitte.* J'ai un lien de parenté avec Jean Lafitte. Moi. Parente. De ce fou furieux de pirate de malheur qui marchait sur tout le monde pour obtenir ce qu'il voulait.

— Je dirais bien que les chiens ne font pas des chats, mais j'aime bien la manière dont mes membres sont assemblés.

— Je n'arrive pas à le croire.

— Mais qu'est-ce qui est si difficile à croire ? Il a vécu dans le coin. Il faut bien qu'il y ait de la famille.

— Oh, non. Non, tu ne comprends pas. Tu sais ce que je sais ? Je sais que les cors au pied de mon arrière-arrière-arrière-grand-tante la faisaient souffrir quand elle s'apprêtait à recevoir de la visite, mais que, par un heureux hasard, ça correspondait toujours à un vendredi quand le boucher du coin venait faire sa livraison. Je sais aussi que mon génial oncle Ansean et son ami décidèrent un jour de dévaliser le débit de boissons et qu'ils passèrent la nuit à jouer au billard et à picoler, et que, au petit jour, il décida qu'il voulait emporter la table de billard avec lui. Mais il n'a pas compris pourquoi la police l'en a empêché pour lui poser quelques questions. Je connais des milliers d'histoires tout aussi ineptes concernant ma débile de famille, et tu sais pourquoi ? Parce que ici, c'est le Sud, et qu'on y raconte la moindre de nos stupides histoires de famille à quiconque veut bien les écouter pour le simple plaisir de les avoir entendues. Du coup, tu pourrais penser qu'à un moment donné, certains de mes parents auraient pu rabouter quelques-uns de leurs pauvres synapses pour se rappeler de transmettre le fait mineur que nous étions apparentés à un putain de *pirate*. Au moins, j'aurais pu comprendre tout de suite pourquoi le ravisseur voulait ce fichu diadème.

Elle s'arrêta de tempêter un instant pour reprendre son souffle et entendit alors un grondement qu'elle ne sut pas à quoi attribuer. Elle regarda Trevor qui fronça les sourcils.

— Je crois bien que ton ex vient de trouver la cage d'escalier. Ainsi que ma barricade. Elle ne l'arrêtera pas très longtemps.

Elle ramassa un bout de corde resté sur le sol après que Trevor eut ligoté les gardes.

— Génial. Tout simplement génial, grogna-t-elle en attachant le diadème avec la corde. Au train où vont les choses aujourd'hui, Cam va découvrir que je suis apparentée à un pirate et, du coup, tout ce que mes ancêtres ont fait sera ma faute, et il me mettra en prison pour tant d'années que je n'en sortirai qu'à la prochaine glaciation.

— Mais qu'est-ce que tu lui as donc fait ?

— Pourquoi tout le monde suppose-t-il que c'est moi qui ai fait quelque chose à ce garçon, hein ? Pourquoi ce ne serait pas lui qui m'aurait fait quelque chose ? Est-ce que c'est parce qu'une espèce d'afflux de testostérone vous indique subitement qu'il faut automatiquement vous mettre d'accord pour faire porter le chapeau aux femmes ?

— OK. Alors qu'est-ce qu'il t'a fait ?

— Il a arrêté ma sœur.

— Et qu'avait-elle fait ? Meurtre ? agression ? un autre acte de violence génétiquement induit ?

— Doux Jésus, non ! Merci bien ! Ce n'était qu'une simple conduite en état d'ivresse.

— Ah. Vous vous êtes séparés et il s'est vengé en arrêtant ta sœur ?

— Non, on sortait encore ensemble. Je lui avais dit qu'elle avait un problème, que je m'inquiétais à son sujet et que je voulais qu'elle aille en cure de désintoxication. Et voilà, il l'a arrêtée.

— Et vous sortiez encore ensemble à cette époque-là ? fit Trevor, incrédule.

Elle hocha la tête.

— Du sérieux ? Genre, du long terme ?

— Depuis au moins une année.

— Et il a arrêté ta sœur ?

— Yep.

— Est-ce qu'il était suicidaire ?

— Qu'est-ce que tu entends par là ?

— Bah, en supposant qu'il ait voulu te revoir, voire coucher encore avec toi, il devait avoir une sacrée pulsion morbide pour se lancer dans une telle cascade. On ne fait pas ça à la femme avec laquelle on sort, surtout quand on tient à elle.

— *Merci.* Il estime qu'il a fait le « bon choix ».

Des cliquètements métalliques et une sorte de vrombissement parvinrent jusqu'à eux ; ils ralentirent le pas pour écouter les bruits qui enflaient à mesure qu'ils approchaient d'une importante zone de fabrication. Il y avait là d'immenses machines à découper et du matériel d'emballage, ainsi qu'une chaîne de manutention qui avait rouillé du fait de son exposition prolongée au sel. La chaîne remontait indéfiniment vers ce qui devait être une issue, laquelle se trouvait plusieurs étages au-dessus du sol.

Bobbie Faye et Trevor restèrent tapis dans l'ombre. Elle dénombra sept ouvriers à leur niveau et un contremaître qui se trouvait dans un bureau vitré situé en hauteur, sans doute pour protéger du sel les ordinateurs qui s'y trouvaient. Sur l'une des parois, à angle droit par rapport au bureau, elle repéra une baie vitrée : probablement une salle de repos. À l'intérieur, une télévision diffusait les images aériennes du braquage de la banque et le présentateur semblait intarissable. Deux ouvriers paraissaient comme hypnotisés par le reportage. Entre la salle de repos et le bureau surélevé se trouvaient deux tables de secrétariat faisant face à la terre promise : un autre ascenseur.

La machine à découper tranchait les blocs de sel en morceaux de taille inférieure qui étaient alors emballés dans une matière plastique et placés sur la chaîne de transport. Il y avait des douzaines d'autres machines moins imposantes et chacune produisait un bruit bien particulier pour faire Dieu sait quoi. En tout cas, leurs moteurs tournaient à plein régime et produisaient un vacarme suffisant pour couvrir la conversation à voix basse que tenaient Bobbie Faye et Trevor.

Elle plissa les yeux pour mieux voir les détails du reportage. Elle n'arrivait pas à le croire.

Sa caravane.

Qui reposait sur le flanc.

Coupée en deux.

Elle allait tuer Claude et Jemy : leurs camions et leurs grues étaient encore amarrés à la caravane dont ils essayaient de redresser une moitié.

Non. Oublie ça. Elle allait se concentrer sur une idée plus optimiste pour une fois. Qu'est-ce que marmonnait continuellement

Ce Ce ? Un machin sur la pensée positive qui engendrait la réalité que l'on voulait vivre ?

Alors très bien. Essayons. Elle en était parfaitement capable. Des moines bouddhistes allaient bientôt faire la queue pour apprendre à penser aussi positivement qu'elle. Elle donnerait des conférences sur le sujet.

Elle entendit des aboiements. Les chiens étaient encore loin.

Mais ils se rapprochaient.

Il semblait bien que la fonction « pensée positive » de son cerveau soit bloquée en position « Moi, je me casse, allez vous faire foutre ».

Chapitre trente-sept

Un résident de Louisiane vient de gagner son premier million en commercialisant des débris « Bobbie Faye » sur eBay. Il espère doubler ses ventes au prochain trimestre.

— Chapeau d'un article dans le magazine *Entrepreneur.*

Cam, la brigade d'intervention, les agents du FBI, le maître-chien et les chiens eux-mêmes se pressaient en file indienne derrière une porte close. L'ascenseur saboté les forçait à rester dans la cage d'escalier, laquelle était, bien entendu, obstruée. La brigade d'intervention avait bien tenté d'enfoncer la porte, mais sans succès.

— Faites-la exploser, commanda Zeke.

Cam secoua la tête et colla son oreille contre la porte. Il avait entendu quelque chose. Un bruit étouffé. Des grognements.

— Il y a quelqu'un, sans doute ligoté, juste de l'autre côté. On ne peut pas recourir aux explosifs, ça pourrait le tuer.

— Pourtant, on ne peut pas s'offrir le luxe d'attendre ici, aboya Zeke. Dumasse pourrait prendre le large.

— Depuis quand votre mandat inclut-il le droit de tuer des civils innocents ? demanda Cam qui jubilait intérieurement de voir Zeke devoir ravaler sa morgue.

Cam se tourna vers Aaron :

— Il nous reste un peu d'acétylène ?

— Un peu.

— Suffisamment pour découper ces gonds-là ? On devrait pouvoir enlever la porte en la tirant vers nous, si l'on s'y prend bien. Ensuite, on dégagera ce qui bloque derrière.

Aaron opina, et en quelques secondes deux membres de son équipe allumèrent les chalumeaux et attaquèrent les gonds.

— L'important, murmura Trevor à son oreille, c'est de ne pas tenter de se faufiler en cachette jusqu'à l'ascenseur, parce que ça attirerait l'attention des ouvriers. Contente-toi de marcher normalement, la tête baissée, comme si tu lisais quelque chose.

— C'est ça. Comme ça je vais foncer tout droit dans l'une de ces machines qui me pliera sans doute comme un origami, avant de m'expédier Dieu sait où.

— Mé naaaan. Ces machines-là sont munies de grandes lames. Elles servent à découper les blocs de sel. Tu n'en sortirais pas suffisamment complète pour que ça vaille le coup de t'expédier par la poste. Tu vois toutes ces bornes entre chacun des postes de travail ? Elles sont plus ou moins placées à intervalles réguliers. Elles supportent un téléphone qui doit aussi servir d'interphone relié au contremaître. Si tu t'en approches, et si quelqu'un te remarque, il pensera sans doute que tu es un employé qui s'apprête à contacter le contremaître.

Mouais. C'est sûr qu'elle ressemblait vraiment à un *employé* avec son tee-shirt *Gobe-moi, suce-moi,* qui était si dégoûtant que le *suce-moi* avait quasiment disparu.

Trevor ouvrit la route. Ils s'avancèrent de façon décontractée, séparément, puis contournèrent les machines et les postes de travail. Personne ne fit attention à eux, d'après ce que Bobbie Faye put constater. Elle se rapprochait donc tranquillement mais sûrement de l'ascenseur, même si elle dut ralentir à deux reprises pour éviter des ouvriers qui débouchaient d'une allée et dont elle n'avait pu anticiper l'arrivée. C'est alors qu'elle heurta l'un des téléphones fixé sur une borne, ce qui eut pour effet d'en décrocher le combiné et de déclencher une tonalité assourdissante. Elle le replaça vivement sur son socle, puis fit comme si elle travaillait sur une machine, mais elle eut l'impression que quelqu'un l'avait remarquée.

Elle attendit.

Personne ne lui passa les menottes. OK, tout allait bien jusqu'à présent. Elle poursuivit son chemin en tendant le cou au coin de chaque machine vrombissante et de chaque pile de cartons, pour vérifier que la voie était toujours libre.

Elle s'efforçait d'ignorer la litanie incessante du journal télévisé dont la diffusion continuait dans son dos et, notamment, les commentaires idiots sur sa vie et la moindre de ses apparitions publiques depuis qu'elle avait trois ans. Ils en étaient à l'interview de Susannah, la nympho de la fac qui bossait désormais à la Compagnie des eaux.

— Oh, absolument, pérorait-elle, elle est bonne à enfermer.

Quelques secondes plus tard, ils donnèrent la parole à un autre journaliste qui, cette fois, interrogeait sa prof de CE1 :

— Nous savions tous que Bobbie Faye était hyper-nerveuse, mais nous connaissions parfaitement nos procédures de sécurité incendie !

Elle jeta un coup d'œil à l'angle d'une armoire métallique et, ne voyant personne, commença à avancer en terrain découvert, quand quelqu'un l'attrapa par l'épaule et lui plaqua une main sur la bouche.

Trevor.

Qui lui montrait du doigt un autre ouvrier qu'elle n'avait pas vu. Elle aurait débouché juste devant lui s'il ne l'avait pas interceptée. Il l'attira vers un recoin à l'abri des regards.

— Bon sang, siffla-t-elle à voix basse, tu aurais pu me prévenir que tu étais derrière moi.

— Je ne voulais pas que les employés m'entendent.

— Je crois surtout que tu adores me filer la trouille.

— C'est vrai, entre autres.

Elle lui donna une claque sur le bras.

— Et alors, Einstein, comment est-on censés sortir d'ici ?

— Autrement qu'en courant vers l'ascenseur ?

— Et après ? On se téléporte jusqu'à Plaquemine ? Tu disais que tu avais plusieurs idées.

— Il y a des héliports pas loin d'ici, pour transporter les ouvriers jusqu'aux plates-formes de forage. J'envisageais de voler un hélico.

— *Wow*, subtil. Parce que personne ne remarquera la disparition d'un hélicoptère.

— Je n'ai pas dit qu'il s'agissait d'une idée *parfaite*.

— Magnifique.

Elle le regarda d'un air excédé, puis plongea le visage dans ses mains. Ce n'était pas sa faute. Il ne fallait pas qu'elle l'oublie. C'était elle qui l'avait impliqué dans tout ça. Il s'était montré grognon, certes, mais aussi très serviable. Elle pouvait bien supporter son côté ronchon. Surtout que ça ne l'empêchait pas d'être sexy.

Elle baissa les yeux vers le sol, tout en écoutant le babil du journal télé, puis leva la tête pour voir les images de l'incendie de la cabane.

Elle lui offrit un sourire malicieux.

— Quoi ?

— Je pense, chuchota-t-elle, qu'il est temps que quelqu'un profite d'une exclusivité sur l'histoire de Bobbie Faye.

Elle regarda encore les images que diffusait la chaîne de télévision locale, laquelle affichait fièrement son numéro d'appel en bas de l'écran. Elle se faufila jusqu'à l'une des bornes et décrocha le combiné du téléphone. Quand elle eut fini, elle eut beaucoup de mal à ne pas lancer les deux bras en l'air, comme si elle venait de marquer un essai.

— On vient de nous signaler une nouvelle importante, dit à cet instant la journaliste en interrompant le caquetage de la prof de CE1. – Bobbie Faye et Trevor fixèrent l'écran de télé. – Le complice allégué de Mlle Sumrall lors du braquage de la banque, ce matin, vient de quitter la prison pour être transporté en ambulance. Nous essayons actuellement d'en savoir plus sur ce qui s'est exactement passé.

Elle nota que, durant cette intervention, Trevor avait retenu sa respiration et qu'il venait seulement de recommencer à expirer lentement. Ils se glissèrent près de l'armoire métallique afin de voir l'écran de télévision. L'image de la journaliste fut remplacée par celle du commissariat où travaillait Cam et devant lequel se pressaient une foule de journalistes qui harcelaient de questions un porte-parole de la police. C'était Benoit, l'ami de Cam. Il les fit taire d'un geste universellement utilisé par les flics : les mains levées, paumes tournées vers l'extérieur.

— À ce stade, nous n'avons aucun commentaire.

— Est-il vrai, demanda malgré cela un journaliste, qu'il a été empoisonné ?

— Une fois encore, pas de commentaire.

— Ou, poursuivit le même journaliste, que, lorsque vous l'avez trouvé, il ne cessait de répéter *bon ap', bon ap', bon ap'* ? Et aussi *or* ?

Bobbie Faye vit le visage de Benoit prendre une expression sinistre. Elle le connaissait suffisamment bien pour savoir que la question avait fait mouche et que le reporter ne se trompait pas.

— Je ne sais pas où vous puisez vos informations, dit Benoit, mais vous êtes en train d'inventer une histoire invraisemblable. L'homme délirait sur la mort et il venait de manger. Je suis certain que nous en saurons plus une fois que les médecins auront eu la possibilité de l'examiner.

Bon ap'. Dieu qu'elle aurait bien aimé manger un morceau elle aussi. Bon ap', bon ap', bon ap', fredonnait son esprit qu'elle tentait pourtant de faire taire.

Elle jeta un coup d'œil furtif, mais la route était bloquée par deux personnes qui venaient de s'engager dans l'allée.

Bon ap', bon ap', bon ap', s'entêtait à chantonner son esprit. Bon ap', bon ap', mort. Bon ap', Bon ap', or. Or, bon ap'. Or, bon ap', bon ap'.

Décidément, son cerveau ne voulait pas lâcher prise. Il était bloqué sur ce refrain.

Elle effleura le diadème pour la énième fois depuis qu'Alex le lui avait rendu, juste pour s'assurer qu'il était encore en sa possession, bien accroché aux passants de son jean.

Bon ap', bon ap', or.

Or, bon ap'.

Elle baissa les yeux vers le diadème.

Or. Bon ap'. *Ton trésor est trouvé.* Or. Bon ap'. Trésor.

Jean Lafitte avait reçu l'or de Napoléon juste avant que ce dernier parte en exil sur l'île d'Elbe. Durant toute son enfance, elle avait entendu cette histoire des centaines de fois au lycée, et un autre bon millier de fois, durant le Festival des Journées de la Contrebande.

L'or de Bonaparte. Trésor.

Oooooh, Jésus Marie Joseph.

Elle examina les curieuses inscriptions qui figuraient sur l'arrière du diadème. Une calligraphie qu'elle avait toujours prise pour des éraflures accumulées au fil des années.

— Qu'est-ce qui ne va pas ? murmura Trevor, quand elle souleva le diadème pour le placer en pleine lumière, afin de pouvoir l'observer plus facilement.

— Je pense qu'il s'agit d'une carte au trésor.

Ses sourcils se froncèrent :

— Une quoi ?

— Or. Bon ap', souffla-t-elle alors en pointant du doigt la télévision qui continuait à disserter sur ce qui avait été dit, qui l'avait dit et ce que pensait tout le monde de tout ce qui avait été dit. Je crois que ce type essayait de dire *Or de Bonaparte.* Il était bien dans cette banque pour obtenir autre chose que de l'argent, et il est clair qu'il guettait le diadème. Maintenant, il délire à propos de l'or de Napoléon Bonaparte et on dirait bien que quelqu'un a essayé de le tuer. Je pense en fait qu'il disait « Bonap » comme dans Bonaparte, et « Or » plutôt que « Mort ».

La présentatrice apparut de nouveau à l'écran et, cette fois, c'était une photo récente du petit professeur qui figurait au bas de l'image. Il était vêtu d'un costume beaucoup plus élégant que les vêtements qu'il portait à la banque et posait devant un bureau cossu entouré de plusieurs étagères remplies de livres épais.

— Nous venons de confirmer l'identité du braqueur allégué de la banque, mais cette découverte semble avoir pris ses collègues complètement au dépourvu. L'homme que vous voyez dans ce reportage...

Une nouvelle fenêtre s'ouvrit, juste au-dessous de la photographie de l'universitaire, dans laquelle apparut le film pris par la caméra de surveillance de la banque et qui montrait l'apprenti malfaiteur brandissant son revolver et découvrant ses pains de « dynamite ».

— ... est le même que celui que nous connaissons désormais sous le nom de Bartholomew Fred, spécialiste des antiquités à l'université de Louisiane. Il possède à son actif un certain nombre de découvertes fameuses, surtout en ce qui concerne les manuscrits et journaux anciens, et s'est montré plutôt nerveux ces derniers temps, aux dires de sa secrétaire qui n'avait plus eu aucune nouvelle de lui, jusqu'à ce qu'elle voie, aujourd'hui, le reportage que nous avons diffusé en début d'après-midi.

Le reportage se poursuivit par un bref rappel des origines du chercheur et les commentaires de ses collègues (ou l'absence de ceux-ci), mais Bobbie Faye cessa d'écouter et regarda Trevor qui l'observa à son tour avec une expression étrange.

— Spécialiste des antiquités, murmura-t-elle avant de baisser une fois encore les yeux vers le diadème.

Par tous les saints farceurs du paradis. Elle avait forcément raison. L'or de Bonaparte. Durant toutes ces années, elle avait eu sur la tête la carte qui menait à l'*or de Napoléon Bonaparte.* Un nombre incalculable d'années. Pendant lesquelles elle avait été trop fauchée pour payer ses impôts ou son électricité, trop fauchée même pour agrémenter les déjeuners de Stacey d'un peu de viande qu'elle avait dû remplacer trop fréquemment par du beurre de cacahuètes et de la confiture.

Pas étonnant que le kidnappeur veuille ce fichu diadème.

Bobbie Faye sentit que Trevor se raidissait et elle s'obligea à revenir à la situation présente. Elle s'aperçut alors qu'elle entendait des chiens aboyer. Beaucoup trop distinctement.

— Ils ont franchi la porte de la cage d'escalier, constata-t-il. Il faut que nous allions directement à cet ascenseur. Fais comme si tu appartenais au personnel et on devrait pouvoir y arriver sans que personne ne nous arrête.

— Ouais, c'est ça. Comme si deux individus couverts de boue et repoussants de crasse qui, de surcroît, dégagent une odeur pestilentielle de marécages et de sueur, n'allaient pas se faire remarquer.

— À moins, bien sûr, que tu ne prévoies de prendre en otage tous ceux qui travaillent dans cette salle, je crois pourtant que c'est notre seule option.

Bobbie Faye jeta un coup d'œil à l'ascenseur qui se trouvait à une bonne trentaine de mètres, ainsi qu'aux secrétaires et ouvriers qui s'affairaient autour. Derrière elle : le halètement et les hurlements des chiens qui couraient dans les couloirs, ainsi que le martèlement sourd des bottes des hommes qui les suivaient.

Cette cacophonie ne manqua pas d'attirer également l'attention de l'ensemble des personnes présentes dans la salle.

Lesquelles se retournèrent toutes pour voir d'où provenait ce vacarme.

Ce qui signifiait que le plan consistant à « marcher de façon décontractée vers l'ascenseur » tombait à l'eau.

Surtout quand Bobbie Faye entendit Cam qui s'élançait dans le couloir, précédant de quelques mètres le reste de ses hommes (qu'il soit maudit pour être en si grande forme physique), et qu'il cria : « Bobbie Faye ! Reste où tu es. »

Elle pivota et s'aperçut que le recoin dans lequel ils s'étaient tapis était parfaitement visible du couloir et que Trevor et elle-même se trouvaient donc dans la ligne de mire de Cam.

Cam avait son arme à la main, prête à servir en cas de besoin. Il lui lança un regard où se mêlaient de la fureur et… quoi ? De la peur ?

Elle-même avait son revolver bien en main.

Elle n'avait pas le temps de tergiverser.

Trevor tira. En l'air, dans le plafond. Et tout le monde se mit à crier. La plupart des ouvriers commencèrent également à courir. Et quelques-uns passèrent entre Cam et la cachette de Bobbie Faye et Trevor. Celui-ci l'entraîna brutalement vers l'ascenseur.

Chapitre trente-huit

Nos meilleures ventes ? Pendant les grosses tempêtes ou les cataclysmes liés à Bobbie Faye. Comme les gens sont coincés, il faut bien qu'ils passent le temps.

—J.P. Paul, livreur de bière.

Cam la vit. Elle était coincée. Trevor se tenait derrière elle, un bras autour de sa taille. Cam n'aurait pu dire si elle appréciait que son bras se trouve là ou si elle agissait sous la contrainte de Dumasse, sous son contrôle. Le fait qu'elle avait un revolver à la main ne parvint à son cerveau qu'une fois qu'il eut enregistré cette première réflexion. Or cette arme prouvait que Dumasse ne la forçait pas. Il n'aurait pas pu le faire. Elle se fichait donc qu'il la tienne par la taille. Peut-être même qu'elle voulait qu'il le fît.

L'enfoiré.

Les éclairs qui jaillissaient de ses yeux alors qu'elle estimait la distance qui la séparait de l'endroit où il se tenait lui-même, à la sortie du couloir, lui donnèrent une indication sur la question qui l'occupait à cet instant : pourrait-elle descendre les membres de la brigade d'intervention avant qu'il l'intercepte ?

Il n'avait encore jamais vu une expression aussi désespérée dans ses yeux, pas même quand elle lui avait demandé de relâcher

Lori-Ann. Il émanait d'elle une onde de peur absolue et primale et il sut qu'elle était en train d'évaluer les chances que ses tirs atteignent leur but, dès qu'elle entendit la brigade d'intervention qui se précipitait vers elle.

Oui, il était possible qu'elle cherche à neutraliser les membres de la brigade d'intervention. Resterait le FBI qui n'hésiterait pas à la tuer pour atteindre Dumasse.

— Bobbie Faye, putain, reste où tu es !

Son arme était prête, mais il ne la visait pas. Il vit qu'elle songeait à brandir la sienne et il lui jeta un regard qui signifiait *Si tu fais ça, tu ferais bien de ne pas me rater.*

Il comprit, à cet instant qu'il la laisserait tirer la première. Il ne parvenait pas à braquer son revolver sur elle. Il était incapable de pointer le canon de son arme dans sa direction, pas même pour la neutraliser en ne faisant que la blesser.

Mais qu'est-ce qui ne fonctionnait pas chez lui ?

Il n'eut pas le temps d'y réfléchir : Dumasse tira en l'air, déclenchant une panique générale. Ce chaos total eut pour conséquence d'interposer des ouvriers entre Cam et Bobbie Faye, tandis que Dumasse l'entraînait vers l'ascenseur. Elle trébucha et heurta une borne, puis se retourna quand elle eut retrouvé l'équilibre. Le regard qu'elle lança alors à Cam le mettait au défi de lui tirer dessus pour essayer de la stopper.

Qu'elle aille au diable et y reste, bon sang !

Puis elle se mit à courir.

Mon Dieu, elle croit qu'elle va réussir à atteindre l'ascenseur.

Des tirs explosèrent autour de lui et Cam sut que la partie était terminée. Le FBI avait atteint la salle et hurlait « À terre !! À terre !! » et aussi « Pas un geste, Dumasse » suivi du nom de Bobbie Faye. Les trois membres de l'équipe du FBI s'étaient mis à couvert derrière les machines et tiraient en direction des deux fuyards.

Ils n'essayaient même pas de viser, les fils de pute. Ils mitraillaient la zone sans se préoccuper de l'endroit où finissaient leurs balles. Ils étaient si remontés après Dumasse qu'ils en oubliaient les autres personnes présentes. Et, visiblement, ils se souciaient comme d'une guigne du sort de Bobbie Faye.

Il devait absolument faire quelque chose. À ce rythme, des gens risquaient de se faire tuer.

L'ascenseur était là, à trois mètres.

Elle slalomait entre les machines. Plongeant de temps à autre pour éviter les balles qui sifflaient à ses oreilles et rencontraient parfois un obstacle beaucoup trop proche pour qu'elle n'ait pas conscience du danger.

Deux mètres cinquante.

Elle ne savait plus où était Trevor et se blottit derrière un bureau sur lequel les balles vinrent ricocher comme de petits cailloux sur un étang calme, en envoyant valser en l'air la paperasse qui le jonchait.

Deux mètres.

Les portes de l'ascenseur étaient closes.

Elle n'allait pas avoir le luxe de s'installer devant en attendant qu'elles veuillent bien s'ouvrir. Elle balaya des yeux le sol et trouva une agrafeuse qui était tombée dans la mêlée. Elle la lança vers le bouton d'appel.

Raté. Putain.

Elle rampa jusqu'à un presse-papiers qu'elle rafla juste avant qu'une autre balle vienne rebondir à l'endroit même où elle s'était tenue. Était-ce Cam qui lui tirait dessus ? Ou les autres types ?

Son estomac fut envahi par un froid glacial quand elle songea à la haine qu'il devait lui vouer pour ainsi la prendre pour cible et se ficher complètement de son sort. Elle s'efforça de ne pas repenser à la dernière fois qu'elle s'était étendue auprès de lui pour écouter sa respiration, en se disant que, finalement, elle avait trouvé un *foyer*. Son foyer. Pas une maison, pas un simple toit, *quelqu'un.*

Et maintenant, ce quelqu'un était en train d'essayer de la tuer.

Elle tâcha d'ignorer le vide abyssal que cette pensée suscitait dans son cœur et lança le presse-papiers.

Bingo. Elle avait atteint le bouton d'appel.

Elle observait maintenant le compte à rebours des étages défiler.

Tout le monde avait dû se rendre compte de ce qu'elle tentait de faire. À cet instant, tous les regards devaient sans doute être braqués sur les portes de l'ascenseur. Elle offrirait alors une cible immobile dans la cabine, jusqu'à ce que les portes se referment. Il faudrait bien qu'elle riposte à leurs tirs pour les contraindre à se mettre à l'abri. Pour gagner du temps.

Mais où était Trevor ?

Soudain elle l'aperçut. À plusieurs mètres d'elle, derrière une autre machine. Il tenait quelque chose… Oh, putain de bordel de merde, il avait le diadème. Elle baissa les yeux vers la ceinture de son jean, mais la corde qui l'avait maintenu jusqu'alors avait été sectionnée.

Elle le regarda encore une fois, au moment où l'ascenseur tintait pour notifier son arrivée. Elle tenta de s'approcher de lui, mais aussitôt, une nouvelle pluie de balles siffla dans sa direction. Entre eux deux. Il lui fit non de la tête.

Et commença à reculer en emportant le diadème avec lui.

Soudain, elle se souvint qu'elle lui avait dit que cette couronne pour rire était une carte. Et ce regard, dans ses yeux… était le même que celui qu'elle avait entrevu dans la cabane des trafiquants d'armes. Celui qui lui avait fait comprendre qu'il était bien plus que ce type serviable qu'il prétendait être. Celui qui disait qu'il en savait beaucoup trop sur les armes à feu.

Ce regard correspondait-il à de l'avidité qui refaisait surface ? Avait-il toujours été là ? Était-il possible qu'il ait décidé à un moment donné que, si un kidnappeur se donnait autant de mal pour ce truc, c'est qu'il devait valoir un paquet d'argent et qu'il allait donc jouer son jeu en prétendant l'aider pour, en fait, s'en emparer lui-même ?

Elle savait bien qu'elle ne pouvait faire confiance à personne. Elle l'avait toujours su. Elle avait grandi avec cette pensée.

Les portes de l'ascenseur s'ouvrirent. Tellement lentement.

— Vas-y, lui cria-t-il. Il faut que tu ailles là-bas.

— Il faut surtout que j'aie le diadème, lui répondit-elle. Ils le tueront si je ne l'ai pas !

Des balles ricochèrent dans les travées qui les séparaient.

— Je te rejoins.

— C'est ça, ouais. Lance-le-moi !

À cet instant, d'autres balles claquèrent près d'elle et elle sut que les tireurs se rapprochaient. Les portes de l'antique ascenseur commençaient à se refermer. Il ne lui restait plus que quelques secondes.

Et alors, *pop*. *Pop pop pop*, les lampes explosèrent au-dessus de sa tête en répandant des éclats de verre. Il y eut encore un peu plus de cris, de courses et d'affolement, à mesure que la salle devenait plus sombre. Des hommes crièrent.

Bobbie Faye regarda Trevor.

Il s'était envolé.

Les portes de l'ascenseur allaient bientôt se rejoindre.

D'autres lampes éclatèrent.

Alors elle s'élança. Ou plutôt, elle fit une galipette en direction de l'ascenseur et s'affala dans la cabine dont les portes la frôlèrent, hésitant une seconde, avant de se fermer. La paroi derrière elle était criblée d'impact de balles, juste au-dessus de sa tête.

Comme les portes de l'ascenseur se refermaient, elle entraperçut celui qui avait tiré sur les lampes et dont l'arme pointait encore vers le ciel.

Cam.

Cam ? Cam avait tiré sur les lampes ?

Pour l'*aider* ? En lui faisant signe de se baisser. *Cam.*

Et Trevor... celui qui l'avait aidée... avait-il disparu ? Avec le diadème ?

Plus rien n'avait de sens.

L'ascenseur poursuivait sa remontée pendant que toutes ces incohérences tourbillonnaient dans son cerveau déjà surchargé d'informations. Ses pensées s'entrechoquaient, dans un bazar sans nom, traversées de temps en temps par des vagues d'étonnement.

Il fallait qu'elle retrouve un point d'appui. Une réflexion rationnelle. Un plan. Quand les portes s'ouvrirent sur l'étage supérieur, elle était encore en pleine confusion. Lorsqu'elle sortit en trombe de la cabine et fit irruption dans le hall, le garde qui s'y trouvait ne réagit pas tout de suite. Il commença à se lever derrière son bureau, mais elle le mit en joue.

— Est-ce que je vous donne l'impression d'être dans un bon jour ?

Le garde, qui devait avoir la quarantaine bien sonnée, considéra son allure plutôt brute de décoffrage, avec son tee-shirt crasseux et déchiré, son jean souillé, ses écorchures et les taches de sang qui la maculaient :

— Est-ce que je peux m'allonger sur le sol sans répondre ?

— Vous êtes un homme intelligent, le complimenta-t-elle, tout en lisant le nom inscrit sur le badge épinglé à son uniforme. Bertrand, vous êtes très intelligent.

Il s'aplatit au sol et elle lui retira son revolver.

— Je vais seulement le balancer dehors. Je ne voudrais pas que vous ayez des ennuis pour l'avoir définitivement perdu.

Elle s'apprêtait à décamper.

— Attendez ! lança-t-il d'une voix suppliante, avant d'ajouter quand elle le regarda : Pourriez-vous laisser un autographe sur mon sous-main ? Ma femme ne me pardonnerait jamais de ne pas vous l'avoir demandé.

— À une condition. Vous leur dites que je vous ai assommé et que vous ne savez pas vraiment par où je suis partie. Je vous promets que c'est pour une bonne raison.

— Oh, après tout, vous êtes la reine des Journées de la Contrebande. Je serai heureux de pouvoir vous aider.

Elle n'eut pas vraiment le temps de se délecter de cet aveu. Elle ramassa un stylo sur son bureau et griffonna son nom sur le sous-main, puis s'élança vers la porte principale, quand elle entendit le vrombissement des pales d'un hélicoptère qui s'approchait.

Orné de grosses majuscules jaunes inscrites sur la carlingue, l'hélicoptère de WFKD, la chaîne d'informations n° 2, se posa à la périphérie de l'immense parking. Elle courut vers lui après avoir dissimulé son revolver dans la ceinture de son jean, derrière son dos. Elle sortit alors son plus beau sourire de reine des Journées de la Contrebande, celui qu'elle tenait de sa mère. Le cameraman lui renvoya son sourire.

— Vous êtes bien réelle ?

— Aussi réelle que possible.

— Est-ce qu'on s'apprête à profiter d'une exclusivité ?

— Yep, dit-elle gaiement en sortant son arme. Pendant ce temps-là, vous allez m'offrir un petit tour gratuit.

— Oh, bon sang, non. Vous n'avez jamais mentionné qu'il y avait un revolver dans l'histoire, chère madame.

— Bah, est-ce que généralement vous emmenez les gens qui vous interpellent en disant « Salut, je suis armé, faut que je prenne des otages juste pour quelques minutes » ? Je vous promets, ça va être une histoire formidable et personne d'autre ne l'aura. Et dès que vous m'aurez déposée, vous pourrez dire à la police où je me trouve.

Elle fit un pas vers lui et le cameraman regarda son pilote.

— J'ai entendu dire que c'était une sacrée bonne tireuse, dit le cameraman.

Le pilote, un homme grisonnant et sans doute assez vieux pour avoir servi au Viêtnam, la regarda et lui sourit d'un air goguenard.

— Est-ce qu'on vous a déjà dit que vous étiez drôlement mignonne avec un revolver au poing ?

— Non, pas quand on veut éviter de se faire trouer le caisson.

— Pfff, tous des mauviettes. Allons-y. Vaudrait mieux que ce soit juteux.

Elle grimpa à bord et leur donna ses instructions. L'hélicoptère décolla, puis vira vers l'est.

— Mais qu'est-ce que vous foutez, putain ? hurla Zeke à l'intention de Cam qui sourit.

Dieu qu'il était agréable d'emmerder ce connard prétentieux.

— Je vous empêche de tuer des témoins innocents.

— Innocent, mon cul, ouais. Cette femme avait un revolver. Elle le pointait vers nous. Il est évident qu'elle bosse avec

Dumasse, et je vous avais prévenu que si c'était le cas, elle deviendrait une cible, elle aussi. Je vais m'assurer que vous serez rétrogradé de tant de niveaux que votre institutrice de maternelle vous souhaitera la bienvenue, dès la semaine prochaine.

— Faites comme bon vous semble.

— Et où a bien pu se barrer Dumasse ?

Cam haussa les épaules.

L'un des collègues de Zeke arriva en courant, le souffle court.

— Monsieur, je l'ai suivi jusqu'à l'une des chaînes de manutention. Je pense qu'il l'a utilisée pour atteindre la zone de chargement.

— Tu retournes là-bas et tu me ramènes l'hélico dans le coin. On va quadriller la zone. Il ne peut pas être bien loin. Il n'y a rien d'autre que des marais par ici.

L'un des agents du FBI s'élança vers le couloir par lequel ils étaient arrivés, pendant que Zeke et son autre collègue se précipitaient vers la zone de manutention et commençaient à remonter la chaîne, ainsi que Cam suspectait Dumasse de l'avoir fait un peu plus tôt.

Cam envoya deux membres de la brigade d'intervention sur les traces des agents fédéraux.

— Et si vous voyez Dumasse, rappelez-vous, nous devons le ramener vivant. Et en bonne santé.

Il emmena le reste de la brigade dans l'ascenseur qui les déposa à l'étage supérieur où ils trouvèrent le garde allongé sur le sol, en train d'admirer son sous-main.

Cam s'accroupit pour examiner ce qui pouvait le fasciner à ce point.

— Vous vous fichez de moi. Elle a pris le temps de vous signer cet autographe ?

— Euh, oui... Je pense qu'elle a dû avoir un peu honte de devoir m'assommer...

— Où vous a-t-elle frappé ?

L'homme réfléchit un tout petit peu trop longtemps et Cam devina qu'il s'apprêtait à mentir. L'inspecteur plaça son propre revolver sur la tempe du gars.

— Vous savez quoi ? Je suis vraiment fatigué. Où est-elle allée ?

— Je ne sais pas ! Dehors ! Elle est passée par la porte principale !

— Et puis après ?

— Eh bien, il se peut… Il se peut qu'il y ait eu un hélicoptère ?

— Quel hélicoptère ?

L'homme ne parvenait pas à le regarder dans les yeux et Cam le soupçonnait de chercher à élaborer un mensonge. Il braqua son arme en direction du sous-main – directement sur l'autographe. L'homme tressaillit, sidéré par son geste.

— Quel hélicoptère ?

— Celui de WFKD, la Chaîne 2.

Cam se rassit sur ses talons.

Mais qu'est-ce qu'elle pouvait bien chercher ?

Elle avait l'altitude en horreur. Elle détestait voler. Elle affirmait que les journalistes se situaient à dix coudées en dessous des asticots, depuis qu'ils l'avaient tellement pourrie, lors du dernier cataclysme qu'elle avait déclenché. Elle n'aimait pas non plus se faire prendre en photo et, en plus, elle venait de traverser un lac, un marécage et Dieu sait quoi d'autre.

Cam et la brigade d'intervention s'élancèrent vers la porte principale et débouchèrent sur le parking. Pas d'hélicoptère de WFKD en vue. Mais son téléphone lui indiquait qu'il avait à nouveau du réseau et il composa le numéro des autres membres de la brigade, avant de refermer d'un geste sec son portable quand il les vit débouler au coin du bâtiment et s'orienter vers lui.

— Aucun signe de Dumasse, dit Aaron essoufflé, mais ils ont remarqué qu'un camion manquait. Le FBI est déjà en train de s'en occuper pour identifier sa plaque d'immatriculation.

Cam entendit l'hélicoptère du FBI au-dessus de sa tête et il le vit atterrir près de l'aile du bâtiment où Zeke et ses hommes patientaient.

— J'ai déjà contacté le nôtre, poursuivit Aaron. Le voilà d'ailleurs.

Une fois qu'ils furent à bord, le pilote lui demanda :

— On va où, chef ?

Cam devait pourchasser deux personnes avec un seul appareil. Sa priorité numéro un était Dumasse. Il détenait quelque chose, avait dit le capitaine, qu'ils devaient récupérer. Probablement un tuyau quelconque qui servirait de preuve au procureur de l'État, dans le cadre d'un procès important. C'était un mercenaire, d'après son dossier. On lui avait sans doute promis une belle récompense pour les informations qu'il possédait, ce qui pouvait expliquer qu'il n'ait pas descendu Cam quand il en avait eu l'occasion. S'il avait tué un flic, il aurait pu dire adieu à sa récompense. Donc, d'un côté Bobbie Faye, et de l'autre Dumasse.

Il fit le seul choix dont il était capable.

Chapitre trente-neuf

Euh... J'ai annoncé au chef qu'il allait devoir gérer un nouvel incident relatif à Bobbie Faye. Il s'est mis à pleurer et a commencé à préparer son CV.

— Shannon Kelsey à son collègue Kymm Zuckert, employé de l'Agence fédérale de gestion de crises.

Il fallut dix bonnes minutes au cameraman pour faire sa prise, laquelle n'en était pas vraiment une dans la mesure où le cockpit de l'hélicoptère était très exigu et rempli de suffisamment de matériel électronique dernier cri pour déclencher un orgasme chez le plus boutonneux des forts en thème. Il s'excusa un peu trop longtemps pour le tremblement de ses mains et le temps que prenait sa petite installation. Il la regarda à travers l'œil de sa caméra, mais releva aussitôt la tête avec une mine soucieuse.

— Vous êtes-vous aperçue que vous saigniez ?

Elle fit brièvement le tour du propriétaire et – aucun doute possible – sa hanche était trempée de sang. Quand elle abaissa légèrement la ceinture de son jean, elle constata qu'une balle l'avait éraflée en emportant avec elle un bon morceau de peau et un peu de chair. Apparemment, il ne manquait plus que cet indice pour que son cerveau enregistre le choc et autorise la douleur à entrer en scène. Elle essaya de ne pas vaciller.

— Génial. Bon, est-ce qu'on peut juste en finir avec cette prise ?

— Euh… Oui, bien sûr, dit le cameraman. Vous êtes sûre que vous n'avez besoin de rien ? Un pansement ? du désinfectant ?

— Contentez-vous de déclencher cette caméra.

Autant en terminer le plus vite possible. Elle n'aurait pas d'autre occasion de raconter sa version de l'histoire et, si les événements s'enchaînaient comme elle l'avait prévu, elle voulait au moins laisser un début d'explication à ce chaos. Elle détestait l'idée que Stacey pût grandir dans le souvenir de « ma tante Bobbie Faye la Piquée » en ne connaissant jamais la vérité. Soit : en ne connaissant jamais l'autre versant de la vérité, c'est-à-dire les motifs qui sous-tendaient toute cette folie.

Le voyant rouge de la caméra s'alluma et Bobbie Faye se mit à parler, en commençant par la matinée et son premier coup de fil à Roy.

Quand Ce Ce eut réuni la plupart des ingrédients dans le saladier, une petite foule se pressait déjà dans la réserve. Quelqu'un avait judicieusement déplacé la plantureuse enquêtrice dans un coin de la pièce et l'avait adossée à un carton d'appeaux pour canards que Ce Ce avait toujours eu l'intention de retourner au fabricant. Ce Ce s'efforçait d'ignorer que Monique avait encore un peu plus décoré la fonctionnaire avec des cure-pipes qu'elle avait trouvés dans son sac à main. (Cela dit, tous ces cure-pipes multicolores ainsi enroulés autour de ses mèches de cheveux lui donnaient plutôt belle allure.)

— Cette potion blaire grave, grogna quelqu'un dans le fond de la pièce.

— Tu es sûre que ce machin est censé puer autant ? demanda l'une des jumelles.

— Mais bien sûr.

— Est-ce que c'est du vaudou ?

— C'est du blaire-dou, chantonna Monique à laquelle Ce Ce lança un regard noir.

Il est vrai que l'odeur n'était pas très agréable et elle essaya de se rappeler si, la dernière fois, la mixture avait dégagé une telle puanteur. Ça sentait un peu comme un égout dans lequel auraient mariné des poulets en décomposition, avec une touche de jus d'orange : acide, âcre, fétide. Un truc à faire pleurer.

— Hé, on pourrait utiliser ça, s'exclama quelqu'un et, tandis que Ce Ce tapotait précautionneusement sur la fiole de poudre de bois de cerf, il y eut soudain pas mal de tumulte et d'animation autour d'un groupe d'étagères qu'elle ne pouvait pas voir. Quand elle releva la tête, l'ensemble des personnes présentes s'étaient mis des pinces à linge sur le nez et de grosses larmes embuaient leurs yeux.

— Vous n'êtes pas obligés de rester, vous savez.

— Mais on veut rester, dit l'autre jumelle d'une voix nasale. Il le faut, pour Bobbie Faye.

— Très bien, alors je ne veux plus entendre de jérémiades.

Il fallait encore qu'elle ajoute quatre autres ingrédients dont deux qui allaient sans doute donner la nausée à tout le monde, tant leur puanteur était écœurante. Elle décida de n'en rien dire et de taire aussi l'origine des ingrédients en question. Elle n'avait pas de temps à consacrer aux évanouissements.

Bobbie Faye se trouvait au 1601 Scenic Highway à Plaquemine. Le crépuscule ne tarderait pas à remplacer la lumière du jour et quelques lampadaires étaient en train de s'allumer. Elle aurait voulu pouvoir retourner encore quelques minutes dans le cockpit de l'hélicoptère. Bien qu'elle détestât l'altitude et les photos, ces petits désagréments étaient de loin préférables au fait de contempler une entrée de ferrailleur lugubre, en espérant être capable d'affronter le psychopathe qui retenait son frère. Quand elle avait eu fini de raconter son histoire et la façon dont elle envisageait de faire face aux ravisseurs, le cameraman et le pilote tiraient une tête de dix pieds de long. Pas très encourageant. Elle aurait préféré un peu plus d'enthousiasme, avec une ola rythmée par la musique de *Rocky III* et des hourras confirmant que tout cela allait forcément bien se terminer. Maintenant, elle se tenait devant une palissade aveugle de trois mètres de haut, surmontée de barbelés pour empêcher les voleurs de dérober du métal à la nuit tombée, afin de le revendre dès le lendemain matin au même établissement. Il y avait une guérite de gardien juste près de l'entrée – vide – et, au-delà, une bascule sur laquelle d'énormes camions venaient faire soupeser leur chargement, juste à côté d'une cabane décrépite, une pauvre cahute dans laquelle se trouvaient les ordinateurs chargés de calculer le poids des camions qui ne cessaient de défiler toute la journée.

Tout était recouvert d'une épaisse couche marron provenant de la poussière soulevée par les véhicules qui sillonnaient les allées en terre battue de cette gigantesque entreprise de récupération de métaux située sur les bords du Mississippi. Elle pénétra dans l'enceinte avec son arme bien calée dans la ceinture de son jean, prête à servir, même si elle espérait que les kidnappeurs ne la verraient pas arriver. Elle évalua l'opportunité de ramasser un objet rond de la taille du diadème, dans les tas de débris de ferraille (d'une bonne dizaine de mètres de hauteur) qui se découpaient dans la lumière du soleil couchant, à côté des multiples grues installées sur le terrain.

Un tel stratagème ne lui ferait sans doute pas gagner beaucoup de temps. Alors autant regarder la vérité en face.

Elle était seule.

Pas de gardien, pas d'ouvriers. L'endroit était parfaitement tranquille, sinistre et sombre.

Aucun signe de Trevor. Le salaud. *Bien sûr* qu'il n'allait pas la rejoindre. Il était dans la combine depuis le début.

Elle ne savait pas très bien où aller, alors elle continua à avancer jusqu'à ce qu'elle entende la voix suave de baryton qu'elle avait appris à reconnaître, durant leurs brèves conversations téléphoniques.

— Arrêtez-vous là, ma chère, dit l'homme. Où est le diadème ?

— En lieu sûr. Où est Roy ?

Elle essaya de déterminer d'où provenait la voix, mais celle-ci résonnait dans les canyons que formaient les montagnes de débris.

— D'abord le diadème.

— Je vous souhaite bonne chance pour le retrouver si je ne vois pas Roy au plus vite.

L'homme le plus gigantesque que Bobbie Faye ait jamais vu, sortit de derrière une pile de copeaux de métal en bousculant Roy pour qu'il reste auprès de lui. Les yeux de son frère étaient tuméfiés au point de ne presque plus pouvoir s'ouvrir. Il était couvert d'hématomes et d'écorchures, ses lèvres étaient ensanglantées. Bobbie Faye s'élança vers lui mais la montagne humaine braqua aussitôt un revolver dans sa direction.

— Pas si vite, intervint la voix familière, dont le propriétaire sortit lui aussi de derrière un énorme tas de ferraille rouillée. – Il avait l'air génétiquement méchant, si tant est que cela fût possible, tout en angles vifs, avec un sourire suffisant et l'air satisfait de ceux qui obtiennent toujours ce qu'ils veulent. – Où est le diadème ?

Bobbie Faye passa la main dans son dos pour y prendre le Glock, mais, au lieu de cela, quelqu'un lui saisit le bras et le lui tordit, tout en lui confisquant le revolver.

— Oh, oh, oh, l'avertit celui qui la tenait, ce serait une très mauvaise idée.

Elle se contorsionna pour l'apercevoir, et frissonna en entrevoyant ses traits déformés. On aurait dit qu'il avait foncé dans un mur. À plusieurs reprises.

— Le diadème, Bobbie Faye. Maintenant, insista le chef de la bande qui fit signe au grand costaud de poser le canon de son arme sur la tempe de Roy.

— Je peux le reproduire pour vous.

— Et pourquoi cela m'intéresserait-il ? Où se trouve le vrai diadème ?

— Volé. Encore.

— Chère, chère, chère Bobbie Faye. Tout cela est vraiment regrettable.

Il fit un signe de tête à son homme de main qui obligea Roy à reculer un peu, comme s'il voulait éviter de souiller son patron avec des éclats de cervelle chaude. Bobbie Faye se débattit pour tenter de se rapprocher encore un peu.

— Je sais où se trouve l'or. Vous ne le découvrirez jamais si vous faites du mal à Roy.

— Oh si, ma chère petite, je l'aurai. Et si le fait de tuer votre frère ne vous incite pas à parler et que la torture ne vous motive pas plus, je me tournerai peut-être vers votre sœur ou votre nièce, à moins que je n'aille rendre visite à votre meilleure amie. Je suis certain qu'au bout du compte, vous finirez par craquer.

— Laissez la vie sauve à Roy et vous aurez votre or bien plus rapidement. Je vous montrerai le chemin. Je vous donnerai tout ce que vous voulez, sans résistance.

— Non ! cria Roy que la montagne de muscles bouscula aussitôt, en le forçant à s'agenouiller sur le sol jonché de débris de métal.

— Après tout, il se pourrait bien que vous soyez le joyau le plus fascinant de ce trésor, Bobbie Faye, dit le baryton en se fendant d'un rictus énigmatique. Je n'ai encore jamais rencontré quelqu'un d'aussi déterminé que vous. En d'autres temps, Roy et vous-même auriez pu faire d'excellents disciples, ma chère. C'est vraiment un crève-cœur de devoir vous tuer.

— Est-ce que ça t'éviterait de le faire, Vincent ? intervint la voix de Trevor ; les jambes de Bobbie Faye faillirent se dérober sous elle quand il émergea d'un tas de ferraille en brandissant le diadème. Après tout, ça vaut quoi ? Deux ou trois cents millions ? Au bas mot.

À ce qu'elle pouvait en voir, il avait au moins deux éraflures dues à des balles. Il semblait avoir des contusions un peu partout et marchait en traînant légèrement la jambe.

Dieu qu'il était séduisant !

Il était là. Il avait fini par se montrer. Prêt pour la catastrophe, prêt à l'aider. Elle n'avait jamais eu jusque-là l'occasion de devoir s'excuser pour avoir douté d'un homme. Une sorte d'exaltation l'emplit de chaleur et elle fut parcourue de frissons. Elle eut envie de le prendre dans ses bras.

— Ah, dit Vincent en se tournant vers Trevor, je vois donc que vous avez fini par découvrir ce que représentait cet objet. Vous y avez mis le temps.

Tiens tiens. Remplacer « prendre dans ses bras » par « couper en rondelles ». Le salopard travaillait donc pour ce Vincent ? Depuis le début ?

— Espèce de fumier. Je te tuerai.

— Des promesses, toujours des promesses, répondit Trevor en lui adressant un *clin d'œil.*

— Et oui, ma chère, c'est une véritable ordure, n'est-ce pas ? Qui plus est très coûteuse, ponctua Vincent en considérant Trevor. Mais il vaut bien la dépense, puisque mon intuition s'est avérée être la bonne. Si je ne l'avais pas engagé, le petit stratagème du professeur aurait porté ses fruits.

— Temporairement, ajouta Trevor en haussant les épaules. Je suis certain que vous auriez fait suivre ce type et que vous l'auriez éliminé après avoir appris qui se trouvait derrière lui.

— Exact. Enfin, ce pauvre homme n'est plus un problème, maintenant.

Soudain, l'univers se remit à l'endroit et Bobbie Faye se souvint de ce que Trevor lui avait dit exercer comme métier.

— *Logistique*… J'aurais dû m'en douter.

— Oh, c'est l'un des meilleurs dans sa partie, ma chère. Maintenant, Trevor, puis-je avoir ce diadème ?

— Pas tout de suite, fit Trevor en reculant d'un pas et en brandissant une arme qui – Bobbie Faye l'aurait juré – n'existait pas, une seconde auparavant. Mon prix a changé.

Le visage de son interlocuteur afficha une expression d'extrême mécontentement et, bien qu'elle vouât une haine féroce à Trevor, Bobbie Faye ne put s'empêcher d'apprécier la manière dont il était parvenu à irriter Vincent au plus haut point.

— Vous voyez, Trevor, c'est exactement la raison pour laquelle je ne vous ai pas dévoilé ce qu'était l'objet. Je n'en attendais pas moins de la part d'un mercenaire. Ne devenez pas pénible, en vous montrant avide. C'est un tel cliché. Nous sommes convenus d'un prix et vous allez devenir fabuleusement riche. Je préférerais vous payer selon les termes de notre contrat et continuer à recourir à vos services, plutôt que de devoir mettre fin à nos relations, et à votre vie, ici même, dans cet endroit sinistre.

— Oh, je ne veux pas plus d'argent. Mes honoraires me conviennent. Je veux la gonzesse et son frangin.

— Et qui est-ce que tu crois pouvoir appeler *gonzesse*, au juste ? fulmina-t-elle en tentant d'échapper à l'emprise du monstre à la face de patchwork, afin de pouvoir sauter à la gorge de Trevor.

Mais son agresseur tint bon et la força à s'agenouiller. Des échardes de métal entaillèrent ses genoux et elle devina qu'ils devaient maintenant être en sang. Puis, la face de puzzle la remit sur pieds.

— Tu préfères *démon* ? demanda Trevor.

Vincent se mit à ricaner.

— Vous avez appris à l'apprécier, à ce que je vois ?

— Non, pas vraiment. Elle m'a contraint à balancer mon pick-up dans un lac et j'aimerais bien me rembourser. Je viens de me farcir une journée entière avec cette folle autoritaire, et j'aimerais vraiment beaucoup pouvoir lui rendre la monnaie de sa pièce.

— Moi ? Moi ?! Autoritaire ?! s'enflamma-t-elle en frappant le sol de sa botte, envoyant quelques cailloux mêlés à des morceaux de métal en direction de Trevor.

Il recula pour éviter les projectiles…

… au moment même où une balle siffla au-dessus de son épaule.

Bobbie Faye fixa l'endroit d'où avait dû partir la balle et elle distingua un tireur embusqué au sommet de l'un des tas de ferraille. Malgré la pénombre du crépuscule, elle reconnut un insigne : FBI.

Vincent, qui avait suivi son regard, aperçut le même écusson. Dans un soupir, il murmura un bref juron et, d'une voix très calme, dit simplement :

— Zeke.

Chapitre quarante

Monsieur, nous n'incorporons aucun civil dans notre service international, et ce, même si vous estimez qu'elle est d'enfer *et ferait un parfait espion. Je vous prie de cesser de nous la proposer.*

— Elizabeth Smith, sous-secrétaire de la CIA, dans une note au gouverneur de Louisiane.

Ce Ce mit la dernière main à sa mixture puante et vit, en levant les yeux, que la plupart des spectateurs s'étaient soit retirés dans le couloir afin de ne pas avoir à respirer cette odeur pestilentielle, soit évanouis. Seule Monique était restée auprès d'elle, confortablement installée sur le comptoir de la réserve. Plus précisément, Monique reluquait le saladier avec un sourire béat qui illuminait ses taches de rousseur.

— Je vais avoir besoin de toi pour mélanger la potion. Penses-tu en être capable ? demanda Ce Ce qui avait envie d'ajouter « pendant que tu cuves », mais elle préféra se taire pour ne pas convier de mauvais esprit dans la salle.

— Ooooooh, b'sssssûr, « articula » son employée qui lui prit la cuillère des mains et se mit à tourner.

Ce Ce devait tenir les bougies et saupoudrer les ingrédients au-dessus du saladier, tout en prononçant la formule magique. Elle mit plus de temps qu'elle ne l'avait prévu pour réunir tout ce qu'il lui fallait (sans doute parce qu'elle ne cessait de jeter des coups d'œil en direction de Monique, afin de s'assurer qu'elle ne se laissait pas distraire et ne se mettait pas à diriger un orchestre imaginaire ou, à Dieu ne plaise, à se déshabiller, en fredonnant une version toute personnelle de *La Chevauchée des Walkyries*, comme elle l'avait fait la dernière fois qu'elle avait descendu autant de vodkas orange). Finalement, les ingrédients furent prêts, la mixture fut mélangée en une consistance adéquate et les chandelles purent être allumées.

Ce Ce espérait vraiment que le charme de protection qui devait résulter de tout ça serait assez puissant pour la situation.

D'après ce que voyait Bobbie Faye, dans un flou artistique, Dieu venait probablement d'appuyer sur le bouton « Avance rapide ». Des tirs provenant du FBI se mirent à fuser, à rebondir et à ricocher de toutes parts, tandis que tout le monde s'égaillait pour se mettre à couvert. La lueur jaunâtre diffusée par les lampadaires qui surplombaient les lieux soulignait les ombres et affectait ses sens. Elle n'était donc plus très sûre de qui tirait sur qui.

Vincent entraîna Roy avec lui, pendant que ses deux hommes de main répliquaient aux tirs du FBI. Bobbie Faye en profita pour donner un généreux coup de pied dans les testicules du malade à la face de monstre qui ne l'avait pas lâchée. Quand il se plia en deux, Trevor empoigna Bobbie Faye et l'attira hors de la ligne de feu. Elle n'attendit pas qu'ils fussent arrivés au monticule de débris qui devait leur fournir un abri pour lui envoyer un uppercut au menton qui le fit vaciller.

— Et à quoi dois-je cette faveur ? T'es cinglée ou quoi ? D'ailleurs, pourquoi est-ce que je le demande ? Bien sûr que t'es cinglée.

— Moi ?! C'est *moi* que tu traites de cinglée ?! Mais qui donc es-tu, putain ? Comment es-tu arrivé jusqu'ici ? Et d'abord, rends-moi ça ! vociféra-t-elle en lui arrachant le diadème.

— J'ai volé un camion et, ensuite, l'un des hélicoptères qui transportent les ouvriers sur les plates-formes de forage. Exactement, comme je te l'avais dit. Mais le plus important, c'est que les types qui sont en train de nous tirer dessus appartiennent au FBI.

— Ça, je le sais. J'ai des yeux pour voir. Qui es-tu ? Tu bossais pour cet enfoiré depuis le début !

Elle s'avança pour lui balancer un autre coup de poing, mais il bloqua son attaque sans difficulté et lui maintint les bras le long du corps.

— Écoute, tu pourras me tabasser plus tard. Je te le promets. Je t'en dirai plus quand on ne nous prendra plus pour cible, OK ? Je suis là. Tu as le diadème. Il faut qu'on bouge. Zeke – c'est le chef des gars du FBI – va essayer de nous encercler.

— Il faut que je retrouve Roy.

— Je sais.

— Et moi, je sais que je ne te fais pas confiance.

— Nooon, vraiment ? Allez, allons-y.

— Qu'est-ce qui te fait croire que...

Il la tira vers lui brutalement au moment même où une balle sifflait près d'elle.

— Je viens, concéda-t-elle d'une voix plus faible.

Ils longèrent une gigantesque machine dont les immenses lames, présentement au repos, pouvaient découper d'imposants morceaux de métal, avant de les déposer sur une chaîne de manutention. Un peu plus loin, ils durent contourner des montagnes de débris métalliques équivalant à plusieurs étages et composées de toutes sortes d'objets mis au rebut, depuis les appareils électroménagers jusqu'aux tuyaux de plomberie, en passant par les outils qu'utilisaient les usines chimiques du coin.

— Mais où on va, bon sang ?

— Vers les quais qui surplombent le Mississippi. Vincent y a sans doute amarré un bateau pour pouvoir fuir en cas de problème.

— Et comment tu sais ça ?

— Il déteste voler.

— Et comment tu sais *ça* ?

— Je t'expliquerai plus tard.

— Pourquoi pas maintenant ?

— Bonté divine, tu as dû être la gamine la plus chiante de toute l'histoire de l'Éducation nationale.

— Ce n'est pas ma faute si Mlle Carmella a dû prendre un congé. Elle avait déjà l'air bizarre, avant de devenir ma maîtresse.

Il s'arrêta une seconde pour la dévisager avec amusement :

— Bobbie Faye, on ne s'ennuie vraiment pas avec toi.

— La plupart des mecs n'ont pas ta réaction quand ils se font canarder en ma compagnie.

— Ah oui ? Bah, c'est que je ne suis pas « la plupart des mecs ».

Il n'avait pas tort.

— Laisse tomber, Dumasse, tonna la voix de l'agent du FBI qui résonna sur les monceaux de métal. Je sais que tu as le diadème et la gonzesse en otage.

— C'est quoi cette manie d'utiliser tout le temps le terme *gonzesse*, hein ? Je vais lui en donner de la gonzesse, moi, grommela-t-elle tout en suivant Trevor vers une zone un peu mieux abritée.

Sur leur gauche, la machine à découper géante s'élevait, silencieuse, et, sur leur droite, de longs remblais de copeaux métalliques passés par ses lames attendaient d'être chargés sur des barges. Devant eux, il y avait une énorme grue à portique, dont la cabine était perchée suffisamment haut, et les pneus suffisamment espacés, pour pouvoir laisser passer deux trains côte à côte entre ses bases. La grue enjambait une paire de rails qui finissaient leur course au bord des eaux du Mississippi. Une fois le métal découpé chargé dans les trains, la grue déposait les wagons ainsi remplis sur les barges amarrées le long du quai.

À côté de l'une des péniches, Bobbie Faye et Trevor distinguèrent un mini-yacht luxueux. Ils aperçurent également Vincent qui traînait un Roy quasiment ligoté des pieds à la tête, en direction du fleuve. L'homme de main aux allures de mammouth et son acolyte défiguré étaient résolument plantés entre eux et les deux fuyards.

— Il faut que nous contournions ces deux-là pour libérer Roy, expliqua Trevor en indiquant du menton la chaîne de manutention.

Elle regarda où commençaient le large tapis roulant et le suivit des yeux jusqu'à un wagon qui se trouvait au-delà des deux gardes du corps de Vincent. Son cœur lui adressa un bref message : *pas question ou je démissionne.*

— Tu veux que je vienne ? Que je monte là-haut ? Tout près de cette espèce de couteau géant ? Avec mes *antécédents* ?!

Les yeux de Trevor allèrent de la machine à Bobbie Faye.

— C'est une bonne remarque. Je vais monter là-haut et distraire tout le monde. Toi, tu contournes par ce côté (il indiqua sa droite) et tu fonces tout droit vers la grue. Une échelle permet de monter dans la cabine et tu pourras t'y enfermer. C'est sans doute l'endroit où tu seras le plus en sécurité. Je vais aller libérer Roy, mais toi, ne bouge pas de là-haut.

— Et pourquoi devrais-je te faire confiance ?

Il lui tendit son revolver, avant d'en retirer un autre de sa botte.

— Si je ne ramène pas ton frère, tu pourras me descendre.

— Des promesses, toujours des promesses...

— Écoute, l'échelle se situe de l'autre côté. Elle est donc relativement à l'abri des tirs. La locomotive qui se trouve en dessous devrait empêcher quiconque de tenter un vilain coup sous la ceinture.

— Je ne suis pas du genre à fuir et à me cacher pour sauver ma peau. Et je suis meilleur tireur que toi.

— C'est vrai. Mais est-ce que tu veux vraiment les tuer, Bobbie Faye ? Parce que c'est ce qu'il faudra que tu fasses s'ils s'approchent un peu trop. Je ne crois pas qu'il sera suffisant de les blesser. Et que devient ta nièce dans tout ça ? Qui prendra soin d'elle ?

Ouch. Elle détestait ça, quand les salauds de première avaient raison.

Il l'embrassa sur le front, puis grimpa le long de la machine à découper sur la montagne de ferraille, lentement, en prenant soin de ne pas poser ses pieds n'importe où et de maintenir de larges morceaux de métal entre lui, les agents fédéraux et les hommes de Vincent.

Ce Ce plaça la bougie au-dessus du saladier et se mit à faire un geste circulaire, dans le sens inverse des aiguilles d'une montre, comme le commandait la vieille formule magique. Elle psalmodia en outre des mots dont le sens avait été oublié plus d'un siècle auparavant. Alors qu'elle touchait au but et brandissait cérémonieusement la bougie en laissant tomber la dernière goutte de cire dans le récipient, Monique s'écria : « Cul sec !! » en levant sa flasque en direction de la bougie, comme pour un toast, et en répandant, par la même occasion, un peu de sa vodka orange au beau milieu de la préparation.

Ce Ce s'immobilisa. Elle observa avec inquiétude la mixture qui s'était mise à produire des bulles et à passer de la couleur rouge vif attendue à un ton rouille sale qui ne lui disait rien qui vaille. La potion émit aussi une petite fumée âcre et putride qui s'éleva en formant un délicat nuage.

— *Wow*, quelle drôle de couleur pour un philtre magique, s'émerveilla Monique.

— Ça devrait être rouge, murmura Ce Ce, effrayée par ce qui était en gestation.

— Je ne crois pas qu'il a beaucoup pémé, mémé, pémémé... aimé !... (Monique hoqueta) ma vodka orange. L'a l'air vraiment vraiment vraiment pas content.

Ce Ce éloigna Monique du nuage qui avait effectivement l'air furibard et enflait en bouillonnant et en gargouillant. Il doublait de volume à chaque seconde. Soudain il pivota, comme pour la regarder, et se dissipa enfin.

— Je ne pense pas que ça ait marché.

— Aw, on peut réesssssayer. Peut-être qu'il faudra mettre un peu plussss de vodka orange, cette fois-ci ! proposa Monique en buvant encore un petit coup au goulot de sa flasque, avant de la vider dans la potion qui fut agitée de gros bouillons, sans pourtant déborder du saladier.

Ce Ce ne savait vraiment pas quoi faire. Elle n'avait aucune idée de ce qu'elle venait de libérer et elle n'était pas certaine de devoir recommencer. Cela ne risquerait-il pas d'aggraver la situation dans laquelle se trouvait Bobbie Faye ?

Elle plaqua ses mains sur sa bouche, craignant d'avoir prononcé cette phrase à haute voix. Principe de magie n° 1 : ne jamais suggérer quoi que ce soit autour d'une formule magique. On ne sait jamais ce qui peut en résulter.

Bobbie Faye observa Trevor qui escaladait la montagne de débris métalliques. Quand il atteignit la chaîne de manutention, il se baissa et se mit à courir sur le tapis, tout en tirant à la fois vers les hommes de main de Vincent et les agents du FBI qui se cachaient derrière les autres tas de ferraille. Le bruit assourdissant des tirs emplit Bobbie Faye d'une terreur sourde et elle s'aplatit contre le sol, se coupant les mains et les jambes sur les morceaux de métal, pour ramper un peu plus loin derrière un monticule avant de gagner la grue ventre à terre.

Cette partie du plan de Trevor lui paraissait de loin la plus épouvantable. Elle aurait bien voulu discuter, mais il ne lui restait plus de mots, seulement de la peur. Peur de monter aussi haut, peur de rester terrée dans un endroit où les agents du FBI ou la bande de Vincent pourraient sans peine la neutraliser avant de la cueillir. Elle n'avait pas assez de munitions pour une fusillade prolongée, mais peut-être que Trevor savait aussi cela. Par-dessus tout, elle ne voulait pas que Stacey ait à assister à ses funérailles. Ce qui signifiait qu'elle allait devoir faire confiance à quelqu'un.

Dieu qu'il était difficile de lâcher prise et de s'en remettre à lui !

Quand elle eut atteint l'échelle, elle mit le revolver dans la ceinture de son jean et plaça le diadème sur sa tête afin d'avoir les mains libres. Le sang qui dégoulinait le long de ses bras, du fait des coupures occasionnées par les copeaux de métal, aurait dû la tétaniser. Mais sa panique avait atteint un tel degré qu'elle ne sentait plus rien. Finalement, cette foutue adrénaline avait son utilité.

Elle songea, brièvement, combien la situation résumait une bonne partie de sa vie : saigner mais ne rien ressentir, trop occupée à survivre pour s'arrêter et faire le point. Au moment où cette réflexion perçait le brouillard de ses pensées, quelque chose agrippa son pied.

Vincent.

— Je suis désolé, ma chère, mais je vais prendre ce diadème, maintenant.

Ce salaud avait grimpé l'échelle à sa suite, et elle était tellement absorbée par ses divagations qu'elle ne l'avait pas entendu. Il tenait son pied d'une main et, de l'autre (qu'il avait passé au travers des barreaux de l'échelle), braquait son arme sur elle.

— Où est Roy ?

— Oh, en lieu sûr pour le moment.

Ce fut ce sourire satisfait qui réveilla son instinct de survie. Cette expression de connard prétentieux, habitué à obtenir tout ce qu'il voulait pour la simple et bonne raison qu'il s'offrait des hommes de main hors de prix, la piqua au vif. Elle lui envoya le plus violent des coups de pied qu'elle avait en magasin et écrasa sa botte de cow-boy sur son petit menton pointu.

— Va te faire voir.

Il tomba à la renverse mais réussit néanmoins à attraper, dans sa chute, un barreau de l'échelle. Cet intermède donna à Bobbie Faye le temps d'atteindre la cabine de la grue et d'en verrouiller la porte derrière elle. Quand elle la claqua, elle lança un dernier regard vers le fleuve et vit Trevor qui sortait Roy de la vedette.

Peut-être pouvait-on finalement lui faire confiance. Il était possible qu'il s'agisse d'une sorte d'anomalie. En tout cas, elle était enfin en sécurité.

Soudain, elle entendit Vincent qui reprenait son ascension en la menaçant :

— Bobbie Faye, ma chère petite, je veux le diadème. Je vais le prendre, dussé-je inviter chacun des membres de votre famille, et tous vos amis, à une petite réception privée en votre honneur.

Chapitre quarante et un

Ce… gouverneur de Louisiane… celui qu'on dit fou… il prétend qu'il nous offre une nouvelle arme, une femme. Il affirme qu'elle peut détruire n'importe quel pays qu'on lui désignerait. Il l'échangera contre de l'argent pour remettre son État sur pied. C'est pas mal, non ?

— (traduit du russe) Le Premier ministre russe à son chef de cabinet (sous réserve de confirmation).

Cam avait choisi de partir à la poursuite de l'hélicoptère de WFKD qui avait Bobbie Faye à son bord, estimant qu'elle n'avait sans doute pas songé au fait que l'appareil comportait une puce émettrice et serait facile à localiser. Il arriva au moment où Jason consultait le rapport du pilote sur ce qui avait filtré et sur l'endroit où ils avaient déposé Bobbie Faye. L'hélico du FBI avait déjà atterri, ce qui signifiait que Trevor devait être là également.

L'inspecteur entendit des bruits de fusillade et des cris, mais il était encore trop loin pour pouvoir déterminer à qui appartenait cette voix. Elle ressemblait pourtant à celle de Zeke.

Quelques tirs sporadiques répondirent à la première salve. Cam et sa brigade d'intervention durent se déployer pour encercler le lieu d'où provenaient les tirs, en veillant à ne pas s'interposer dans un échange de feu potentiel, mais aussi à ne pas se mettre en position de devoir tirer sur des cibles inconnues.

La situation réunissait tous les éléments de ses pires cauchemars : une intervention pour une catastrophe liée à Bobbie Faye et l'obligation de tirer sur quelqu'un pour la protéger, avec, au final, la découverte de son corps criblé de ses propres balles.

Il se reprit en secouant la tête. Il n'avait pas le loisir de réfléchir à tout cela pour le moment.

Encore des tirs. Il s'en rapprochait.

Durant un bref instant, il crut avoir aperçu Bobbie Faye qui escaladait une grue, mais, après avoir cligné des yeux, il se dit qu'il s'agissait probablement d'une illusion d'optique due à la faible lumière que diffusaient les lampadaires environnants. Jamais, pour tout l'or du monde, elle n'aurait grimpé volontairement sur quelque chose d'aussi haut.

Bobbie Faye se blottit derrière le tableau de bord de la cabine de la grue, quand elle entendit Vincent se hisser sur le minuscule marchepied placé à l'extrémité de l'échelle. Il tira sur la fenêtre latérale de la grue et elle se fit aussi petite qu'elle le put en essayant de se cacher, tandis que les balles rebondissaient sur les parois métalliques de la cabine.

Elle l'entendit rire.

Puis, il reprit son calme.

Trop calme.

La négociation du marchepied devait pourtant être particulièrement délicate, surtout avec un costume sur le dos, mais il ne faisait aucun bruit. Elle commençait à avoir des fourmis dans les jambes et son angoisse montait. Elle glissa un furtif coup d'œil pour voir où il était allé, en oubliant qu'elle était coiffée du diadème. La parure se prit dans les câbles qui pendaient sous le tableau de bord et s'emmêla dans ses boucles de cheveux.

Elle tentait de démêler les nœuds qui retenaient le diadème et de le libérer des câbles qui l'emprisonnaient, tout en faisant bien attention aux connexions électriques... quand elle prit conscience que la cabine s'était nettement assombrie et que la lueur des lampadaires n'éclairait plus l'intérieur.

Vincent.

Il s'était glissé jusqu'au-devant de la cabine, à l'endroit où le conducteur de grue devait se placer pour observer le bras de son engin et vérifier la procédure de chargement. À son air satisfait, Bobbie Faye comprit que ce malade l'avait repérée. Il tira sur le pare-brise avant de frapper la vitre de la crosse de son arme. Elle essaya de se contorsionner afin de retirer le revolver de sa ceinture de pantalon, tout en prenant soin de ne pas malmener les câbles.

Le bijou de fer-blanc s'emmêla encore un peu plus dans les fils électriques.

Vincent s'approcha avec précaution de la vitre qu'il venait de briser. Il avait déjà un pied sur le tableau de bord. Elle savait qu'il fallait qu'elle bouge, qu'elle fasse quelque chose. Elle tira brutalement sur le diadème qui entraîna avec lui les câbles, lesquels causèrent un court-circuit. Elle finit par réussir à se dégager du diadème qui resta accroché aux fils. Des étincelles jaillirent et un arc électrique se forma entre le tableau de bord et les parties métalliques de la cabine. Bobbie Faye s'aplatit contre les dalles de plastique qui recouvraient le sol, mais Vincent, qui avait agrippé le toit métallique pour garder l'équilibre, prit de plein fouet la décharge électrique.

Il fut parcouru d'un spasme, lâcha prise et tomba de l'autre côté de la vitre, à l'extérieur. Quand les câbles prirent feu, une fumée âcre, rougeâtre et dense emplit l'habitacle. Le plastique qui gainait les fils fondit et des flammes s'élevèrent du tableau de bord. Une odeur déplaisante, évoquant vaguement des oranges pourries, lui piqua les narines. Elle aurait cru que Vincent aurait crié en tombant et qu'elle aurait entendu un horrible choc sourd quand il aurait heurté le sol, mais au lieu de cela le silence régnait, perturbé seulement par les crépitements qu'émettait le tableau de bord.

Elle sentit la grue tanguer et se retint au siège du conducteur. Le tableau de bord paraissait désormais inoffensif, même si... il semblait bien que le moteur de la grue soit désormais *en marche*.

En regardant par le pare-brise, elle ne vit pas Vincent.

La grue pivota lentement vers la gauche. Bobbie Faye n'avait pas la moindre idée de ce qui se passait, hormis que l'engin semblait animé d'une volonté propre puisqu'il tourna brutalement vers la droite avant de revenir sur la gauche. Le bras métallique s'étira en ébranlant violemment la cabine, et s'allongea sur toute sa longueur, soit près de dix mètres, en faisant vaciller son support.

Le diadème se balançait toujours entre les câbles emmêlés, mais elle avait peur de lâcher le siège auquel elle était agrippée pour le saisir, tant les à-coups donnés à droite et à gauche par la flèche étaient brutaux. Ils semblaient même s'intensifier, tel un métronome qui se serait emballé. Sans lâcher l'accoudoir du fauteuil, elle s'agenouilla et jeta un coup d'œil par la fenêtre.

Vincent était là, perché sur l'extrémité du bras de la grue.

Ballotté, bousculé, glissant, se rattrapant. Prêt à tomber.

Il lâcha son arme.

Elle ne savait pas comment arrêter la machine. Une gigantesque partie d'elle-même avait une furieuse envie d'être méchante et de le laisser tomber en applaudissant, mais elle ne voulait pas non plus le tuer. Elle voulait seulement le punir. Le punir pendant un temps infini et de manière effroyable, mais sans toutefois le supprimer.

Bobbie Faye appuya sur quelques boutons en cherchant à comprendre comment fonctionnait cet engin, mais aucune commande ne semblait vouloir répondre et le bras continuait à se balader de gauche à droite.

À cet instant, la grue fut si violemment ébranlée qu'elle catapulta Vincent dans les airs…

… et balança si brutalement le diadème qu'il se défit de sa prison de câbles, rebondit sur l'une des parois de la cabine, passa devant la main étendue de Bobbie Faye et tomba…

… par le trou béant qui remplaçait désormais le pare-brise.

Il plongea en rebondissant de loin en loin sur les montants de la grue, avec un bruit métallique, tandis que Vincent chutait toujours lui aussi.

Le diadème ricocha une dernière fois sur un appendice métallique qui l'envoya voler au-dessus des quais, en direction du fleuve. Elle jeta un coup d'œil à Vincent qui planait toujours, mais détourna les yeux juste avant qu'il percute le sol.

Elle allait vomir.

Elle ravala sa nausée, serra les dents pour empêcher la bile de remonter le long de sa gorge et leva les yeux vers les eaux tumultueuses du Mississippi. Aucun signe du diadème.

Il avait disparu.

Le fleuve, avec son lit de boue en constante mutation et ses eaux tourbillonnantes, ne restituait que rarement ce que ses sombres profondeurs avaient absorbé.

Et c'était à elle que revenait la terrible responsabilité d'avoir perdu un souvenir de famille transmis depuis plusieurs générations. Parfait. Absolument parfait.

Elle revoyait encore sa mère, lors de sa dernière parade, portant le diadème et agitant la main à l'intention de la foule. Et aussi le moment où elle le lui avait remis en lui disant combien il était important de le conserver dans la famille. Pour la tradition.

Bobbie Faye enfouit son visage dans ses mains.

Les tirs s'étaient tus.

Elle était si fatiguée, si fourbue. Elle voulait seulement s'allonger et s'endormir. Mais il fallait d'abord qu'elle retrouve sa famille. Elle descendit l'échelle dans l'obscurité qui s'épaississait. Le silence était oppressant. La chaleur semblait s'être mêlée à la poussière pour former un mur autour d'elle.

Dès qu'elle lâcha l'échelle, Trevor sortit de l'ombre, suivi par l'agent du FBI qui le tenait maintenant en joue.

— J'ai épuisé mes munitions, dit Trevor, sans se départir de son expression enjouée et légère.

— Arrêtez-vous là où vous êtes, pour votre propre sécurité, commanda l'agent du FBI. Je suis l'agent spécial Zeke Kay, Mlle Sumrall. Si vous voulez bien me donner le diadème, je pourrai emmener ce salopard et faire en sorte qu'il ne vous importune plus.

Bobbie Faye braqua son arme sur lui avant qu'il puisse faire un geste, mais ça ne paraissait pas vraiment le préoccuper. Un autre agent du FBI s'avança sur sa droite en pointant son propre revolver dans sa direction.

Cam découvrit l'une des victimes des tirs du FBI. Il était encore en vie, mais inconscient. Dans son talkie-walkie, il entendit Aaron qui disait :

— Cam. On a un type blessé en costard. Son visage est salement abîmé. Et il y a aussi un gros costaud assis auprès de lui. Il a au moins vingt poignées de portes dans les mains et il pleure.

— Est-ce qu'il a dit quelque chose ?

— Seulement qu'elles sont magnifiques et parfaites et que, maintenant, il ne pourra plus entrer au *Guinness*. Je ne sais pas trop ce que ça peut vouloir dire.

— OK, amenez-les par ici. J'aperçois du mouvement sous la grue. Je vais arriver par le sud.

— Je vous retrouve là-bas.

Quand il y parvint, son sang reflua dans ses pieds : les agents fédéraux, Dumasse et Bobbie Faye se faisaient face, avec Zeke qui pointait apparemment une arme sur Dumasse. Il y avait du sang sur les mains, les jambes et la hanche de Bobbie Faye. Cam dut faire un effort sur lui-même pour ne pas tirer sur tous ceux qui l'entouraient et l'emmener au plus vite à l'hôpital.

À ce qu'il comprenait, Zeke n'était pas seulement en train d'arrêter Dumasse. Sinon, pourquoi Bobbie Faye aurait-elle visé un agent fédéral avec son revolver ? Il étudia son expression et crut voir qu'elle ne gobait pas un mot des douces paroles que Zeke lui serinait. Pourquoi était-elle si suspicieuse ?

Et soudain il comprit. La cellule où Benoit avait placé le professeur… c'était celle qui donnait sur la télévision placée sur le bureau du sergent. Elle ne permettait pas de voir complètement l'écran, mais tout de même. L'universitaire s'était affolé en entendant le nom de Dumasse dans la salle d'interrogatoire. Ensuite, une fois drogué ou empoisonné, il avait bredouillé : « Pas du maïs. » Cam aurait parié son salaire qu'il avait tenté de dire : « Pas Dumasse, Kay. » L'agent Zeke Kay. Se pouvait-il que le chercheur ait vu l'agent au journal télévisé et appris à cette occasion son patronyme ? Il aurait alors essayé de le leur expliquer ? Zeke avait prétendu pourchasser Dumasse sur la base d'un mandat qui l'autorisait à prendre toutes les mesures nécessaires contre cet homme, mais le capitaine avait demandé à Cam de ramener Dumasse sain et sauf.

Dumasse devait donc agir en sous-marin. C'était Zeke qui était l'agent ripou. Et Zeke voulait manifestement quelque chose que possédait Bobbie Faye.

Le salopard...

Toute la journée, il n'avait en réalité couru qu'après Bobbie Faye.

Cam se déplaça légèrement afin de se positionner dans le champ de vision de Bobbie Faye et lui faire comprendre qu'il était là et pouvait la couvrir. Elle fit alors un truc incroyable : elle se frotta le lobe de l'oreille. C'était un signal qu'ils avaient mis au point des années auparavant et qui voulait dire un truc du genre « Attends. Il se passe quelque chose, mais je peux y faire face. »

Il était clair qu'elle avait perdu l'esprit.

— Vous étiez à la banque, dit-elle à Zeke qui semblait un peu mal à l'aise et avait curieusement du mal à tenir en place. Quand je me suis précipitée hors de la banque, je vous ai vu sur le parking. Vous attendiez dans votre voiture. Et maintenant, je vous retrouve ici. Et vous me demandez le diadème. Pourquoi est-ce que je ne peux croire qu'il s'agit d'une coïncidence ?

— Écoutez, Mlle Sumrall, dit Zeke d'une voix douce, comme s'il s'adressait à un enfant, sans cesser de se gratter l'avant-bras et la poitrine de sa main libre.

Ça risquait de ne pas très bien se passer.

— Cet homme, poursuivit Zeke, a essayé de vous doubler. C'est un mercenaire et il court après le diadème depuis longtemps. Maintenant, je vais l'arrêter et j'ai besoin de cet objet comme preuve.

— Preuve ? Et comme ça, il pourra malencontreusement disparaître un peu plus tard ?

— Ne soyez pas ridicule, Mlle Sumrall. Donnez-le-moi.

Cam la vit baisser les paupières pour offrir à Zeke une expression qu'il avait appris à connaître sous le nom de « regard en fente ». Bien qu'il fût dans le champ de vision de Bobbie Faye, il se surprit à sourire.

Bobbie Faye abaissa les yeux vers le sol, en regardant partout autour d'elle comme si quelque chose venait de tomber.

— Qu'est-ce que vous faites ? demanda Zeke.

— Bah, vous devez penser que mon cerveau vient de tomber par terre si vous estimez que je peux avaler autant de sornettes. Trevor aurait pu me dérober le diadème à tout moment aujourd'hui. S'il avait cherché à me doubler, il y a bien longtemps qu'il aurait disparu. Ce qui nous laisse… vous. Je trouve assez drôle que, de toutes les personnes intéressées par le diadème, vous ayez été le seul à vous pointer sur le parking de la banque au moment du braquage. C'était votre idée ? Le subtiliser au ravisseur de Roy ? Étiez-vous au courant de ce qui se tramait et avez-vous décidé de le garder pour vous seul ?

Cam accrocha le regard de Bobbie Faye et hocha la tête.

Les muscles du dos de Zeke se nouèrent et il se gratta l'avant-bras et le torse avec encore un peu plus de frénésie. Les collègues de l'agent spécial donnaient l'impression de ressentir une subite bouffée de chaleur et, même depuis sa cachette, Cam sentait la peur monter.

À cet instant, Cam achoppa sur le mot « ravisseur » qu'elle avait employé. Et aussi « Roy ». Pas étonnant qu'elle se soit muée en Terminator gonflé aux anabolisants.

— Écoute, connasse, siffla Zeke. T'es juste une idiote qui va se faire buter, avec toute sa famille. Et ça, ça n'a rien de drôle.

— Oh, vraiment ? Vous savez ce qui est *vraiment* drôle ? C'est quand un type comme vous perd le concours de celui qui pisse le plus loin contre une fille comme moi. Vous n'aurez jamais ce diadème.

— Tu devrais en convenir maintenant, Zeke, intervint Trevor. Ça pourrait devenir embarrassant.

— Aucune femelle ignorante ne gagnera contre moi, claironna Zeke d'une voix teintée de satisfaction, ce qui ne l'empêchait pas de continuer à frotter sa joue, de plus en plus rouge, contre son épaule. Surtout si je détiens sa nièce.

Bobbie Faye se figea et Cam aperçut son regard. Il était certain qu'elle était en train de préparer quelque chose, lorsque Zeke éclata de rire.

— Exactement. Disons qu'il s'agit d'une *mesure de protection.* Donc, vous me donnez le diadème, je descends Dumasse ici présent qui fera ainsi office de méchant en ce qui concerne les flics et, ensuite, vous retrouvez votre nièce.

— Espèce de salopard, siffla Bobbie Faye. Où est-elle ?

— Avec l'un de mes agents.

— Est-ce que ce ne serait pas Baker ? demanda Trevor qui paraissait encore plus satisfait que Zeke. Parce qu'il ne fait pas exactement partie de *tes* agents, Zeke.

Cam vit que Bobbie Faye évaluait l'attitude des deux protagonistes et, quand ses yeux se reportèrent sur Zeke, il était manifeste qu'elle avait accordé son crédit à Dumasse.

— Vous n'êtes pas stupide à ce point, n'est-ce pas ? ironisa Zeke. Vous n'allez pas risquer la vie de votre nièce sur la base des paroles de ce mercenaire ? Il se fiche de vous depuis le début et vous avez été trop conne pour vous en apercevoir. Donnez-moi le diadème.

— Au lieu de ça… dit-elle en relevant un peu son tee-shirt – Cam tressaillit et voulut se précipiter sur elle pour la protéger, puis il comprit ce qu'elle venait de faire : il y avait un micro fixé au milieu de son soutien-gorge et un minuscule émetteur sous son bras. – … vous voudrez peut-être dire un petit bonjour à la caméra qui se trouve là-bas, sur la grue ?

Elle termina sa phrase en indiquant du doigt l'engin installé près de l'entrée de l'entreprise de récupération :

— Tu saisis, mon garçon ?

Et Cam voulait bien être pendu s'il n'avait pas vu le cameraman de l'hélicoptère et son pilote les saluer de la main, depuis le sommet de la grue, tandis que les lampadaires se reflétaient sur leur caméra.

— Yaaaaahoooooooo, on a tout, Bobbie Faye !! hurla le cameraman. On a tout filmé !! En direct !!

Ce n'est qu'à cet instant que Bobbie Faye regarda Cam directement, en lui faisant un petit signe qui voulait dire : « C'est tout ce que j'ai. » Cam sortit donc de l'ombre et braqua son arme sur Zeke pendant que Bobbie Faye prenait en joue ses collègues.

— Et nous aussi on a tout, cracha Zeke en pivotant.

En un dixième de seconde, il se retourna comme s'il voulait tirer sur Bobbie Faye. Mais avant que Cam ait pu lui coller une balle dans la peau, Dumasse avait désarmé l'agent et le maintenait au sol en pointant le propre revolver de Zeke sur sa tête.

Sans cesser de regarder Zeke, Dumasse dit :

— Vous êtes Cameron Moreau, c'est ça ?

— Et alors ?

— Contactez votre capitaine. J'appartiens au FBI. J'étais en mission. On le lui a déjà confirmé. On ne pouvait rien vous dire avant d'avoir mis ce salopard hors d'état de nuire une fois pour toutes.

La voix de Bobbie Faye trembla un peu lorsqu'elle demanda :

— Tu… tu es du FBI ?

Cam lui lança un coup d'œil et elle lui parut légèrement à côté de ses pompes.

— *Ohmondieu.* J'ai kidnappé un agent du FBI. Je vais aller en prison.

Cam contacta le capitaine pendant que la brigade d'intervention encerclait Dumasse, Zeke et l'autre agent, avant de les désarmer les uns après les autres.

Le cou de Zeke était maintenant couvert de plaques rouges.

— Je vous en prie, pour l'amour du ciel, libérez mes mains, laissez-moi me gratter ! Il y a des oranges dans le coin, ou quoi ? J'y suis allergique. Je vous jure. Je risque de faire une syncope ! Il me faut un médecin !!

Roy sortit alors en titubant de derrière une montagne de copeaux de métal, le visage atrocement tuméfié. Bobbie Faye accourut vers lui.

Elle commença par le prendre dans ses bras. Puis, se ravisant, elle se mit à lui hurler dessus, avant de l'enlacer à nouveau, et de gros sanglots dégoulinèrent sur son visage.

Ils venaient tous de faire un voyage en enfer. Aller et retour. Mais Cam était persuadé que *les choses auraient pu se passer autrement.*

Elle n'aurait pas eu à subir tout ça si elle l'avait appelé en premier. Ça le rendait extatique de colère. Elle avait mis sa vie en danger, et celle de tous les autres, parce qu'elle s'était entêtée à ne pas demander d'aide. Elle avait refusé d'admettre qu'elle pouvait avoir besoin d'un coup de main.

De sa part à lui. Surtout de sa part à lui.

Ses veines se glacèrent et le froid s'insinua dans tous les pores de sa peau. Il était furieux contre elle d'avoir ainsi risqué sa vie. Chacune de ses écorchures, chacun de ses hématomes, chacune de ses plaies l'agressait en lui renvoyant le message, indubitable, qu'elle n'avait pas besoin de lui. Qu'elle n'avait jamais eu besoin de lui. Qu'elle n'aurait jamais besoin de lui.

Il s'assura que l'ambulance était en route et il lui tourna le dos en s'éloignant, sachant qu'Aaron pouvait gérer la suite de cette histoire.

Ce Ce, ainsi que tous ceux que pouvait contenir son magasin, se tenaient devant le petit écran de télévision, bouche bée et stupéfaits, en regardant le reportage filmé en direct depuis Plaquemine. Il y avait là deux ambulances, une équipe médicale au grand complet qui transportait un corps et plus de flics que ne devait en compter l'État, dont une brigade d'intervention spéciale et le FBI.

Et au milieu de tout cela, il y avait Bobbie Faye, en chair, en os et en couleurs, qui donnait l'impression d'avoir passé un très très mauvais moment, mais qui était en vie.

— Où suis-je ? demanda une voix un peu endormie depuis la réserve.

Ce Ce sursauta presque en l'entendant : la femme des services sociaux… Ils l'avaient tous complètement oubliée dans l'excitation qu'avait suscitée le reportage.

Ce Ce s'entretint brièvement avec les personnes présentes pour exposer à chacun la conduite qu'il devait tenir. Peut-être, elle disait bien *peut-être*, pourraient-ils échapper à la prison.

Chapitre quarante-deux

Elle est en vie. C'est fini. Maintenant, nous pouvons tous retrouver une vie normale.

— Premier commentaire officiel après tout événement impliquant Bobbie Faye, prononcé par l'inspecteur Cameron Moreau, ex-petit ami de Mlle Sumrall, selon les informations obtenues par WFKD.

Bobbie Faye regarda Cam s'éloigner et la colère endolorit tous ses membres. Les larmes se pressaient au bord de ses paupières, mais elle refusa de les laisser couler. L'espace d'un instant, quand il la regardait tenir tête à Zeke, quand il avait vu ce qu'elle avait dû affronter et comment elle avait élucidé le mystère, elle avait cru voir sur son visage quelque chose qui ressemblait à de la fierté. Mais non, il était parti, sans un regard, empli d'une fureur bien trop familière. Elle était plongée dans ces réflexions, tout en observant l'équipe médicale qui procédait à un examen préliminaire de l'état de Roy et pansait ses propres plaies. Elle sursauta donc lorsqu'elle sentit la main de Trevor masser sa nuque et les nœuds qui s'étaient formés dans ses épaules, comme s'il avait été le seul homme à avoir jamais partagé sa vie.

— J'ai appelé l'agent qui protège Stacey, dit-il. Elle va bien. Il est possible qu'elle ait un peu abusé des sucreries. Je crois qu'elle a réussi à le persuader d'acheter toutes les cochonneries en vente de ce côté-ci du Mississippi, mais elle paraît en grande forme. Je lui ai demandé de te retrouver chez toi. Je sais bien que ta caravane est détruite, mais je me suis dit que c'est là que tu voudrais aller en premier, non ?

Elle hocha la tête car elle ne se faisait pas assez confiance pour parler.

— Bon, il faut que je rédige un bon millier de rapports.

Et sur ce, il s'en alla aussi.

— Attendez, soyons bien clairs, disait à Ce Ce la fonctionnaire des services sociaux encore un peu groggy, sous les yeux ébahis et candides de ses innombrables clients. Vous me dites que je me suis endormie sur le carton, là-bas ?

Tous opinèrent du chef à l'unisson.

— Et ensuite, je me suis levée, toujours en plein sommeil, et je suis allée inviter… attendez un peu… ce monsieur, là-bas, pour un tango ?

Elle montra du doigt le grand et impassible Ralph et tout le monde hocha encore la tête avec un bel ensemble.

— Et après ça, j'ai proposé à tout le monde d'aller dans un bar de strip-teaseurs ? Et là, je vous aurais dit que « ça allait déménager » ?

Tous les clients continuèrent à acquiescer de concert, surtout Monique qui manifestait un enthousiasme particulièrement débordant.

— Et vous pensez que je vais avaler ces inepties ?

— Eh bien, mon chou, je ne sais vraiment pas ce qui pousse les somnambules à faire d'aussi curieuses choses, rétorqua Ce Ce. Mais peut-être devriez-vous consulter un médecin à ce sujet.

La femme lui lança un regard noir et Ce Ce lui renvoya son sourire le plus innocent.

Et tout le monde opina en chœur.

Les images de sa caravane qu'avait montrées le reportage aérien n'avaient pas préparé Bobbie Faye au chaos qu'était devenu son domicile et elle se serait bien allongée sur le sol, en proie à une intense dépression, si une grosse Ford noire n'était pas apparue dans l'allée, avec Stacey à son bord. La petite fille sauta du véhicule avec ses couettes blondes en bataille, des taches de crème glacée (de plusieurs coloris) un peu partout sur les mains et le visage, et quelque chose qui ressemblait à des projections de chocolat sur les deux joues. Elle traînait derrière elle un énorme éléphant en peluche, légèrement plus grand qu'elle. Bobbie Faye la souleva du sol et la tint dans ses bras si longtemps et si fort, qu'elle se dit que les marques de chocolat avaient dû s'imprimer définitivement sur ses propres joues. Mais elle s'en fichait carrément.

— Tante Bobbie Faye !! C'était super !! Moi et oncle Baker... – l'agent lui adressa un signe de tête – ... on est allés au zoo et au poney et au manège et au planéniiinium...

— Planétarium ?

— Ouais, c'est ça. Et on est allés au McDonald et... whoa...

L'attention de Stacey fut attirée par la caravane qui reposait sur son flanc en plusieurs morceaux.

— Ce n'est pas grave, Stace. On va trouver une solution. D'accord ?

— Hein, hein. Est-ce qu'oncle Baker peut revenir demain ?

Elle tourna sa petite frimousse dans sa direction, rayonnante, et Bobbie Faye s'efforça de dissimuler son rire quand il pâlit en se précipitant presque vers sa voiture.

— Stace, ma chérie, je crois qu'oncle Baker va avoir besoin d'un petit peu de repos.

Vingt-quatre heures plus tard, Bobbie Faye était toujours en train d'empêcher le petit monstre de grimper sur tous les meubles et de le déloger de derrière le canapé. Elle commençait à se demander si la gamine ne s'était pas injecté les sucreries, au lieu de se contenter de les manger.

Elle regarda la petite et son cœur se serra dans sa poitrine. Elle refusa de penser au fait qu'elle avait été à deux doigts de la perdre. Ou de perdre Roy. Même si elle aurait aimé pouvoir le claquer, elle ne pouvait imaginer ne plus le voir. Elle ne savait pas si elle pourrait un jour se relever de tout ça. Elles revenaient justement de l'hôpital où elles avaient rendu visite à Roy. Le médecin lui avait affirmé qu'il n'était pas en danger. D'ailleurs Roy était déjà en train de draguer les infirmières, signe infaillible qu'il allait beaucoup mieux.

Pour le moment, Bobbie Faye s'était installée dans son minuscule jardin et observait la Compagnie des mobil-homes en train de lui livrer sa nouvelle caravane (d'occasion). Ils avaient accepté de lui faire un bon prix et de lui accorder des mensualités qu'elle pourrait – presque – honorer, en contrepartie d'apparitions occasionnelles dans des publicités télévisées clamant que leur marque était suffisamment fiable pour survivre à une journée avec Bobbie Faye.

Nina cessa de surveiller l'installation de la caravane pour s'asseoir auprès de son amie, dans une chaise pliante que quelqu'un leur avait prêtée.

— Sais-tu si la récompense offerte pour tous les objets volés retrouvés dans le bureau du ravisseur suffira à payer l'ensemble des dégâts ?

— Pas encore. Benoit m'a dit qu'il avait mis une inspectrice sur le coup, une certaine Fordoche. Elle est censée être excellente, honnête et plus pointilleuse qu'un contrôleur des impôts, alors, avec un peu de chance, nous n'en perdrons pas la moitié.

Pendant quelques minutes, elles ne dirent plus un mot pour s'absorber dans la contemplation du joyeux bordel que générait la mise en place de la caravane, avec trois hommes différents qui tentaient de prendre simultanément les commandes et donnaient autant d'instructions divergentes au conducteur du camion.

— Oh, à propos, dit Nina en rigolant. Je sais où est allée Dora.

Roy venait tout juste de raconter à Bobbie Faye où il se trouvait au début de la journée.

— Elle est partie chez sa mère, paniquée parce qu'elle ne voulait pas avoir à affronter Jimmy après que les kidnappeurs avaient emmené Roy. Du coup, Jimmy s'est pointé chez lui, il a vu que sa femme s'était barrée chez sa mère et il a cru que c'était parce qu'elle avait découvert pour lui et Susannah la nympho. Il s'est donc rendu là-bas pour lui présenter ses excuses et tenter de reconquérir le cœur de sa femme. C'est une bonne chose que Roy soit sous protection policière à l'hôpital, pour le moment, parce que Dora a parlé de Roy à Jimmy et ces deux-là ont transformé la maison de la mère de Dora en véritable champ de bataille, surtout quand Susannah s'est pointée.

Bobbie Faye tourna vivement la tête pour saisir l'expression malicieuse de Nina.

— *Gloops*... Susannah croyait qu'il avait déjà divorcé...

En entendant cette nouvelle, Bobbie Faye essaya de ne pas trop se culpabiliser d'avoir éclaté de rire.

— Dis donc, reprends-toi, parce que voilà monsieur « Appelez-Moi Juste l'Enchanteur ».

Bobbie Faye leva les yeux vers l'allée où une voiture venait de se garer : Cam. Et son air immanquablement irrité. Elle le rejoignit à mi-chemin entre leurs chaises pliantes et sa voiture. À la manière dont il claqua la portière, elle se dit qu'il s'apprêtait à lui faire la morale.

Au lieu de cela, il se montra froid. Terriblement froid.

— J'ai parlé avec l'administration des services sociaux, dit-il en la regardant à peine. – Pas de « Comment ça va ? » ou de « Content que tu sois en forme » ou même de « T'es vraiment naze de ne pas m'avoir appelé » qui, comme elle le soupçonnait, correspondait sans doute mieux aux réflexions qui le démangeaient. – Ils acceptent de considérer que tu offres un toit décent à Stacey et ils vont abandonner les charges selon lesquelles tu as mis la petite en danger pendant ce fiasco. Tu peux garder Stacey.

— Sérieusement ?

Elle était en état de choc. La description que lui avait faite Ce Ce de la fonctionnaire des services sociaux écumante de rage après sa sieste forcée n'était pas très prometteuse, et Bobbie Faye s'attendait à ce qu'ils essaient de l'éloigner de Stacey définitivement.

— Ton Dumasse a passé un coup de fil en ta faveur. Il a dit qu'il traquait cet agent depuis plus d'un an et que, si tu n'avais pas fait tout ce que tu as fait, non seulement Roy se serait fait tuer, mais lui n'aurait pu coffrer ni Vincent, ni Zeke Kay. Or ces deux-là sont responsables de la mort de ton cousin et de bien d'autres crimes.

— Ah bon ?

— Oui.

Ça avait dû l'impressionner qu'elle fasse les bons choix, non ? Mais il conserva un visage fermé.

— Et ?

— Et rien, Bobbie Faye. Je leur ai dit que j'étais également d'avis que tu n'avais pas d'autre choix et ils ont abandonné les charges. J'ai pensé que tu apprécierais de savoir que tu pouvais garder Stacey.

Elle ne savait pas quoi dire. À cet instant, tout semblait possible et l'amour qu'elle portait à sa nièce la percuta comme une lame de fond. Elle regarda Cam qui avait les bras croisés et restait impassible.

— Merci.

— Ce n'est pas pour toi que je l'ai fait, mais pour la petite. Elle en a assez vu comme ça.

— Attends. Mettons les choses au point. Tu viens de dire que je n'avais pas d'autre choix, tu as soutenu mon dossier. Et tu m'en veux quand même ? T'es cinglé ou quoi ?

— C'est moi qui suis cinglé ?! Tu mets tout le monde en danger, y compris toi-même ! Tu as failli te faire tuer et, dans la mêlée, tu as généré plus d'un million de dégâts. Tout ça parce que tu ne voulais pas me demander de l'aide !!

— Ouais, comme si, la dernière fois que je l'ai fait, ça s'était si bien terminé pour moi.

Tous les deux bouillaient de colère, le souffle court. L'air qui les séparait était devenu incandescent. Il s'était mouillé pour elle, se souvint-elle. Il avait tiré dans les lampes avant même de savoir que l'agent du FBI était un ripou. Il avait enfreint ses propres règles pour l'aider.

Il se retourna pour s'en aller, mais elle le retint par le bras. Il se dégagea.

— Ne fais pas ça, Bobbie Faye. Pas ça.

Et il partit. Comme ça.

Sa fureur était telle que sa gorge la brûlait et les mots restèrent bloqués à l'intérieur. Alors elle rejoignit Nina qui était restée assise sur sa chaise pliante.

— Mais qu'est-ce que vous avez tous les deux ? demanda Nina. Tu sais très bien que tu es encore amoureuse de lui. Et lui, il t'aime toujours. Pourtant, je te jure que si le niveau d'électricité entre vous deux augmentait un tout petit peu, vous finiriez par causer des feux de broussailles. Est-ce que vous ne pourriez pas prendre sur vous un brin et construire une vie à deux ?

Bobbie Faye regarda Cam qui s'engouffrait dans sa voiture et quittait le camp de caravanes, sans jeter un coup d'œil dans sa direction. Pas même une fois.

— Il ne veut pas être amoureux de moi, dit-elle à son amie en se retournant vers elle. Et ça, ça change tout.

Un peu plus tard ce jour-là, dans l'enceinte du Festival des Journées de la Contrebande, Bobbie Faye s'assit dans une chaise pliante transformée pour l'occasion en trône réalisé à partir d'un canot à moteur. Des guirlandes lumineuses scintillantes habillaient le moindre arbre, le plus minuscule buisson, le plus insignifiant poteau. La foule était dense et ondulait au rythme de la musique que dispensait un excellent groupe local. Pour l'heure, les festivaliers chantaient « Fais dodo » à tue-tête. Presque tout le monde avait revêtu un costume de pirate, avec un bandeau sur l'œil, une épée en plastique et des chemises aux couleurs criardes. Partout des barbecues avaient été installés et la bière et le jus de fruit coulaient à flots. Bobbie Faye s'amusait de voir le vieux M. Zachary qui s'enivrait pour trouver le courage de demander à la vieille

– veuve – Mme Ethel de bien vouloir danser avec lui, tandis que Stacey et quatre ou cinq autres gamins de son âge couraient dans tous les sens en hurlant de joie, la langue bleuie par tous les bonbons « Barbe Bleue » qu'ils avaient avalés. Il y avait aussi d'importants échanges de billets résultant du paiement de paris tout à fait suspects. Et Bobbie Faye traversait des foules de badauds en liesse.

Elle secoua les épaules pour tenter de se défaire de sa tristesse et assouplir ses muscles noués par la tension. Plusieurs commandants des bateaux qui sillonnaient le fleuve l'avaient informée qu'il leur paraissait virtuellement impossible de retrouver le diadème, bien que quelques plongeurs se soient proposés pour essayer de le faire. Quand Bobbie Faye avait appris l'existence du journal de Lafitte que Vincent avait racheté quand le professeur avait été contraint de le vendre, elle avait eu l'espoir de reproduire le diadème et de déchiffrer la carte, en utilisant les informations qu'il contenait. Malheureusement, le FBI conservait le journal à titre de preuve et rien ne permettait de dire ce qu'il deviendrait ni s'il serait jamais rendu à sa famille.

Au moins, tout le monde était sain et sauf. C'était le plus important. Un sentiment de paix s'insinua lentement en elle : elle était là, dans cette ville natale qu'elle chérissait, en train d'observer de doux dingues occupés à profiter de la vie. Même Ce Ce et sa bande étaient venus et ils étaient en train de jacasser à propos de cette folle journée (dont les péripéties devenaient de plus en plus loufoques à force d'être répétées, chacun des participants tenant forcément le rôle principal).

Bobbie Faye huma l'odeur de poulet grillé et de travers de porc, puis elle expira lentement, les yeux clos, quand elle s'aperçut que c'était… *son* odeur. Elle ouvrit les yeux et scanna la foule. Trevor était là, assis dans une autre chaise pliante, presque allongé, les chevilles croisées comme s'il était là depuis déjà pas mal de temps, à l'observer.

— OK, ça, ça fait peur, dit-elle, et il sourit.

Elle lui renvoya son sourire.

Il approcha sa chaise pour s'installer à ses côtés.

— Comment va le professeur ?

— Plutôt mieux, dit-il. Ils ont découvert le type de poison qu'il a ingéré et il se remet doucement. Cela dit, nous ne savons toujours pas comment le produit a été mélangé à son repas. Il est probable que son avocat a soudoyé quelqu'un. La police a lancé une enquête minutieuse à ce sujet. À propos, comment va ton frère ?

— Oh, il va bien, j'imagine. Du moins, il a retrouvé son état normal. Quand il était à l'hôpital, il est sorti avec trois infirmières et deux maris jaloux se sont d'ores et déjà pointés pour lui casser la figure.

Trevor éclata de rire, puis saisit sa main qui reposait sur l'accoudoir et se mit à jouer avec.

Il y eut un moment de silence, puis elle dit :

— Il y a encore une chose que je ne comprends pas.

— Une seule ?

Il eut un petit sourire en coin et elle lui donna une claque sur l'avant-bras.

— Sérieusement. Cet agent, Zeke, était à la solde de Vincent, mais il a décidé de le doubler et de s'emparer du diadème pour lui tout seul.

Elle regarda Trevor pour confirmation avant de poursuivre en essayant de ne pas se laisser distraire par le fait qu'il jouait toujours avec sa main et qu'il faisait manifestement exprès de lui chatouiller la paume avec son pouce :

— Donc, Zeke a forcé le professeur à braquer la banque ? Il était censé attendre à l'extérieur et « attraper » le voleur, afin de pouvoir emmener le bonhomme, l'argent et, bien sûr, le diadème, à titre de preuve ?

— Exactement. Et ce dernier aurait fort opportunément disparu, comme tu l'as deviné. Zeke avait prévu de raconter que le professeur avait agi seul, de façon que Vincent ne sache pas que lui-même l'avait doublé.

— Laissant le professeur tout seul face à Vincent.

— Parfaitement.

— Donc, le braqueur décide à son tour de doubler Zeke ? Et il amène avec lui deux gamins censés l'aider à fuir Zeke…

— Qui ne s'attendait à aucune résistance, vu l'ascendant qu'il avait sur ce pauvre Fred, lequel était criblé de dettes de jeu et avait un urgent besoin d'argent, afin de pouvoir préserver à la fois ses rotules et sa famille.

— On parle donc de triple jeu. Et tu savais tout cela depuis le début ?

— Pas le coup du professeur. Mais je savais que Zeke préparait quelque chose. Il pensait que j'étais moi-même corrompu et que je travaillais également pour Vincent. Il savait que tu devrais passer à la banque pour récupérer le diadème, et je me suis dit qu'il allait tenter de te le dérober lui-même sur place. J'espérais bien le prendre sur le fait. Mais tout l'épisode du braquage lui-même était totalement inattendu.

— Tu veux donc dire que tu aurais intercepté Zeke, qu'ensuite tu m'aurais amenée, avec le diadème, jusqu'à Vincent et que, enfin, tu aurais mis en œuvre tous tes super-trucs de FBI pour sauver Roy.

— C'était effectivement le plan.

— Mais pourtant, tu as essayé de me jeter de ton pick-up !

— Quand j'ai compris que les gamins avaient le diadème, j'ai pensé que je pourrais les rejoindre plus vite et j'essayais aussi de te protéger.

— Et tu as changé d'avis quand tu as vu que Zeke était derrière nous ?

— Exact. Il n'était pas question que je le laisse te mettre le grappin dessus.

Elle lui jeta un coup d'œil. Il semblait plus détendu – et plus sensuel, si tant est que cela fût possible – mais aussi plus… dangereux… maintenant qu'il se concentrait directement sur elle seule et qu'il n'essayait plus de sauver sa peau.

— Mais tu fais vraiment partie du FBI ?

— Plutôt plus que moins.

— Je ne vais jamais réussir à payer ma caution, n'est-ce pas ?

— Tu crois qu'on veut te mettre dans une cellule où tu pourrais fomenter des émeutes ? On n'est pas stupides à ce point, merci beaucoup.

— Alors on ne va pas m'arrêter ? Pour tous ces trucs que j'ai faits ?

Il se pencha vers elle et son rythme cardiaque fut multiplié par deux. Quant à ses autres organes, elle allait tâcher de les faire taire.

— Ça fait un an que j'essaie d'épingler Zeke. Grâce à toi, j'y suis parvenu. Je te dois beaucoup.

— Est-ce que je vais entendre parler de ce fichu pick-up toute ma vie ?

— Naaan, c'est juste un pick-up.

— Quoi !!

Il éclata de rire :

— Je savais que le pick-up était sur écoute. C'est la raison pour laquelle je ne t'ai pas mise au parfum, quand tu t'es pointée à la fenêtre, la première fois. Il fallait que je joue mon rôle. J'étais également quasi certain que ma montre comportait elle aussi un mouchard. C'était une sorte de GPS que m'avait remis Vincent. Si, à un moment donné, je m'étais dévoilé, il aurait compris que j'étais un fédé et il aurait tué ton frère.

— Je n'arrive pas à croire que tu aies pu me tourmenter autant pour un pick-up.

— Tu es la victime rêvée.

— Salaud.

— Eh oui.

Mais il lui sourit. Encore ce petit sourire en coin si furieusement sexy. C'était une sacrée bonne chose qu'elle soit assise.

— Bon, fit-il toujours en lui souriant – mon Dieu, comment se faisait-il que le thermomètre ait subitement grimpé aussi haut ? –, tu es occupée demain ? Je me suis dit qu'on pourrait peut-être faire quelque chose de moins sensationnel.

— Comme quoi ? Gagner une course contre des têtes de missiles nucléaires ?

Il rit encore et les pattes-d'oie autour de ses yeux bleus et ce teint hâlé et… Oh, mon Dieu, il allait causer beaucoup d'ennuis. De gros ennuis.

— Après une telle journée, tu te sens prêt à sortir avec moi ? s'étonna-t-elle, un peu désorientée. – La plupart des mecs seraient partis en courant. Ou alors ils lui auraient donné une longue liste de choses à réformer comme condition de leur présence. – Tu es sûr ?

— Mais oui, grogna-t-il.

Sa confiance était contagieuse.

Il se leva et l'attira contre lui, dans ses bras et contre ce torse si étonnant.

— Tu danses ? dit-il.

Yep, il allait causer beaucoup d'ennuis. Elle les voyait déjà. Et puis il était si *FBI.* Or elle détruisait presque quotidiennement des choses qu'il était censé protéger. Le mot « désastre » s'affichait en capitales fluorescentes.

Elle le laissa l'entraîner jusqu'à la piste de danse et dans ses bras, puis se laissa emporter par le rythme de la musique.

Remerciements

Il n'existe pas de mots suffisamment forts pour remercier tous ceux qui ont participé à ce périple et m'ont aidée à réaliser ce rêve. Je suis franchement sidérée quand je repense au nombre de personnes qui m'ont encouragée et soutenue d'une manière ou d'une autre. Je vous suis immensément reconnaissante pour tout ce que vous m'avez donné. Dans ma piètre tentative pour en nommer certains, j'ai forcément omis d'en mentionner d'autres qui ont eu une influence profonde et spectaculaire – et en particulier mes amis. Si j'essayais de citer tous ces amis et de faire la liste de tout ce qu'ils ont fait pour moi, cela formerait un livre entier, voire beaucoup plus. Oui, j'ai beaucoup de chance et j'espère que mes amis savent combien je les aime.

Donc, pour nommer quelques-uns des acteurs essentiels sans lesquels ce livre n'aurait pas vu le jour :

À Julie Burton, une amie inestimable et une première lectrice que je souhaite à tout le monde. Elle a transmis mon manuscrit à Rosemary Edghill, laquelle est devenue le mentor de mes rêves, dont les précieux conseils et encouragements m'ont aidée à trouver ma voie. Et aussi à sa sœur, India Edghill, l'une des meilleures supportrices du monde. Ce livre n'aurait pas existé si ces trois femmes n'avaient pas été à mes côtés. (Et vous, lecteurs, vous devriez lire les ouvrages de Rosemary et India. Sérieusement, si vous ne l'avez pas encore fait, vous manquez des histoires magnifiques.)

À Lucienne Diver, un agent extraordinaire, doublée d'une amie étonnante, merveilleuse et fiable, et d'une associée astucieuse. Pour faire court, tu décroches la lune *et* les étoiles. Et je pourrais continuer sur des pages et des pages : je suis la romancière la plus chanceuse qui ait jamais existé.

À Nichole Argyres, ma géniale éditrice de St Martin's Press qui est incroyablement drôle et se trouve également être une amie très chère. Tes conseils, ton style et ton enthousiasme ont transformé en fête ce long chemin d'édition, tout en faisant de moi un meilleur écrivain et, de cette histoire, un bien meilleur livre.

Aux magnifiques Matthew Shear (éditeur) et Matthew Baldacci (directeur marketing) qui se sont révélés un soutien de choix et une source intarissable d'encouragements, ainsi qu'aux fantastiques membres des départements Marketing, RP et Art. J'ai énormément de chance d'avoir travaillé auprès d'équipes si performantes dont l'enthousiasme indéfectible a dépassé mes rêves les plus fous. Et à Ed Chapman, phénoménal relecteur sans lequel vous sauriez désormais tous combien ma grammaire est déplorable… Merci.

À Rae Monet (pour ses conseils sur le FBI) et au lieutenant Cathy Flinchum de la police de Louisiane (Relations publiques) : merci à tous les deux pour le temps que vous m'avez si généreusement accordé et la patience avec laquelle vous avez répondu à mes innombrables questions. Je suis seule responsable de toute erreur de procédure qui pourrait encore figurer dans ce livre.

À la ville de Lake Charles, en Louisiane, pour être un endroit si chouette, rempli de gens que je suis fière d'appeler ma famille et mes amis. Il se peut que j'aie inventé quelques lieux et – d'accord – légèrement déplacé quelques adresses, mais je jure que, lorsque j'ai eu fini, j'ai tout remis en place. Je crois. Bon, si d'aventure vous croisiez un dôme de sel qui n'est pas censé se trouver là, faites-le-moi savoir et j'essaierai d'y remédier. Celui-là était spécialement difficile à localiser et il a pu échapper à ma surveillance à une ou deux reprises et partir ailleurs quand je ne regardais pas.

Juste pour votre gouverne, le Festival des Journées de la Contrebande est bien réel et je vous recommande vivement de vous y rendre pour un merveilleux moment. Des spectacles y sont prévus pour les familles, mais aussi pour des adultes sans enfants.

Si vous voulez en savoir plus, allez visiter le site suivant : www.contrabanddays.com.

À ma famille qui m'a crue, soutenue, encouragée, réconfortée, plainte et aidée tant de fois. Je n'aurais jamais pu faire tout cela sans vous. Cela est vrai de toute ma famille, y compris Amanda Eschete (dont l'assistance m'a permis de préserver ma santé mentale – enfin, ce qu'il en restait), mon frère et son épouse (Mike et Allison McGee) et mes beaux-parents (Marion et Patsy Causey). Mais je remercie tout particulièrement mon père et ma mère, Al et Jerry McGee, dont l'exemple lumineux de courage et de ténacité m'a enseigné à ne jamais baisser les bras, malgré les incertitudes. (Et aussi leur amour et des heures et des heures de baby-sitting !)

À mes enfants, Luke et Jake, qui ont appris à la dure qu'il valait mieux ne pas demander à leur mère de faire la cuisine quand elle écrivait, au risque de devoir respirer une épaisse fumée et supporter des alarmes incendie (une situation répétée), et qui ont survécu à mon hébétude (et en ont parfois profité) quand ils faisaient irruption dans mon bureau en s'attendant à ce que je quitte mon monde imaginaire pour revenir à la vie bien réelle et qui disaient avec fierté, lorsque quelqu'un leur posait la question : « Ma mère est écrivain. » (Eh oui, la folie est fréquente dans la famille.) Je vous aime au-delà de toute mesure et vous avez été la joie, le rire, la gaieté et le chaos (tout aussi appréciable) de mon foyer. Je ne peux imaginer un monde dans lequel vous ne seriez pas et aucun succès n'a d'importance si vous n'êtes pas là pour le partager.

Et enfin, à Carl, l'amour de ma vie et mon meilleur ami. Tu m'as soutenue dans la peine comme dans la joie, tu m'as réconfortée, tu as cru en moi et assumé d'innombrables tâches et heures supplémentaires pour me permettre de réaliser mon rêve, sans t'apercevoir peut-être que tu l'avais déjà fait, en étant simplement à mes côtés. Rien de tout cela n'aurait eu de sens, sans toi.

Dans la collection Girls in the city chez Marabout :

Embrouilles à Manhattan, Meg Cabot
Mes amants, mon psy et moi, Carrie L. Gerlach
Sexe, romance et best-sellers, Nina Killham
Et plus si affinités, Amanda Trimble
Projection très privée à Tribeca, Rachel Pine
Mariage mania, Darcy Cosper
Mariage (en douce) à l'italienne, Meg Cabot
L'Ex de mes rêves, Carole Matthews
Divorce à petit feu, Clare Dowling
Un bébé made in L.A., Risa Green
Une maman à L.A., Risa Green
Le Prince Charmant met de l'autobronzant, Ellen Willer
Cleptomania, Mary Carter
Happy end à Hollywood, Carole Matthews
Sexe, amitié et rock'n roll, A.M. Goldsher
Ma vie privée sur Internet, Carole Matthews
Plaquée pour le meilleur, Clare Dowling
Bimbo mais pas trop, Kristin Harmel
Le Prince Charmant fait péter l'audimat, Ellen Willer
Double Jeu, Emma Lewinson
Arnaque à l'amnésie, Caprice Crane
En finale de Fame Game, Carole Matthews
Ma vie de star est un enfer, A.M. Goldsher
Blonde létale, Kate White
Un break pour Kate, Carole Matthews
The Boy next Door, Julie Cohen
Cinq Filles, 3 cadavres mais plus de volant, Andrea H. Japp
Hot, Julia Harper
Une petite entorse à la vérité, Nina Siegal
Cocktails, rumeurs et potins, Marisa Mackle
Amour, Botox® et trahison, Chloë Miller
Le Mystère Dunblair, Jemma Harvey

Chère lectrice

Merci d'avoir choisi ce Girls in the city
pour passer un moment agréable.
Mais savez-vous que Girls in the city, c'est une nouvelle comédie
tous les mois pour faire le plein d'intrigues pleines d'humour,
parfois policières, pour entrer dans les coulisses de la mode,
du cinéma, de la téléréalité, des magazines people ?
Parce qu'on a toutes en nous quelque chose de Bridget,
retrouvez-nous chaque mois chez votre libraire préféré !

EMBROUILLES À MANHATTAN
Meg Cabot

Fandesleaterkinney : *Qu'est-ce que tu fous ?*
Katylafait : *Je BOSSE. Et arrête de te connecter sur ma messagerie instantanée pendant les heures de travail, tu sais que la RATT n'aime pas ça.*
Fandesleaterkinney : *La RATT peut crever. Et tu ne bosses pas. Je te rappelle que je vois ton bureau du mien. Tu es encore en train de rédiger une de tes fameuses listes. À faire, hein ?*
Katylafait : *Même pas vrai ! Je réfléchis seulement aux multiples échecs et aux innombrables erreurs de jugement qui semblent avoir constitué ma vie jusqu'à présent.*
Fandesleaterkinney : *Tu n'as que vingt-cinq ans, crétine ! Tu n'as même pas encore commencé à vivre.*

MES AMANTS, MON PSY ET MOI
Carrie L. Gerlach

Règle nº 1 : *Ne jamais sortir avec son boss.*
Règle nº 2 : *Se méfier des promesses faites un soir de pleine lune sur plage déserte ; elles ne survivent jamais au voyage du retour.*
Règle nº 3 : *S'il vit encore chez ses parents, il y a de fortes chances pour qu'il vous prenne pour sa mère et qu'il vous réclame de l'argent de poche.*

Ce roman drôlissime vous fera économiser les frais d'une épuisante et interminable analyse chez votre psy favori !

SEXE, ROMANCE ET BEST-SELLERS
Nina Killham

Décoiffé, la chemise déchirée, les chaussures dégoulinantes de boue, il était appuyé contre le bureau du commissariat de Venice Beach. Depuis des années, les femmes essayaient de le séduire. Et depuis des années, malgré leurs efforts vraiment héroïques, elles échouaient. Les conséquences prenaient même parfois des proportions insoupçonnables pour certaines d'entre elles : spasmes musculaires, crises cardiaques, blessures provoquées par des tirs croisés. Mais c'était la première fois que quelqu'un en mourait.
— Profession ? demanda le brigadier.
— Auteur de romans d'amour.

ET PLUS SI AFFINITÉS
Amanda Trimble

Ah ! Au secours ! Mais c'est quoi cet… ?
En passant devant le kiosque de Lincoln Park, j'attrape mon magazine préféré et là, je me sens mal. Cramponnée au *City Girls* qui est quand même l'hebdomadaire le plus lu de Chicago, je lis, écrit en énorme : « Un agent très spécial dévoile tout. » Mais ce n'est pas tout car, sous le titre, on voit une paire de fesses en gros plan. La poisse ! Dites-moi que j'hallucine… Non, c'est bien moi.

Comment gagner sa vie quand on est jolie, pressée et dingue de fringues ? Victoria Hart a trouvé la solution en devenant « agent très spécial », sorte d'entremetteuse de charme. Ne le dites surtout pas à sa mère…

PROJECTION TRÈS PRIVÉE À TRIBECA
Rachel Pine

Tout juste embauchée par une puissante maison de production cinématographique, Karen pense enfin vivre son rêve. Située à Tribeca, le nouveau quartier à la mode de Manhattan, cette maison est aux mains de Phil et Tony Waxman, des jumeaux sans scrupules.
Karen saura-t-elle résister et garder la tête sur les épaules ? Ou devra-t-elle partir si elle tient à sauver son âme ?

Une plongée hilarante et époustouflante dans le monde sans pitié des producteurs de cinéma.

MARIAGE MANIA
Darcy Cosper

Dix-sept mariages en six mois ! Malgré son aversion épidermique pour l'institution, Joy, 30 ans, ne peut échapper à ces invitations. Mais le plus important est que le garçon avec lequel elle vit depuis 18 mois, Gabriel, partage son point de vue : aucun des deux ne souhaite se marier. Non, ça, jamais !
Au cours des six mois qui vont s'écouler, Joy pourra-t-elle concilier ses convictions les plus profondes avec l'affection qu'elle éprouve pour ceux de ses amis ou de sa famille qui s'engagent ? Son couple supportera-t-il les épreuves ?

Une comédie new-yorkaise décapante et drôlissime.

MARIAGE (EN DOUCE) À L'ITALIENNE
Meg Cabot

Que feriez-vous si votre meilleure amie partait se marier en douce en Italie ? Et si vous décidiez de tenir le livre de bord de cette fugue romantique alors que le témoin de son futur mari est un journaliste prétentieux, égoïste et, par-dessus le marché, opposé à cette union ? Si vous deviez faire avec lui le voyage jusqu'à un village isolé des Marches ? Et que, cerise sur le gâteau, vous étiez contrainte et forcée de passer les quelques jours précédant la noce avec cet insupportable snobinard terrorisé à la vue d'un chat ?

Une comédie absolument moderne, résolument décapante et connectée *via* Internet.

L'EX DE MES RÊVES
Carole Matthews

Comment garder le sourire quand on vient de se faire plaquer pour une bimbo affublée d'un 90 D ? Josie décide de faire bonne figure en se rendant au mariage de sa cousine à New York, la capitale des célibataires ! Mais saura-t-elle résister à un futur ex-mari qui ne veut plus divorcer ? D'autant qu'elle a rencontré un séduisant journaliste spécialiste de rock n'roll dans l'avion pour New York… Et comment préviendra-t-elle le jeune marié que sa femme vient de s'enfuir avec son ex-petit ami ? Et si, grâce à John Lennon, tout se terminait bien ?

Une comédie romantique et désopilante avec des personnages attachants et des scènes hautes en couleur.

DIVORCE À PETIT FEU
Clare Dowling

À peine mariée, Jackie quitte Henry sur un coup de tête et croit trouver en Dan l'Homme à épouser. Et s'il suffisait de divorcer ? Mais ce qui devait être une pure formalité s'éternise et devient chaotique. D'autant plus que l'avocate de Jackie finit par coucher avec l'avocat de la partie adverse, que sa copine complètement coincée se découvre une passion sexuelle irrépressible pour un Polonais, et que sa sœur se retrouve enceinte de jumeaux après une nuit bondage passée entre les bras d'un juge sexagénaire…

Une comédie à l'anglaise, excentrique et déjantée.

UN BÉBÉ MADE IN L.A.
Risa Green

Et si Andrew avait raison ? Et si je n'étais pas prête pour avoir un enfant ? Je m'empare d'une feuille de papier et trace deux colonnes :

Contre le bébé :
Je vais devenir grosse.
Je vais mettre des vêtements de grossesse.
Je ne suis pas faite pour devenir mère.

Pour le bébé :
Suis encore jeune : plus facile de maigrir après.
Habits de bébé, surtout de fille !!!!!

Bon. Ma liste a l'air bancale sans le dernier « pour ». Je ne vais pas trop forcer. Je trouve que j'ai déjà bien avancé pour ce soir.

Une comédie vivante, drôle et sarcastique, calée sur les neuf mois de grossesse de l'héroïne.

UNE MAMAN À L.A.
Risa Green

Très bien. Je vais réussir à le déclarer ouvertement : c'est chiant d'avoir un bébé et ça ne ressemble en rien à ce que j'avais imaginé.

Je sais ce que vous pensez. Vous vous dites : qu'y a-t-il de si horrible ? En quoi est-ce pénible à ce point ? D'accord. Premièrement, il y a le manque absolu de sommeil. Sans compter qu'il faut lui donner le sein. Mais ce n'est pas tout. Il y a pire que pleurer, se lever la nuit, avoir des seins douloureux et être dans l'incapacité de régler les heures de tétée. Quand vous avez un bébé et que par malchance vous en êtes la mère, la vie s'arrête brutalement. « Vous » n'existe plus. Il n'y a plus de « nous ». Il y a le bébé et, tout simplement, plus rien d'autre n'existe. Et ma vie de femme dans tout ça ?

La suite de *Un bébé made in L.A.*

LE PRINCE CHARMANT MET DE L'AUTOBRONZANT
Ellen Willer

Il s'appelle Frantz, il est grand et il est beau. On le dit riche, intelligent et bien élevé. C'est le célibataire dont toutes les femmes rêvent. Dans l'émission de télé-réalité produite par Emmanuelle, il va devoir faire son choix entre dix candidates au mariage.
Qui séduit qui ? Qui court après qui ? Qui trahit qui ?
Producteurs sans scrupules, paparazzis, palaces de la côte d'Azur et plateaux TV donnent un rythme d'enfer à ce roman drôle et percutant. Plus vrai que nature, il nous plonge dans un monde cynique et fascinant, en plaçant la caméra là où on ne l'attend pas : en coulisses.

Les coulisses d'une émission de télé-réalité comme si vous y étiez.

CLEPTOMANIA
Mary Carter

« Je, soussignée Melanie Zeitgar, saine de corps (moins sept kilos) et d'esprit, m'engage à : ne plus jamais voler *.
* Exceptions : ruptures, gain de poids, perte d'emploi, auditions ratées, auditions réussies après lesquelles personne ne me rappelle, factures de carte Bleue élevées, caries, traumatisme lié à l'utilisation d'un menu de téléphone automatisé, visite-surprise d'un tueur en série ou d'un cambrioleur, visite-surprise de ma mère ou de Zach, pas de visite ni de coup de fil de AMVM (l'Amour de Ma Vie du Moment) – c'est-à-dire Ray. »

Melanie Zeitgar, 29 ans, vit à New York et rêve de devenir actrice. Entre les petits boulots humiliants et les castings de pub, elle cache un lourd secret : elle est cleptomane. La rencontre avec le beau et célèbre Greg donnera-t-elle un nouveau sens à sa vie ?

Les aventures abracadabrantes d'une cleptomane dans la Grande Pomme.

HAPPY END À HOLLYWOOD
Carole Matthews

« Je sais précisément à quel moment je suis tombée amoureuse. À quel endroit aussi. Au Salon du livre de Londres. Je me souviendrai éternellement de l'heure exacte : 15 h 45.
Si je n'ai aucune idée de qui il est, ou pas encore, je suis déjà mordue, folle amoureuse de lui. Il y avait bien longtemps que je n'avais pas ressenti de tels picotements dans tout le corps.
J'ai également des fourmis dans les pieds, mais cette sensation provient sans doute davantage de mes chaussures et d'un oignon naissant que de la flèche de Cupidon. »

Lorsqu'elle rencontre Gil, un riche producteur hollywoodien, Sadie se dit qu'il est temps de changer de vie. Mais à peine arrivée sur Sunset Boulevard, elle enchaîne les désillusions…

Une héroïne parachutée dans l'univers de Hollywood avec ses bimbos aux dents longues et ses vieilles stars déchues.

SEXE, AMITIÉ ET ROCK N'ROLL
A.M. Goldsher

Meilleures amies depuis l'enfance, Naomi et Jenn partagent la même passion pour la musique. Elles décident de tenter leur chance à Manhattan en jouant dans des clubs.
Très vite, le groupe qu'elles ont formé avec Travis et Franck est remarqué par un label qui les prend en main : conseillers en tous genres, relooking, plans promo, passages télé, photos… tout s'enchaîne à un rythme d'enfer. Mais le succès a un prix : tensions, rivalités, mensonges… Naomi saura-t-elle tirer son épingle du jeu sans y perdre son âme ?
L'ascension fulgurante d'un groupe de musique qui catapulte l'héroïne dans le monde des célébrités.

Une comédie rock'n'roll dans un univers électrique.

MA VIE PRIVÉE SUR INTERNET
Carole Matthews

Le jour où Emily découvre que son petit copain a mis sur Internet une photo d'elle nue, dans une position ridicule et coiffée d'un chapeau de mère Noël, elle pense que rien de pire ne peut lui arriver. Erreur, les ennuis ne font que commencer : Emily perd son travail, sa maison, son boy-friend, devient la risée de tous et la cible des paparazzis. Jusqu'à ce qu'elle rencontre un photographe qui lui propose de tirer profit de la situation… Ce qui lui semble être la fin du monde n'est en fait que le début d'une meilleure vie.

Un roman drôle, riche en rebondissements et coquin juste comme il faut !

PLAQUÉE POUR LE MEILLEUR
Clare Dowling

Comment ne pas se laisser abattre alors qu'on s'est fait plaquer par celui qu'on croyait depuis toujours l'homme de sa vie ? C'est la question que se pose Judy, 30 ans et des poussières. Alors qu'elle s'apprête à vivre « le plus beau jour de sa vie », la nuit précédant le mariage, Barry, son futur mari, disparaît sans laisser de trace. Le mariage est annulé.
Où trouver un peu de réconfort dans un moment pareil ? Auprès de ses amis ? de sa famille ? ou, mieux, auprès du séduisant Lenny, un vieil ami de Barry parti vivre en Australie et qui a la réputation d'être un tombeur ? Et si le bonheur était à ce prix...

Une comédie drôle et enlevée, où l'héroïne voit son image traditionnelle du « bonheur »... comment dire... légèrement bousculée !

BIMBO MAIS PAS TROP
Kristin Harmel

Belle, intelligente et drôle, Harper, 35 ans, a tout pour elle. Tout sauf quelqu'un qui l'aime. Depuis que Peter l'a quittée, elle a bien rencontré des garçons mais tous ont fini par s'enfuir. Et si elle était trop brillante, trop impressionnante ?
Harper et ses trois meilleures amies décident de mettre au point un plan pour en avoir le cœur net : le plan Bimbo. Le jeu consiste à enchaîner les rendez-vous pendant quelques semaines, travestie en blonde idiote, afin de voir si les hommes réagissent différemment. Les paris sont lancés !

Encore une histoire de blonde idiote qui rigole pour un rien et bat des cils en posant des questions stupides ? Pas vraiment ! Plutôt une comédie qui ne se termine pas par un classique « Ils se marièrent et eurent beaucoup d'enfants » !

LE PRINCE CHARMANT FAIT PÉTER L'AUDIMAT
Ellen Willer

Frantz est de retour. Emmanuelle, la trentaine séduisante, est à ses côtés. Chargée de tourner une fiction adaptée d'une série américaine à succès, elle l'entraîne dans son tourbillon : stylisme, décors, scénaristes, comédiens... tous les ingrédients pour faire exploser l'audimat. Et pourtant...

Pour compliquer encore les choses, lors d'un séjour à New York, elle tombe dans les bras d'un très jeune homme...

Entre Paris et New York, une comédie drôle et enlevée qui dévoile les dessous d'une série télé. Du casting à la diffusion, de l'écriture au tournage, des coulisses au plateau, les histoires d'amour, les ruptures, les trahisons, sous le regard amusé des paparazzis.

Le nouvel épisode très attendu des aventures de Frantz, le plus irrésistible des princes charmants.

DOUBLE JEU
Emma Lewinson

« Dis donc, c'est vraiment le prince charmant ton mec ! Tu me le présentes quand ? »
Quand Emma rencontre Mark, elle le trouve tellement parfait qu'elle ne peut s'empêcher d'en vanter les mérites à Candice, sa meilleure amie : Mark est tellement beau, tellement attentionné, tellement talentueux… tellement la perle rare. Candice, un poil jalouse, finit par trouver, elle aussi, chaussure à son pied…
Et si Candice avait juste piqué le fiancé de sa meilleure amie ? Et si Candice, pharmacienne, approvisionnait Emma en antidépresseurs pour la rendre K.-O. ? Et si elle avait un plan machiavélique en tête ?

Une intrigue à l'humour acéré où le suspense prend vite le pas sur la comédie.

EN FINALE DE FAME GAME
Carole Matthews

Fern, 35 ans, a une voix sublime mais n'a pas encore trouvé le moyen d'en vivre. Serveuse dans un pub, elle y chante deux soirs par semaine avec un guitariste, Carl. Elle cumule les petits boulots jusqu'à ce que Carl, fou amoureux d'elle, lui trouve une mission d'intérim en tant qu'assistante… d'un grand chanteur d'opéra, Evan. Sans le lui dire, Carl envoie leur candidature au jeu télévisé Fame Game, qui chaque année découvre une nouvelle star. Parachutée dans un monde d'ados formatés aux pré-sélections, Fern passe avec succès toutes les sélections, dont un membre du jury n'est autre qu'Evan…

Une comédie riche, dynamique et drôle avec la rencontre de deux univers que tout sépare, l'opéra et la pop.

ARNAQUE À L'AMNÉSIE
Caprice Crane

À 25 ans, Jordan n'aime pas sa vie. Si elle a tout pour elle, elle manque de confiance et d'amour-propre. Au travail, sa supérieure hiérarchique lui vole ses idées et sa promotion n'arrive jamais. Dirk, son petit ami, la trompe, mais là encore elle se tait. Sa mère et sa sœur sont unies contre elles, lui faisant sentir qu'elle n'est que la fille d'un premier mariage.
Jordan rumine tout cela sans trouver de solution. Jusqu'à ce qu'elle se fasse renverser par une voiture. Elle décide alors de feindre l'amnésie. Une nouvelle vie commence pour elle…

Feindre l'amnésie pour tout recommencer à zéro, voilà un sujet fascinant qui permet toutes les fantaisies !

MA VIE DE STAR EST UN ENFER
A.M. Goldsher

Tout s'est enchaîné très vite pour Naomi et Jenn : à peine remarquées par un label, leur groupe s'est retrouvé propulsé en tête des charts. Difficile de garder la tête sur les épaules lorsqu'on est catapulté dans le monde des célébrités. Tandis que Naomi plaque tout pour aller vivre sur la côte Ouest, Jenn décide de suivre une carrière en solo.
Harcelée par les paparazzis, épuisée par les tournées, elle craque. D'autant plus que son dernier album a connu un succès mitigé et qu'elle ne sait plus trop sur qui elle peut compter. Heureusement, le fantôme de Billie Holiday va jouer le rôle de la bonne étoile…

L'envers du décor, ou la vie pas tous les jours rose d'une pop star.

BLONDE LÉTALE
Kate White

Tout avait commencé par une coïncidence. Pas une de ces coïncidences glaçantes qui vous donnent l'impression que quelqu'un vient de piétiner votre tombe. En fait, je me suis par la suite rendu compte que l'appel téléphonique que j'avais reçu cette nuit-là, à la fin de l'été, n'était pas si imprévisible que cela. Mais, sur le coup, il m'avait laissée sans voix. Et, bien entendu, il marqua le début d'une série d'événements atroces…

Une comédie doublée d'une énigme policière, avec des suspects et des mobiles à foison, et un suspens qui vous tient en haleine jusqu'à la dernière page…

UN BREAK POUR KATE
Carole Matthews

Kate, 35 ans, mène une vie de femme au foyer qui frise la perfection. Son mari occupe son temps libre entre le jardinage et le golf, ses enfants sont des modèles d'équilibre alimentaire, et son souci du jour est de savoir quand faire son repassage... Kate n'a aucune raison de se plaindre mais elle commence à se lasser de cette vie trop parfaite. Son mari lui propose de se prendre un week-end pour elle toute seule. Relevant le défi, elle s'inscrit à un séminaire de taï chi et entraîne son amie Sonia avec elle. Mais faire le point n'est pas facile, surtout quand on trouve l'un des participants très très séduisant...

Enfin une comédie brillante sur la lassitude de la femme au foyer ! Pour ne plus jamais associer *desperate* à *housewife* !

THE BOY NEXT DOOR
Julie Cohen

Le lendemain matin, j'ai ouvert les yeux. J'avais mal à la tête. Très mal. Ma table de chevet m'est apparue clairement. Sur le dessus était posée une bouteille d'alcool que j'avais achetée un an plus tôt pendant des vacances à Naxos, et qui était restée pleine aux trois quarts depuis onze mois. Elle était vide. Un souvenir me chatouillait l'arrière de la migraine. J'avais travaillé au pub et rencontré cet homme. Et puis... la nuit dernière... Ce n'est qu'en vidant le contenu de la poubelle de la cuisine par terre, assise parmi les peaux de banane, le marc de café et les emballages de fromage que j'ai dû admettre l'inévitable conclusion. J'avais couché avec un homme qui ressemblait à une star des années 1980 sans utiliser de préservatif.

Ou comment l'histoire d'une nuit peut bouleverser sa vie...

CINQ FILLES, 3 CADAVRES
MAIS PLUS DE VOLANT
Andrea H. Japp

Cinq copines partagent depuis toujours leurs déboires professionnels et sentimentaux : Emma la blonde pulpeuse en mal d'enfant, Nathalie la mère au foyer qui vient de se faire plaquer, Hélène la tête chercheuse qui a fait de son absence de diplomatie une arme redoutable, Charlotte la psy qui finit toujours par coucher avec le plus gratiné de ses patients, et enfin Juliette, l'esthéticienne qui dorlote une clientèle masculine triée sur le volet.
Le jour où Charlotte découvre un cadavre enchaîné au volant de sa voiture, elle panique et appelle immédiatement ses amies à la rescousse. Très vite, elles échafaudent un plan mais se retrouvent prises dans des histoires qui les dépassent largement, d'autant plus que d'autres cadavres s'en mêlent et que le premier a disparu…

Quand la reine du crime s'attaque à la chick lit, autant dire qu'on s'amuse drôlement et qu'on tourne les pages aussi vite qu'on engloutit un macaron !

HOT
Julia Harper

« Turner observa toute cette agitation autour d'elle, ces gens qui parlaient, discutaient en essayant de prendre un air important. Elle se dit que ce serait le moment idéal pour un braquage. Elle jeta un coup d'œil à la caméra de surveillance qui enregistrait tous les mouvements à l'intérieur de la banque. Puis elle se dirigea tranquillement jusqu'au grand bureau en bois imitation acajou de Calvin et ouvrit le tiroir central. Là, juste en plein milieu, apparut une enveloppe rouge dans laquelle était rangée la clé du coffre. Elle la regarda. Elle n'aurait plus jamais une occasion pareille. Elle le savait parce que cela faisait quatre ans qu'elle attendait cet instant. C'était à son tour de braquer la banque. »

Une souris de bibliothèque qui porte de fausses lunettes, qui aime les escarpins rouges très sexy et qui lit des romans de soft-porn, il n'en faut pas plus pour intriguer mais aussi troubler John MacKinnon, agent très spécial du FBI.

UNE PETITE ENTORSE À LA VÉRITÉ
Nina Siegal

« Pendant deux ans, j'avais été considérée comme une étoile montante du journalisme, débauchée à grands frais pour écrire des articles brillants dans la rubrique Style du journal. J'assistais alors à des galas fastueux, j'étais invitée à des soirées mondaines grouillant de célébrités, je foulais le tapis rouge des soirées de premières. J'avais accès aux coulisses de tous les événements les plus courus de la ville. Mais, à un moment, les choses avaient mal tourné, puis elles avaient empiré jusqu'à toucher le fond du fond. Au bout du compte, j'avais été mutée à la rubrique Nécro pour y finir mes jours au milieu des gratte-papier, des syndicalistes et autres fourmis sans identité. »

Valérie s'ennuie ferme depuis sa disgrâce jusqu'au jour où un appel énigmatique lui apprend qu'elle a commis une grave erreur dans la nécrologie d'un artiste très en vue. Alors qu'elle enquête dans le New York arty et branché de Soho, les ennuis commencent...

COCKTAILS, RUMEURS ET POTINS
Marisa Mackle

« Recherche : super-coloc'
Elle doit être drôle (amusante, pas flippante), me prêter ses belles fringues (pas me piquer les miennes), être jeune dans sa tête (mais surtout pas étudiante), avoir un boulot décent (et de jour), ne pas oublier d'acheter du PQ. Elle ne doit pas squatter le téléphone, passer l'aspirateur entre minuit et 7 h du mat', ramener des hommes bizarres à la maison, draguer mon copain (si j'en ai un, un jour), laisser des cheveux dans la baignoire. »
Alors qu'elle cherche la colocataire idéale, Fiona, 29 ans, commence un boulot dans un magazine féminin. Très vite, AJ la prend sous son aile et lui apprend les ficelles du métier. Fiona découvre vite que le monde des pigistes aux rubriques Potins et Beauté repose sur des coups bas et des ragots en veux-tu en voilà, entre deux coupes de champagne. Fiona saura-t-elle profiter des bons côtés de son boulot sans s'y perdre ?

Si vous avez toujours rêvé de travailler dans un magazine féminin, vous ne pourrez pas dire qu'on ne vous aura pas prévenue !

AMOUR, BOTOX® ET TRAHISON
Chloë Miller

Fiona (architecte de 47 ans, divorcée) a toujours été une femme très séduisante. Mais alors qu'elle se sent très jeune dans sa tête, son corps commence à accuser le coup et ses aventures sentimentales s'en ressentent. Sur les conseils de sa fille Shirley qui il n'y a pas si longtemps encore pouvait passer pour sa petite sœur, elle recourt à la chirurgie esthétique. Fiona fait en sorte de mener de front sa carrière et ses opérations. Elle prétexte des « déplacements », une cure fabuleuse au Mexique, et s'absente juste le temps nécessaire pour qu'on ne voie pas trop les cicatrices. Très vite, le résultat est bluffant, un vrai coup de jeunesse ! À tel point que Fiona se fait courtiser par un jeune homme de l'âge de sa fille… et se laisse séduire. Tout juste si elle s'inquiète que Janus la laisse payer toutes les additions, qu'il la laisse lui offrir un loft… heureuse de faire plaisir à son nouvel amant dont la présence à ses côtés lui fait tourner la tête ! Mais Janus est-il le fils de bonne famille déshérité qu'il prétend être ?

Une comédie sans concession menée tambour battant dans la grosse pomme !

LE MYSTERE DUNBLAIR
Jemma Harvey

Comment avouer à votre meilleure amie que vous n'avez aucune envie de travailler avec elle ?
« — Je ne connais rien au jardinage, ai-je objecté.
— Tu n'en as pas besoin ! Mon Dieu, tu crois que je mets la main à la pâte ? Tu imagines dans quel état seraient mes ongles ? On paye des gens pour ça : des documentalistes, des assistants, que sais-je encore ? Tu es productrice, non ? Alors contente-toi de faire ton boulot. Et puis, tu seras l'invitée de la plus célèbre rock star de tous les temps, dans son fabuleux château écossais. Que veux-tu de plus ? »
Meilleures amies depuis l'enfance, Roo et Delphi tournent une série d'émissions de jardinage dans un château sur lequel pèse une sombre histoire : une future mariée aurait disparu le jour de ses noces, il y a 700 ans, dans un labyrinthe végétal...

Une comédie hilarante qu'on ne lâche pas, avec des réparties vipérines et un savoureux tableau du monde de la télé. À lire en cas de coup de blues !

Pour l'éditeur, le principe est d'utiliser des papiers composés de fibres naturelles, renouvelables, recyclables et fabriquées à partir de bois issus de forêts qui adoptent un système d'aménagement durable.

En outre, l'éditeur attend de ses fournisseurs de papier qu'ils s'inscrivent dans une démarche de certification environnementale reconnue.

Photocomposition Nord Compo

Impression réalisée par
CPI BRODARD ET TAUPIN

N° d'impression : 56406 - La Flèche le 05-03-2010
Pour le compte des Éditions Marabout
Dépôt légal : mars 2010
ISBN : 978-2-501-06407-1
40.6759.1
Édition 01

Imprimé en France